红花

くれなゐ

渡边淳一 著

茹杨 译

青岛出版社

目录

磷火 / 001

花芯 / 048

街荫 / 094

冬日 / 141

风花 / 186

春芽 / 228

行春 / 277

病叶 / 321

冷夏 / 371

牵牛花 / 411

鸡头 / 451

磷火

木之内冬子最初在快来例假时，隐隐地感到有些异常，大概是在三个月前的六月初。

一米五五的小个子，体重不足四十公斤，冬子对自己瘦削的身体一直不太自信。尽管如此，但她从未得过什么大病。换季的时候，偶尔也会感冒一下，但只要两三天就会康复。低压一百左右，有轻度贫血，有时会感到眩晕，却算不上是什么病。

身材虽然瘦小，但并不属于那种弱不禁风的体质。

可这几个月来，例假总是稀稀拉拉的。

本来一直是二十八天一个周期，很有规律。每次四天，顶多五天就干净了。快来例假的两三天前，腰部就开始有轻微的酸痛感，有时后槽牙也会跟着隐隐作痛，可还不至于需要休假。从二十岁出头到二十八岁，一直都是这样过来的。

但这两三个月，每次来例假都要一个星期，甚至会延长到十天左右，而且还伴有腰部的酸痛。

刚开始，她还以为是工作强度太大的缘故，就没当回事。但接下来的一个月又是如此,甚至拖的时间更长了,疼痛感也越来越明显。九月初来的例假,一来就来了十多天,冬子终于不得不休假一天。

这是怎么啦?冬子有些忐忑不安起来。因为是生理方面的隐私,也不便向他人询问。

是不是这段时间太过劳累了?但这段时间工作也并不算忙啊,冬子思前想后地琢磨着。

这一年,冬子一般每天早上十点多钟离开参宫桥的家,去原宿的时尚商业街上班。

店铺就在参拜大道的明治大街这边,从原宿车站步行到店里用不了五分钟。从参宫桥乘小田快线到明治八幡,再转乘两站地铁,二十分钟就可以到店里了。

冬子的店铺在四层楼的底层,门面是一间十坪的狭长小店。

这是一家帽子店,"圆帽"这个店名,取自一种带圆帽檐儿的帽子。橱窗展示柜用掉了前面的六坪,里面的四坪是缝制帽子的工作间。

冬子每天十点半到店里,一名管销售的店员和另一名从制帽学校毕业的女店员,也差不多这个时候就到了。

到了店里,先打开大门,然后清点橱窗展示柜里的物件,实际上真正开始营业要到十一点了。

每天上午都很清闲,快到中午时分,原宿大街的人声才开始稠密起来。

营业时间是从十一点到晚八点,快到傍晚时分,客人陆续多起来。冬天即将来临,定做帽子的人多了起来,但也没忙到非得加班加点。

九月初,休息了一天后,冬子决定去医院看看。虽说只是例假来的时间拖长了,但要总这么拖下去,心里总是惴惴不安的。

听说一个朋友的母亲,月经不调,觉得不舒服,就去医院做了检查,结果查出患上了子宫癌,并且已经耽搁了治疗。

本来一直觉得三十岁前与这个疾病无缘的冬子,还是觉得就怕万一。

去哪家医院好呢……

冬子琢磨着,一下子就想起了明治私立医院。这家医院坐落在明治大街向西一百米的地方。

冬子曾在这家私立医院做过人工流产手术。

事情已经过去两年,医院的电话号码、护士的名字冬子早已忘得一干二净,而心理上受到的创伤并未随时间的推移被抹去。正是这伤痛,让冬子下意识地想起了这家医院的名字。

冬子按捺住怕麻烦的心情,拿出了两年前的记事簿。

两年前的九月二十日,写着明治医院,在电话号码的下端,另有"和 K 见面"一行字。

之后,有三天的空白。

那三天,冬子连睡觉都在辗转反侧地思量着和贵志的关系。

和贵志祐一郎分手,是在一个月后的十月。

因为贵志是个有妻室、有两个孩子的男人,冬子早就预料到和他分手只是迟早的事。再加上十四岁的年龄差,若以世俗的眼光来看,也是不适合的。

尽管已预感到终究会分开,可两个人的交往,从冬子大学刚毕业时的二十二岁开始,仍旧拖拖拉拉地持续了四年。

没想到在交往的第四年,冬子怀孕了。因为和贵志分手的主意已定,只得做了人流手术。幸亏这次手术,两个人才得以最终痛下彻底分手的决心。

手术的痛苦,最终促使冬子迈出了这最后的一步,于是她调整自己的心态,开始独自一人面对生活。

冬子做这个决定,的确经历了一段相当漫长的煎熬。有一段时间,食不下咽,体重降到了四十公斤以下,皮肤粗糙,毫无光泽。去找贵志分手时,在贵志面前喊叫、咒骂,最后还扇了贵志一耳光。

这样的分手,让冬子痛不欲生,她甚至想到了自杀。

现在想起来真是不可思议。当时怎么会那般歇斯底里?更不相信在自己的身体内部,竟然积蓄着那么多愤怒和悲伤的能量。

要是放到现在,就能更加平静地分手。她甚至不会带给那个男人困扰,只求默默离去。当然也可以更加善解人意地替对方着想一下。

事到如今,冬子能这么想,也许正是两年岁月的沉淀、风化的作用吧。

其实,和贵志的关系并未因此就彻底了断。

身为一个建筑家,在三田拥有自己的设计事务所的贵志,分手之际曾问:

"想要点什么啊?"

"我什么也不需要。"

冬子拒绝得毅然决然。一年前在青山拥有了帽子设计工作室,靠的是贵志的接济。

"我的帽子店,也会原原本本地还给你。"

"我并没有向你要回店的意思。"

买下青山公寓的一室一厅,花了一千二百万日元,其中贵志出资八百万日元。

"向你借的钱,我一定如数还清。"

"先别说这些,你今后做何打算?"

"找个新工作呗。"

冬子上大学时就同时在制帽学校上课,不知不觉间做帽子反而成了她的本行。靠做帽子的手艺为生,不怕生活没着落。

"别逞强了。"

"不是逞强。"

其实只是在贵志面前不想示弱罢了。现在冬子根本不想去什么百货店或其他人的制帽店工作。

经过一番深思熟虑,冬子卖掉了青山的公寓,又加上所有的存款,再从银行贷了五百万日元,最终买下了在原宿开店铺的经营权。

仅四年的工夫,公寓就大幅升值,自己的积蓄也超过了两百万日元。冬子娘家是横滨的小贸易商,只要托托人,多少也会揽些活儿来,可自从和贵志同居之后,形同离家出走,自然和家里断绝了往来。

总之,冬子不想继续住在处处留有贵志痕迹的青山了。

"钱我肯定还,请再借给我一些吧。"

"怎么还说这种话?"

"讨厌!肯定还的。"

冬子越是坚持,贵志就越发苦笑起来,说:"真是犟女人。"

冬子对贵志这种游刃有余的样子很是气恼,但这也正是让冬子安心和依赖的部分。

"有什么难处,就请讲。"

"什么难处也没有。"

可以这么说,四年的恋爱补偿,就是原宿的新店。

这个补偿是高还是低,冬子也不知道。若以从二十二岁到二十六岁这段属于女子最楚楚动人的青春为代价,可能太低了;但从和自己喜欢的人朝夕相处四年时光的满足感来说,似乎又太高了。

总而言之,这下和贵志的瓜葛可算彻底了结了。

可回过头来想,从青山搬到原宿,又开了新店,说起来还是离不开贵志的资助。所以说,如果没有贵志,就没有冬子的现在。

更何况,毋庸置疑,冬子的身体是被贵志唤醒的。

明治医院这个名字,和当时与贵志留下的回忆有关。只要一到那里,曾经的痛楚就会被唤起。

两年前,决定去这家私立医院的是贵志。正当冬子因得知怀孕而不知所措时,贵志经由朋友介绍选择了这家医院。

院长年龄约四十五岁,身材偏胖,蓄着胡须,看上去难以接近,可说起话来,声调却出人意料地温和。

冬子去时拿着朋友的介绍信,院长将她和信相互比照着看了看,点了点头。

一晃已经过去两年了。现在冷不丁儿地跑去,也不晓得院长还记不记得她。

人流手术一天不知要做多少例,让对方记住自己,也忒勉为其难了。

何不再找贵志帮忙？冬子这样想着,却还是犹豫不决。

自两年前分手以后,只是在店面开张贵志前来送花时,两人见过一面。

那天到访的宾朋簇拥成一团,所以没有腾出空儿和他好好聊一聊。

他的态度依然没有什么改变,在落落大方的谈吐中,隐约可见一个建筑家的潇洒风度,只说了一句:"加油吧!"

冬子按捺住瞬间冒出的眷恋之情,道了一声:"谢谢!"就抽身离开了。

自那以后,曾在电话里聊过几次,都是贵志打来的。

冬子每次接电话,贵志总习惯性地问:"怎么样了？"

"总算支撑下来了。"

"是吗？那就好!"

贵志这样说着,转而聊些气候或新工作方面的话题,大概闲谈五六分钟就挂断电话。

最初,冬子很希望对他说"别再给已经分手的女人打电话了",可听着熟悉的声音,就打消了这个念头。就这样淡淡地,你一言我一语,交谈着一些事务性话题,反而可以彼此舒缓一下心情。

电话一个月打来一次,冬子的内心中,有时会情不自禁地等待起来。

冬子想,要是现在给对方打电话,就意味着就此打破了以往只是一味被动接电话的局面,好不容易平静下来的关系说不定又会被搞乱。

但,纯粹只是为了看病呀。虽说已经分了手,可毕竟还是朋友,主动打个电话又何妨？想到这里,曾经一度每天都拨打的电话号码,慢慢地从记忆深处浮现出来。

两年岁月的流逝,有时很快,有时又很慢。

只是想让你给我介绍一下医院而已呀……

冬子自言自语着,她忘记了这关系到生理,是羞于告人的隐私。

因为店里有其他女店员在,所以就到公用电话亭打的电话。正是午后,贵志正好在事务所:

"怎么了?"

突然打去电话,原以为他定会惊讶,可贵志的声音却很平静。

"上次给我介绍的明治医院,能不能再给我介绍一下?"冬子极力保持镇静地说。

"发生了什么事吗?"

"没有什么,只是有点儿……"

冬子透过电话亭的玻璃朝远处眺望。参拜大道上穿梭着熙熙攘攘的人流,大多是那些享受着午间散步的女上班族。

"是你要去吗?"

"是的。"

冬子边点着头,边觉得为这事给贵志打电话多少显得有点尴尬。

"着急吗?"

"也不那么急。"

"一会儿要去大阪,明后天回来,之后行吗?"

"倒也没什么不行。"

"那就等个两三天再说吧。"

贵志是个不爱刨根问底的男人。冬子这时觉得这样挺好,可又觉得他不够意思。

"去大阪是什么工作?"

"别人托我为中之岛的新大楼做设计。介绍信一到手就马上送给你。"

"拜托了!"

冬子走出电话亭,沿着参拜大道的林荫路,径直回到了店里。

店里来了两个客人。一个是路过,另一个是中山夫人。

夫人已经成了冬子多年来的老顾客,也许是家离原宿近的缘故吧,时不时就到店里来逛。已经四十多岁了,长脸盘,很适合戴帽子。

"做好了吧?"

"真抱歉,我刚刚出去了一下。"

冬子匆忙从工作室里拿出了夫人定做的帽子,是麦穗制成的硬壳平顶帽,镶嵌宝石,水平帽檐儿底下缀着小花,成熟气质中透着华丽。

"真漂亮啊。"

夫人戴上帽子,前后左右地照着镜子,然后说:"怎么样? 会不会显得太年轻?"

"小花反而衬出沉着的韵味,简直美极了。"

"这么说,很适合我的呀。"

夫人像是认可了,频频地点着头。

"什么时候完工啊?"

"二十二号下午。"

夫人的先生是T大工学部的教授,九月底要参加在京都召开的国际会议。夫人是为了出席晚宴,才特意定做了这顶帽子。

"去不去喝杯咖啡?"

中山夫人边把帽子放回柜台边邀请着冬子。这段时间夫人只要来店里,都会邀上冬子去喝咖啡。

她只有一个独生子,已经上了高中。夫人过得很悠闲,冬子却整日忙得不可开交。有时她实在不想去,却又无法拒绝顾客的好意。

两个人出了店,来到隔着两幢大楼的"含羞草馆"咖啡店。这里的店员是五名小伙子,好像很中夫人的意。

"冬子,你的脸色不太好啊。"

"真的吗?"

冬子伸手轻轻地摸着脸颊。

两天前例假终于没有了,可腰部一带仍酸痛乏力。

"你这么瘦弱的身体,可别太勉强自己。"

"没有啊,不要紧的。"

夫人点着头,搅拌着咖啡,接着又说:"对了,前一段时间,我见到贵志先生了。"

贵志和中山夫人的丈夫是朋友,冬子还是通过贵志和夫人认识的。

"好像是去奥克拉饭店参加完宴会回来,身边被一群女人包围着,一副很开心的样子。"

夫人说到这儿,忽然意识到了什么,赶忙补上一句:"对不起呀!"

自己和贵志的事,不知夫人到底知道多少。也许顶多知道两个人曾经要好过,不至于连在青山公寓同居过的事都一清二楚吧?冬子揣摩着。

"那么才华横溢的人,肯定有很多女人迷上他,这也不足为怪啦!"夫人辩解似的说,"可是,贵志先生人蛮怪啊,身边已经有女人了,还要邀我去喝咖啡,我回绝了。"

夫人诡秘地笑着,察言观色地看着冬子。

"近来贵志先生没有来店里吗?"

"没有,完全没来过。"

"他是个大忙人,听说马上又要去欧洲。"

"是吗?"

"不是九月就是十月,听我先生说的。"

冬子尚未听贵志提及此事。就算贵志真的去欧洲,也不关自己的事。

"男人真好!四十二岁,还正值盛年。"

四十二岁,贵志的年龄。夫人比贵志只小一岁,今年四十一,打扮得花枝招展。

"下次,也邀上贵志先生一起吃饭吧?"

"好的。"

冬子点着头,同时隐隐地感到小腹到腰间的闷痛。

三天后的傍晚,贵志派人送介绍信来了。

五点过后,大街上到处是高声谈笑的女上班族,热闹非凡。这时一个二十七八岁的青年来到店里。橱窗里除了摆放着女士帽子外,也有男士用的巴拿马帽和澳大利亚草帽,因此有男顾客光顾也不足为怪。不过,年轻男性独自一人来店里倒是稀罕。

小青年踌躇地环顾四周,一见到冬子,就朝她走了过来。

"是木之内小姐吗?"

冬子点了点头,小青年随即从西服口袋里掏出一个白色信封。

"这个,是院长托我带给你的。"

信封上有贵志设计事务所的落款,封皮上写着"木之内冬子女士",是贵志清秀的笔迹。

"谢谢您特意跑来一趟。您在贵志那里做事?"

"我叫船津。"

小青年微微点了下头,递过来一张名片,上面写着"技师:船津海介",工作地点写着贵志设计事务所。

"您叫海介吗?"

"因为姓和海有关系,所以就连名字也这么起了。"

"那是令尊取的名字吧?"

"当然。我不可能一起参与起名字啦!"船津正儿八经地回答后,接着说,"关于医院的事,因为上次的熟人不在了,所以改成了别的医院。"

"别的?"

冬子打开没有封口的信封,里面只装了一张名片。

冬子忽然意识到眼前的小青年恐怕已经知道请贵志帮的什么忙了,霎时红了脸。他虽然信守承诺,无奈却如此粗心大意,这正是贵志的毛病。冬子没有取出名片看,转而问道:

"贵志先生已经从大阪回来了吗?"

"本来预定今天回来,但临时绕到京都去了。我一个人先回来的。"

"这么说,你也一同去了大阪?"

"是的。他说如果有什么问题,你可以给京都的京都饭店打电话。他晚一点儿会在。"

"知道了。"

"那我就先走了。"

青年如释重负似的长出了一口气,转身走向暮色中的大街。

如船津说的那样,贵志的介绍信没有介绍上次去的明治医院,而是介绍的目白都立医院的妇产科主任。

好像是在大阪找人帮忙,找到一位大阪的山内医学博士,名片一隅工整地写着:麻烦请给熟人木之内冬子进行诊断,请多多关照!

冬子看着介绍信颇感踌躇。

她并非只信任明治医院,只是不想去其他医院。如果是一般的感冒、小伤小痛倒也无妨,就是害怕去陌生医院看妇科方面的病。

而且,虽然目白离这里不远,从原宿乘坐山手线只需要十多分钟,可她对那一带很陌生。

还有,贵志介绍的是一家公立医院,这点也让冬子感到不踏实。既然要看病,绝对是大医院好,可花的时间相对也多。

关系到自己的身体,多花些时间也并不为过。可例假时间来得长,毕竟只能算是小病,根本没有必要跑去大医院。

不如先去明治私立医院,一旦发现有问题,再去目白医院也不迟吧。

可是,明天下午两点已经有约,要和银座 S 百货公司的男采购员洽谈业务。

那就提早出门,先去一趟明治医院诊察一下,只要两点前赶回店里就可以。

最近,例假也基本干净了,只是腰部还有酸痛感。虽说没有不舒服到非去医院看不可的地步,可也不能老这么耽搁着,但去大医院看就是小题大做了。

就按船津青年说的,往京都打个电话跟贵志商量一下吧,告诉他介绍信已经收到了,最好跟他说这次先去附近的医院看看。

当天晚上,过了十一点,冬子就想给京都拨电话。

船津说了贵志晚一些会在,他是不是已经回来了?以贵志的个性而言很难说。和冬子同居的时候,他常常会在外面喝到凌晨一点多。不过即便喝得酩酊大醉,步子也不会乱。青山公寓的住所离电梯比较远,冬子好几次躺在床上,听着逐渐走近的脚步声。

贵志现在是不是又以那样的步履,走回饭店房间?

冬子想到这些,就又放下了手中的电话。

本来已经想好给贵志打个电话说一声,可船津青年说"如果有什么问题"的话,始终让冬子难以释怀。

第二天,冬子九点就离开家去了明治医院。九点半抵达,候诊室里已经有两位女性等候在那里了。

冬子坐在长凳一头,尽量避免和她们的视线交会,只是静候着护士叫她的名字。

医院的名字依旧,听说就只换了院长,候诊室和挂号处的格局也没变。在走廊的尽头,分娩室和手术室的牌子并排挂在那里,一切都和过去一样。

先来的两位妇人好像只是做些普通检查,很快就完了,没过五分钟就叫到了冬子。

在护士的带领下冬子进了检查室,看到大夫正坐在正面的桌子前,翻阅着病历。

两年前来的时候,是一位留着胡须的偏胖大夫。这回换成了一位高个儿的年轻大夫。

"以前来过这里吗?"大夫一边看着病历,一边询问着。

"两年前来过一次,做了人流手术。"

冬子想说当时是一位姓能见的人介绍她来的,一转念又觉得没这个必要,于是缄口不谈了。实际上,冬子也只是隐约记得介绍人的名字,并不敢肯定就姓能见。贵志肯定认识对方,冬子本人未直接见过介绍人。

"例假来的时间比较长吗?"

冬子点点头,并告诉大夫,例假前后几天腰部都有些酸痛,下腹部也有轻度闷痛。

"到初夏为止,一切正常?"

"是的,没有什么异常感觉。"

"是单身吗?"

"是的。"

病历上有"已婚、未婚、生产、配偶年龄"等栏,大夫顺手圈了圈。

"那就检查一下吧。"

大夫站起来,护士立即说:"这边请。"右手指着白色帘子后面的检查台。

"请在这里脱下内裤,躺上去。"

圆脸护士看上去也就二十二三岁的样子。

两年前因怀上贵志的孩子,躺上这个检查台,当时冬子浑身发抖,半天都上不去。那时甚至想:面对这般羞耻难堪,真是生不如死。冬子双腿蜷曲着被固定在支撑架上,眼泪扑簌簌地流着,接受了人流手术。

如今，应该可以比较镇静地上这个台子了。

但，唯独妇科检查，不管多少次，也不可能习惯。一方面因为在检查台上的姿态实在让人难为情；另一方面，就冬子来说，还要将瘦弱的下半身全部裸露出来，真让人痛苦难堪。

冬子并不觉得自己的身体弱不禁风，她也不以为瘦得难堪，也许是因为骨骼细小的缘故吧，显不出肉来。尽管已经过了二十五岁，私密处的耻毛还是淡淡的，隐约可见。

"简直就像少女似的。"贵志曾经这样讲过。

冬子比同龄人的初潮来得要晚些，曾为乳房发育得过小而感到自卑，可贵志却说，他恰恰喜欢冬子那种似乎随时都能被风吹倒的纤细。

现在，冬子把纤细的双腿张开，闭上了眼睛。

就这样过了几分钟。

忽然一股凉飕飕的感觉掠过。又过了一会儿，护士说："好了。"冬子从支撑架上撤下腿，下了检查台，赶忙穿上衣服。

"请。"护士说。冬子从帘子里出来，看到大夫正坐在桌前，在病历上写着什么。

"现在几乎没什么疼痛吧？"

"是的……"

大夫在病历上又记了些什么，然后仰起脸。

"好像是子宫肌瘤。"

冬子呆呆地凝视着大夫的脸，或许是由于太突然吧，她一时无法理解对方的话中之意。

"因为有肌瘤，就会导致例假时间延长，腰部乏力，小腹疼痛。"

说了两遍，冬子才缓缓颔首。

"那该怎么办呢……"

"最好做手术,把肌瘤摘掉。"

"要是放着不管的话,会转成癌症吗?"

"那倒不会。肌瘤一般不会长得太大,但还是摘除的好……"

"那子宫会……"

"你没有孩子吧?"

"是的……"

"现在这种程度,可以只做肌瘤摘除手术,我想是可以治愈的。"

大夫又在病历上写了一行字。冬子等他写完,又问:

"必须尽快动手术吗?"

"也不急于在这几天,当然是越快越好。"

冬子专注地看着大夫的表情,慢慢地点点头。

出了医院,正午的阳光明媚四射,一直持续到几天前的残暑因下了一场雨而退去,已有点秋高气爽的味道了。

冬子沿着明治外苑的梧桐林荫道信步走着,在十字路口处上了出租车。

"去原宿。"说罢,立刻又改口道,"去参宫桥。"

原以为检查会需要很长时间,出乎意料的是很快就做完了。直接回去,中午前就能赶回店里。可是,冬子并没心思马上赶回店里。

她想独处一会儿,分析一下自己的病情。

坦白说,冬子没有想到自己的病情会如此严重。她一直乐观地认为:大不了就是例假近来不太正常,有腰酸之类的感觉,顶多吃点儿药、注射点儿荷尔蒙,很快就会好起来。可以说,她根本就没太当回事。

可这下子宫里长了瘤子，看来还是赶快做手术摘除的好。

怎么可能子宫里长了肌瘤？大夫说"多半是体质问题，不会是其他什么原因导致的"。

冬子突然为自己的身体里不知不觉长出了这种东西感到心悸。

冬子母亲的堂姐曾做过子宫肌瘤摘除手术，"含羞草馆"的老板娘也是因为同样的病住进了医院。可她们俩都是年龄很大的长辈了，堂姐已经年过四十，"含羞草馆"的老板娘也已经三十七八岁了，像冬子这样才二十多岁就长了子宫肌瘤的，似乎很少见。

到底这是为什么呀……

冬子给自己铺了张垫子，坐下，默默地瞧着自己的小腹。

那天她穿了一件带圆点的乔其纱连衣裙，松松地收着腰身，喇叭形的裙摆下，凸显出纤细的肢体。从表面上看，根本看不出身体里潜伏着这样的异常。

这难道是真的吗？

冬子还是难以置信。

会不会是那位大夫搞错了？不是说肌瘤很容易就能诊断出来吗？冬子感到惴惴不安，尽可能往好处想自己的病情。

冬子的公寓，在小田快线的参宫桥站附近，站前有个缓坡，公寓就位于坡路的尽头。这一带是住宅区，建筑都不太高，五层楼居多，地下是停车场。

冬子的房子在三层，一进门是一间十榻榻米大的客厅，里面有一间八榻榻米大的和式房间。

如果在家里办公,就显得窄小,可若是一个人住,就蛮舒适。

回到家里,冬子一屁股坐到了沙发上,茫然地看着窗外。

并没有剧烈活动,就感到很疲惫。也许是心理作用,腹部传来阵阵的闷痛。不知为什么,冬子忽然觉得很无助,似乎骤然间就变成了病人。

冬子眺望了一会儿窗外秋空的浮云,起身往店里打了个电话。

铃声响了一会儿,接电话的是里村真纪。

真纪因为家住在明治上原,从高中时代起就一直游荡在原宿一带,可以称得上是地道的"原宿一族"了。

冬子事前曾和真纪打了招呼,说"今天要和采购人员见面,来店时间可能会推迟一些"。

"事已办完了,忽然又想起了一件事,就又回了趟家。有谁来过店里吗?"

"只有川崎小姐刚刚来过,其他就没有了。"

"那,我下午两点以前赶到店里,要是有什么事,就往我家里打电话吧。"

"好的。刚才贵志先生来过电话了。"

"是吗?说了什么?"

"我说老板娘不在,他说那就算了。"

"噢……"

冬子淡淡地回应着,然后就挂了电话。

虽说已经到了秋天,可白天阳光依然很强烈。冬子到阳台上晒了会儿太阳,就进了浴室。

早上出门前刚冲过澡,可总觉得若不再洗一遍身体,情绪便很难稳定下来。

浴缸放满水后,冬子慢慢地把身子浸进去。

冬子白皙的肌肤,显得有些苍白。

"血管都映透出来了。"贵志曾这样说过。手背和腋下,更是明显。

冬子搅动着浴缸里的泡沫,使劲擦洗着身体,直到雪白的肌肤上显出红血丝。

医院的检查台上沾染着各色女人的气味,她要全部洗掉才安心。擦洗完后又冲了淋浴。正要跨出浴缸时冬子忽然想到,子宫生出肌瘤,会不会与做掉贵志的孩子有关?

当然,这样的念头毫无道理可言,只是脑海里突然闪过了这一臆想。

如果堕过胎就会罹患肌瘤,那凡是做过人流手术的女性就都无法避免了。何况,大夫也明确否认了这个说法。

可终归……

人流手术的记忆,总是会和对贵志的回忆纠缠在一起。把肌瘤和人流扯到一起,也就连带上了贵志。

"真是怪啦!"

冬子自言自语地念叨着,同时看向镜子里的自己。近来由于担心病情,简直就是食不下咽,体重一下子掉到了四十公斤以下。脸也瘦了一圈,只有眼睛变大了。

要是需要做手术,就必须更多地补充体力才行。

难道真长肌瘤了……

冬子脑海里浮现出给她做检查的大夫的面容。说实话,那医生给人冷漠的感觉,看上去也就三十二三岁。并不是不信任这个大夫,只是觉得他还太年轻。

院长到哪里去了呢？依然叫"明治医院"，却换了院长。

冬子迟疑了一下，看了一眼挂号证上的电话号码，就给明治私立医院拨了电话。有人接电话，听口气是个护士。大夫们也许都在午休。

"院长先生在不在？"冬子若无其事地问道。

"有点儿感冒，所以休假了。下周要到外边去出诊。"

"那今天是哪位大夫当班？"

"从医大医院请了一位顶班的大夫。请来吧。"

"谢谢！"

冬子向电话对面的人鞠了个躬，就放下了电话。

果真，今天是顶班的大夫。

那该怎么办？

冬子从手提包里取出船津小青年捎来的名片。如果要做手术的话，最好还是去大医院吧，小医院还是让人不安。

冬子正拿不定主意，看着手里的名片，不知不觉就又想到要见贵志。

本来已经彻底分手了，可偏偏遇到了自己拿不定主意的事。四年间耳鬓厮磨出来的安全感，由不得她不想起贵志。

真烦死人了……

冬子无法原谅这样的自己。既然分手了，就希望能彻底忘掉。不管贵志想法如何，都不能再让自己的心情受他的干扰了。

想归想，可现在得了病，无可奈何啊。

冬子替自己找着理由，还是决定明天先去目白医院。

第二天上午，冬子去了目白医院。

妇产科的主任,长脸庞,看上去温文尔雅。检查结果和明治医院那位大夫说的相同。

断定是子宫肌瘤,而且劝她最好动手术摘除。

"做了手术,就不能生孩子了吗?"

因为是老大夫,冬子就可以毫不顾忌地问。

"你还独身,只摘掉肌瘤就可以,最好还是保住子宫吧。"

不管是一个什么样的手术,只要子宫能够幸免摘除就好。

"只是我们医院的病床现在爆满,估计要等半个月左右。"

冬子不知所措了。虽说暂时放着也无碍,可终究叫人不踏实。一想到肚子里有那么一个异物就坐卧不安。

"手术并不难做,如果附近有其他熟悉的医院,也可以到那里去做。"

"私人医院也行吗?"

"没关系!"

也许是国立医院的缘故,大夫很直爽。

一直认为做手术是大医院做得好,可大医院的手续却很烦琐。今天还有介绍信,光看就花了大半天时间。

冬子心里还是倾向于在明治私立医院做手术。做人流手术,在私人医院会感到很放心。病房的情况和医院的结构也大抵了解了。而且,不叫妇产医院,而是叫私立医院,可减轻不少心理压力。

离开目白医院,下午一进店里,就接到贵志的电话。

"现在,就要去东京了。"跟往常一样,贵志的话,总是说得很唐突。

"还在京都吗?"

"工作耽搁了一些时间。对了,你去医院了吗?"

"去了。"因为身边有别的女职员,冬子支吾着。

"怎么样?是哪儿有问题吗?"

"这件事,等你回来再说吧。"

"我搭乘三点的新干线,六点到东京,然后去有乐町和人碰面。大概七点多去你那里找你吧?"

"来店里?"

"不方便吗?"

"不……"虽然没有什么不方便,冬子还是希望尽可能避免在店里碰面。

"那,就在明治大街法国名店大楼的六层一家叫'沙罗'的餐厅。我们七点半在那里见面吧?"

"好的!"

"我现在还要先绕到冈崎一下,然后就去坐新干线。"

贵志一贯忙忙碌碌。

坐落在明治大街的法国名店大楼,是日本著名的法国名店集中地,白底黑色的华丽大厦里有卡登、迪奥、威加洛等法国服饰界的代表性名店,还有珠宝界的卡尔佳、香水界的尼娜莉奇,甚至西里尼、第凡奇等法国名店。

因为都是些进口的高档品,一般人是不敢问津的。不过,光是闲逛浏览橱窗里的展品,也可以大饱眼福。徜徉其间,就会以为置身巴黎了。

贵志说的沙罗餐厅就在这座楼的六层。

中山夫人曾经带着冬子来过一次。虽然是在大楼内,但空间宽敞,装饰奢华,每张桌子上都摆放着蜡烛,营造出华丽的气氛。

冬子下了电梯,正要往里走的时候,店里的服务生迎上来打招呼:"是木之内小姐吧?"

冬子点了下头,服务生就走在前面引路。

贵志已经到了,正坐在中央左手边能看见屋顶花园的窗畔座位上,等待着冬子。

"对不起,我来晚了。"

"哪里,我也是刚到的。"

贵志从酒单上点了瓶法国葡萄酒后,就翻开了菜单。

"午饭就没吃,真饿了。你想吃点儿什么?"

"我不太想吃什么。"

"还是吃点儿荤菜吧。"

贵志主动点了两份奶油大虾汤和烤牛排,然后,举起酒杯。

"好久不见了。"

冬子也举起酒杯,和贵志碰着杯子。

"一年半了吧?"

"两年了。"

和贵志最后一次见面是在"圆帽店"开业的时候。和当时相比,贵志好像胖了一点儿。

"过得怎么样?"

"嗯,还好。"

"你一点儿都没变,还是那么苗条。"

贵志说着,点燃了一支烟。

"对了,医院说了些什么?"

"说不太好。"

"哪儿不好?"

"说是长了子宫肌瘤。"

"肌瘤?"

"大夫说最好是动手术。"

贵志望了一下冬子,把视线移到了窗外的庭院。也许是夏天开了露天餐饮的缘故,餐桌和椅子都被堆到了墙角处。

"非要做手术吗?"

"倒不是马上就需要做手术,说是越早越好。"

"你这么瘦弱的身体,怎么吃得消?"

贵志向冬子投去了怜惜的目光。

"是大手术吗?"

"大夫说没什么大不了。"

"要是做的话,那就在目白医院做吧。"

"可那里的病房现在没有空床位,我打算去上次的明治医院。"

"你去了明治医院啦?"

店里服务生拿来了餐具,摆在两人面前。

要是一般的男女朋友,不会这样说话,会说一些营造气氛的话。能这么毫无顾忌地开诚布公,一定是有了多年肌肤相亲的男女才会有的默契。

"味道很不错啊,喝喝看。"贵志说完这话后,又像是想起了什么,"要是不做手术,会怎样?"

"会更不好……"

今后例假就会更不正常之类的话,是羞于启齿的。

"那你想好了吗?"

"还是下周做手术吧……"

"这么快就手术啊?"

"不行吗?"

"从下周三,大约两个星期,我必须去欧洲的。"

"我从中山夫人那里听说了。"

"我想起来了,前一段时间,我偶然在饭店大堂遇见过她。她特意过来邀我一起去喝酒,我表示了谢意。"

"是这么回事?她说你和几位漂亮的女人在一起……"

冬子话一出口,立刻感到不妙。真不该再对已分手的男人和别的女人在一起加以评论。

"等我从欧洲回来之后再手术,好吗?"

"你说什么?"

"手术时间不能延一下吗?"

"我的事就不用你操心了。"

"可是,都要做些什么准备呢?"

"我自己能行。"

冬子拒绝了。她觉得他这个人怪里怪气的。

贵志到底在想些什么?只是出于礼节性的安慰,还是出于情感上的难以割舍?两年前就分手了,一直就没再见面,又该如何解释?

可是,冬子自己也扯不清。如果只是感到身体不舒服就一个人默不作声地去医院好了,根本没必要跟贵志打招呼。还不是自己主动打了电话?

今天两人见面,说来也是由冬子引起的。

两年前分手的时候,冬子说"以后我们就以朋友相待吧",打算彻底了断男女之间纠缠不清的关系。事实上,这两年两人之间也确实什么都未发生过。

仔细想想，"以朋友相待"这话背后，蕴含着"不希望从此形同陌路，从此就再不见面"的潜台词。明显不希望对方将自己彻底忘掉，而是要时不时地保持联系。要真想一刀两断，就不会说做朋友之类的话，就会一直怨恨对方，耿耿于怀。

漂漂亮亮地分手，这想法太天真了。一方面是糊弄自己、糊弄对方，另一方面也为逃避分手时的痛苦找到一种说辞。

现在见面的两人之间，难道真是出于友情……

冬子拿着叉子的手停顿下来，思考着。贵志曾说"遇到麻烦来找我"，这不是真遇到麻烦了吗？一旦见面，吃个饭，也是不足为怪的。正常的朋友之间也会如此。

今天，冬子表现出少有的沉着冷静。也许是因为和盘托出了病情，心里一下子如释重负了。

贵志大模大样地吃着饭，很放松，毫无任何拘谨。

分手的男女，果真能如此坦然面对吗……

"在想什么呢？"贵志拿起酒杯问，"是不是在担心手术？"

"倒也不是……"冬子缓缓地摇着头。

"先别想了，还是多吃点儿吧。"

"嗯。"

冬子点着头，简直不像一对分手的男女。

主菜吃了有一个小时，然后上了甜点。

最后，冬子还是决定在明治私立医院做手术，两人之间的谈话以贵志的默许而结束。

"那还是下周做手术吧？"

"那好。"

"别担心，小心一点儿就是了！"

关于做手术的事,本来没必要征求贵志的同意。可说过了,冬子就会感到轻松一些。

"一会儿怎么办?"

"什么怎么办?"

"还有事吗?"

"没有。"

"再去喝点儿什么吧。"

冬子瞅了贵志一眼。这个人究竟在打什么主意?似乎已经忘了两人早已分手,难道仅仅是作为普通朋友去喝酒吗?

"反正先出去吧。"

贵志起身拿了账单,冬子也就跟随其后。

在店门口,贵志和店老板寒暄了几句,之后,就上了电梯。

"现在喝酒没事吧?"

"什么意思?"

"你有病了。"

"不碍事。"

贵志点了点头。下电梯时,楼里的店,都已关门了。

"好久没去赤坂的'星期三早晨'了吧?"

"去'星期三早晨'吗?"

"不喜欢吗?"

"星期三早晨"还是和贵志同居的时候经常去的一家酒吧,在赤坂的TBS附近,店里的妈妈桑曾经营过一家影视公司,所以经常有演艺界的人士光顾。

并不是没兴致去,和贵志分手时,那里的妈妈桑曾陪冬子喝到深夜,当然也就晓得她和贵志分手的事。

"你时不时会去吗?"

"从那以后大概去过两三次吧。好久没去了。"

冬子想:还要去两人要好时去过的店,真不知贵志究竟在想什么。说来,已好久没见到妈妈桑了。

冬子缄默不语,贵志就认为是默许了,在过了信号灯的地方打了辆出租车。

"去赤坂。"

出租车出了参拜大道往左拐去。

"这次去欧洲都去哪些地方?"

"去荷兰和法国,主要待在阿姆斯特丹。我不在的时候,如果有什么情况,可以跟上次给你送介绍信的青年联系。"

"是船津吗?"

"嫩了点儿,可人很机灵。"

冬子想起了他的名字叫海介。

进了"星期三早晨",右侧摆放着柜台,在弯曲成L形的拐角处有一个包间。也许是才八点钟的缘故,柜台前只坐了两对客人,店里显得冷冷清清。

"哎呀呀……"正和客人在柜台前闲聊的妈妈桑看到他们进来,张开双臂迎上去,"好久不见啦!"

"没倒闭,还开着呢?"

"你这个乌鸦嘴!怎么压根儿就不露面啦?"妈妈桑把手搭在冬子的肩上,问道,"还好吗?"

"嗯,还好。"

妈妈桑一定会觉得:和贵志分手的时候,那么一番闹腾,可后来就不见了踪影。冬子也觉得有些愧疚。

"贵志的酒,还放在那里,已经落满了灰尘。"

"那个就不要了,再开一瓶新的吧。"

"真是好久没见!"

妈妈桑开了一瓶新酒,兑好了威士忌后,就打量着两个人。

"在忙些什么呢?"

"还能忙什么,工作呗。"

贵志应答着。可妈妈桑问的好像是两人的关系。两年前,那么果断地分了手,可现在又一起来喝酒,妈妈桑感到好奇也在情理之中。

"最近,中山先生也来过,还说到了你们俩。"

中山先生就是中山夫人的丈夫。最先是贵志带中山先生到这里来的。自那以后,好像先生就时不时地光顾店里。

"先生说'冬子更瘦了',很担心的样子。"

是不是先生从夫人那里听到了有关冬子的传闻?

"还是先干杯吧!"

妈妈桑也给自己倒了杯酒,三个人一起碰了杯。

"以后还是要经常来呀。有这瓶酒在这里,冬子可要来啊!"性格爽快的妈妈桑,半开着玩笑地说,"今晚是幽会?"

"幽会?"贵志反问。

"你们俩,很般配呀。"

"妈妈桑,有没有搞错啊……"

"哎呀,是吗? 不管你们俩的事了,只要你们来喝酒就好啦。"

"会来的。"

"不一定非和冬子一起来呀。"

妈妈桑一边调侃着,一边觉得两人像是又重归于好了。

冬子不太能喝酒。喝下两三杯兑水威士忌后,就浑身发热,眼睛周围也泛起了粉红色。贵志曾说"这时的冬子很性感",冬子的酒量不过如此。冬子再多喝的话,全身就会软绵绵的,话也会多起来。两年前,和贵志分手时,冬子就和妈妈桑说了一个通宵,那也是因为酒喝多了。

三十分钟过后,冬子脸上微微泛起了红晕。不用照镜子,通过浑身发热的身体,就感觉出来了。在"沙罗餐厅"已经喝过红酒,在这儿又喝了两杯兑水威士忌,那是自然的了。

"再多喝点儿怎么样?"贵志劝着酒。

"不了,已经够了。"

冬子用手捂住酒杯。倒不是不能再喝了,可再喝下去,就怕更要依赖贵志了。

冬子想:单身生活是很寂寞,可还是要靠自己坚持过下去。其实,冬子和贵志刚见面时,就做好了不让自己崩溃的心理准备。

这次见面,只是为了商量病情而已,是为这事碰面,然后又在一起吃的饭。不是只为了见贵志,而是有事情才见面的,冬子这样叮咛着自己。

为了见面,冬子煞费苦心,可贵志却是一副若无其事的样子,谈完病情,就去吃了美味。美餐一顿后,贵志又邀冬子夫两人过去经常光顾的酒吧,而且兴致勃勃地和妈妈桑闲聊,毫无别扭之感。

贵志的这种做派,让冬子既感到恼怒,又有些眷恋。

"怎么样啊?再去下一家喝酒吧?"

"我差不多该回去了。"

"又没有什么急事,非要赶回去干吗?"

"可是……"冬子站了起来。

"哎呀,这就回去了吗?"妈妈桑赶紧走过来,"下次一个人也要来啊。"

"好的。"

冬子和妈妈桑寒暄后,就出了店。正赶上电梯已经往下去了,两人就走了楼梯。

"还是要回去吗?"下到最后一层台阶时,贵志问。

"嗯……"

"那我送送你吧。"

"没关系。一个人能回去。"

"真的?"

贵志颔首,伫立在那里看着冬子。

"那从欧洲回来以前一直都见不到面吗?"站在霓虹灯下的贵志问。

冬子也搞不懂为什么自己突然会有那样的心情。至少在从"星期三早晨"出来之前,冬子是打算和贵志告别的,之后,就径直回家。

但,冬子突然改变了主意。

这是为什么呢?是因为贵志执意打了辆出租车,要送一个人回家的冬子,还是在暗淡的出租车内,感受到了坐在身旁的贵志?可从法国名店大楼到赤坂,贵志也是坐在冬子的身旁,那时,自己还很沉得住气啊!

还是因为贵志说的"一直都见不到面"那句话,产生了效力?

的确在那一瞬间,冬子的内心深处,油然产生了恋恋不舍之情。

下周贵志就要去欧洲，冬子要是动手术的话，今天是两人能在一块儿的最后时间。出发那天，即便能去送行，机场上人来人往，只能照个面而已。半个月后，贵志从国外回来，或许能来探视一下，那也要等冬子做过手术之后。

今天是能以健康的、没有任何创伤的身体面对贵志的最后一天了。再重逢时，就不再是没有伤痕的身体。一股凄冷感乘虚而入。

当出租车穿过外苑的林子朝参宫桥的陆桥靠近时，冬子小声地抽泣起来。

"怎么啦？"

"好怕！"

看到冬子惴惴不安的样子，贵志默默地将冬子拉到了自己怀里。

结果，又是冬子自己招惹的。嘴上说一个人回去，可又不舍得和贵志分开，冬子心理上的动摇，最后导致了他的亲热举动。

还是贵志看透了她的心思，他看到冬子害怕的样子，就搂着冬子的肩膀说：

"没关系，用不着担心。"

"……"

"不是只住十天医院就可以出院吗？"

冬子轻轻地摇了摇头。

现在的冬子，并不是害怕这些。当然，一个人住院做手术是很恐惧。但，冬子最担心的，还是自己的身体将会受到创伤。不光是皮肤上的，万一子宫被切除了呢？尽管大夫说不必担心，但要是真把子宫一道切除了，那还能算得上是女人吗？

说不定，今夜是作为女人的最后一夜。就今夜一夜，和贵志厮守在一起，就算是对还未受伤害的女人之身做最后的道别吧。

冬子自从搬进参宫桥的公寓，没有让任何男人进来过。贵志也是初次登门。

冬子和贵志分手两年后，再没有过两性关系。

当然，冬子的身边也还是有几个爱慕者的，有服装学院理事长石川、时装设计师伏木，还有S百货商店的采购员木田，大家都对冬子表示出了柔情蜜意。冬子知道，他们都有着超越做一般朋友的念头，希望是作为男人和女人来幽会。

只要冬子愿意，他们中的某一个就会取代贵志。

实际上，冬子也不是没有做过喜欢其他男人的努力。冬子想：干脆赶快爱上哪个男人，赶紧从和贵志分手的痛苦中解脱出来，这样就可以彻底地和贵志快刀斩乱麻了。因此也有和其他男人喝酒，自己把自己灌醉的时候。还当真借着醉醺醺的酒劲，吻过木田一下。

但每次不管喝得多么酩酊大醉，冬子还是坚持一个人回家。这在竞争激烈的服饰界，身为单身女人，尤其像冬子还有这种冒险举动，能够支撑到今天也真算是万幸了。

冬子正是因为独身一人，没有固定的男人，那种孤独无助的样子才激发起身边这些男人的怜香惜玉之情。石川在自己举办的服饰沙龙上，展示着冬子制作的帽子；木田答应在百货商店里进帽子的成品；伏木帮助她进入帽子商的展销会……这些全是出于男人们对冬子的怜爱。

可无论他们怎样示好，冬子都无心跨过最后一道防线。即便被邀请去吃饭，喝得蛮开心，一旦感到气氛不妙，就赶紧溜之大吉。

冬子尽管渴望着重新恋爱，却总是进入不了角色。

这是为什么呢？

倒不是因为冬子有意不忘记贵志。冬子经常这样叮嘱自己：和贵志已经彻底结束了，而且，是自己主动提出来的，关于贵志的一切，什么都不必再想了。

冬子这样做，反过来，也正说明了冬子还是割舍不掉和贵志的情感。

贵志跟着冬子进了房间。

一进门，就是一间十榻榻米大的客厅，客厅的左手摆放着装饰柜和书架，中间放着招待客人的茶具，右手淡蓝色的门帘内侧是厨房，餐桌就摆在厨房前面。

中间的茶几上，昨天冬子刚插的白黄两色菊花正鲜艳地盛开着。为了冲淡独居的冷清，冬子的房间里总是摆着鲜花。

贵志一进门就坐到了茶几后的沙发上，环视了一番。

"房间不错啊！"

"喝点儿什么吗？"

"有白兰地吗？"

"在那个装饰柜里。"

冬子还没动手，贵志已经自己拿出了人头马酒瓶。

"常常是一个人坐在这里吗？"

"当然了。"

冬子拿出酒杯，贵志斟上酒。

"还是很像的。"

"指什么？"

"房间里的感觉。"

"不会吧？"

冬子用力摆着头。

从青山公寓搬到这里时,冬子把以前用过的家具几乎不是送人就是卖掉了。

床、装饰柜、接待客人的茶具等都换成了崭新的,没换的也就是衣柜和音响了。凡是和贵志沾边的东西,都处理了。冬子当然知道,这需要一笔很大的开销,并要花费很大的精力,可她的洁癖驱使她非得如此。

可贵志却说"不知怎么回事,还保留着青山公寓的气氛",这到底是为什么呢?

"这里很幽静,是个好地方啊。"

贵志一口喝掉白兰地,来到了窗前。

因为是三楼,又在山坡上,从冬子的房间看出去,目光越过参宫桥车站的灯火,可以眺望到明治的树林。白天可以看到的开阔的天空,现在却成了没有星星的夜幕。

"那个光是什么呀?"

贵志把额头贴在玻璃上轻声问。

"大概是涩谷的广告牌吧。"

冬子站到了贵志身旁,沿着手指的方向,看到广告牌的霓虹灯在明晃晃地闪烁着。

"都已经过去两年啦。"

"唔?"

"搬到这里。"

"是吧……"

正当冬子点头的一刹那,贵志的手臂抱住了冬子的臂膀。

"不行……"

冬子迅速将身体往后退了一步,贵志全然不顾地一把将冬子拉到了怀里。

仰着头伸着下巴,冬子站在窗前,嘴唇就被吻了去。

一阵长长的接吻之后,贵志把嘴挪开,喘了口气,然后抚弄起冬子的头发。

心里面想着不行,可冬子的身体却一动不动,还不由自主地把脸埋在了贵志的怀里。

现在,在冬子的身体里好像有两个冬子:一个是想要接纳贵志的冬子;一个是要抵触贵志的冬子。冬子就处在这两者之间,慢慢闭上了眼睛。

倒不如,贵志干脆点儿好了。

不容抵抗,粗暴地对待她,冬子反而可以获救了。如果遮遮掩掩,反倒受罪。贵志好像看透了冬子的心思,一下子就将冬子抱了起来。

"真讨厌!"

冬子摇摆着头,贵志没有一点儿退缩的意思,紧紧地将冬子抱在怀里,往里屋的床上一丢。

"放下我……"

真是一个厚颜无耻的男人啊,跑到别人家,就像在自己家似的为所欲为。难道女人们都觉得:事态能按照自己的意志而转移?

冬子一面摆着头踢着腿,一面尝到了一种被强迫的快感。一面觉得贵志是个任性可恶的家伙,另一面又同时感受到了某种快慰带来的甜蜜。

今天早上,冬子临行前,整整齐齐地叠好了被子,还罩上了小花图案的床罩。喜欢整洁的冬子,只要房间的某个犄角旮旯稍有凌乱,就会感到心神不宁。这会儿,冬子被仰面扔到了自己收拾得平平整整的床罩上。她挣扎着想起身,可两只胳膊被贵志死死地按住了,肩膀一点儿也动弹不了。

在暗淡的暮色里,冬子只是摇晃着头。

贵志在等着冬子平静下来。

"真讨厌。"

霎时,贵志妻子的形象掠过了冬子的脑海。以前只要一想到那张脸,后背就直冒冷汗,现在记忆却已经模糊了。冬子现在并不想将贵志从他妻子那里夺过来,现在已经不同于两年前了。

现在被贵志抱在怀里,只是为了消除手术前的胆怯,想在身体还没有受到创伤之前,再感受一次被爱的喜悦。

贵志解开冬子胸前的衣服,吮吸着小小的乳头,冬子闭着眼睛,感受着那份温柔悸动。

那个执拗理性的冬子消失了,取而代之的是一个真实率性的冬子。不情愿的心理倏然消失殆尽,眷恋之情充盈着冬子的心。

"我真想了。"

贵志在耳畔窃窃私语,这话宛如当头一棒。

是他强要的呀……

冬子给自己找了一个说法,就完全把身子交给了贵志。

女人是不是都爱给自己找个说法?女人有了理由,胆子就大到可以什么都不管不顾了。

这是把没有受过创伤的身体最后给他的时刻了……

找到了这个理由,冬子甚至开始主动地参与到爱的嬉戏中。

贵志轻轻地将冬子背后的拉链拉下,冬子袒露出了胸口。要褪去连衣裙的袖子时,冬子还顺势把肩膀缩起来协助着。

摘掉胸罩的那一瞬间,冬子情不自禁地把胳膊交抱到了胸前。虽说知道自己的身体迟早会完全被贵志摆弄,但还是下意识地会用自己的手掌遮掩一番。

贵志绝不会硬来的。一点点地稳扎稳打,时而还像是忘记了似的停住了手,然后就又突然吮吸冬子的嘴唇,从颈项吻到背部。

不是硬来,而是等待着女人的迫不及待。这正是贵志可恨的一招,也是他的温情之处。

"那个……"

冬子已经不再犹豫,用上半身的晃动来诉求着自己的饥渴。

贵志这时像是获得了命令似的,静静地开始往下半身摸去。后背就那么敞着,衣服彻底被解除了,最后长筒袜也被脱下。

一年到头,冬子内衣只穿胸罩和内裤,穿多了怕破坏了身体的线条。

把穿在瘦小身体上的似有似无的长筒袜脱掉之后,冬子的身体已是一丝不挂。

冬子像是要遮掩羞怯一样,将身体紧紧地贴到了贵志身上,紧紧地连一点儿缝隙也不留地拥抱到了一起。冬子的身子虽然很瘦弱,但并不是那种硬邦邦的,只因骨骼小,脂肪也就显不出来。

"很香甜的身子啊。"贵志以前就曾这样说过。

"身材苗条,但不是瘦骨嶙峋,肩和腰身都很圆润。"贵志这样描述着,或许是一种爱意的表达……

贵志在让冬子充分等待之后,蠢蠢欲动起来。舐舐着那甜甜的肌肤,贵志再一次从颈项爱抚到后背,就像是吃着道旁的草一样吮吸着乳房,接着轻轻把手伸到了下半身。一开始有些忐忑,然后就越来越胆大,贵志的手指让冬子燃烧起来,过了一会儿,终于按捺不住了。一直等到冬子哀求起来,贵志才进入。

两年的空白,冬子此刻感受到某种感动和战栗,放任自己坠入了一个浩瀚的世界。

好像从遥远的旅途归来,又像是从深深的海底复苏,冬子懵懵懂懂地睁开了眼睛。等回过神的时候,已是带着倦怠,带着依依不舍的感觉。

一睁眼就看到了贵志的喉头和宽敞的胸肌。这是那四年里,冬子无数次观看过的风景。

"冷不冷?"突然响起了贵志的声音,贵志的手也同时抚上了冬子的后背。

"好啊……"

也不知这是在询问,还是在自言自语,每次完事之后,贵志都爱这么说。

不用问的事还要问,也不知贵志是否满足了,这又唤起了冬子的羞涩。

在接受的时候,冬子也不知道自己都说了些什么,只是恍惚地记得从嘴里冒出了什么话。

"淫荡的孩子。"

贵志曾这样半调侃地说过,不是用取笑轻蔑的口吻,而是以做爱时自言自语的语气。

但这个说法,冬子听起来感到残酷。

冬子不知不觉地让另一个自己的面孔暴露无遗。虽然并不情愿让这个自己暴露在贵志面前,但一旦被卷入这个场景,就不受自己的掌控了。不记得自己做出了怎样的姿态,这是令冬子感到懊丧的地方。

回头想一想,贵志总是那么冷静,而且从不动摇。既兴致高昂,又保持着一分清醒。

这次一定又是用那清醒着的眼神,看着冬子纤细的身子在燃烧。

可现在的冬子,即便是被人窥到了淫荡的一瞬,也无力辩白。

冬子就像经过了一次漫长的航海归来的小船,静悄悄地把锚抛到了贵志的胸膛上。在身体里还残存着旅途后的轻微摇摆,懒洋洋的倦怠布满了全身。

在这之前,冬子一直对总是和贵志较劲的自己感到不可思议。为什么会那般执拗?为什么不能面对真实的自己?

那个一直在抵抗、挣脱的自己,已消失在遥远的过去,现在的自己只是一味温顺地顺从着。

"没关系吧?"

"什么呀?"

"你的肚子呀?"

这句话,终于把冬子拽回到了现实。

冬子一时间好像忘记了自己的病情,忘记了在肚子里有着一个硬块、下周就要做手术的身体。

也不知为什么,在冬子的身体内部依然还保留着近似麻酥酥的舒服感觉。

"真是奇怪!"

"什么呀?"

"没什么。"

冬子虽然病了,可还是有那种感觉,真是不可思议,她为自己比以前更加淫乱感到羞涩。

"真是可惜啊!"

突然,贵志念叨道。

"你说什么?"

"在这么漂亮的身体上……"

贵志的手摸到了小腹部,冬子赶紧后缩了一下。

冬子一下子就明白了贵志的意思。身体挨上一刀一定很疼痛,因此冬子比贵志还要恐慌。

"不过,只会留下小小的伤口。"

"大概吧,并不是担心这个。"

贵志温存地说着,冬子知道这是一种安慰,即便冬子自己也是这么认为的。大夫说只会留下一小道疤痕,要是就这么个程度,也没什么大不了。其实,与其说是这么想,倒不如说强迫自己这么想。如果不是想着没什么大不了的,又怎么会去接受手术呢?

"什么呀?"

"身体呗。"

"真讨厌!"

冬子自己将纤细的身体压在了贵志身上。

以前,在贵志的哀求下,冬子曾毫无保留地给他看过一次全裸的身体。那时分手的主意已定,就给他看了。微醺的酒劲,为冬子壮了胆量。

为了让这个人永远地把自己铭刻在心,这才是隐藏在给他看的心理背后的诉求。

以前,贵志一直都只是在昏暗中窥了几眼冬子的身体,在明亮的灯光下,他还没有看见过。

冬子牢牢地将双臂并到了一起,闭上眼睛,忍受着贵志的视线。

"真美啊!"

贵志目不转睛地看了一会儿,不一会儿就忍不住抱起了她。

男人这时会感到极度地依依不舍。就在这个时候,离他而去,这是对爱着自己可又没有勇气和妻子分手的男人唯一的最好的报复。

现在的冬子,已经没有了两年前那种狂妄的心情。

那时自以为好好地报复了一下男人,终于可以从等待男人的生活中解脱出来,过真正属于自己的生活了。可是,这两年来,贵志的影子一直萦绕着冬子。理性上很清楚,可不知身体的哪个部位在期待着贵志。

在不断怨恨着贵志的同时,有的夜晚,甚至又会感觉到贵志就在身旁;去逛商店的时候,不由自主地就会发现适合贵志的领带,寻找适合贵志尺码的衬衫;要不然就是去贵志在世田谷设计的扇形体育馆逗留一下,或是瞄一眼有贵志照片的建筑设计杂志;打电话聊天时,装着漠不关心的样子,其实对贵志的工作在很用心地了解。

两年前,冬子终于搞懂了人是一种很难按照说教活下去的倔强动物。

现在,毫无保留地被占有了去,冬子不但丝毫不感到懊悔,反而有心安理得的成分。

现在只想让贵志最后来爱这个还没有受到创伤的身体了。

一开始由贵志唤醒的身体,由贵志来再次证实也在情理之中。

"可以吧?"贵志又一次在耳旁念叨了一句,"以前也曾经给我看过一次。"

贵志好像一直觊觎着看冬子全裸的机会。

男人们为什么这般渴望看到女人的身体呢？互相爱抚着、互相满足着还不够吗？还非得用眼睛证实才甘心，这是怎么一回事啊？

难道做爱不能获得满足吗？还是因为那一瞬间的快感太淡薄，需要进一步获得视觉上的快感？

冬子百思不得其解，只知道这是贵志的真实欲求。

"已经是半老徐娘啦！"

"没有的事。现在的你最漂亮。以前还有点儿青涩，现在是十全十美的女人了。"

"真是奇怪的说法！"

"这是在夸你呢，不错吧！"

"那就别开灯啊。"

"没有灯光就瞧不真啊。"

"非要瞧见啊，真是怪癖。"

"一点儿也不怪啊，美丽的东西就是要给人欣赏，人人都如此。"

"可是……"

"还想好好再看一遍。"

冬子又在说服着自己，给男人看没有受伤的身体，这是最后一次了。这辈子不管再遇到多喜欢的人，在明晃晃的灯光下，也不可能赤身裸体地给人看了。

"那好吧，不过就看一会儿呀。"

冬子仰卧在床上。她闭上眼睛，想象着贵志在灯光下巡视她的身体，既希望快点儿结束，又希望他能好好地看个遍。以后不管肚子上留下多大的疤痕,只要他能将现在的身体牢记在心上就行。

"还没完呢?"

"真是太美丽了。不管多大,你的身体都像少女。"

"像少女?"

"不是贬义,你的身体收得很紧,青青的。"

"哎,看好了没有?"

冬子用毛毯捂住了脸。贵志再一次抱紧她,说:

"在这样的身体上留下伤痕简直就是罪过。"

"可也没办法呀!"

"话是这么说。"贵志伸了伸懒腰,坐了起来。

"起来了?"

"啊……"

贵志环顾了一下四周,像是在找短裤。贵志每次都是这样,亲热后会突然站起来穿起衣服。有时候,刚刚兴致盎然地做完爱,就立马恢复了一副冷静的面孔,系着领带。

这样的情形,冬子已不知经历过多少次。

"回去吗?"

"已经十一点了。"

"再待一会儿吧……"

冬子说到半截儿,就缄默了。

以前,每当这时,冬子总是这样说。体贴的贵志,表现出一副为难的样子,然后就点上一支香烟。冬子知道他回家并不意味着就是为了妻子,很多建筑的设计方案、绘制图纸都得夜里去完成。尽管如此,但贵志一说到回家,冬子就立刻联想到他的妻子。

可现在已经不是能够说亲密话的关系了。两人早已分手,再去挽留他，就会显得很尴尬。

贵志撑起上身，靠在床上，开始吸烟。在淡淡的台灯灯光中，烟的火光，一会儿膨大，一会儿缩小。

"几点出发啊？"

"晚上十点。"

"你一个人吗？"

"当然是一个人。要不要给你买些特产？想要点什么？"

"不用了。"

"等我回来的时候，你也就出院了。"

"但愿……"

"要是遇到什么难处，就跟船津说。"说完这话，贵志下了床，开始穿衣服，"下周三之前，我都在日本。"贵志一面说着，一面朝门口走去，然后，回过头来看了一眼。冬子穿上睡衣，点着头。

"那好吧。"

贵志在告别的时候，总是这么冷冷的。刚刚发生过的情事，就像是一场虚幻的梦，让人冷得不寒而栗。两年过去了，他依然是这样告别。

大门关上了，走廊上的脚步声渐行渐远，冬子又回到了客厅的沙发上。

远处，小田快线的电车声隐隐地被吞噬在夜空中。

贵志离开冬子的公寓，已经过了十一点。贵志的家在荻窪，晚上的时候，从参宫桥驱车三十分钟就可以到了。不知道贵志是直接回家了呢，还是又拐到其他什么地方？冬子想到这里，无奈地摇了摇头。

这完全与我无关了。

冬子拿过桌子上的百乐门香烟,用红色打火机点着。

冬子吸烟还是贵志教会的。认识差不多一年的时候,贵志递上一支烟说,不来一支吗?她就顺手接过烟,刚吸了一口,就呛着了。贵志笑着告诉她,烟要一直往前吹才行。一开始还觉得这么难抽的东西,有什么好抽的,可很快就适应了。现在是睡觉前或工作之余,就会点上一支烟,每天有十支轻度烟就够了。

冬子缓缓地吞吐着香烟,烟圈径直朝上空飘去,然后向四周散开来。

房间里一片寂静,那是一阵狂风暴雨席卷之后的寂静。暴风雨裹挟着冬子的身体,在只身一人的房间中席卷而过。

这完全是一场出乎意料的事件,就连和贵志碰面的时候,也未曾预想到会成这个样子。

只不过是想重温一下旧情就分手,今天也说不上是谁邀的谁,两人都是顺其自然的。

尽管是一阵风暴刚刚刮过,可冬子的心情却异常沉稳。

这下,肚子什么时候都可以挨刀了,她已经做好了充分的心理准备。

住院定在了下个星期四,是贵志出发的第二天。今天是星期六,离住院的日子已经不足一个星期了。

现在,必须将不能到店期间的事安排好,包括工作室、店面、材料的采购以及库存等,一旦自己不能上班,就得事先处理好各种问题。

不过,这些事只要用心都能处理好,最关键的是要调整好心情。借着和贵志的见面,冬子的内心渐渐地踏实了下来。

花芯

按照预定计划,周四冬子住进了明治私立医院。

医院坐落在代代木车站往神宫方向拐角的地方,虽说离车站很近,却很幽静。冬子的病房是医院三楼靠南端的一间双人房。

住院时,冬子只对自己家和店里的女店员们交代了病情。

冬子自从和贵志同居后,就好像被自家人逐出了家门。恢复单身后,母亲时而会打个电话来,有次说买到了物美价廉的和服布料,后来还把做好的和服送了过来。

两个月前,母亲又来过一个电话,问:"不想结婚吗?"据说对方是个三十一岁的小伙子,毕业于一流大学,现供职于一家商社,挺有出息的。冬子考虑了一下,回绝了。

"你现在倒没什么,年纪还轻,可迟早会后悔的。"

尽管母亲这样说,但冬子依然没有结婚的意愿。别说和互不相识的人住在一起,就连拥抱一下都难以想象。

当冬子告诉母亲手术的事时,母亲曾问道:"不会把子宫也摘除吧?"

可怜天下父母心,恐怕天下所有的母亲都会担心这样的事发生在自己女儿的身上。

"大夫说没关系的。"

"还是因为太不检点了。"

母亲借机抱怨起冬子。

"又不是什么大不了的手术,不必太担心啦。"

冬子虽然嘴上不服软,可术后还得靠母亲来照料。

店里的女孩子们听冬子说得了这病,都是一副全然不信的表情。

"突然就不好了吗?"

年轻的真纪纳闷地看着冬子。帮着缝制帽子的友美,只小冬子一岁,觉得自己也有得这病的危险。

"听说单身女人容易长子宫肌瘤,是真的吗?"

"好像年龄大的还容易得癌症呢,没你说的那回事啦!"

冬子向她们复述了一遍大夫的话。

"还要做手术啊,这下动静可大了,我们来陪你吧?"

"不要紧,妈妈会过来陪我的。店里的事,就拜托你们了。"

"用不着担心,医院离这里很近,我们会常去看你的。"

"另外,可千万别告诉其他人我得了什么病。要是有人问,就说我感冒休息了。"

冬子还在为将要在腹部上留下疤痕而感到惴惴不安。

住进医院的当天,冬子做了术前检查。首先化验血和尿,接着照了胸部的 X 光片,然后做了心电图。虽说手术不大,但各种术前检查挺烦琐的。

上次给冬子做检查的大夫,果真是个代班医生。这次是院长亲自做的检查。

"检查结果明天早上就出来,没什么问题的话,明天下午就可以做手术了。"

身材敦实的院长言谈举止温和体贴。

住院的当天下午,冬子正透过病房的窗户茫然地看着代代木的树林时,有人敲门,是船津来了。

船津看到病房里全是女人,顿时畏缩了一下,然后低着头走了进来。

"现在怎么样了?"

"唉,还好。"

手术前的冬子感到无聊难耐,船津来得正是时候。

船津坐到冬子母亲指着的椅子上,忐忑不安地环视了一下。

"所长已经走了吗?"冬子问船津,在母亲面前她没有提贵志的名字。

"嗯,临行前托我交给你的。"

船津说完,从西服口袋里拿出了一个信封。

信上写着"贵志设计事务所"的落款,看上去鼓鼓的。

"本来让我一早就送过来的,可上午公司来了客人,就被耽搁了。"

"辛苦你了。"

冬子接过信封,随手就放到了枕边。

"所长不在,一定很忙吧?"

"噢,有时反而会更清闲。"

"真是'山中无老虎,猴子称大王'啊。"

冬子说完,船津不好意思地笑了,问道:"什么时候手术?"

"应该是明天下午。"

"手术时间会很长吗?"

"嗯……是个小手术。"

冬子有些顾虑,不知小伙子对病情究竟知道多少。

"所长不在期间,有什么情况,就请随时跟我联系吧。"

"谢谢!"

母亲用咖啡壶烧了开水,泡上茶。船津只喝了一口,就慌忙地站起来。

"那我今天就先告辞了。"

"就走呀?反正我现在很无聊,欢迎再来。"

"我会的。"

"辛苦你了。"

穿着淡蓝色睡衣的冬子连忙下床,船津回过头来微微地鞠了一躬。

船津走了,冬子刚拿起信封,母亲就问:

"那个人是谁啊?"

"是贵志设计事务所的。"

冬子尽可能装着若无其事的样子,母亲一言不发地离开了房间。

一个人的时候,冬子打开了信封。

里边装着用和纸包着的二十张一万元的日币,但并没有留下文字之类的信件。

上次见面的时候,钱的事只字未提,只是说"遇到问题就打电话"。

冬子当然没有指望从贵志那里得到钱。

可今天贵志却让人送来了。

看上去冷冷的,为人却细致周到,厚重敏锐,这是贵志的一贯作风。

冬子将二十万日元重新装进信封,放进了床头柜中的钱包里。

真是个让人琢磨不透的人啊……

事到如今,贵志完全没有必要再给冬子钱了。两人的关系,两年前就已经彻底了断了。

二十万日元是慰问金?那就太多了。

还是想再续前缘?或是对曾经有过肌肤之亲的女人表示怜爱?

就贵志的收入而言,二十万日元并不算多,但对现在的冬子来说,就显得很及时,钱当然是多一点儿更好。

忽然,冬子开始顾忌起来,船津是否知道信封里放了钱?

真不晓得小伙子怎么看自己和贵志的关系,是不是知道两人过去同居过?

船津风华正茂,一眼看去就知道是个挺有家教的青年。如果让这么个小伙子知道了两人的过去,真会让冬子感到无地自容的。

正当冬子出神地看着窗外想着心事时,护士送来了体温计。

"估计不会发烧的,还是量一下吧。"

长着一张团团脸的护士说完,便伸出一只冰凉的手给冬子测量。

第二天早上院长过来巡诊时,看着护士递过来的病历说道:

"检查结果有些贫血,其他的都不必担心。按原计划今天下午可以做手术。"

虽然已经做好了心理准备,可冬子还是感到浑身紧张。

"手术大概要做多长时间?"

"加上麻醉和其他准备时间,前后差不多要两个小时吧。全身麻醉,醒来之前就做完了。"

"……"

"麻醉会由一位专业麻醉师来做,一开始你就会睡过去,不用怕。"

"做完后会痛吗?"

"只是伤口有点痛。子宫不敏感,不会有什么特别的感觉。"

"子宫不敏感",这个说法真是不可思议。从医学角度或许可以这样说,可冬子却觉得匪夷所思。

"下午两点手术,术前要剃掉体毛。"

院长若无其事地跟护士交代着,冬子却羞红了脸。

"昨天已经说过,中午就不要进食了。"

院长说罢,离开了病房。

"就这样死去,也没什么。"

冬子惴惴不安地对妈妈说道。

"哪里的话!疼个两三天就会好起来的。"

一周前刚做过卵巢囊肿手术的邻床妇人安井夫人这样安慰她。

"可是,摘除子宫肌瘤比卵巢手术难度更大吧?"

"反正都是切除手术,一样啦!"

全是外行,都搞不懂,所以冬子总是爱往坏处想。

万一有个三长两短……这么想着,冬子忽然意识到要是自己死了,还没人告诉贵志呢。

那就跟母亲说吧……

要是说了,母亲一定会一脸不高兴。实际上,在她接过船津转交过来的信封时,母亲的脸就阴沉了下来。

可一旦真发生了那样的情况,想必母亲是一定会联络贵志的。母亲应该知道他才是自己最爱的人。

东想西想了一阵子,就到了中午,冬子全身已被麻醉了。

醒来的时候,冬子仿佛置身于层层的迷雾中,隐隐地听到些声音。

"冬子!""醒了吗?""已经好啦!"频频传来的一连串呼唤声,在冬子头部上空不断地回荡。冬子极力想睁开眼睛,可是眼睑上像压着重重的铅砣,沉得根本无法睁开。浑身也瘫软无力,全然不像是自己的身体。虽然真真切切可以听到有声音在呼唤,却分辨不出是谁。

突然,一阵冷飕飕的感觉掠过额头。是谁的手摸了一下,还是放了一块凉毛巾?

"冬子。"

近处又传来了呼唤声,无疑这是母亲的声音。

"木之内。"这回像是年轻护士的喊声。

冬子加了把劲儿,试图睁开眼睛。

还是昏昏沉沉的,无论冬子怎样努力,总有阵阵迷雾扑面而来。又过了一会儿,雾霭中朦朦胧胧露出了母亲的面容,慢慢地也能辨清护士那张团团脸了。

"醒过来没有……手术已经做完啦!"

"啊……"本想发出声音来,却止于喑哑。

"已经没问题啦,疼吗?"

冬子也说不出具体哪儿痛,只是感到浑身绵软无力。

再次醒过来的时候,外面已是一片暮色,天花板和枕边灯都亮了起来。

"怎么样?醒了吗?"

这回是母亲的脸,轮廓全都能看清了。

冬子环视了一下四周,看到母亲身后有一张床,躺着安井夫人。

再定睛一看,自己的右手上缠着血压计,左手上打着点滴。

"痛吗?"

"疼啊……"

像是被母亲的话诱发出来了似的,冬子呻吟着。

倒不是钻心的疼痛,冬子觉得像是被人往肚子里塞了一个火球,而且全身都被捆绑在这个火球上。

"已经结束了,不要紧啦!"

"水……"

母亲用湿棉签轻轻擦拭着冬子的嘴唇。

冬子感到一阵凉爽,使劲地舔着嘴唇。

"已经没关系了!"

冬子点着头,迷迷糊糊地想着贵志现在在何方。

冬子开始感觉到疼是一个小时之后,下腹部就像被用无数个锥子扎了一样钻心地痛,而且浑身发烫。

"好痛啊……"

冬子紧锁眉头,低声呻吟着。若是喊出声来,疼痛反而会窜到全身。

护士引着大夫走了过来,给冬子打了一针。

平时在胳膊上打针,冬子都会疼得全身缩紧一下,现在因为术后的剧痛,已经完全感受不到注射的疼痛了。

注射下去的药很快起了作用,冬子终于睡了一小会儿。

睡也睡不踏实,时不时还会感到隐隐地痛。

"真痛啊……"

冬子偶尔会呻吟一下。

第二天早上醒来时,锥刺般的刺痛稍稍有了缓解,可浑身还在发热。

量了一下体温,三十八度二。

"这是手术后的暂时发烧,不必担心。"

院长说完,交代继续打点滴。

整个上午,冬子一直在忍受痛苦的煎熬中,眼睛盯着逐渐减少的点滴,打发着时间。

贵志现在在哪里呢?说是先去荷兰,那现在一定是在阿姆斯特丹吧。欧洲的冬天来得特别早,说不定现在那里已经刮起了寒风。或许贵志正沿着雾色茫茫的运河小道,竖起风衣的领子,大步流星地走着呢。

快点儿好起来就好了……

现在才意识到还是健康时好啊。

就这样,冬子迷迷糊糊地又睡了过去。

正当梦到真纪和友美找不到已经缝制好的帽子,分头在找的当儿,冬子一下子从梦中醒了过来。

秋天的暮色,已经悄悄地钻进了窗棂。窗帘旁,摆放着一盆盛开的菊花。

上午好像并没有看见啊。问了一下,才知道是在她刚刚睡着时,真纪拿过来的。

冬子失神地看着暮色初降的天空,这时护士走了进来。

"大夫马上就过来,现在感觉如何?"

"唉……浑身发热,还是感觉下腹部隐隐作痛。"

护士挪开点滴架,院长走了过来。看上去好像是刚做完其他人的手术,脚上还穿着拖鞋。

"有关你的手术,给你说明一下。"

院长说完,看了一眼冬子的母亲。

冬子隐隐约约地看到院长白大褂里露出的花样领带。

"长在子宫里的肌瘤,已经都摘除干净了。"

冬子只是看着院长,并没有回应。

"已经没问题了,不可能再复发。可是,手术时发现肌瘤特别大,并且长在子宫内侧。看了就知道了,差不多有这么大。"

院长用胖嘟嘟的手,比画着一个鸡蛋大的圆形。

"而且不止一个,成形的就有三个,都已经扩展到子宫内膜上了。"长了那么一个吓人东西,冬子不忍再看下去,就移开了视线。

"没办法,只有切除。又大又多,只好摘掉了子宫。"

冬子跟着点了点头。因为院长说得若无其事,所以一切就都变得理所当然了。

"希望你能明白这一点。"

听到这里,冬子终于回过神来,院长刚说了一段多么非同寻常的话。

"那么,子宫就……"

"是的。肌瘤太大了,长的地方又不好,必须摘除。"

"那,不就……"

"因为子宫都摘除了,所以就没什么可担心的了。"

"可是……"

冬子求援似的盯着母亲。母亲默不作声地垂下了眼帘。

"你还年轻,本想尽可能把子宫保留下来,可那样就不能切掉肌瘤,没办法就全摘除了。"

"那就再不能生孩子了吗?"

"很遗憾……"

"……"

冬子一时间感到天旋地转。

"要是不切除肌瘤,就会出血,而且肌瘤还会长得更大,引发更多问题。即便在没切除时,不是也没怀孕吗?"

"可是……"

曾怀过一次贵志的孩子呀,冬子话到嘴边,又咽了回去。

"已经长满了子宫的半边,你母亲都看到了。"

院长望着母亲,母亲微微地点了下头。

"虽说摘除了子宫,但一点儿也不会妨碍生活。子宫只是怀孕时保护胎儿的袋子,不必太在意。"

"……"

"一周以后就可以拆线,大概两个星期就可以出院了,安心养病吧。"

院长说完,又对护士交代了些什么就离开了病房。

院长走后,房间里只剩下她和母亲。冬子彻底地笼罩在哀伤之中。

"妈妈,你知道呀……"

母亲走到嵌在床头上的书架旁,站住了。

"看到手术了?"

"手术没看到,只是手术后被大夫叫了去,说是因为这样,所以就摘除了子宫……"

"看见子宫了吗?"

"看倒是看了,好可怕。指给我看的,可什么也没看清楚……"

冬子闭上了眼睛。

子宫到底是个什么怪样子?是从身体里摘出来的吗?究竟什么颜色?肌瘤什么样子?

"这下病就好了!"

"可是……"

冬子说到半截儿,就咬住了嘴唇,默默地淌下了眼泪。

"真是不像话!"

"……"

"明明知道,为什么不马上告诉我?"

"可是……"

"真讨厌!讨厌!"

冬子猛晃着脑袋,疼痛顿时窜到了下半身。

眼泪就像断了线的珠子,成串地滴落下来。

"太不像话了,太不像话了。"

母亲什么也说不出来,垂着头,一言不发地坐在冬子的身旁。没有丝毫责任的母亲却遭到了冬子一连串的抱怨。

伤心了一阵,冬子终于停止了抽泣。她轻轻地抬起眼皮,瞥见母亲正擦拭着泪水。

越过母亲的肩膀,可以看到半空挂着的一抹晚霞,暮色正从云端渐渐地逼近。

"这下病就都好了,别那么想不开!"

"可是……"

冬子想:妈妈还有子宫,自己却没有了。五十三岁的母亲还有,而二十八岁的自己却没了。

母亲是不可能体会到自己这份悲哀的。

"那不行,绝对不行!"

明知再怎么喊叫也于事无补,可冬子还是哭喊着。

小腹的疼痛使冬子的心情越发糟糕起来。

没有了子宫,真的还不如死去。

不管怎么说,子宫是女人的命根子。女人有了子宫,才会来例假,才能生孩子。不能生孩子的女人,就不是女人了,只不过是徒有其表的女人。

没有了例假,就分不清是少女还是老太婆。即便是女人,也没有了女人华丽丰润的魂魄。只是徒有女人的外壳,活着还有什么意义?这纯粹是自欺欺人。

"我不干!不干!"

冬子越想越觉得不堪忍受,继续呼喊不止。

母亲不知该如何去安慰她,缩在床的一角,邻床的安井夫人也蒙上了毛毯背对着她。

"还我子宫,快救救我。"

哭泣、喊叫、斥责,冬子又被打了一针。大夫关照说:"情绪亢奋,对身体不好。"

冬子昏昏沉沉地睡着了。她梦见有无数条虫子在吞噬着自己的身体,像鼻涕虫一样,长了无数只脚,有时又像是一群怪兽。

这些怪虫就像鬣狗一样,成群地舔舐着冬子裸露在外的伤口。

过了一阵,又好像什么都没发生过。冬子躺在空茫的黑暗中,似乎是在运河边的仓库里,又似乎是在废弃了的铁罐子里,四周死一般寂静。突然,从黑暗中传来了"你不再是女人"的声音。

"快逃!"

冬子拼命地跑着,回头一看,一个血淋淋的男人追赶了上来。虽然已经离得很近了,可始终看不清那男人的长相,只有白色的衣襟在眼前晃动着。

冬子一边惊愕地跑着,一边对自己说:

"没关系!这是在做梦,放心吧!"

冬子一边喃喃自语,一边点着头。

"子宫又复原了。"

噩梦消失,迎来了明媚的朝阳。刚刚发生的一切不过是一场玩笑,冬子继续拼命地跑着。

"冬子!冬子!"

不一会儿,冥冥中传来了母亲的声音,冬子醒了。

"怎么了?看你那难受的样子。"

母亲用干毛巾从冬子脸上擦拭到颈项。

看着母亲的面容,从梦中醒过来的冬子,再一次意识到自己已经是一个没有了子宫的女人。

第三天的早晨,冬子淡淡地化了下妆。虽然下半身还是有些隐痛,但烧已经退到了三十七度以下。

从手术那天起,她几乎一直没有吃什么东西。小脸又瘦了一圈,从眼眶到眼角现出了黑黑的眼晕。虽然看得出来经历了些沧桑,可脸上依然保持着二十八岁的女人应有的光彩。

冬子叫母亲拿来小镜子,轻轻地在脸颊上施着粉黛,抹着淡淡的口红。

化完了妆,冬子憔悴的脸上有了些神采。

子宫没有了,妆还是要化的……

即便不再是女人身了,也不能丢掉女人爱打扮的天性。冬子觉得自己这样下去好可怕。

上午大夫过来巡诊,换药时,冬子一直沉默不语。

虽然很伤心,可还是惦记着伤口,想瞧一眼,然后再问问没有子宫后的有关情况,但冬子依然是只字未提。

"怎么样?并没有弄坏肚子,不吃点儿饭可不行啊。"

院长说完,冬子只是点了点头,默不作声,以此表达着在不知情的情况下被摘除子宫的抗议。

换药后缠上新的腹带,又换了新的睡衣,冬子感到略微舒畅了一些。

昨晚,绝望的她甚至想到了死。可到了早晨,情绪又稍稍安定了些。

难道人经历了这样的悲伤,还是要活下去吗……

冬子眺望着晨曦,想象着那些被摘除了子宫却依然活下去的女人。

巡诊完后,正当冬子喝着母亲煮好的牛奶时,有人敲门,是真纪来了。

二十二岁的真纪身穿一件丝质连衣裙,胸前系着同色系的围巾,像是从罗兰辛的画中走出来的女孩子。

"老板娘,怎么样了?"

真纪和友美,店里的两名女职员都叫冬子"老板娘"。才二十八岁的冬子就被她们这么称呼,是过早了些,可身为店老板也很无奈。

"疼吗?"

"不疼。"

冬子一边摇着头,一边对自己说:她俩可还都有子宫呢。

"这是从站前的花店买来的,插在这里吧。"说完,真纪把玫瑰花束放到了洗漱台上。

"真万幸啊!"

"你说什么?"

"我担心老板娘要是死了就麻烦了。比想象的要精神得多,这下可就放心了。"

"哪里会死啊。快说说店里的情况,都还好吧?"

"我俩配合得很好,你就放心吧。"

冬子一面点着头,一面觉得跟年轻的女孩子说摘掉子宫的事很难启齿。

第四天,探视的客人陆续来了。

大概是真纪回去说了冬子已经可以说话了的缘故吧。

早上,先是店里的友美来了,然后就是大学时代的朋友。下午,中山夫人也来了。

带来的全都是小点心、鲜花之类的慰问品,窄小的病房窗台上,已经放满了五颜六色的鲜花。

冬子不让对店里的客人说住院的事,女孩们就只告诉了中山夫人。

"真吓了我一跳啊!"夫人做出一副受了惊吓的样子,然后接着说道,"上次看见你的时候,就觉得你脸色不好,那时还没感觉吧?"

"只是感到疲惫。"

"幸亏早发现,太好了。已经不碍事了吧?"

"多谢您的挂念。"

"子宫肌瘤要是治疗晚了的话,连子宫都要摘除的。"

冬子点着头,突然对佯装未摘除子宫的自己感到懊悔。

"不管什么病都不是件好事,尤其是女人……"

所有的人都想当然地认为冬子只是切除了肌瘤,还保留着子宫。

"既然这样了,还是赶紧找个人结婚,生个孩子吧。"

夫人依旧开朗地说道。冬子随声附和着,渐渐地感到有些疲惫了。

傍晚,夫人回去了。冬子又恍恍惚惚地想起了贵志。

他现在在哪里呢……

估计今天该从阿姆斯特丹去巴黎了吧?

冬子和贵志曾在十一月中旬一起去过巴黎。作为帽子设计师的冬子,一直向往着能去巴黎的帽子店看看,上次只不过是随贵志出差去了一趟。

十一月的花都巴黎阴森暗淡。公寓的庭院里,高楼大厦周边的石阶上,已经蕴藏着初冬冰冷的气息。

估计贵志还是略耸着右肩,斜着脑袋,正走在这样的街上。

胡思乱想了一阵子,冬子觉得这里的黄昏和贵志所在的巴黎的黄昏是连成一片的。

贵志到了巴黎有没有想起我啊……

想到这儿,冬子忽然想象着自己对贵志说已没了子宫的情景。

听到了这件事,贵志将会怎么说呢……

"难道是真的?"一定会感到震惊,接着会追问,"真的吗?怎么会搞成这个样子?"他会为我伤心吗?还是会冷冷地注视着那没了子宫的身体……

想着想着,冬子感到有点儿头痛。

第七天,冬子的伤口拆了线。

战战兢兢地坐了起来,看到了小腹上横着的十厘米长的伤痕。

"过一段时间,伤痕就会长得更好,几乎就看不出来了。"院长说完这番话,又笑道,"以后洗海水浴,还可以穿比基尼。"

的确,伤痕并没冬子预想的那么大。以为要摘除子宫,一定会从肚脐竖着往下划一道,可并没有。正如院长所说的,不必介意他人的视线。

然而,并不是外表看不见就意味着一切泰然了。

"笑的时候,还是会抻动伤口,稍微走一走才好点儿。"

其实,在院长没说前,冬子就已经可以简单地照料自己了。

"那我就回去了,隔一天会再来看你的。"那天下午,母亲收拾了一下行李回了横滨。

在病房里住了两个星期,母亲一定感到很累了。家里缺了母亲,也会有诸多不便的。

"以后可要老实一点儿。"

母亲临走前,又交代了一句。

这是什么意思?是说病后要老实点儿呢,还是暗指和贵志的交往?冬子看着窗外,没有应答。

母亲走后,冬子虽然感到寂寞,可也松了口气。

也许是离家出走近十年一直独自生活的缘故,和母亲两个人待在一起便会拘谨起来。生病的时候确实需要被照顾,可稍微好一些就感到不自在了。

住在目黑的婶婶曾说过:冬子遗传了母亲的美貌和倔强的性格。这话一点儿也不假。

虽说母亲年过五十,却依旧清瘦精干、利利索索的。照着镜子梳头时,仍有让人眼前一亮的风韵。母亲的明智之处在于虽担心着女儿,却又放手不管,只道:"按照你自己的意愿活吧。"

虽说母亲服侍着有大男人气的父亲,但父亲其实是受母亲操控的。母亲是一位外柔内刚的女人。

冬子不顾周围人的反对就跟贵志住到一起,归根结底,是遗传了母亲的倔强。

看上去纤弱,可一旦拿定主意,就是八抬大轿也抬不走。母亲曾为这样的冬子感到震惊,但是,母亲的性格又何尝不是如此呢。

一想到母亲走了,只剩下自己一人,冬子突然有种被解放了的感觉。

母亲在时,想象的翅膀还得窝着;母亲走了,就可以自由驰骋,尽情地去想贵志了。

没有了子宫,男人和女人靠什么连在一起呢……

拆线后的第二天,冬子开始认真地思忖这个问题。

术后一直被疼痛折磨着,还顾不上想这个问题,只是一个劲儿地盼着疼痛快点儿缓解,烧快点儿退。

自从疼痛消失以后,有了食欲,冬子的意识也被拉回到现实中来了。

今后还能像过去那样被男人拥抱吗……

冬子的脸上忽然泛起了红晕。

思前想后,忽然意识到只问了大夫病情和伤口,还没来得及问男女之事。

大夫迟早会解释相关事宜吧?没必要问了吧?

住院前,冬子听说过摘除子宫,可有关子宫被摘掉之后的生活,却还未听说过。

因为一开始并不知道要摘除子宫,所以没问也就不足为怪。可身体变成了这个样子,这个问题自然就重大了。

据说失去子宫的,大都是五六十岁上下的人,最小的也过了四十岁。说这些人有没有子宫都无所谓,的确很过分,可从年龄上讲,某种程度上这也是可以被接受的。

可冬子今年才满二十八岁。二十八岁的妙龄就丧失了女人的机能,放弃男女之欢,毕竟还是太残酷了。

夜晚,冬子在台灯下,忽然想起以前在女性杂志上看过的女性身体构造。

从前冬子一看到这样的内容就会忐忑不安(不好意思)起来,每次都只是匆匆地扫上几眼。子宫的位置确实比较靠里,看上去和性行为本身并没有什么直接的关系,可究竟有没有关系呢?

子宫作为女性的命根子,不可能和男女交欢没关系吧?

没有了子宫,可能真的就不行了……

冬子的脑海里霎时浮现出贵志的身影。

以后就再不会被他拥抱了吗?难道那一次真成了最后一次的肌肤相亲了吗……

冬子突然想哭出来,觉得自己是个命苦的女人。

这下我就成了一个再也得不到男人爱抚的石女啦……

冬子起身,从床头柜里拿出小镜子,在台灯的光照下,端详着自己的容颜。

把头发梳到脑后扎起来,现出未施粉黛的素面,冬子的脸颊显得比以前更清瘦,但毕竟才二十多岁,青春的气息自然就流露了出来。

"你不会再被男人爱了吗?"

冬子照着镜子自言自语。

"一辈子都是有残缺的人吗?"

自言自语的冬子,情不自禁地潸然泪下。

人们往往会在经历一些悲伤和愤怒后,渐渐地学会放弃。正是因为懂得放弃,人们才可能继续生活下去。

要放弃,就需要理由。冬子觉得自己尽了最大努力,当时的确已经没有任何挽回的办法了。有了类似这样的理由,冬子就可以重振精神活下去了。

现在,冬子正挖空心思地给自己找一个说辞。

如果子宫肌瘤不摘掉,就会转成癌症;如果转成了癌症,还谈什么子宫,连命都保不住了;虽然没了子宫,我却挽回了生命。

再说,那样的子宫本身已不可能怀孕,每个月例假还没完没了,再加上抑郁的心情,工作会受拖累,皮肤也会变得粗糙。

"还是做掉得好!"

冬子说服着自己。

从医学上看,虽不知这样做是否正确,也许哪一天医学会有突飞猛进的发展也不一定,但冬子现在只能坚信自己的选择没有错。如果不这样想,将无法挨过未来漫长的一生。

找到了让自己信服的说辞,冬子的心情好了一些。

这下再不用受例假的困扰了。

刚刚还在担忧,现在转弊为利了。

手术过了十天,正当冬子的心情终于平静下来的时候,船津来了。

"怎么样了?"

小伙子露出惯有的羞涩表情。

"谢谢你的挂念,好多了。"

"是吗?"

船津穿着一身落叶黄的西服,系了一条印有小花纹的同色系领带。冬子曾一度也想让贵志穿这种颜色的西服。

"所长现在在哪儿?"

"在巴黎。好像这个周末就能回来了。"

"来信了吗?"

"嗯,说代问你好呢。"

"是吗?谢谢!"

冬子本想问他还写了些什么,却没有吱声。

"有什么需要我帮忙的吗?要是有的话,我来干。"

冬子忽然有想捉弄一下小伙子的冲动。

"有件事,能麻烦你一下吗?"

"嗯,当然!"

"帮我去商店买点儿东西。"

"买什么呀?"

"买一件像这个样式的睡衣。"

船津诧异地看着冬子。

"是小号的,S号就行。"

小伙子越发地窘了起来,涨红了脸。

冬子忽然觉得这恶作剧是不是过分了,可她确实需要一套换洗的睡衣。

为住院买了一套新的,平时在家里穿的就没带来,要是再有一套就方便了。

"要什么样花色的?"

"什么样的都行,你看着好就可以了。"

船津一脸困顿的表情,像少年一样天真无邪。

"花色、质地都无所谓,别买大红的就行。"

冬子打开床头柜,从钱包里拿出了两万日元。

"这些应该够了。"

"我有钱。"

"先拿着,要是不够先帮我垫上。"

船津看了一眼,把钱装到了兜里。

"真不好意思,麻烦你做这样的事。"

拜托完后,冬子又为自己的厚脸皮感到惊讶。

转而一想,之所以会这样,也是船津的责任。谁让他在人家没了子宫,正感到寂寞难耐而想找个由头消遣一下时,忽然闯了进来呢。

如果贵志在,这股气肯定会撒到他身上,那样就可以痛痛快快地撒娇、顶撞了。

现在,船津成了他的替身。

"给你冲杯咖啡吧。"

"不用了!我先失陪一下,这就去百货商店。"

"不用现在就去,不急着穿。"

"可是……"

船津站了起来。

"还需要别的东西吗?"

"船津你今天怎么了?是所长托你问我的吗?"

"倒也不是。只是让我时常过来看看。"

"还是说了呀。"

"嗯……"

船津憨憨地点了点头。

"辛苦你啦!"

冬子的感谢,并非出于讽刺。

"什么时候出院啊?"

"我想快了。"

"现在还痛吗?"

"慢慢走,感觉还成。"

船津又看了冬子一眼,然后说:

"那我就先失陪了。明天我会把睡衣买来。"

说完就走了。

冬子一天到晚闲躺在床上,不自觉地就会想起自己没有了子宫。

一想到没有了子宫,心情就沉重起来。

船津送睡衣过来时是下午,正赶上冬子独自在郁闷。

"这件睡衣可以吗?"

船津一副正儿八经的面孔,打开了百货商店的包装纸。

深蓝色的底,袖口和衣襟缀着棠棣(一种金黄色的植物)的刺绣。

"太漂亮了。"

"设想了很多样式……"

"店员没有笑你啊?"

"我说姐姐住院了。"

"什么?姐姐?这太过分了!船津,你多大啦?"

"二十六岁。"

"那就无话可说了。"

冬子苦笑着。

"还中意吗?"

"真的很不错,多谢了!"

冬子道了谢赶紧下床,比量了一下长短,尺寸基本合适。

"多少钱?那些钱不够吧?"

"嗯,差了一点点,没关系。"

"那可不行,快告诉我差多少钱?"

"真的算了。"

两处都有精细的刺绣,价格一定不菲。

"那就麻烦了,该多少钱就多少钱。"

冬子再次恳求他。

可船津毫不理会。

"今天所长打来了国际长途。"

"真的!从哪儿?"

"巴黎。这周六就回来了。"

"是吗?都说什么了?"

"嗯,问了你的事。"

"你怎么说的呀?"

"很好啊!"

事实的确如此,这倒像是船津毫不含糊的回答。

贵志听了这话会怎么想?冬子的眼前浮现出听筒那边贵志的表情。

"这个,你吃吗?"

船津有些扭扭捏捏地拿出一个扎着绸带的盒子。

"这是什么呀?"

冬子打开一看,是一块带有"摩洛索夫"标签的巧克力。有圆形的、椭圆形的,各种花样,都用红色或蓝色的锡箔包着。

"哪儿来的?"

"我买的。喜欢的话,请吃吧。"

"这也是所长的旨意?"

"不,这可不是!"

船津慌忙地摇着头,那个当真劲儿让冬子觉得很好笑。

两个人就这样你一块我一块地吃起了巧克力,片刻后,船津站了起来。

"这就要回去吗?"

"嗯……"

船津每次都是事一做完就走。两人之间虽然没什么可聊的话题,可每次都过于干脆,说不定是心里顾忌着贵志。

冬子目送着船津的背影,心里琢磨着:这个人究竟了解多少自己和贵志的关系?

通常,外科病又可怕又疼痛,可一旦见好,很快就会痊愈。如果把内科比作马拉松,那么外科就是短跑了。

拆了线之后,冬子的伤口基本就不疼了。虽说猛地弯腰或是大笑时,下半身还有抽搐的感觉,但已没有大的妨碍。

手术后的出血症状持续了一周就消失了。

"什么时候可以出院啊?"

第十三天的时候,冬子问前来巡诊的大夫。

"再过两三天就可以了。"

再过三天,正好是贵志回来的日子。

"出院后,能马上去店里上班吗?"

"整个手术都比较顺利,去上班没什么问题,只是刚开始最好只去半天吧。"

冬子自己也没有上整天班的信心,半天撑死了。能去店里打个照面,总比不去强得多。

"出院后,还用再来医院吗?"

"要是没有什么特殊情况,二十天之后再来吧。"

"还会出现什么问题吗?"

"一般不会有什么问题。子宫就是孕育胎儿的袋子,只要不怀孕,平常就没什么用处。和胃呀、肠呀什么的比起来,术后要简单得多。"

经大夫这么一说,似乎的确如此,然而冬子却觉得没有这么简单。

"不会再痛或是出血吗?"

"不会的。一般子宫被摘除后,就不会再痛或出血了。"院长苦笑着,像是想起了什么,又接着说,"你现在还是单身,也许没什么关系,我是说,性生活最好要等一段时间。"

"……"

"出院后再等半个月左右吧,就不会有什么问题了。"

冬子默默地垂着眼帘。

"那就两天后出院吧,要是可以的话……"

"好,那就这么定下来了。"

院长向护士交代之后,就出了病房。

秋天午后的阳光还很灿烂。

冬子在日光中回味着院长说的话。

当然不可能一出院就干这种事,即便是男人求上门来也没那份心思。

但,有没有失去子宫后马上就和丈夫或恋人发生关系的女人呢?

既然大夫嘱咐了,肯定是有的,这些人会是什么心情啊?

别再想这些与自己毫不相干的事了……

冬子自言自语地念叨着。

无论怎么想,失去了子宫已经是不可挽回的事实了。

冬子想摆脱这些烦心事,于是仰起头,把念头转到店里。

首先是一大堆订单放在那里,还有就是因为治病而被耽搁下来的半成品,再就是参加明年春天展销会的帽子还要设计,百货商店提出的批发条件也有待敲定,诸如此类的一大堆要操心的事在等着冬子。想到这些,即便是片刻,多少也可以转换一下冬子的心情。

可到晚上,一个人上了床,就会想起身体的事。

冬子在失去子宫的哀伤中,又度过了一天。

冬子出院,是在两天后的十月中旬。

从住院算起,正好过去了半个月。

刚来医院的时候,代代木树林绿意尚浓,如今已现出斑斑秋色,有的树叶已变成了红色。

不管是走路还是弯腰,冬子都已感觉不到疼痛了。只是猛地舒展上半身时,还会感到小腹的抽搐,可也完全不必在意了。

早上,最后的巡诊也完了。冬子开始收拾东西。

只住了半个月的院,却增加了一大堆东西,从换洗的衣服,到洗漱用品、餐具等。

冬子收拾着这些东西,正要往手提包里装时,船津来了。

"是今天出院吧?"

"是的,现在正做准备呢。"

"需要的话,我来帮帮你好吗?"

"你特意跑来的吗?"

"嗯……"

船津好像一开始就知道冬子今天要出院。

"那公司的工作呢?"

"今天没关系。"

说是来帮忙,可也不能让船津收拾内裤、睡衣什么的。

"那我来收拾东西,你能不能帮我把水果篮子和空箱子扔到走廊的垃圾桶里?"

船津脱掉西服,干起活儿来。

出院时母亲本该来的,可她感冒了,就没来成。

冬子正觉得一个人出院成问题时,船津的到来让她放宽了心。

船津干完冬子交代的活儿,只花了一个小时就帮冬子做好了出院的准备。

冬子向大夫和护士打过招呼,就离开了病房。

行李包括一个大箱子和两个纸袋,船津提着箱子和重的那个纸袋,护士拿着较轻的那个纸袋把他们送到了医院大门口。

半个月没住的公寓到处弥漫着湿气,寒意袭人。

要是一个人回到这个房间,一定感到冷清极了。幸亏有船津一道跟过来,多少缓解了一下气氛。

"辛苦了!休息一下吧。"

冬子冲着把行李搬到房间的船津说完,打开了窗帘,然后就去烧水。

船津惴惴不安地坐在沙发上,待冬子煮好咖啡,津津有味地喝了起来。

"这个地方真不错啊!"

"你住在什么地方?"

"下北泽。"

"那不是离得很近吗?"

乘小田快线,过了参宫桥,再坐四站就是下北泽。

"你不喜欢帽子吗?"

"也不讨厌。"

"什么样的帽子适合你呢?"

长脸庞的船津看上去很斯文。

"贝雷帽还是牛仔帽?"

"牛仔帽?是牛仔戴的帽子吗?"

"对!就是!帽冠折着,两边还翘起来,很适合年轻人戴的。你戴过吗?"

"从来没戴过。下次去店里给我看一下吧!"

"一定要光临呀!要是你喜欢,就送你一顶!"

"不用,我来买。"

"不用客气,承蒙你多次关照了。"

冬子想起来以前也送过贵志贝雷帽和肉饼帽。

贵志好像不太喜欢贝雷帽,基本没见他戴过。他倒是喜欢戴肉饼帽,纯毛的,上端圆圆地凹下去,看上去很柔和的样子。因为形状像肉饼,所以就叫肉饼帽了。高个子的贵志到了初秋,戴上这顶帽子,再配上黑色的风衣,很得体。

"年轻人戴帽子,很帅啊!"

"我可不敢当。"

"嗯,肯定配你的。"

说着说着,冬子想到,进到这个房间里的男人,船津可是第二个。

第一个当然是贵志。也不知船津是否知道,不理会就是了。

"这咖啡真好喝啊!"

"是啊。因为家里有买好的蓝山咖啡。"

"我只会冲速溶咖啡。"

冬子瞥了一眼餐具柜上的时钟,正好是十二点半。

"都过了中午了,要点儿寿司上来吧?"

"不了,不用了。等会儿你一个人行吗?"

"一会儿我好好休息一下,没关系的。"

船津点了下头,站起来,依依不舍似的看了冬子一眼。

"再有什么需要帮忙的,就给我打电话吧!"

"谢谢!今天真是辛苦你了!"

冬子谢过后,船津郑重地道了别,就离开了公寓。

第二天,冬子去了半个月都没去的原宿店。

因为好久没有回到公寓睡觉的缘故,昨晚,冬子睡得很香甜。醒来的时候,摸了一下伤痕,已经没有了痛感。

今早的阳光依然很灿烂。

在明媚的阳光中,冬子想起今天傍晚贵志就要回到日本了。

然后就起床,打扫了一下房间,开始准备出门。

冬子给自己找了一条褐底斑马纹、上面点缀着小花的西式连衣裙。腰围只瘦了一个纽扣而已。

原想再套上一件薄大衣,想到白天很暖和,就没穿。

出了公寓,正好在门前打了一辆出租车。

好久没有见到的大街,澄清明朗,充满生机。

鱼贯而行的车队,横过马路的行人,多么熟悉的街景。

中途又买了点儿小点心。到了店里,真纪和友美迎了上来。

"回来啦!老板娘!"

半个月没有看到穿洋装的冬子,两个人都惊奇地打量着她。

"已经好了吗?"

"都没事了,你俩看店也辛苦了!"

冬子把小点心递给两人。

然后,就在里面的工作间一边一块吃着小点心,一边听着这期间的工作汇报。

其实,店里的工作在医院里就已基本上了解清楚了,并没有什么问题。眼前最需要做的就是赶紧支付材料费,恢复订单,然后整理一下票据和信件。

大概用了两个小时在工作间浏览了这期间的信件后,冬子就准备回去了。冬子现在还没有气力缝制帽子。

"对不起,我先走了。我就在家里,有什么事就打电话吧。"

跟两个人打了招呼,冬子就离开了店。

打了辆车,走到半道忽然改了主意,拐到了涩谷书店。

踌躇了片刻,买了有关女性生理和疾病方面的书,就回家了。

虽说往返都是打车,还是感觉很疲惫。晚饭叫了寿司,却没有食欲。

上了床,翻阅起买来的书籍。

住院前看过几本有关子宫肌瘤方面的书,但都没有用图来解释。

手术前一直在意子宫肌瘤这个病,现在却开始对子宫的形状产生了兴趣。

子宫位居中间,左右有形如吊绳的输卵管伸展开来,两端接着卵巢。

卵子是在卵巢内形成,经过输卵管输送到子宫,然后和从阴道进入的精子相遇,受精怀孕。这些都可以通过看书了解到。

可我现在没有了中间的子宫……

冬子轻轻地用手指盖住了图上子宫的部位。

毋庸置疑,子宫是一个中枢,连接着卵巢和阴道,位居中间部位,在图上看显得非常大。

大小倒无关紧要,把这么大的一个东西摘掉,肚子里难道就真不出什么问题吗?

摘掉子宫之后,肚子里就像梦见的那样空空荡荡了吗,还是全被肠子掩埋了呢?

更重要的是,阴道会变成什么样子?

上面空出来了,难道不会影响到下面吗?会不会像软塌塌的无底沼泽地?

这么重要的东西没了,不可能不影响做爱。

因为大夫是男的,所以根本不可能知道女人的真实感受。一个自己完全没有切身感受的人,才会把事情想得过于简单。

翻了一会儿书,冬子的心情越发沉重起来。

感觉自己的肚子好像成了奇形怪状的妖怪们栖身的地方。

"好讨厌啊!"

冬子把书抛到一旁,趴在了床上。

再不想看了,再不愿想下去了。但愿这都是一场噩梦,真希望从噩梦中醒来,依旧能恢复成原样。

正当冬子把头埋在枕头里时,电话铃响了。

铃声连续不断地响。

响到第五声时,冬子终于起身拿起了电话。

"是我,刚刚落地。"

"啊……"

"怎么样了?"

"没什么,欢迎归来。"

"现在终于出了海关,我打算这就去你那里。"

"现在就来吗?"

"不方便吗……"

"倒也没什么,不是有人去接你吗?"

"是有人来接,工作上的事在车上就可以谈完。估计十点左右就能到你那里。"

床边的时钟正显示着八点三十分。

"那一会儿见。"

说完,电话就断了。

贵志和电话里说的一样,十点过一点儿就到了。

门铃响起,冬子出门一看,贵志右手拿着黑色皮包,正站在那里。

"回来啦!"

"啊。"

贵志上上下下地打量了一番冬子,然后说道:"我可以进来了吗?"

"请进。"

贵志解下淡蓝衬衫上系着的深蓝色蝴蝶结,那酷劲儿让微微发白的脸更显得俊朗帅气。

"手术还成功吧?"

"嗯。"

"那就好。"

贵志点着头,坐到跟前的沙发上。

"从船津那里听到了一些……"

"他把钱转交给我了。"

"噢。"

"那是为什么啊?"

"不为什么。"

"可平白无故地,我没有接受的理由。"

"嗨,有钱总比没钱好。"

贵志说着,从放在桌旁的手提包里拿出一个纸包。

"这是给你买的当地特产。"

"是什么呀?"

"马上就要入冬了。"

国外的包装都很简单,解开细细的包装绳,露出了毛皮。

浅灰色的水貂四匹,双层叠在一起,成了一条披肩。

"啊,真漂亮。这围巾适合配各种颜色的大衣。"

"我想你正需要这么一条,快点儿冷起来就好了。"

又是现金,又接到这样的礼物,刚刚还有的抵触情绪一下子就烟消云散了。

"喝咖啡吗?"

"好啊。"

冬子把貂皮围巾用纸重新包好,去了厨房。

"工作怎么样了?"

"将近两个星期,本打算看一下荷兰和法国的主要建筑,可根本没看完。"

"看建筑?有什么打算吗?"

"我要给至学社将要出版的一本《欧洲建筑》写解说,所以这次到处看了看以前没看过的建筑。"

"那你辛苦啦。"

冬子在咖啡里加了奶,端到贵志面前。

"真好喝!"

贵志慢悠悠地品着咖啡。也许是心理作用,他看上去比走的时候要瘦一些。

"果真是肌瘤啊?"

"嗯……"

冬子端着咖啡杯,点了点头。

"已经摘除了,就不要紧了吧?"

"是的。"

冬子回答着,可对"不要紧"这句话感到别扭。

肌瘤的确被摘除了,是不要紧了,可子宫也没了。解决了一个问题,又出了新问题。

"早点摘掉,真是好啊。"

"嗯。"

冬子再没有其他话可以答复。

"是昨天出的院吗?"

"昨天中午。船津过来帮的我。"

"那家伙好像挺喜欢你的。"

"喜欢我?"

"一说到你,就特来劲儿。"

"说了什么吗?"

"倒没说什么。只是说你还好、手术完了之类的。我凭感觉。"

贵志苦笑着。

"我没有做什么呀!"

"这话先放一放,还是说说我们去旅行的事吧。"

"去哪里啊?"

"就要冷了,不去北边,去南边的博多或者云仙一带怎么样?好久没有好好放松一下了。"

自从和贵志分手后,除了和店里的女孩们去过一趟伊豆,以及因公差去过一次大阪外,冬子就几乎没有外出旅行过。

"十一月中旬怎么样?"

虽然比起年末,那时正是比较忙的时候,可真要决定去,两三天的时间还是挤得出来的。

"那就去吧。"

"好啊。"

答应完后,冬子忽然意识到自己已经失去了子宫。

这个身体,要是贵志想要的话,该怎么办啊?到时还能像往常一样热情地响应吗?

"怎么了?"

"没什么。"

冬子慌忙地摇了摇头。

"还没有彻底恢复吗?"

"这倒不是。"

"那我该回去了。"

贵志掐灭了烟。

"就走吗?"

说完这句话,冬子自己都觉得不可思议。她厌恶自己对已经断了念想的男人还表示依依不舍之情。

"车在等着我。"

"那得赶紧,不然太不好了。"

"我总得来看一下你恢复后的样子。"

"谢谢!"

"旅行的事,好好考虑一下啊。"

贵志又看了一眼冬子的脸,然后起身拎了手提包。

冬子如同往常一样去上班,是在出院后的一个星期左右。

随着一点点适应日常的工作,即便整天都在店里,也不会感到疲惫了。采购商和熟悉的客人好久都没见到冬子了,大家都很关心地问候她:"已经好了吗?"

也有人会问诸如"肺炎怎么样了"之类的话,随意就给她安了个病名。

客人里除了中山夫人以外,好像没有谁知道她是因做子宫肌瘤手术住的院。

"谢谢您的关心。给您添麻烦了,我已经全好了。"

冬子一面向大家致谢,一面感到自己好像做了什么见不得人的事似的。

到现在为止,摘除子宫一事,除了母亲以外没有任何人知道。

为什么要隐瞒呢?连冬子自己也搞不清楚。总而言之,就是不想告诉别人。

贵志后来给店里打过一次电话。

"怎么样了?还好吗?"

"谢谢关心!"

冬子客套了几句之后,再次对上次买来的特产表示感谢。

"别说这些了,手术后还是要多当心点儿。"

贵志担心着冬子,可冬子觉得自己和以前没什么两样。无论是走路还是跑步,那儿也感觉不到疼了。而且,食欲也越来越好了,出院刚刚十天,就胖了快一公斤。大家都那么替自己担心,可自己却全然没事,真觉得有些过意不去。

"这周有点儿忙,下周就有空了。到时再一起好好吃个饭吧。"

"嗯……"

冬子嘴里答应着,心里却暗想:这算什么关系啊?

就是通常所谓的"死灰复燃"吧?但又觉得也不尽然。

的确,在身体上,他们又重新接纳了对方。但冬子却没有以前那么在乎贵志的妻子了,当然也绝无把贵志夺过来的想法了,只是因为术后的忐忑,才对贵志产生了依恋。

冬子理清了自己的思路并说服了自己,能够冷静地和贵志独处了,只是对贵志的爱较之当初有所冷却。

比起两年前的痛苦,现在的心情好多了,一切都安稳了下来。

"身体又恢复了,真是太好了。"

就连冬子自己也为术后恢复的速度感到惊讶。

原以为摘除了子宫会给身体留下什么故障,然而,完全出乎意料,一切安然无恙。冬子为身体失去了那么宝贵的东西却又未被整垮感到震惊,但同时又有些忧虑。

不是说盼着身体更糟,但至少得让人能感到小腹的轻微疼痛,得有点儿浑身无力、腰部酸痛之类的不适,那才合乎情理啊。

术前就已经做好了充分的心理准备,花上至少半年时间达到全面恢复,可没想到一下子就好利索了。

女人的身体真的有这么结实吗?

正是因为以前一直都自认很弱,也被大家认为很弱,所以就更感到奇妙了。

说不定蕴藏在女人身体里的这种强悍,至今还未被贵志、船津以及世上的男人们所发现呢。

暂且按下身体恢复之快的话头,冬子又产生了新的不安。

早上照镜子的时候,她突然发现嘴唇周边的茸毛变浓了。

在日光灯下,映出淡淡的柔柔的影子。

冬子的毛发天生就属于稀疏型。从学生时代起,就有女生开始介意胳膊和腿上的汗毛,而冬子却从未担心过。

倒也没有特意和别人做过比较,但私密处的毛真的既淡又软。

年轻的时候,冬子以为体毛淡和身体发育不好有关,所以很自惭。

太浓固然不好,太淡是不是又少了点儿女人的魅力呢?冬子曾经有过这样的忧虑。

可贵志倒好像更喜欢这种淡淡的。

"你的既少,又淡,又没有味道。"贵志经常这样说,说完就抱紧了冬子。

冬子也搞不清没有体臭和体毛淡到底有没有关系,自那以后,她就再没顾虑过体毛的浓淡。

可现在,仔细一看,嘴唇周边的茸毛好像变得浓了起来。

"这是真的吗……"

也许是心理作用吧,把脸贴近镜子,左看右看,还是觉得变浓了。

"这是怎么回事?"

冬子条件反射地想到没了子宫这回事。

是不是因为失去了子宫,不再是女人,所以胡须就变浓了呢?要不然就是荷尔蒙失调,身体渐渐趋于男性化了?

冬子慌忙挽起衣裤,从胳膊到腿查看起来。

胳膊肘的外侧和小腿的左右两侧都有柔软的汗毛,在日光灯下,或许是因为肌肤的颜色发青,所以更显得又黑又长。

冬子差不多有一年时间没剃这些地方的汗毛了。夏天穿无袖衣服的时候,只是在腋下涂上脱毛剂,其他地方没太在意过。

嘴唇上下以前一直是一个月左右刮一次,倒不是因为汗毛浓密,而是因为不好化妆。

有茸毛的地方,化起妆来斑斑点点的。

还是因为摘了子宫的缘故吧……

冬子又照了一遍镜子,从各个角度端详着。

似是而非的。

好像现在问题还不大。手术之后真的会变浓吗？很想咨询一下，可也不能问谁。

医学书里面并没有涉及这些，看来只有去问院长了。

就这样记挂着茸毛的事，过去了十来天。

出院前夕，院长曾说即便没有什么问题，慎重起见，二十天后还是得复诊一次。冬子提前三天就来到了明治私立医院。

"怎么样了？"

院长依旧温和地问道。

"托您的福，已经恢复到和平常一样了。"

"疼痛、白带都没有了吗？"

"嗯。"

"那再检查一下吧。"

冬子好久没有上检查台了，住院期间已经淡忘了的羞耻感又重新袭来。

在大夫冰凉的手触摸到小腹的一瞬间，冬子一下子就想夹紧两腿。因为腿被架在支撑架上，合是合不上的，只是肌肉条件反射式地动弹了一下。

冬子用嘴轻轻地呼吸着。

一开始，因为被人看了私密处感到很羞涩，身体一下子变得很僵硬；现在又被看了没有子宫后的私密处，就更加感到羞涩了。也不知大夫是抱着一种什么样的心态看的，光是想想，就足以让冬子的身体缩成一团。

冬子胡思乱想着。

"已经好了。"

大夫用公事公办的口吻说道。

冬子下了检查台,穿好衣服后,又坐到了大夫面前。

"伤口很干净,也没有白带,没什么可担心的。"

大夫边说边在病历上潦草地做着笔录。

"完全正常。只要没什么不适,以后就不用再来医院,也不需要用什么药了。"

"谢谢!"

冬子低着头,刚站起来半截儿就又坐回到椅子上。

"那个,我有个问题想咨询一下。做了手术,体毛会不会变得浓起来?"

"毛?哪里的毛?"

"这儿……"

冬子用手指在唇边轻轻地划了划。

"是胡须变浓了吗?"

"我也不太清楚。"

院长欠起身子,仔细察看了一遍冬子的嘴唇四周。

"并没有变浓啊。"

"是吗?"

"有谁说变浓了吗?"

"没有……"

"那就好。"

"可是,总感觉……"

冬子再一次瞧着院长。

大夫又瞥了一眼冬子,说:

"还没听说有谁摘了子宫长出胡须来呢。关键是一点儿也看不出你长胡子了呀!"

被大夫这么一说,冬子没了底气。

早上照镜子总感觉是长了胡子,但自己并没把握。

"是不是你太多虑了?"

"是这样啊……"

"上次不是已经说过,子宫只不过是装胎儿的袋子,只有怀孕的时候起保护胎儿的作用,除此以外,没有什么太大的用处。"

"可是,例假……"

"例假只是子宫黏膜增厚后脱落下来的一种生理反应,仅此而已。"

要是什么都听大夫的,一切都可以被医学三下五除二地解释掉了。

冬子鼓起勇气进一步问道:

"您可能觉得我的问题怪。因为摘了子宫,导致荷尔蒙失调,会不会男性化呢?"

"哪里会有这等事?!"

院长笑了起来。

"你该听说过,女性荷尔蒙的中枢是脑垂体和卵巢,二者共同制造出所谓的女性荷尔蒙,如果缺了哪一个就麻烦了。子宫不过就是刚才说过的袋子,并不是在这里制造荷尔蒙或分泌出什么来。"

"……"

"女人好像都很在乎没有了例假。卵巢的工作过程会经历卵胞荷尔蒙的优势期和黄体荷尔蒙的优势期,例假只是这个周期的表现。虽说没有了子宫,但并不意味着打乱了这个周期。只要有卵巢,女性荷尔蒙就会正常分泌。"

有关这些问题,冬子通过看书,都已大致了解了。

大夫的话千真万确,可光是这样的解释,还是有不能让人释然的地方。

"拿出点儿自信来,即便没有了子宫,女人还是女人。"

院长鼓励地说。

"一般,外行人只顾及外表,一旦没有了例假,不能生孩子了,就被认定不是女人了,其实隐藏在里面的卵巢和脑垂体才更重要。然而,人们只在乎子宫。实际上,正是因为子宫并不那么重要,所以才可以做手术摘除掉的。不会因为做了手术,胡须就会变浓的,请放心好了。"

经院长这么一说,冬子悬着的心才放了下来。

胡须变浓,看来只是冬子多虑了。

可现实是,确实再不会有例假了。

手术前,冬子几乎都是月初来例假的。

术前那个时期的例假虽说有点沥沥拉拉,小腹的疼痛也厉害,以致难受得去了医院,可间隔二十八天或二十九天,肯定就会来的。

通常到了月末,乳房开始发胀、腰开始酸痛时,就知道是例假快来了。每当此时就会感到有些抑郁,人也会变得消沉起来。

对于冬子,那的确是一段心情沉重的时期。

可现在,再也用不着担心这些了。

因为已经摘掉了子宫,所以再也没有例假了。冬子完全知道这些道理,可还是会想着来例假的事。

有时看着日历,会想是不是快到日子了。和从前没什么两样:总在心里算着来例假的日子,并做好心理准备。

现在依然在做心理上的准备,可例假已经不会再来了。

以后再也用不着因为例假而改变旅行的行程或者和人幽会的日子了。

任何时候,都可以去喜欢的任何地方。

男人们之所以总那么潇洒,恐怕和没有例假有关系吧?没有这方面的顾忌,就可以毫不犹豫地把事先的设想或筹划迅速地转化成行动,而无须中途改变什么。

以前冬子也想过,要是没有例假该多好啊。要是没有例假,每天的生活该是多么清爽啊。

可一旦真的没了例假,却又感到一股莫名的空虚,像是丢了魂,心里白做着准备。曾经那么厌恶的东西,现在却翘首盼望,真是不可思议。

这种心情要是告诉别人,是不会被理解的,甚至还会招来人们的嗤笑。

现在的冬子正为没有例假的日子感到困惑。

时间可以让人习惯一切。指不定哪一天,冬子就会对没有例假的生活习以为常了。

可现在这一点还没有融入冬子的生活节奏中,无论是心情还是身体,她都处在上下无着落的迷茫状态。

失去子宫激起的意想不到的涟漪正开始朝生活的各个层面扩散开来。

街荫

在外国女性眼中,日本女性都不太戴帽子。即便偶尔看见有人戴,也大都是贝雷帽或高尔夫帽,很少有人会戴圆顶帽、仕女帽之类展现女性风韵而又落落大方的帽子。

而硬壳帽之类带有鲜明个性的帽子,就更属罕见了。

一方面,或许是因为人们把帽子视为一种奢侈品,专门搭配晚礼服或长大衣;另一方面,戴上帽子总给人装模作样的感觉,所以大部分人就都望而生畏了。日本人往往喜欢稳重和模式化的服装,因此对华丽的帽子总是敬而远之。

在国外一些主要的商业街上,一般都有帽子专营店,但是,在日本却很少见。即便偶尔有,也不过是在服装店或百货商店的一个角落里勉强占有一席之地罢了。

不知在日本戴帽子的人究竟有多少,据说有两三百万,要是从婴儿到打高尔夫球戴遮阳帽的人来算,或许会更多些。

从数字上看,好像觉得不少。可帽子不是消耗品,除非对款式感到厌烦了,不然,一顶帽子就可以戴很多年。

像冬子这样的小店面，一般不会做销售量较大的普通帽子。这些大都由专门厂家负责生产，而私人小作坊是根本竞争不过它们的。

因此，冬子店里制作的都是需要费一番功夫的高档品。高档品听起来好听，可制作起来费时、费力、费心血，且利润空间又很小，更何况顾客也很挑剔，所以制作的数量少之又少。

刚开店时，贵志就担心地问："靠制作帽子，能养活自己吗？"

现在看来，他的担心是有道理的。以前，位于青山的店面也是因为光卖帽子无法维持就关张了。现如今，原宿店里主要是以经营高档服饰品为主。

"可是，我只会制作帽子，没有其他本事。"

"那就把它当成自己的兴趣做着玩玩吧。"

两年过去了，店面支撑了下来，让人感到不可思议。

说来，这主要是托贵志和中山夫人的关照，他们经常能引见一些好顾客，这样才总算支撑了过来。但今后如何发展，冬子心里一点儿数也没有。

近来，好像在欧美各国戴帽子的女性也日趋减少了。原因很多，比如帽子是十九世纪遗留下来的产物，据说当时是为了掩饰女人的美发而发明的。关于帽子的起源，众说纷纭，莫衷一是，而帽子今后的发展前景也不可预料。

制作帽子虽然是一门不太赚钱的生意，但是冬子喜欢在自己的工作室里琢磨设计方案，制作蝴蝶结。尤其是当把自己制作好的帽子摆放到橱窗里展示时，冬子心里别有一番快乐滋味，一份与利益毫无关系的惬意。

装饰性的帽子在销售上并没有明显的季节性。不过，在秋末入冬,天气转冷的季节,销售量会随之增多。

也许是今年正赶上经济不景气,高档品的预订明显减少了,但,中档商品的需求却日渐增加起来。

坦白说,中档商品的制作不用费太大的功夫,且卖得又好。像冬子这样有着自己个性的帽子店,很受欢迎。

原宿小店地处时尚中心,但因店面小,销路上依然受到不少限制。最理想的,是能够直接批发给百货商店或大型购物中心。

从这个意义上来看,目前冬子的店能给银座的S百货公司批售,销量已算庞大。

S百货公司本来属于关西系统的百货公司,在东京只有银座一家。因为主营服饰一类的商品,所以把帽子批发给这里,不仅有不错的经济收入,还能大大增加小店的名气。

其实,从冬子店里采购来的帽子只占S百货公司帽子类商品的一小部分,种类也局限在中高档品。相对百货公司销售的总金额来说,是微不足道的,但对冬子的店来说,可就是一笔可观的收入了。

给冬子引见这个百货公司采购业务的是公司服装部负责采购的木田。

冬子最初在原宿开店营业时,很随意地给各家百货公司的服饰部门都寄去了产品介绍的小册子。一天,木田偶然来到店里,看上了这家小店的帽子。

通常,新开小店若是要打进一流百货商店的卖场,比登天还难。但很幸运,木田主动向冬子询问:"是否愿意为本公司供货?"

冬子欣然答应,开始兴致勃勃、全身心地投入到这项制作工作中,没想到作品竟然出乎意料地受到青睐。自那儿以后,百货公司就定期从她的帽子店定制帽子,为此店里还专门开了一个新账户。从此,冬子的小店就有了定期进款。这一切都是木田在暗中帮了大忙。

开店第一年,正苦于资金周转的冬子,也正因为有了这笔百货公司的采购款项,资金的问题才迎刃而解。有时,冬子的店因其他订单而耽搁了交货,木田也能体谅,给予缓冲期限。

夸张点儿说,正是因为有了木田的关照,店面经营才得以维持到现在。

冬子一直把木田的好意看成是对自己工作的肯定,但实际上,帽子的裁剪和缝制这些基础活儿也并没有比其他店做得更精细。

由此来看,木田对冬子的善意绝对是因为对冬子产生了好感。

实际上,木田也曾多次邀请冬子一起吃饭。

本来,木田从冬子这儿采购商品,应该是由冬子答谢木田的,可木田坚持要自己付账。

即便冬子说"这次就让我付吧",木田也不答应。

一开始还好,可接二连三地被款待,冬子心里就有了负担。

木田看上去给人一种柔和、亲切的感觉,并且,一看就知道是个在穿着上很讲究的男人。

个子不高,身材均匀,总是身穿一身裁剪合体的服装。当然,身为服装部门的采购主任,注重仪表也很重要。但从头到脚都打扮得光鲜亮丽,无可挑剔,未免有些夸张。

戴着一副银色眼镜,头发略微烫卷,三十五岁,有一个女儿,乍看上去,好像还有点儿单身贵族的样子。

木田对待女性总是热情而细腻周到,上车时一定是女士优先,去餐厅时,也会马上帮女士先拉开椅子。

对所有的女人都殷勤备至,冬子并不喜欢这种类型的男人。如果仅是两个人的话,倒有其便利之处。但如果一方太殷勤,另一方也会为其所累。

冬子很想告诉他:"男人应该再深沉一些。"但对方毕竟是生意场上的重要客户,就不便建议了。

冬子以为年轻女孩子会喜欢这种无微不至型的男人,但好像也不尽然。

真纪她们常私下里骂他"装模作样的家伙",友美则称他为"那好家伙"。因为他每次打电话快要结束时,就说"那好"。她们有时还爱模仿木田讲话的语气,然后大笑起来。木田有时会邀她们一起去吃饭,她们就厚着脸皮跟着大吃大喝一顿。

"他说想吃什么就点吧,于是我们就点了五千元的烤牛肉。"真纪说完,缩了一下脖子。

"这样做可不好啊。"冬子教导她们。

"但,是他说要去的呀,我们也没办法。"真纪吐着舌头,然后说,"老板娘,你可别让这种男人给引诱了。"

"怎么可能……"

"不过,他可瞄上了老板娘呀。今天还刨根问底地问老板娘的病情。"

"那,你怎么说的?"

"我只说是一般感冒。但,你猜他说什么?"

"说什么……"

"他说,不会是堕胎吧。"

"怎么这么说……"

"男人嘛,尽想些歪门邪道的事。真是太荒唐了,然后我就反驳他说'你难道想让老板娘生孩子呀'。"

"那么,那个'那好家伙'又怎么说?"友美打趣地加入对话中来。

"他说'是啊,那不坏啊',你看他多可恶。"

"就是,他自己有女儿的。"

"还说,老板娘喝醉时很性感,又不能自控,因是个好女人,所以才为她担心。"

"又不是他的女朋友,真是多管闲事。"

冬子边听着两个女职员的对话,边朝大街上望去。

半年前,冬子喝醉时曾让木田拥吻过。那时为何会突然有那种心情呢……

那天,木田邀请冬子去吃饭,在银座林荫道上的餐厅款待了冬子。然后,又去了六本木,去第二家地下酒吧时,冬子就已经有了醉意。

酒吧中间摆放着一架钢琴,四周是个小舞池,有两三对情侣在跳舞,灯光昏暗,坐在那里的人们彼此都看不清对方。

冬子对跳舞虽然不太自信,但在木田的邀请下也跟着跳了起来。

接连跳了几曲后,耳畔忽然感觉到一股男人炙热的呼吸。

她觉得痒痒的,想转过头时,木田已伺机吻上了她的樱唇。

只是一瞬间而已,冬子马上将脸挪开,一曲终了后,便立刻回座。

不久,就离开了酒吧,木田开车送冬子回到了住处。

此后,冬子又和木田见过几次面,但,木田一直只字未提那天晚上的事。冬子也认为那不过是一时迷糊,一切都早已过去。

虽说只是一瞬间,可冬子接受过木田的拥吻却已成为无法抹去的事实。

虽说当时冬子马上把脸躲开了,但在那一瞬间,若说冬子没有沉浸在一丝的甜蜜中也是违心之言。

那时自己究竟怎么了……

并非是喜欢上了木田,当时要是婉言拒绝也可以不跳。其实,心里也并没有想要跳舞,但,相拥地跳着跳着,自然就感觉暖融融的。那是因为喝醉的缘故吧……

冬子心想这或许是个理由,但,店里的昏暗气氛也难辞其咎。不管你在干什么没人会在意你,或许这种漠不关心的态度,使自己趋于大胆吧。即便如此,也不该就那么爽快地接受木田的吻。

要不然,就是当时自己也正处于饥渴状态,那一瞬间,忘记了对方是木田,只是陶醉在那个氛围里。那一瞬间的空白让自己坦率地接受了那个吻。

总之,不是现在的冬子,而是另一个冬子。当时,另一个冬子默许了拥吻,而且,也不是因为对方是男人,而是因为当时店里的气氛、酒精以及身体的倦怠接纳了那个吻。这和自己的意志没有关系,是嘴唇随意接受的。为什么男人会误以为是爱呢?

不管冬子怎样为自己开脱,那次接吻无疑更诱发了木田的想入非非。

自那儿以来,木田的订单就增多了,不仅把进来的帽子摆到了最好的位置上,还提议说:"适当的时候,是不是要举办一场帽子时装秀?"

他会时常到原宿的店里露面,对展示柜的位置、摆放方式不厌其烦地给予建议,甚至有以店老板自居的嫌疑。

虽然冬子有时会反感木田如此行事,可也有仰仗着他的这份好意的一面。

冬子独自一人在原宿这样繁华的地段打拼,确实感到心中无底,说不定什么时候一不景气,店就关张了。面对这样的不安,觉得如果有木田这样的人做后盾,就有了心理支撑。

但一想到木田的支持究竟能持续多久,心里又忐忑不安起来。

正像真纪和友美说的,木田只要把冬子作为女人来接近,迟早有一天会碰一鼻子灰。到时,又该如何面对呢?

毫无疑问,在工作上,冬子的确需要木田这样的人来关照,至少冬子现在需要这样的人。但作为男人,冬子却不能接纳。尽管很感激他对自己帮的忙,但难以作为爱的对象。

不知木田能否清楚这一点,或许他心知肚明,以为只要强行推进,冬子就不得不接受。

问题在于冬子的个性是不会勉强自己的。况且,在冬子的心里还依然保留着贵志的位置。

只要心里还存有对一个男人的思念,就不可能被另一个男人简单地取而代之。

在这个世界上,或许会有心里爱着一个男人却又移情别恋另一个男人的女人。冬子一度也想尝试。

想归想,但一旦要付诸行动,就会迟疑不决,到最后关头,更会落荒而逃。

更何况,和贵志已经有了那么深层的关系,因此更是毫无可能。冬子开始觉得有些对不住木田,心想终有一天是要跟木田讲清楚的。

如果因为说了,店铺倒闭了,那也就自认倒霉吧。自作自受,怪不得任何人。

手术前,冬子就曾这样想过:迟早有一天木田不会再支持自己,自己必须做好独自一人支撑下去的心理准备。但,现在的情况又有了变数。

做了手术,摘除了子宫,冬子的内心反而有些坚韧起来。从此以后,自己就不再是作为一个女人,而是应该作为一个设计师活下去。外表虽然还是女人模样,但实际上,已不再是可被容许撒娇的女人,永远没有了结婚、生子的可能性。

从这个角度想,不得不需要重新考虑今后的生活方式了。

可是,由于冬子的内心深处还在发怵,所以行动上自然就缺少魄力,冬子为这样的自己感到懊恼。

比方说,和一度已经分手的贵志再次发生肉体关系等,就显出了意志力的薄弱,为什么不能干脆地拒绝呢?

那时,正值去医院前,内心感到极度空虚,很想找个人倾诉一下,也是对即将要做手术的身体表达最后的眷恋。在手术前,至少希望贵志再看一次自己没有瑕疵的身体。孤单一人就会感到寝食难安,宁愿被某种强烈的冲动所驱使。

现在冷静地回想一下,觉得当时和贵志的分手是有些牵强。明明难以割舍,却逞一时之强,断然分了手,但这也并不意味着就可以重新和贵志发生肉体上的关系。

把自己又交给了已经分手的男人,显而易见是对贵志还存有迷恋。这不过只是一种贪恋而已。

固然,那时因为自己不能容忍同时操弄着妻子和自己的男人,所以就痛快淋漓地痛骂了他一顿,说了"再也不见",以为这样就可以一刀两断。

冬子对贵志的怨恨很深，也就证明了对贵志的爱依然很深。大脑想彻底了断，可身体却常常渴望着贵志。冬子身体中埋伏着另一个不以自己意志为转移的冬子。

冬子对自己的这种自相矛盾，感到非常懊恼。她希望大脑既然做出了决定，身体就该听从指挥，希望自己的思和做协调一致起来。

一般来说，女人的自相矛盾比男人显著，冬子就得加个"更"字。看上去干脆爽快，其实优柔寡断，一度做出了决定，事后却常常感到懊悔。

和贵志分手时就是如此。冬子多次悔恨交加，悔不该说了那么多绝情的话。

是不是贵志一开始就看穿了冬子的性格？正是因为早就识破了冬子的心思，就默许了分手？

要是这样的话，那决不能饶恕他，因为这不是等于完全受贵志操控了吗？

冬子希望自己更果敢一些，要有既然分手就从此不见面的毅然。

但，此刻的冬子想法又截然不同了。

摘掉了子宫，说不定今后性格也会有所变化……

说不定以往那种瞻前顾后、女孩子气的懦弱性格将会消失，更能像男人那样干脆果断了呢？脑袋和身体的不协调也将会消失，一切都可以按照意愿行动？

如果真能变成这样，多潇洒啊。

可是，这是否意味着自己本来具有的女性魅力也将随之丧失？

一进入十二月，往来于人行道上的行人大都已穿上了大衣。

秋天里呈现着红、黄等缤纷色彩的林荫道上,已是落叶纷飞,尖尖的树梢上展现出一片清冷的天空。

一早一晚,开始能感受到初冬的气息了。可是,冬子仿佛觉得夏天才刚刚结束。

这是为什么……

冬子想了片刻,忽然发现是因为代代木的树林依旧是郁郁葱葱的。

去店里的路上,能观赏到代代木的林荫。在下雪的冬天,冷杉和常绿树依然呈现着茂密的碧绿。

冬子从铺满落叶的林荫道上刚走过来,再看这片树林时,像是又从晚秋的萧瑟中飘回到了夏天的繁茂。的确,在这片树林里行走便能享有绿荫带来的闲适。

但,秋天还是应呈现出象征秋天的红叶,随着秋意加深,落叶翩翩,才能体现出自然季节的更迭。如此,自然的喜乐、悲伤才得以鲜明地表现出来。

其实,在店里只要看到大街上的来往行人,便可以判断出季节的变迁。

就在前不久,看到的还都是身穿休闲西服、长筒靴,一身新潮打扮的年轻人阔步前行,而现在则是以毛皮大衣、带帽子的披风、套头衫、长筒马靴为主了。

说是毛皮大衣,由于大都为年轻人,顶多只是穿些兔皮或小羊羔皮,很少有像水貂皮这样的高档品。可年轻人有年轻人的智慧,极尽所能地展示着自己的个性。如此,原宿的时尚才得以是流动的,而不是千篇一律、一成不变的风景。

冬子很欣赏这种将自己的嗜好大胆地展示在服装上的年轻

人,若以真纪她们的观点来评判,看法就不一样了。

"现在的原宿也成为那些手里捧着时尚杂志、到处晃晃荡荡的土包子们聚集的地方了。"

对于从高中时代起就游逛在原宿一带的真纪来说,根本看不惯这些自认为引领时代潮流的"原宿族"穿的千奇百怪的装束。

"原宿的美就在于一个个小店都很有个性而且随意,身着便装便可自由出入。现在,这么多高楼大厦和大型商场林立其间,过往行人也都装模作样地穿上了高档服装,和银座就没什么两样。"

的确,这几年增加了太多的豪华商店和高楼大厦,从而丢失了原本街道窄小却很雅致精巧的原宿韵味。

贵志第二次来电话是在十二月的第一个星期一的下午。

落在西边代代木丛林中的夕阳染红了冬子店铺的橱窗。

"怎么样?还好吗?"

"托您的福……"

冬子边看着那映红的玻璃柜,边点着头。

"今晚可以一块儿吃饭吗?"

"一会儿吗?"

"不方便?"

虽说今晚并没有什么其他的安排,倒也不是不可以见面,可也太突然了。

一般来说,女士和人约会总是要事先做些准备的,并不需要打扮得很花哨,但至少要身穿自己中意的服装,梳着喜欢的发型。可今天,冬子只随意地穿了一件针织的连衣裙,外面套了一件毛织大衣而已。

冬子虽然并非特别不中意今天的这身打扮,不过,若要和贵志见面,冬子还是希望穿上羊绒大衣,披着贵志送的貂皮披肩。至少提前一天打招呼,才会有备而来。

"出院后,还没有好好地见过面,上次说去博多或者云仙旅行的事,看来很难成行了。"

旅行的事冬子也很在意,不过,即便延期也没什么,毕竟自己的身体是这个样子。一想到要和贵志去旅行,心里还是有所顾忌。

"我七点钟去你那里接你。"

"不要,约好见面地点就行。"

冬子尽可能地不想和贵志在店里碰面。贵志来倒没有什么不妥,只是冬子害怕自己说起话来发嗲,不愿意让真纪和友美看到。

"那好,就在附近的'含羞草馆'好吗?"

"好……"

点了点头,冬子把话咽了下去。

又要和贵志碰面了。上一次是为了介绍医院,可这次没有任何理由。这样下去,那不是重温旧梦吗?

"那好,七点钟。"

说到这里,贵志好像忽然想起了什么,接着说:"对了,带船津去怎么样?"

"为什么?"

"那家伙是你的粉丝,三个人一块儿为你庆祝康复吧。"

贵志总是爱自作主张,丝毫不考虑冬子的感受。

"真要一起吗?"

"他现在不在,等回来后就带他一块儿过去。"贵志说完,就挂了电话。又要和贵志见面了……

冬子为自己感到惊诧,不过,"这是为了庆祝痊愈",冬子在为自己找新的借口。

距离七点还差一点儿,冬子正为赴约做着准备,突然,船津来到了店里。

"啊,是在这里吗?"因为本来已说好了三个人在"含羞草馆"见面,所以冬子露出了惊讶的表情。

"你替所长来接我?"

"所长说,'为了庆祝康复,那还不如在有榻榻米的日式房间庆祝更好',就在筑地订了包间,所长说他就从公司直接去那里。"

"……"

"还说,'可以的话,店里的女职员也一起都来吧'。"

"都来?"冬子回头看了一下站在旁边的真纪和友美。

船津接着又说:"店的名字叫'福源',那家的河豚料理很好吃,怎么样?"

"啊,真棒啊!"真纪一下子就拍起手来,然后又迟疑了一下,说,"真去啊,那好吗?"

"已经预订了五个人的座位。"

"我还是第一次去有榻榻米的包间呢。"

"我也是头一次去筑地。"真纪说完,友美也点头示意着。

这么一来,大家就不得不一块儿去了。

"那就去吧。"

"真高兴,那就先关店门?"

"那就关吧,是还早,可也没办法。"

真纪和友美立刻就去了工作室,开始换衣服。

听到两个人欢呼雀跃的声音,冬子顿时有些闷闷不乐。要是一开始就说好带着店里的女职员们去筑地,倒也无妨,那就不用自己一个人先去做离店准备了。这下,她们肯定就会猜到是和贵志赴约去。

即便知道也没关系,反正不是见不得人的事。可那时自己说的是有事,这就显得奇怪了。

这些安排都表现出贵志一贯爱擅自做主的毛病,一切都是以自己的意志为转移,而不替对方考虑。应该多多少少设身处地地从对方的角度考虑才是……

"有什么不高兴的事吗?"船津好像觉察到了冬子的郁闷。

"哦,没什么。"

"身体怎么样啦?"

"不错,多谢各方面的关照。"这次和船津见面,还是出院后的第一次,"橱窗展示柜,有变化呀。"

"对了,对了,送你的帽子现在正在赶制,圣诞节时就能做好。"

"真送给我?"

"你戴上一定合适。"冬子说完时,真纪和友美已经穿好大衣从工作室走了出来。

四个人坐上了车,到了筑地。这时,贵志已经到了,正在和老板喝着啤酒。

以前,贵志多次在这里接待客人或聚餐,他已经是这里的老主顾了。

"欢迎光临!"

贵志回过头说:"今天,你是主宾,就坐在这儿吧。"示意冬子坐壁龛前的席位。

"那可不好,就这里吧。"

"今天是我来宴请啦。"

互相谦让了一阵后,冬子被两个女职员簇拥在中间,不得已坐到了壁龛前的上座。

"圆帽店"开业时,贵志曾经来过一次。可对于真纪和友美来说,还是初次见面。

"这位是真纪,这位是友美。"

冬子一一介绍完后,贵志点着头,然后就自报家门地行了个礼,说:"我是贵志。"

"今天是为了庆祝木之内小姐的康复,所以人多点儿好。大家喝鳍酒好吗?"

女孩子们听后,面面相觑。无论是筑地的料亭还是鳍酒都是第一次,多少显得有些矜持。

"吃河豚,还是清酒好吧?"不一会儿,鳍酒上来了,大家开始干杯。

"恭喜早日康复!"

贵志带头一说,大家都一起说道:"恭喜!恭喜!"

"多谢大家!"

冬子回答着,却忐忑不安,完全预料不到是这样一帮人在为自己开庆祝会。

贵志却是一副坦然的样子。冬子觉得这不会是一场恶作剧吧……女孩子们会怎么看自己和贵志之间的关系呢?

虽说贵志也来过店里,和中山夫人的交谈中也偶尔涉及贵志,女职员们大概也知道冬子和贵志曾经交往过一事,或许还知道他是位有名的建筑设计师。可为什么要宴请她们呢?冬子越想越觉得蹊跷。

真纪和友美看上去矜持、拘谨,但女性的直觉就是敏锐,她们一定正充满好奇地观察着贵志和自己的神态。

冬子对贵志的这番用意真是百思不得其解。

冬子暗想:一会儿,两个人的时候,要好好审问他一下。

冬子用疑惑的眼神看着他,可他却若无其事地畅饮起来。

"大家别客气啊,到了冬天,最好吃的还是河豚。"

故作矜持的女孩子们赶紧开始吃起河豚刺身来。用来做调料的橙汁味道很美。

"你们一定很能喝吧?"

"不行,我们还喝不过老板娘呢。"

"老板娘的酒量不行吧?"

"真的吗?"

冬子露出一脸苦笑,可心里却一点儿也笑不出来。

河豚刺身上完后,是河豚火锅。在河豚火锅的汤里,鱼白全都溶解在里面,黏糊糊的,飘溢着香醇的气味。

"真是美味啊!"真纪她们吃得不亦乐乎。

贵志一面不断地给自己倒着鳍酒,一面津津有味地看着女职员们吃河豚料理的样子。

真搞不懂他是怎么想的……

冬子带着一股怨气开始给自己倒鳍酒,越是焦躁不安,酒兴就越大发起来。

"贵志先生,您都给什么地方设计建筑呢?"

女职员们从这个问题打开了话匣子,然后就谈到最近欧洲的建筑、时尚等各式各样的话题。

贵志认认真真地一一作答。

"我们真想去看看啊!"

友美说完,贵志就接着话茬儿说:"你们要是去,那里有我特别要好的朋友,我给你们写封介绍信,让他们给你们做向导,又方便又不花钱。"

"这下就更想去了。"

"要去,最好还是趁年轻去。"

"对,绝对正确!"

女职员们频频点头。冬子看在眼里,气在心头。与其说是为自己庆祝康复,倒不如说成了贵志和女孩子们的聚会。

他这个人一见到年轻女孩子,就来了精神,本以为会对这么青涩的女孩子不感兴趣。男人的心真是搞不懂。

冬子想到这儿,忽然意识到自己是在嫉妒,于是就越发郁闷起来。

贵志对真纪和友美表现出兴致,这没什么大不了的,和自己也完全无关。冬子这样宽慰着自己,但依然心绪不定。

贵志这时似乎察觉到了冬子的不快,就招呼着冬子:

"你在喝吗?"

"在喝。"

冬子本想若无其事地回答,可回答却显得很冷漠。

河豚火锅上完后,又上来了河豚杂烩。

鱼白的醇香溶在汤里,味道很鲜美,可是冬子喝了太多的酒,已经咽不下了。

年轻女职员们食欲旺盛,吃完了河豚杂烩,又吃了最后上来的甜点,把羊羹也吃得一干二净。

"真是太好吃了,多谢您的款待啊。"

真纪和友美同时行了礼。

"那,我们就再去一家喝酒吧。"

"啊!太高兴了,我们也可以去吗?"

"当然了,船津君,你叫辆车来吧。"

贵志说完,点了一支香烟,站了起来。

离开了筑地,又去了银座叫"玛格丽特"的地下酒吧。店不太大,在离店大门很近的地方放着一架钢琴,座位被排列成圆形,放置在钢琴前的空间。

贵志好像也时常来这里喝酒。这时店老板上来打招呼,把贵志的酒也拿了过来。

以前,贵志主要去赤坂和六本木喝酒,最近,有时也会到银座来。

往会员的酒杯里斟上威士忌后,就开始干杯。

"恭喜!"

只有这时,大家的酒杯才朝向冬子,但接下来,彼此又开始交谈起来。

两个女职员依旧不断地和贵志闲聊着。或许是因为有钢琴的声音,也听不清他们都在聊些什么,只见贵志聊得兴高采烈。

冬子独自一人喝着闷酒。

在筑地喝了鳍酒,现在又继续喝兑水的威士忌,冬子以为自己会喝醉,可大脑依然很清醒。也许是总是高兴不起来的缘故吧。

通常,这种情景过一会儿就会突然一下子醉倒。

冬子放下酒杯,想要吸烟,刚从烟盒里抽出一支烟,船津赶紧用打火机给冬子点上。

"谢谢!"

"哪里不舒服吗？"

"咦，怎么了？"

"看你好像无精打采的样子。"

"没有的事。"冬子转过身来面对船津，问道，"跳不跳舞？"

"和我跳吗？"

"对啊。"

"不可能吧，不和所长跳吗？"

"他跳舞不行，不介意吧？"

船津难为情地看着舞池。在钢琴前很窄的地方，有一对男女在跳着慢拍舞。

"会跳吧？"

"一点点……"

"那就开始吧。"在冬子的再三催促下，船津站了起来。

"跳一支就来。"船津一边站起来，一边向贵志禀报着。

"嘿，老板娘也会跳吗？"女职员们一起拍手叫好。

冬子在钢琴边上的昏暗角落里和船津跳起舞来。

"跳舞还要——请示吗？"

"没有这么回事的。"

"在酒桌上，不是不分上下级吗？"

冬子一边说着，一边轻轻地把脸贴了过去。船津的鬓角呈现在了眼前。

也许是跳了一支舞，冬子忽然间有了醉意，刚才的僵持也缓解了许多。

"跳得真不错嘛！"听到贵志的夸奖，船津挠着头。

"老板娘，真般配啊！"

"真的？吓住你了吧。"冬子也毫不示弱地回答着真纪。

也不知女孩子们是否已经知道了自己和贵志的关系。要是明知关系密切，却能说出这样的话来，就是居心叵测。

总之，对女孩子们不能大意。冬子喝着威士忌跟船津聊起天来。

"下次，我们两个人一起去喝酒啊？"

"真的？"

船津大惊小怪似的转过身来，反应程度之大显得稚气至极。

"你会给我打电话吗？"

"嗯……"

"也可以给我家里打电话。"

船津一面颔首，一面朝贵志望去。贵志依旧在和真纪她们滔滔不绝地讲着话。

"今天，待会儿你送我，行吗？"

"嗯？……"

"不是一个方向吗？"看到船津那为难的样子，冬子终于来了兴致。不知何故，在船津身上有着让年长女人想要捉弄他一下的可爱之处。

"可是，所长……"

"所长肯定还要去别的地方喝的。"

"你不一块儿去，行吗？"

"我今天已经累了。"

冬子放下搁起的腿，轻轻地依偎在船津的肩头。明知玩笑开得过分了，可是待在船津身旁心里感到宽慰了许多。这也是事实。

"该走了吧？"

大约过了三十分钟之后,贵志招呼大家。

"已经十一点啦。"

"呵,已经都这么晚啦。"

真纪她们发出了遗憾的声音。

穿上大衣走到外面时,已经下起了小雨。早上下过雨,中午就停了,现在又下了起来。

"那,你们往哪边走?"

"我们往代代木上原。"

"我在中野。"真纪和友美一个接一个地说。

"那好,船津君,你帮我送一下她们吧。"

"我吗?"

"我们还要再去一家喝。"贵志说着就和真纪、友美一一握手道别。

"我……"

"没关系吧?"

冬子一动不动地伫立在那里,贵志也不管不顾就朝着停在大厦前的出租车走去。

"谢谢您的款待。"

"晚安!"

女职员们挥着手,只有船津一人一脸被甩掉了的样子,站在那里。

出租车很快就在小雨中开动起来。

贵志从大衣口袋里掏出了香烟,用打火机点着。

"去哪里啊?"

"去六本木吧。"

"我本来打算回去的。"

"才十一点。"

"你这么一来,真叫人难堪……"

"哪件事?"

"在那里,就留下咱们两个人,一定会被她们乱猜的。"

"什么?就为这事。"贵志苦笑着。

"为什么今天突然对职员们说'一起都来吧'?我以为就我们两个人呢!"

"偶尔请她们吃个饭不是挺好吗?"

"这倒没什么。我不希望让我手下的人知道老板的私事。"

"并没有跟她们说什么呀。"

"不用说什么了,她们的第六感是很灵的。"

贵志缄默了。冬子明明知道贵志邀请大家吃饭是为了让大家开心,自己现在却说这些话,显然很过分,可冬子又继续说道:

"我是老板,如果给手下发现了什么把柄,这些女孩子就不好管了。"

"……"

"要是船津知道了我们的事情,你不是也一样为难吗?"

"不,我倒无所谓。"

"可是,就连船津都很小心翼翼的呀。"

"真的吗?"

贵志看上去很细腻,其实也有很多粗心的地方。冬子每当这时就揣摩不透他的心思了。

"总之,我很不舒服。"

"明白了。"

贵志把脸朝向窗外,表示不愿再听下去了。

还是自以为是的个性。

"真是奇怪!"

"指什么?"

"没什么。"

冬子摇着头,连自己也搞不清楚为什么要强忍着不情愿,跟随贵志过来。

六本木可以说是贵志的老巢。自设计事务所开设以来,已经过去快十年了,他常常在六本木、赤坂界限一带,一家家地喝酒,当然对这里完全是轻车熟路。

贵志爬上乃木坂的一处斜坡,然后往下走,上到了左手边白色大厦的三楼。

那一带好像都是普通住家的公寓。走到挂着"鸿巢"牌子的地方,一进门,迎上来一位年轻的女性。

"有空座吗?"

贵志问了一下,女性微笑着点了下头。

在一进门挂衣服的侧面有一扇小窗户,打开离窗户很近的门,有一间二十张榻榻米大小的房间,地上铺着蓝色地毯。

在昏暗的灯光中,靠近墙壁的地方布置着柔软的坐垫,每一张坐垫的前面放着一张桌子。

已经来了十几位客人,桌子上摆放着烛光般发黄的灯。在昏暗的灯光里,客人们几乎相互看不清对方的脸。

贵志和冬子进来后,坐在了左侧的角落里。

"喝什么?"

"就来白兰地吧。"

"好的。"

刚才接待他们的女招待点了下头就退了下去。

也不知从哪里传出的,房间里弥漫着柔和的音乐,隐隐还能听到人们窃窃私语的声音。

这里没有大声的喧哗,也没有忙得团团转的服务生的身影。需要招呼服务生时,就按一下桌子旁边的按钮。

"这里是酒吧吗?"

"说是也是,说不是也不是。"

"大门就好像和普通住宅的一样。"

"这里是会员制的。"贵志说完,举起白兰地酒杯和冬子碰起了杯,"为你的康复干杯。"

"多谢……"

冬子一下子低下了头,心里边想:下一步是不是就会说两个人庆祝一下吧?这也太绕弯子了吧。

"全都不痛了吗?"

"嗯。"

"不会再复发了吧?"

"已经全部摘掉了。"

贵志点着头。说是全部,贵志肯定认为是肌瘤全部摘除了,可冬子说的是连子宫都全部摘掉了的意思。

虽说内容不太一样,可都是不再复发了的意思。

"总之,早治疗还是太好了。"

"谢谢你的挂念……"

"手术后,过去多少天啦?"

"已经两个月了。"

"那,已经完全康复了吗?"

"嗯。"

"这下就放心了。"

贵志的手自然地就搭在了冬子的肩膀上。

现在终于就剩她和贵志两个人了,冬子感到了些许安慰。

也许是在幽暗的灯光下,流淌着抒情的音乐,这种幽静恬适的氛围使得冬子感到了一份惬意。

冬子已经彻底驱散了刚才和店里的女职员,还有和船津在一起时的阴郁心情。

"老大已经几年级了?"

"已经初二了吧。"

"很可爱吧?"

"一般……"

大概出于考虑到冬子的心情,贵志有一搭没一搭地回答着。冬子倒觉得没必要那么拘谨。

"差不多走吧?"

大概过了三十分钟,贵志说道。

"几点了?"

"十二点。"

贵志站了起来,像是准备和新客人轮番交替似的向外走去。

刚才就一直站在门口的美少女微笑着说:"多谢光临。"

既不冷淡,又不啰唆,落落大方地迎送客人,正是这种俱乐部的诱人之处。

来到外面,枯枝上空的月光皎洁澄明。

冬子竖起了大衣领子。

两个人依着肩,爬着缓缓的坡路。

"还有时间吧?"

"已经很晚了。"

"还想去你那里,不行吗?"

"……"

两个人并排走着,在缓缓的坡道上只听见脚步的回荡声。

"上次你不是让我去了吗?"

"那次是我一时糊涂。"

"一时糊涂?"

"是的,疏忽了。"两个人相觑一笑。

下了坡道,就来到了六本木十字路口的明亮大街。在明晃晃的霓虹灯光下,汽车川流不息。

贵志挡了一辆从十字路口刚拐过来的车,先上去了。

冬子也跟随其后上了车,出租车朝着涩谷方向驶去。

"去哪里?"

"去……"

贵志没说下去,就把手插进了大衣兜里看着前方。

"在法国,我一直想着你。"

"……"

"左思右想,也想不明白。"

"什么意思?"

"我们之间是相互爱着,还是恨着,还是……"

冬子静静地朝贵志望去。

"说喜欢是一种幻觉,是不是因为对你的身体很着迷?"

"……"

"那时是你单方面提出的分手。"

贵志嘀咕着,出租车在霞町的岔口往左拐去。

车停了下来,冬子全然不知这是到了哪里。既像是住宅区,又有些繁华的气息,定睛一看,看到了旅馆门口的霓虹灯。

贵志大模大样地走进了旅馆。

"要去哪里?我回去了。"

"哎,没事啊。"

"这个……"

贵志再一次把手搭在了冬子的肩上。事已至此,也不可能不进旅馆了,反正都有过数不清次数的亲密关系了。

但是,冬子还是希望能有个了断。既然分手了,就应该毅然决然地分手。有了这一次,以后就更不好拒绝了,她不喜欢自己总是这样不清不楚。

"今天,我并没有这个意思。"

"我知道,可我想要你。"

一瞬间,贵志像是一个爱撒娇的孩子,尽管比冬子年长十岁,可现在却显得比冬子还单纯。

"可以吧?"

"……"

"求求你了。"

看着贵志哀求的样子,冬子忽然有些感动了。既然他这么想要我的身体,明知是刚动完手术却还想要……这使得冬子不得不接纳贵志的这份真诚。

"真的,本来打算去你房间的,可没办法。"

贵志的手一直搭在冬子的肩上往前走着。

穿过花草丛,就到了旅馆的门口。

看上去像是一个大旅馆,但,很明显是为情侣幽会特别建造的情人旅馆。女招待走出来,带着他们去了庭院深处的偏院。

冬子心想,这里可能是西麻布稍微靠涩谷的那一带,可从来不知道这地方还有这样的旅馆。

在偏院的房间里有一间格子玄关,往里是脱鞋间、茶室和寝室,脱鞋间的右手是浴室和卫生间。

房间的温度预设得恰到好处,看来是为将要随时到来的客人事先准备好的。

贵志自己打开冰箱,拿出啤酒,往两个酒杯里倒上。

"你时常会来这里吗?"

"不是,路过这里看到的,因此就记住了。"

冬子不相信贵志的解释,贵志很有可能和其他女人来过这样的旅馆。

冬子现在已经不在乎他是否有过这样的事。

"我喝了啤酒就回去。"

"还在生气啊?"

"没有。"

即便贵志来过这里,冬子也没有生气的权利。

喝了一杯啤酒后,贵志站了起来,掀开了寝室的被子。

在鲜艳的梅花图案的被子上,并排放着粉红色和蓝色的枕头,在这个前端还亮着一盏座灯。

"不换浴衣吗?"

贵志先走进寝室,开始换浴衣。

冬子一动不动地坐在那里,看着映在座灯上影影绰绰的贵志的身影。

"好了,振奋起精神来。"穿着浴衣的贵志呼唤着冬子。

冬子并没有不快。只要是和贵志两个人在一起的时候,冬子就会过得很开心,在这样的偏院相拥在一起,也是一件不错的事。对把身体交出去的抵触,从一进门的时候起就已消失了。

比起这个,现在的冬子是在畏惧拥抱之后。

无论是自己,还是贵志,究竟还能像以往那样彼此满足对方吗?

说不定会就此扫兴地分手离去呢……

坦率地说,冬子是对自己的身体没有了自信。一个失去了子宫的女人还能像从前那样享受床笫之欢吗?

尽管大夫已经明确说了:即便没有了子宫,也不会影响到床上生活。

当时冬子也是这么认为,因此也就默许了。

可一旦到了现实,还是会诚惶诚恐起来。

难道失去了那么大的器官,就没有任何影响吗?

冬子现在不抱任何奢望,只要和从前一样就好。自己倒无所谓,只要不让对方失望就行。

其实,在不希望背叛对方的心理中,已经包含有"想要"的期待了。

"怎么了?"

贵志像是已经有些不耐烦了,便喊了起来。

霎时,冬子对贵志的态度感到有些恼怒。

我这么替对方着想,可他却全然不理会,只是一个劲儿地想着求欢。

女人不像男人那么单纯,云雨之欢也需要做好适当的心理准备。

"那么,快过来呀。"

这次贵志温和地说道,然后就躺到了冬子的身边,拉开了冬子背上的拉锁。

"强硬把你拉来,是我不好,可我太想要你了。"

"……"

"去国外这段时间,就一直觉得这世上没有比你更好的女人了。"

"别再说了。"冬子闭上了眼睛。这样的话让冬子更加感到痛苦。这时的冬子更希望贵志趁着自己烂醉如泥、不省人事的时候,把自己占有了。

在贵志的催促下,冬子站了起来。

贵志上床等候着。冬子知道他正从身后看她脱衣服。

冬子已经决意要和贵志有一场云雨之欢了。

她已顾不上考虑到底还能不能像过去那样痛快淋漓,事已至此,再去躲避就会显得有些故作姿态了。

冬子想,虽说有贵志强迫的一面,可事情发展到这一步,自己也有责任。因为在自己的潜意识里,还是有和贵志再尝试一次的念头在作祟。其目的显而易见,就是想再次确认一下失去子宫之后的自己是否依然是一个地道的女人。

贵志完全能读出冬子内心里的这些潜台词。冬子现在也无须故作姿态,要好好地放松自己才行。因为,也只有贵志能够确认一下冬子康复后的身体。

穿上了浴衣后,冬子就来到了贵志身旁。冬子先把脚伸进被子,正当全身盖上被子时,觊觎已久的贵志将她一把搂进了怀里。

"快把灯关上。"

"已经够暗的了。"

"可是……"

贵志不管不顾地把冬子拉到身旁,说:"真想要你。"

依偎在贵志怀里的冬子,忽然间屏住了呼吸,好像胸被压迫了似的紧紧地被贵志搂在怀里。

一阵耳鬓厮磨之后,冬子这才真实地感受到两个人的重逢。不知从什么时候起,两个人如果只是碰个面,就不算是真正的见面。冬子被贵志用力地吸吮着嘴唇,抚摸着头发,吻着耳际。

以前和贵志多次重复过的动作,今天却令冬子感到新奇。

不一会儿,贵志的手解开了浴衣,抚摸着冬子的胸部。

冬子冬天不穿衬裙,浴衣里面只穿了胸罩和内裤。

贵志从胸部摩挲到颈项,然后打开了胸罩的挂钩。

乳房小巧可爱,线条优美。爱抚了一阵之后,贵志的手又缓缓地往下摸去。当从腰部摸到小腹部时,冬子轻轻地扭动起了身体。

贵志在小腹部摸到了伤痕,一行清晰的疤痕,用手指就能摸得出来。

贵志的指尖大概已经摸到了那个伤口。

是摸到伤口感到惊讶,还是感到哀伤?贵志的手立刻抽了回去,不想再碰了,然后就继续往下摸去。

闭上眼睛,任凭着对方摆布,冬子倾听着自己身体的呼唤。

被拥抱后,我的身体会出现什么样的反应呢?会像从前那样感到欢愉吗?还是多少会有些不同?或者感觉不到伤口的疼痛?

冬子一动不动,全神贯注地用心感受着发生的每一个细节。

贵志也绝不会一意孤行,进行充分的爱抚后,等待着女人的兴致高涨起来,然后再静静地插入。现在也是如此,正在等待着冬子的情绪亢奋起来。

可不知为什么,冬子的身体好像没有燃烧起来。尽管心里盼着快快热起来,可身体却全然没有响应。

冬子一般到这个时候,常常是开始扭动起身体来,隐隐地发出呻吟声,可这回身体还有些僵硬。尽管内心深处企盼着,可不知哪里来了抵触。

过了一会儿,贵志鼓起勇气抱紧冬子,提起上身,然后缓缓地插入。

比平时更加温和,稍稍有些迟疑,然后缓缓地进入。

冬子确认着贵志那部分埋进了自己的身体里。

没感觉到疼痛。

就这样,两个人结合在了一起,时间缓缓地流淌着。

冬子紧闭双眼和贵志相拥着,这时,两人之间已经没有了一丝缝隙。

冬子尽管知道和往常一样,可大脑里却不敢确信。

不一会儿,随着最后那一刻的到来,贵志的身体也停止了动静。

刚才的剧烈场景就像一场梦一样戛然而止,一片寂静袭来,贵志的那部分慢慢地从冬子的身体里抽出。

冬子轻轻地张开眼睛,觉察到贵志的身体移到了旁边,仰卧在那里。

在枕边,和刚才一样,只亮着一盏座灯。

冬子又闭上了眼睛,微微地蜷缩着身体,好像什么部位也没有感到疼痛、异常。

"唉……"一声微微的叹息。

往旁边一看,贵志仰面朝天,神情恍惚地看着天花板,流露出一副略显不满的神情。

冬子立马不安起来。是否跟以前一样?或许感到乏味?

冬子赶紧转过身来,问道:

"还好吗?"

以前,冬子从来没问过这样的话。好不好,只能是男人来问,女人是不可以问的。

现在,平时根本张不开口的话却脱口而出。

冬子思忖着:难道真的那么在乎这事?还是因为没能沉浸到其中……

贵志缄默了一会儿,好像突然回过神来似的"哎"了一声,点了下头。

"真的?"

"是的。"

"……"

"怎么回事,突然会问这个?"

"没什么,只是想问问。"

"真是不可思议。"

贵志微微地笑了笑。冬子在微弱的光线中,思忖着刚才的应答。

贵志嘴上没说不好。可是,从刚才的对话中流露出一种踌躇,这就意味着他的迷惑。

以前爱抚的时候,贵志从来都是一个充满激情的男人。一阵狂热之后,肯定都会说"太好了""真棒啊"之类的话。

这些话既表现出对冬子的爱,同时也是对冬子身体的一种惊叹。在表现爱的同时,归根结底,是对敏感的身体发出的一种赞叹。

每次冬子被贵志这样夸赞后,都会感到难为情。在自己不知所措的一瞬间,是不是给对方看到了令自己最难堪的疯狂?而贵志却是冷静地窥视了那一瞬间,因此,才会说出这样的话。

"别说了。"冬子捂住贵志的嘴,不让他继续说下去。

冬子在每次完事之后,都不希望贵志再去提及刚才发生过的事,因为让人感到很羞涩。说"真棒"之类的话,不就是在说自己很淫乱吗?

可冬子现在却等待着贵志的这种表达,真希望贵志能再这样说。如果说了,冬子就又能找回那份自信了。

但,这次贵志什么也没有说,不吭气地面对着冬子,搂住了她。

紧紧地搂在怀里,静静地抚弄着冬子的头发。

"满足了吗?"

"啊……"冬子在额头上端,感觉到贵志在点头。

冬子在他的怀里闭上了眼睛。

贵志是个温柔体贴的男人,即便对方有什么地方错了,也不会说不好。不管冬子怎么问"好不好",他的回答都是肯定的。

可冬子完全清楚,即便是回答"好",也不一定真的就好。

说实话,这次冬子没有什么感觉。要是平常,就会渐渐地感到情绪高涨起来,不一会儿,就会进入忘我的那一瞬。可这次,从头到尾,头脑一直都冷静、清晰。曾一度有一种即将弥漫开来的甜甜的感觉,但只不过是短暂而微弱的一瞬间,和过去根本没法比。

以前中途就会全身发热起来，那里就会有融化般的快感，这次一点儿都没有那种感觉。

尤其是在那一瞬间，冬子在花蕊的深处会有热得要迸发出来的感觉，正是这种感觉把冬子带向了高潮，而这次全然没有了那种感觉。

知道贵志已经结束，可他并没有表现出欢愉的感觉。

这时，冬子就像问贵志"怎么样了"那样问着自己，但转念又觉得自己真是不可思议。

也不知道是好还是不好，在这之前，可以说基本上没有什么感觉。

这是怎么搞的呀……

冬子在贵志的怀里，懵懵懂懂地想着刚才的前前后后。因为担心在手术之后伤口会撕开或出血什么的，所以就一直心里不安。

其实，最让冬子担心的是贵志能不能得到满足。真不希望手术后的第一次就让贵志失望，当时就是这么想着才让他进入的。这比什么都令人担心。

如果要一一列出担心什么，很难。

比如，冬子不太喜欢这个旅馆。虽说为二人世界营造出了华丽情调，但却无法让人情绪松弛下来。本想偏院不至于如此，可总觉得有人在窥探似的。

掀开床边被帘子盖住的部分，里面是个镜子，这种摆设也令人感到不安。棉被和浴衣外表都很华丽，却总觉有不洁之感。

诸如此类的细节在冬子的脑海里徘徊着。

闭上眼睛，本想全身心地投入到做爱中去，却集中不起精神来。越是想忘掉，头脑就越是清醒。

虽然大夫已说过"摘除子宫也没关系",可这话也许只是安慰人吧。

失去了那么大的一个器官,会跟以前一样吗?果真如此的话,就太遂人心愿了,可到底还是不行。

"真讨厌!"

冬子在贵志的怀里,闭着眼睛窃窃私语。

贵志好像感觉到了冬子的异样,离开了她的身体,再次追问道:

"怎么了?"

"……"

"今天有些怪啊!"

"那个,说实话,其实不好吧?"冬子鼓起勇气问道。

"没有。和以前一样。"

"不对……"

冬子不自觉地把额头顶到了贵志的胸前。

"你没有满足吧?感觉很乏味吗?"

"那是你吧。"

"我吗?"

"总在胡思乱想,根本心不在焉吧?"

"……"

"别总胡思乱想。"

"可是……"

冬子暗想,也许是不必要的担心导致那种冷漠的感受吧。是不是生理上发生了什么变化?

"从一开始,你就一直不安。"

"是的,做了那么大的手术。"

"不管做了多大的手术,还是把不好的部分摘除了,都没事了。不自信可不行。"

冬子摇着头。

还不敢跟贵志说出摘掉子宫一事,但迟早是要告诉他的,可冬子想尽可能往后拖延。

贵志一定还以为自己有子宫,才紧紧地拥抱。

冬子忽然感到一种愧疚。明明没有了子宫却还装作有,这是不是也太卑鄙了?

"我已经不同了。"

"指什么?"

"我……"

冬子这时屏住了呼吸。

冬子想,还是对贵志实话实说的好。如果能这样,一块石头就会落地,就能如释重负了。

"其实已经摘除了子宫。"

"什么……"

"医生打开肚子,看到有很多肌瘤,就说'最好摘掉子宫'。"

"真的吗?"

"怎么能瞒你。"

贵志稍稍地挪开了一下身体,注视着冬子。

"对不起。本想告诉你,可一直开不了口,就知道不会好的。"

"……"

"是这样。"

"别再说下去了。"

"嗯,你可要说老实话啊。"

贵志默不作声,不一会儿站了起来,走到榻榻米上。

冬子也跟了过来,穿着浴衣,房间里的暖气让人觉得暖融融的。

冬子拿起脱下的衣服,进了在脱鞋间旁边的浴室。

浴缸里已经放满了洗澡水,是一开始带他们进来的女招待事先准备好的。可是,已经有些凉了,冬子又蓄了些热水,立刻感觉暖和起来。

冬子把头发盘到上面,用毛巾裹上,然后就进了浴缸。浴缸里镶嵌着一些粗糙不平的小石子,冬子将纤细的身子浸在水里。

这下跟贵志和盘托出了,冬子如释重负的心情里掺杂着内疚。

反正迟早是要说的,这下坦率地说了,也就轻松了。可随之松弛下来的心,接着又感到后怕起来。

这么一来,那个人就会离我而去吧……

冬子看着那袅袅升腾起来的水蒸气,就觉得现在的心情好比那凹凸的石头,疙疙瘩瘩。

思来想去了一会儿,冬子开始觉得:反正和贵志已经分手一次了,即便这下再分手也没什么,可以让自己彻底释怀则更好,这是命中注定的。

"这下好了。"冬子一面把肩膀沉浸在水里,一面自言自语。

从摘掉子宫时起,冬子的人生就发生了变化,夸张地说,是人生观发生了改变。

从浴缸里出来时,贵志已经换上了西服,独自喝着啤酒。

房间的角落里摆放着冰箱,啤酒就是从那里拿出来的。

"你不洗个澡吗?"

"嗯……"

"还是洗洗吧。"

"都穿好衣服了。"

"可是……"

以前,每次冬子一个人洗澡时,贵志总是会敲下门就进来。

即便冬子说"不行",贵志还是说"没关系啦",然后就会强行进来。

可今晚却没有,是想避开冬子带有伤痕的身体,还是觉得不忍目睹?是同情还是怜悯,或者干脆就不想再看见有创伤的身体?

"怎么回事?"

"嗯。"冬子调整了一下心情,就坐到了贵志面前,觉得自己或许是太拘泥于细节,而在小题大做。为了忘掉这些,冬子将刚给她倒的一杯啤酒一饮而尽。

"吓坏了没有?"

"什么?"

"没有了子宫。"

"真是万万没有想到……"贵志苦笑着。

"这下,我就不再是女人了。"

"别说傻话。你还年轻,不会因此改变。"

"可是,再不能生孩子了。"

"孩子,即便不生,也没什么关系。"

"是啊,那样才正合你意。"

"别说这些傻话。"

"已经不必担心怀孕了。"说着,冬子潸然泪下,"我已经不行了。"

"别瞎说。"贵志喝干了啤酒,站了起来,"走吧。"

"嗯,那你还和我见面吗?"

"当然。"贵志拿起电话,通知前台,"出租车马上就到了。"

"你回家吧。"

"送你回去。"

霎时,冬子想起贵志的妻子还有子宫,她比自己好像大十三岁,却还有子宫,并且有孩子。

此时,冬子有一肚子说不出的委屈。

正准备出去时,门外响起了木屐的吱吱声,拉门被打开了。

"车来了。"

女招待说毕,两个人就都站了起来。

来到外边,仰头望见月亮在快速流动的云层间露出皎洁的光亮。

已经凌晨两点多了,还有新客人来。冬子望了一下他们走进去的背影,上了车。

刚上车,贵志就问:"目白医院的大夫不是说只摘掉肌瘤吗?"

"大阪山内博士也说没有摘除子宫的必要。我也一直这么认为的。"

"明治医院开始就说要摘除子宫?"

"没有,开始说做掉肌瘤就可以。"

"那是中途发生了变化?"

"医生说打开肚子,发现有好几个肌瘤,只摘掉肌瘤,就不能全部治愈……"

"那,你也是做完手术后,才知道子宫被摘掉的吗?"

"嗯……"

冬子颔首。

"这太过分了。"

"但也是打开后才知道的。"

"难道一开始不知道？"

"……"

"大夫应该知道这类情况吧。"

"是不是因为从外表看不出来？"冬子不知为什么却为医生辩护起来。

"要是告诉摘除子宫,那就会另做考虑。"

"另做考虑？"

"或许再等一段时间。"

"可是,要是不摘除,恐怕不行。"

贵志一声不吭。奇怪的是,贵志越是保持着缄默,冬子就越发地惆怅起来。

"不管怎么说,已经没有了,说什么也于事无补。"冬子面朝前方,她这样叮咛着自己,慰藉着自己。

"你会讨厌没有子宫的女人吧？"

"没有的事。"贵志像是想封住冬子的嘴似的,轻轻地搂住她的肩膀。

"店里的女职员都知道了吗？"

"还没有跟任何人说。"

"那就好。"

"只有母亲和你知道。"

贵志温存地抚摸着冬子的头发,转换了一下话题,问:"船津怎么样？是个好小伙子吧？"

"很清纯,感觉不错。"

"下次一块儿见个面怎么样?"

"为什么?"

"没什么,只是想让你开心一下。"在昏暗处,贵志笑着说。

冬子到了参宫桥的公寓,已经过了两点半。

"再见!"

冬子说完,贵志就坐在后座上点了下头。

"那件事,别和人讲啊。"

"当然,我不会告诉别人的。"

"总而言之,要忘掉。"

贵志说着,车门就关上了。出租车上了坡道,消失在右手的石墙那边。冬子上了石阶,来到了公寓门口,过了两点很少还有灯亮着。

出于管理,一过十点,大门就关上了,都是业主各自拿着钥匙开门。冬子从手提包中取出钥匙,打开了玻璃大门。

然后经过门厅,上了电梯。

冬子独自上了电梯,就想起贵志做完爱后,还没有洗澡就回去了。冬子想到贵志就那样回去,会不会让妻子发现?

以前,贵志的妻子就知道贵志和冬子的关系,虽然知道,却从未加以干涉。

说不定现在已经知道两人的关系又死灰复燃了。在知情后,还能继续漠不关心吗?

要是置之不理就好了……冬子努力地摆脱着贵志妻子的影子,走出了电梯。

深夜的走廊一片静谧。冬子的房间是306室。

开门时,冬子一般都会习惯性地先按一下门铃。由于是单身生活,房间里不可能有人,但她仍然习惯性地按一下。

确认没人后,插进钥匙,打开大门。

冬子出门时,每次都把客厅的壁灯打开,怕晚上回来时家里一片漆黑,就会显得更加冷清。打开大门后,一瞬间,被一股寒气包围过来。在静静的房间里,隐约可以感受到有女人的气息。冰冷的房间就像失去了子宫的身体,寂寥至极。

冬子打开房间里的电灯,即刻坐到了沙发上,喘了一口气。然后,从手提包中拿出女士香烟,点上一支。

烟雾在静谧的房间内缓缓地扩散开去,冬子一下子觉得疲惫不堪。

看来身体还是没有彻底康复。不会是因为喝了几家酒,回来得太晚才疲惫至此。想起一个星期前因为赶制帽子,一直加班加点到夜间十二点,极其耗神地缝制帽子的每一个细节要远远比今天疲惫得多。

即便是晚了些,可今天不过只是喝了些酒,玩的时间长了点儿而已。

冬子感到这种疲倦其实更多的是来自精神层面上的。一开始,因为友美和真纪她们都在一起,就很费神,再加上船津也注意到了正在闷闷不乐的自己,反而更是难挨。

虽然为自己庆祝康复,可自己却一点儿也不快乐。只有和贵志两个人单独在一起后,情绪才终于平静了。冬子开始意识到疲惫感就是从那儿之后开始的。

平素无论怎么筋疲力尽,只要和贵志依偎在一起,得到满足,身体就会轻松许多,即便在疲倦中也会有一种惬意和甜美。

这次没能再度获得这种满足感,反而有一切都已结束了的虚无感。

他还是没有原谅……冬子看着袅袅升腾起来的烟雾,思考着。

的确,冬子那时很害怕,害怕没有丝毫感觉,害怕自己让贵志感到失望……

在拥抱之前就开始畏惧,这的确是事实。

贵志安慰说:"没有那回事。"

可冬子自己最清楚和以前有着天壤之别。

无论谁说什么,那冷冷的感触是明显的。闭上眼睛一直在等待着,可在身体内部最终没有迎来那种炙热得快要沸腾起来的感觉。

贵志也一定感觉到索然无味。也正因如此,他才会那样安慰自己。

"真傻啊!"

冬子独自发着感叹,自责自己要是没有自信,一开始就不该接受拥抱,结果是自取其辱。最大的错误是自己乐观地认为大概不会有问题。

冬子从酒柜里拿出白兰地,斟到了酒杯里。虽说和贵志已经喝了不少,可酒劲已基本消失,如果现在不喝些酒,就很难入睡。

白兰地是一年半以前中山夫人给的,每当晚上睡不着的时候,就喝一些。

倒上的白兰地在杯中转动着,不知不觉间醉意袭来。琥珀色、酒香,还没喝就已让人飘飘然起来。

冬子用双手握着杯子,慢慢地喝着。

把一切都抛到脑后,让自己的大脑恍恍惚惚一下,总该可以吧?就像大白天在花园里做个梦。

冬子喝完了浅浅的一个杯底后,隐约地感受到了一些轻松。这样也挺好,没有男人也罢,一种自暴自弃、无法慰藉的情绪笼罩着冬子。

接着,冬子又往酒杯里注上酒,开始摇晃起来。

与其瞻前顾后地揣摩男人的心理,倒不如干脆自己逍遥自在。喜欢也好,迷上也好,都会带来痛苦,倒不如视一切都不存在,这样反倒无牵无挂。

要是哪个男人想要接近自己,就告诉他自己没有了子宫,大部分的男人就都会拒之于千里之外了。要是仍不甘心而求欢上门,就说自己是性冷淡。

如果男人知道眼前的这个女人像化石那样已毫无感觉,任何男人都会索然无味地离去的。

我就是我的,不再属于任何人,既不再被男人操控,也不会纠缠男人。

试想一下,从今往后不就可以开始独自一人的生活了吗?从此才是真正的独立。

冬子又喝了一大口,感觉到热乎乎的液体顺着嗓子流入到了体内。

"太好了……"冬子自言自语着。

不服输,也不自弃,这下就会有彻底放下之后的解脱。

冬子又点上了一支香烟。这时酒意上来,冬子感到了困意。

坐在这里马上就可以入睡,可一旦上床,就会睡不着。有时候,就迷迷糊糊到了天亮。冬子最讨厌的就是带着这种情绪起床。

冬子又喝了一口,换上了睡衣。

和贵志在一起时穿的是睡裙,而分手以后就改成了睡衣睡裤。贵志说一点儿都不性感,他不喜欢看冬子穿睡衣睡裤,可现在的冬子,已无须再在乎这些了。

"我和男人终究无缘。"

冬子再一次郑重地叮咛着自己,将白兰地一饮而尽。

冬日

"圆帽店"一直忙到年底三十日才歇业,元月六号的周一就又开始营业了。

到了年底,来店里闲逛的客人日渐少了,偶尔也零零星星地来几位客人选帽子,为节日穿的盛装寻找搭配。

店只要不歇业,就会或多或少地有客人光顾。

家在东京的真纪在家过完除夕①后,从元旦那天起就到志贺高原滑雪去了。

友美三十一日好像也回了名古屋的老家。

冬子这几年,每次回娘家都只住一天,第二天就马上返回。

因为和贵志有这层关系,自从同居以后,就很难再回娘家了。即便回去,也得看父亲和哥哥的脸色,总觉得活在亲戚们指指点点的眼神中,感觉很不自在。

今年元旦,一开始并没打算回去,准备留在东京过年,可一个

---

① 日本的除夕指阳历十二月三十一日。

人过年又索然无味。

　　熟悉的朋友不是回了老家,就是去旅行了,连个说话的人都没有。

　　一个人独自在寒风凛凛的东京过年,也太寂寞难挨了。

　　四年前,贵志只有一次和冬子相守过了个除夕。

　　那时候的贵志为何能一个人在外逍遥呢?是让妻子先回了娘家?总而言之,一直陪伴冬子到了元旦的傍晚。

　　那次,能依偎在贵志的怀里听除夕的钟声,着实令人难以忘怀。

　　贵志从除夕夜一直陪伴冬子到元旦傍晚,冬子感到十分满足。一年当中最最重要的时刻,能守候在自己的身旁,怎么会不感到欣喜?

　　第二年,冬子依然期待着贵志再来陪伴自己,可说是去旅行了,就没来成。

　　冬子决意和贵志分手,也是缘于那次一人孤零零地过了元旦,饱尝了独自过节的冷清。

　　虽然他或许是在妻子的逼迫之下无奈地去旅行,但冬子脑子里始终会闪现出贵志和家人们在一起过年的情景。

　　如果今后年年如此,那就太寂寞难耐了。

　　可和贵志分手后的元旦依然寂寞无聊。

　　前年和去年都只回家一天,剩下的假期只有一个人待在东京的公寓里,看看电视,缝缝帽子。

　　对大多数人来说,都觉得元旦的假期太短了,可对冬子来说,却显得极其漫长。

　　今年元旦恐怕依旧是老样子。

冬子一边看着日历,一边琢磨着。

三十日那天,冬子早早地结束了工作,开始了店里店外的大扫除。三十一日,又开始打扫公寓的房间。这样一来,年内的假日就都打发掉了。

可新年伊始到五号的假期又该如何熬过去呢?

今年是一个人去旅行,还是如同往年一样躲在房间里无所事事地消磨时光?

一想到元旦,冬子就深切感到自己是孤身一人。

自那次以后,就一直没有了贵志的音信。

年关逼近,是不是很忙? 上次就那样分手了,心里总是惴惴不安。

是不是知道没有了子宫,就失去了兴趣,还是对没有燃烧起来的做爱大失所望?

要是不告诉他就好了……

不管贵志做何打算,冬子告诫着自己不要再和男人有任何往来,可心里却总是放不下。

不好就不好了,要是因为没有了子宫而分的手,那就太令人痛心了。

反过来,她开始觉得上次分手倒很干脆,只是后悔自己不该和盘托出。

冬子为自己不假思索地说出事实真相而感到惊愕。她陷入了深深的自相矛盾中。

三十日那天,比平时关门早,四点就结束了,然后就开始进行大扫除。大概六点清扫完毕后,冬子就带着真纪和友美去了赤坂饭店的旋转餐厅,举行了一个三人的忘年会。

在吃饭时,真纪问道:

"老板娘,元旦打算怎么过啊?"

"在东京,好好睡睡觉啦。"

"那,不见阿咪吗?"

"阿咪?"

"就是上次见的那个中年男人。"

"啊……"

真纪调侃地叫贵志为"阿咪"。

"那个人,只是一般的朋友。"

"对不起!那再见见面,不是也无所谓啦?"

"是啊……"

的确正如真纪所言,只是冬子多心了。

"不愧是老板娘的朋友,人很帅气啊!"

"那个人有妻子和孩子。"

"什么妻子不妻子的,好无聊,还是情人更好啊。"

"别说不着边际的话。"

"可是,和老板娘站在一块儿,看上去很般配的。"

冬子全然不知这些年轻人脑子里都在琢磨些什么,开始忐忑起来。

九点出了旋转餐厅,在饭店前上了一辆出租车。

"新年快乐!"

这一别,到新年的第六天正好要分别一个星期。

"多保重!"

冬子和两个人握过手后,就上了车。回到房间,卸了妆,躺到了沙发上。一年就这样过完了,这一年都是怎么过来的呢?

冬子想不出有什么收获,而失去的却毋庸置疑。

子宫和女人……

今年年初,冬子万万想不到一年过后自己变成了现在这个样子。

冬子这辈子也忘不了在这一年失去了女人最宝贵的东西。

大年除夕之夜,冬子盼望着有贵志的消息。

即便什么都没有,至少也要打个电话过来吧。

可都十一点了,还没有任何动静。

是又回到长野的老家了,还是一家人去了饭店?冬子本想打个电话询问一下,可最终还是作罢了。

现在还找贵志真的很奇怪,即便他在家,也不可能跑过来。

过了十二点,冬子彻底放弃了这个念头,看着电视里播放的四处过年的情景。

除夕之夜,古寺的钟声余音缭绕。据说钟声可以消除一百零八个烦恼,而其中主要的烦恼就数爱欲的烦恼了。

这么说来,从新年开始,烦恼就会大大地减少。

不着边际地胡思乱想了一阵子,最后,冬子独自喝了白兰地,然后就睡着了。

第二天,迎来了一个祥和的元旦。

已经八点多了,可四周依然很安静,公寓里一多半的人好像都不在了。

冬子九点洗了淋浴后,开始做起回横滨的准备。

本打算整个元旦假期都在自己的公寓里度过的,可除夕之夜独自一人度过的寂寞,让冬子决意回了娘家。

过了中午,到横滨时正赶上家里来了很多客人,无比热闹。

哥嫂和孩子与父母住在一起,妹妹今天也把打算今春结婚的未婚夫带了来。

父母虽然还健在,可家里的氛围渐渐地转移到以哥嫂为中心了。妹妹也正准备嫁人,再过四五年,冬子回来就没有自己的地方了。

从整个家庭气氛中,冬子开始感觉到自己与家人的格格不入。冬子不顾家人的挽留,六点就出了家门。

临出门时,妈妈在耳边问道:"身体情况怎么样了?"

"噢,没什么……"

"那就好。"

母亲缄默了一会儿,点了下头。

要是往常,一到元旦母亲肯定就开始张罗相亲的事了。明知冬子不打算嫁人,还是一意孤行,可今年却只字未提。

肯定是因为做了手术吧……

冬子一方面感到松了一口气,另一方面又感到有些失落。

回到公寓,一下子倍感疲惫,待在娘家就觉得很累,不回来也不行。

冬子换上居家服,按下了电视开关。

年轻演员表演着特技。冬子一面看着电视,一面在心里默默地等待着贵志的电话。

明知不会有电话来,可还是心存侥幸。不管有没有电话,翘首盼望着男人的这份兴致让冬子感到眷恋。

第二天又是一个风和日丽的晴天。

上午,冬子开始清扫房间,下午,开始做起新设计的帽子。

做帽子的时候,可以把一切烦恼都抛到脑后,变得心平气和起来,不一会儿就到了六点。

外边的天色渐晚,涩谷方向已是灯火通明。

又过了一天。冬子感到肚子饿了。

因为中午只喝了杯咖啡,吃了一个热狗而已。

从娘家带回来的年夜饭和年糕,完全没有胃口吃,只想吃些爽口的。

二号或许已经有店开始营业了吧。

是出门吃呢,还是在家里凑合吃些现成的?正当犹豫不决时,电话铃响了。

以为是贵志,电话响了三声后,冬子拿起了电话。

"是木之内冬子小姐吗?"

一个熟悉的声音,可又一下子想不起来是谁。

"您是哪位?"

"我,船津。"

"啊……"

冬子这时喘了一口气,调整了一下心情。

"恭贺新年!"船津按常规问候了一下之后,说道,"在家呢,以为你出去了呢。"

"是的,你呢?"

"本来打算回去的,飞机又拥挤,又麻烦,就没回去。"

听说船津的老家在福冈。难怪他的肤色有点儿黝黑,鼻子高挺,像个九州汉子。

"现在,在干什么呢?"

"闲得无聊。"

"要是可以的话,我们一起去吃饭吧?我也正无聊呢。"

"无聊才找我约会?"

"不,这怎么可能!"船津赶紧辩解起来,然后说道,"我去接你吧?或者是在新宿见?"

"好啊……"

"怕其他店都关门,京王饭店的大厅怎么样?几点合适?"

"七点半怎么样?"

"好。"

冬子放下电话,坐到了梳妆台前。

在元旦休假期间,闲着无所事事的不是居家的男人,而是像船津这样的单身汉。

反正是和船津见面,那就不用太费神。冬子照着镜子,开始梳妆打扮起来。

正好是年初,要不要穿和服呢?筹划着穿什么的冬子,开始雀跃起来。

七点半到饭店大厅时,船津已恭候在那里。

"新年好!"

寒暄之后,船津目不转睛地看着冬子。

"怎么了?"

"没什么。太漂亮了……"

冬子穿了一件浅紫色底、袖子上绣有白仙鹤图案的新年盛装。

"穿和服,真适合你啊!"

"谢谢!"

船津一本正经的恭维让冬子感到有点儿别扭。

不愧是元旦,饭店大厅里到处都可以见到身穿和服的人。冬子格外引人注目,过往的人都会回过头来再望上几眼。

和贵志在一起时经常穿和服,可这一两年几乎就没怎么穿过。

女人总是为悦己者容,心中没有了喜欢的人,就没了心思打扮自己。

也许是好久都没有穿和服的缘故,冬子显得很拘谨,后背笔直挺拔,体态也很妖娆。

"去吃饭吧,你想吃点儿什么?"

"我什么都可以……"

在七楼西餐厅,一位著名的男歌星正在举办着晚宴演唱会,已经是座无虚席了。

"去地下的中华料理店怎么样?"

"好啊。"

因为是新年第二天的傍晚,所以地下也很拥挤,两个人就坐到了里面唯一空着的座位上。

"估计你不在,但还是给你打了个电话。新年伊始就能见到你,真是太感谢了。"

两个人面对面地坐着,船津再次向冬子表达了感谢之意。

"你太客气了,我也正感到无聊呢。"

"那今年一开始,就由我陪伴你吧!"

男招待拿过来菜单,船津接了过来。

"请,你点吧。"

冬子叫了啤酒和三个菜,然后两个人就开始干杯。

"新年好!还是留在东京好啊。"

船津说完,一饮而尽。

冬子和年轻小伙子一起吃饭,这还是头一次。

以前也和伏木、木田在一起吃过饭,他们全是三十过半有老婆的男人。也许是因为有了贵志的缘故,所以一直就没机会和年轻小伙子一起吃饭。

偶尔和小伙子见见面也不错……

冬子看着略显拘谨的船津,紧张的心也就放松了下来。

船津年纪轻,却很细致周到。两个人面对面地坐着,却没有什么话题好聊,毕竟和有着多年交情的贵志在一起时的感觉不同。

"你的老家是九州吧?"

"是福冈。"

"在市内吗?"

"在室见,靠近大海的地方。"

"那边挺暖和的吧?"

"虽说都是九州,可还分南九州和北九州,南北差别可大了。福冈从地理位置上来看连接着山阴,冬天相当寒冷。从玄界滩那里吹来的冷风,比东京的还冷。"

一直以为九州在南面,当然就会很暖和,这想法也太单纯幼稚了。

"你去过九州吗?"

"高中毕业旅行时,只游过云仙和阿苏那一带。阿苏的草千里那一带真是漂亮啊。"

那时,冬子是高中二年级的学生,还穿着学校的蓝色制服,全然不谙爱情的喜与忧。如今,已经过去了十年光阴。

"九州有很多好地方,长崎、宫崎、鹿儿岛,还有其他很多地方……"

"你都去过了吗?"

"基本上都走遍了。什么时候一起去吧？我来给你做向导。"

"谢谢！"

冬子一边颔首，一边想象着和船津一块儿旅行的情景。

要是两个人去的话，贵志会怎么说？船津又是出于什么打算？

其实这不过是冬子多虑了。船津可以说只是出于好意，才要带她去玩的。

"这里的饭菜真好吃。"

船津不住地夹着菜。看着年轻小伙子吃得很带劲儿的样子，冬子心里感到一种惬意。

冬子漫不经心地问道：

"所长元旦休假期间在东京吗？"

"您不知道吗？年底就去夏威夷了。"

"和家人吗？"

"四号就该回来了。"

冬子喝了口啤酒。

去外国，为什么连招呼也不打一声？是不是因为和家人去不好说？

"什么时候出发的？"

"应该是二十日。"

"为家人服务啊。"

"所长平时基本上都不在家，元旦休假也就躲不掉啦。"

贵志说过他不爱妻子，可元旦还是带妻子出去了。冬子一下子从醉意中清醒过来。

用过晚餐后，两个人又去了这家饭店四十五层的旋转酒吧。透过柜台前的玻璃，可以俯瞰到东京的夜景。

傍晚时分,冬天里要是晴朗的日子,极目就可以看到富士山。现在已经过了八点,一抹雾霭弥漫在天际。

两个人并排坐在柜台前,喝着白兰地。

也没有什么好聊的,冬子眺望着夜晚的万家灯火,觉得身体开始有些晃动起来。也许是因为上空浮动的雾霭,也许是有些微醺的缘故。

"你一直都在贵志事务所工作?"

冬子故意刁难地问道。

"目前……"

"在那样的地方,也不会有什么大发展吧?"

"可是,所长在目前的建筑界是最有才干的人。"

"但只是受雇于人,多没意思。"

"是的,我想早晚要独立出去,做更大的事业。"

"一定啊!那样才更好。我会支援你的。"

"支援?"

"是的。现在手头还有点儿拮据,以后如果有了资金的话。"

"不,那可不行。"

"总之,最好还是赶紧辞掉那个地方的工作。"

冬子也不清楚为什么自己会说出这样的话来,也许是根本就没走脑子,才跑了舌头。

"再喝一杯吧。"

冬子把喝干了的酒杯举向前。

"不要紧吗?"

"没事。"

又喝了半杯白兰地的冬子,突然感到一阵眩晕。

忽然眼前暗淡下来,灯光也开始晃悠。冬子把手放到额头上,低下了头。

"怎么了?"

"有点儿……"

因为好久都没有穿和服的缘故,冬子感到胸口憋得透不过气来。

"我们走吧?"

"嗯。"

冬子微微地摇了摇头,眼睛注视了一下夜景,站了起来,以为站稳了脚,可脚跟软绵无力。

"是不是喝得太猛了?"

"不知道。"

在地下喝了啤酒,到上面就只喝了两杯白兰地。

与其说是因为酒量不行,倒不如说是因为和服腰带系得太紧,再加上心中放不下贵志外出旅行的事。

"回去了。"

下了电梯,冬子说道。

"我送你回去。"

"好,送我回家。"

冬子像是带着命令的口吻说道,然后就上了等候在饭店前的出租车。

坐在车上,冬子依着车门,把额头贴到车窗上,感觉脸已喝得热辣辣的。

"没事吧?"

船津担心地凝视着冬子。

"勉强叫你出来,真是抱歉。"

"不怪你。"

本来冬子自己也是想出来散散心的。

出租车穿过西参道,在代代木的树林前朝右边拐去。拐过之后,就看到了参宫桥站的耀眼灯火,冬子的公寓就在上了坡的尽头。

"就停在那里吧。"

到公寓前的石墙时,冬子说道。

"我送你到房间吧?"

"嗯……"

冬子点着头,但转念一想,这么晚了本不该让男人进来的。

可现在是船津,一个纯情的小伙子,他不会有什么邪念吧。

无论如何一个人过夜太冷清了,既然贵志可以和家人去夏威夷,我和小伙子单独相处一下也无妨了。

元旦休假期间的公寓的确很寂静,物业管理人的房间已经拉上了窗帘。

冬子下了电梯,来到房间前,打开了大门,挂在玄关处的门帘掩映着客厅的灯光。

"可以进来吗?"

"家里乱七八糟的。"

让船津进到房间里来,算上出院的那次,这是第二次。

"家里只有咖啡了。"

冬子烧开了水,把咖啡杯放到船津面前,然后就进了里屋。

赶紧先解下了腰带,上面披上一件和式外衣,顿时胸闷的感觉就消失了。刚才的不适或许就是因为好久没有穿和服,再加上喝了太多酒。

"没事了吧?"

"好多了,听听音乐吧?"

"嗯……"

"喜欢听什么?"

"什么都可以。"

冬子放了一曲一周前买的比利乔的唱片。

"要加糖吗?"

"不用……"

船津比刚才在饭店时显得更拘谨起来。

冬子突发奇想,准备戏弄一下这个诚实的小伙子。这不同于诱惑,有点儿类似于嬉戏的感觉,或是来自内心深处对贵志的奚落。

冬子和船津坐在同一张沙发上。

"你怎么看我?"

"怎么看?"

"一定觉得一个人,一个孤独的女人,才邀你来的吧?"

"没有这回事。"

"还是对年长的黄脸婆表示同情?"

"不是。"

船津明确地说道,然后突然搂住了冬子的肩膀。

船津的上身也顺势倾倒了过来。

"你干什么?"

冬子把身子往后撤着,失去了支撑的船津上半身便压了过来。

"我……"

船津抬高了嗓音,要把冬子拉到自己身旁。

"住手……"

冬子知道现在小伙子正在变成一只野兽。本以为顺从、诚实的小伙子,突然蜕变成了一个臭男人。

"不行!"

明明是自己邀请人家来的,自己却要逃掉。

冬子往后挪着身子,从沙发上滑落到地上,船津也不放过地跟着溜到地上。小伙子刚放松了一下,冬子便进一步地向后退了一下。在沙发前的地板上,两个人喘着气,相视而坐。

不知为什么,一种诡异的感觉袭来。

"怎么了?"

冬子像在哄着一个少年似的问道。坐到地上的船津也把手缩了回来。

"快,快坐好了。"

大概一时的兴奋过去了,船津又老实地坐回到了沙发上。

"凉了吧?"

冬子又重新冲了咖啡,给船津的杯子里倒上。

"要是乱来的话,就不再和你见面了。"

"可是……"船津这时喝了一口咖啡,说道,"我喜欢你。"

"……"

"我就知道不行!"

"谢谢!"冬子表现出一副沉着的样子说道,"可是,我不行了。"

"为什么?讨厌我吗?"

"不是这样!喜欢你呀,你真是个好人。"

"那,又为什么?是因为所长吗?"

"我和贵志什么关系也没有。"

"可是……"

"你还年轻,应该喜欢更年轻、更漂亮的女孩。"

"不,我喜欢你。"船津直勾勾地盯着冬子,"我不是随便说的,我说的是实话。"

"那我告诉你。"

"告诉我什么?"

"我已经没有了子宫。"

"子宫?"

"上次手术摘掉的,所以不能和你那样了。"

"……"

"这下明白了吧。"

冬子自己说完,点了点头。

两个人看着前方,并排坐在沙发上。

为什么要告诉他呢……

冬子渐渐地懊丧起来。

要是什么都不说,船津一定也什么都不知道。他尽管去了几次医院,可并没有打探手术的详情啊。

真没必要把自己的不幸告诉给一个毫不相干的人。

但是,要不告诉他没有了子宫,船津也不会善罢甘休呀。为了阻止强烈要求的船津,这句话是最有效果的。

然而,没想到老实的船津会有那样的表现,完全出乎意料,但,完全要怪自己才是。

不管谁先邀请出去吃饭的,回来的时候就不该让他进房间。是冬子自己以命令似的口吻说"送我回家"的。

老实、腼腆的小伙子也是个成熟的男人,和这个男人单独待在一个房间,会出现什么样的后果事先就该预想到。

就是因为冬子今天感到格外寂寞,喝多了感到胸闷,却不愿意一个人回来,所以希望有谁能陪伴在身边。

冬子今晚的寂寞毫无疑问是贵志造成的,从听到贵志年末和家人去旅行后,就开始猛喝了起来。

在弥漫着醉意的脑海里,闪现出贵志和家人们在夏威夷海滨上晒太阳的情景。为了摆脱这个场景,冬子才一个劲儿地干起杯来。

可是,即便如此,也没必要说出那件事。

这下,向贵志和船津两个人都和盘托出了。

和贵志说后,一方面感到了后悔,一方面又感到了轻松。只要跟这个人说了,就可以如释重负了。

可是,坦率地说,本来并不打算让船津知道的。尤其是让已经向自己示好的男人知道,就更加让人痛苦不堪了,难得的好梦又破碎了。

可这次冬子不忍再装模作样下去,尤其希望跟喜欢自己的男人一吐为快,而不愿再隐瞒下去。

反正早晚都会知道的,不如现在说清楚更好,要是不行的话,就更解脱了。跟贵志说的时候,也是同样的心情。

讨厌自己装模作样……

可不管怎么说,一旦脱口而出,还是悔意犹存。船津缄口不言,冬子就更痛苦难挨了。

"吓你一跳吧?"

"没有。"

船津摇着头,说得没有一点儿底气。

"所以,不值得你去爱了。"

"可是,这和爱没关系。"

"真的?"

冬子说罢,船津意志坚定地接着说:

"没有了子宫,我也喜欢你。"

"你在糊弄人吧。"

"千真万确。"

船津又朝冬子看去。冬子低下了头,说:

"你还年轻,找个更年轻、更漂亮的女孩多好。"

"不喜欢。"

"真是个任性的孩子。"冬子又往船津的杯子里加了咖啡,"好了,不要再说这些了。"

"没有了子宫,为什么就不可以?"

"我不再是女人身了。"

"岂有此理!我的婶婶也摘除了子宫,可她说'自己依然是女人'呢。"

"你的婶婶也摘除了子宫吗?"

"她是子宫癌,三年前就摘掉了。"

"今年多大年纪?"

"五十二岁。手术做完后,更精神了,反而还漂亮了些。"

"可是,我不行。"

"不可能,你觉得子宫珍贵无比,只是一种错觉。"

"你的婶婶也这么说的吗?"

"我那时有一个当医生的朋友,听他讲的。"

"你的朋友里,有当医生的吗?"

"高中时代的同学上了医学部。"

"这位朋友这么说的吗?"

"他说'比子宫更重要的是卵巢,所以女人有两个卵巢'。"

"原来如此。"

听起来感到荒谬,可冬子还是情不自禁地点着头。

"人重要的器官都有两个,肾脏、肺也是两个吧。"

"那心脏呢?"

"这个……"

船津无言应答,冬子忽然觉得是无稽之谈。

"总之,他说了'子宫没什么太大的用处'。"

"谢谢你的安慰。"冬子诚恳地点着头,"可我不行。"

无论小伙子试图说些什么,冬子的失落感都难以弥补。

船津长叹了一口气,喝了口咖啡他对冬子毫不动摇的态度感到错愕。

"都十点啦!"

冬子感到有些疲惫。船津接着又喝了口咖啡,然后朝向冬子说道:

"那我告辞了。"

"要走吗……"

"今天发生了那样的事,很抱歉!"

"是我不好,对不起。"

望着要回去的船津,冬子觉得是不是自己哪儿做错了。

"再邀我去吃饭啦。"

"可以吗?"

"只要不做刚才的事。"

冬子盯了他一眼,船津垂下了眼帘。

"到五号,一直都在这里吗?"

"大概会吧。"

"那,我会再打电话的。"

说完,船津再一次看了一下冬子就离开了。

冬子从酒柜里拿出了白兰地,一个人回到沙发上。

这时,一种安心感远远超过了一个人的寂寞感。

终于摆脱了……

冬子恍恍惚惚地回想着刚刚发生的情景。

在船津做出表示的时候,冬子曾一度有过想要给他的念头。

既然贵志和家人们在一起享受天伦之乐,自己也应该寻一下开心才对,这个念头一度动摇过冬子。

可冬子还是从这个念头里挣脱了出来,倒不是因为意志坚定,而是考虑到给予时的狼狈。

要是让船津失望了,那就太恐怖了。让对方觉得自己是个乏味的女人,那该多悲哀啊。

冬子的脑子里,总觉得自己是个没有了子宫的石女。

要是像以前那样是个正常女人,也许就会接受他了。

船津风华正茂,是个讨人喜欢的小伙子。即便不作为结婚的对象考虑,作为安抚一时寂寞的恋人,也是最合适不过的人选。

而且,是在贵志手下工作的男性,从报复贵志这一层意思来说也是最合适的。

可是,冬子并没有接纳他的勇气。虽然恨贵志,可依旧爱着他,加上失去了子宫,这让冬子心有余悸。

船津和贵志比起来,肯定女性经验要少得多,可能只会莽撞行事。

只要自己不说出没有了子宫,也许他很可能还察觉不出来。

可是,要是给了他,他却露出一副索然无味的表情,那就更无地自容了。

与其把不自信的身子交给对方,还不如一开始就不交出去。这样,冬子至少还可以免受伤害地活下去。

船津竟然那么胆大妄为,这让冬子感到出乎意料。知道他以前就对自己有好感,可没有想到他竟然如此胆大。

不知道船津究竟怎么看贵志和冬子的关系。

从住院的前前后后到祝福康复,他应该知道两个人的关系非同一般。要是知道的话,能做出那样的行为吗?那不是成了对自己上司的挑衅吗?

船津有那么大的勇气……

从平素船津对贵志恭敬从命的样子来看,让人难以置信。

要不然就是船津觉得两个人只是一般朋友,没有超出朋友之外的关系,所以才不以为然地说到贵志及他的家人。

可真要是这样的话,那简直就是个相当迟钝的男人了,不过,男人都有迂腐的一面。

想了一会儿,冬子觉得性急的船津反而可爱起来。

就让他那样回去,真是做得有些过分了。

冬子一边喝着白兰地,一边觉得是不是因为失去了子宫,自己一下子变成了坏女人。

翌日,太阳高照。

新年的第三天,就有人陆续开始从老家回来了,公寓的院子里传来了一片喧闹声。

从窗户望出去,看到一群孩子在玩踢石子的游戏。

冬子早上打扫了房间,早餐吃了火腿沙拉,喝过咖啡后,就开始忙着缝制昨天没做完的帽子。

过了中午,看着电视小憩了一会儿。这时,船津打来了电话。

"你好吗?"

昨天才刚刚见过面,船津却若无其事地问道。

"嗯,挺好的。"

"昨天失礼了,生气了吗?"

"没有。"

"实际上,昨天回来去见了朋友。"

"什么事?"

"有关手术的事。"

"啊……"

冬子稍稍感到不快,蹙起了眉头。

"结果,朋友还说了'摘除子宫很奇怪'。"

"为什么这么说?"

"子宫肌瘤手术,要摘除子宫就有问题。"

"可是,有好几个肌瘤,情况不好啊。"

"话是这么说,年轻女孩子就做掉肌瘤,要是把子宫一同做掉就做过了。"

"……"

"因为存在医学上的疑点,最好还是打听一下。"

这突如其来的问题让冬子感到一筹莫展,说是"做过了",可现在手术毕竟已经做完了。

"那,该怎么办呢？"

"直接去调查一下做手术的医院怎么样？要是真的做了不必要的手术,那问题就大了。"

"怎么可能？"

冬子完全没有追究下去的勇气。

"昨天我已经说过了,是我高中时代的好朋友,现在K医院外科任职。虽然专业不同,可他说了'摘掉子宫是有问题的'。"

"……"

"怎么样？想不想调查一下？"

"可怎么调查呢？"

"有关调查一事,就交给我吧。"

"你去调查吗？"

"我和那个朋友商量一下。"

"请等一下,这么一来,那对做手术的大夫就太不好了。"

"不让大夫知道不就可以了吗？"

"可是……"

大夫果真能做不必要的手术吗？

"还是让我再考虑考虑吧。"

"真是奇怪！"

"你才奇怪呢！"

昨天,冬子以没有了子宫为由拒绝了船津,他肯定憋了一肚子委屈,所以今天才反唇相讥？还是出于正义感？总之,是多管闲事。

"现在再去调查,也无济于事。"

"这个我知道,已经摘掉的东西是不可能再复原的,可是,查还是该查一下的。"

"我不希望。"

冬子决然地说道。

"让你不高兴了吗?"

"是的,当然了。"

"那我向你道歉!可是既然听说了,我觉得还是查一下为好。"

"够了,对不起!"

冬子逃避一样地放下了电话。

现在再怎么说手术做错了,子宫也不可能失而复得。

尽管船津是出于好意,可冬子却觉得不堪回首。

冬子回到了座位上,又开始绘制起画了半截儿的帽冠图样。

用布料这样的平面材料制作立体式样的帽子,工艺的确很烦琐,要将布料裁剪成几块,然后再拼起来缝制好。即便做纸样,也需要在样式的表面画上替换的线条,然后将各面拓下来做成平面。

当冬子专心致志地投入工作时,船津的话才从冬子的脑海里慢慢地消失了。

难道摘掉子宫真错了吗……

冬子忽然回想起贵志也曾说过同样的话。

贵志没有像船津那样直截了当地说出来,只是话赶话地质疑过:"为什么要摘子宫呢?"本来只听说光做掉肌瘤就可以了,可当听到连子宫都摘除了,顿时感到很惊诧。

可是,船津一开始就对手术表示出质疑。

他认为给年轻女孩子做手术理应保留住子宫,做掉了就是失误。

冬子也搞不懂究竟是哪个正确,只是心里放不下船津向医生朋友咨询过这件事。

想着想着,绘图的手不知不觉地停下了。

要是真的摘掉了本来不该摘掉的子宫呢……

冬子的脑海里浮现出院长那和蔼可亲的声音,还有护士圆圆的脸。那些人会做出这样的事来吗?

即便做得出来,可是也找不出非得这么做的理由。

这不过是船津朋友的胡乱猜疑……

冬子一个人喃喃自语。

会不会是船津昨晚冷不防地听到自己没有了子宫,很震惊,脑子里一片混乱,所以太过认真地思虑,听错了医生朋友讲的意思?

冬子释然地站了起来,眺望着窗外。

夕阳西下,树木在柏油路上投下了长长的影子。

眺望着窗外的景色,冬子忽然冒出了要和中山夫人见面的念头。

匆忙地收拾起绘制的图样,马上就给夫人打了电话。

中山夫人也像是正感到寂寞无聊的样子。

"你在忙什么呢?要是愿意的话,来我这里玩吧。"

"可是,你家没来客人吗?"

"昨天大学里的人来了,今天谁也没有来。儿子出去玩了,先生也去朋友那里了,要到很晚才能回来呢。"

曾去过中山夫人家两次,两次都是为了送帽子。

她家就在从涩谷步行就可以到达的代官山一带幽静的住宅街上,夫妇俩和一个高中生儿子住在一套极其气派的豪宅。

"赶紧过来一起吃饭吧。"

如果一直闷在家里,情绪就会更加低沉,冬子决定外出一趟。

新年穿和服去比较适宜,可一想起昨天令人窒息的样子,就改成了西式装扮。

高领毛衣配上香奈尔的套裙,再穿上茶色的长筒靴,因为不太冷,就没有穿大衣,而是围上了貂皮披肩。披肩还是去年秋天贵志从欧洲买回来的。

从公寓出来,上了出租车,途中在涩谷买了奶酪蛋糕,到中山夫人家时,已经接近黄昏。

"欢迎来我家,以为你回了横滨娘家,来不成了呢。"

夫人身穿一件与自己年龄不合宜的白色套头毛衣和一条深蓝色长裙出来迎接。

"怎么样?"

"好怪异啦。"

夫人微微地瞪着眼睛,从冰箱里拿出了红酒。

"这可是玛歌酒庄六九年的呦!是直接从那边带过来的,不喝点儿吗?"

"先生不会说吧?"

"我家先生不太喝红酒。"

夫人往酒杯里倒上了血红的液体,递了过来。

以前听贵志说过六九年是葡萄酒的好年份,冬子虽然不怎么喝红酒,可喝起来能感觉口感确实不错。

"今天我们两个人好好过一个只有女人的元旦吧。"

夫人端出了奶酪、西餐小点心,还有没吃完的年节菜,两个人喝起酒来。

"到了我们这个年纪,过元旦也就只有吃吃喝喝了。"

"我也一样。"

"你还年轻,好日子还在后面呢。和贵志近来见面了吗?"

"他现在好像出国了。"

"又出去了?"

"和家人去了夏威夷。"

"没想到这人也很俗套嘛。"夫人不客气地说完后,又接着说,"那我们女人自己好好痛饮一杯吧。"

夫人的脸上已经微微泛起了红晕。

"只是做专职太太无聊透顶啦,我今年是不是也该找点儿什么事做做。"

听说夫人小贵志一岁,今年也四十一岁了。大概家庭生活安顿后,女人就会有这种感受。

"看到像你一样在外面工作的人,我就羡慕!"

"可是,我还羡慕在这么幽雅的家里,过得悠闲自得的太太呢。"

"并不是呀。每天日复一日,一想到就这样成为老太婆,就毛骨悚然!"夫人做出一副愁眉苦脸的样子,"来,再喝再喝!"

夫人一喝多了酒,话也就跟着多了起来,眼眶周围微微地染上了一层红晕,舌头也开始有些发卷。

"对了,对了,你想不想相亲啊?"

"我吗?"

"对方是个医生,从T大毕业,还在读研究生,个子高高的,很出色的小伙子。"

一听说是医生,冬子就紧张起来。自从手术之后,只要一听到医院或是医生这样的字眼,就噤若寒蝉。

"三十岁,父母在静冈,也是从事医务工作。"夫人说罢,放下手中刚拿起的酒杯,又继续说道,"当时要一张照片就好了,我是见过的,所以知道,真的是很优秀。你才二十八岁吧,看上去又年轻,他一定中意的。"

"……"

"怎么样?先见一面看看也好啊,见不见?"

"我,无论如何不行的。"

"还忘不了贵志吗?"

"不是因为这个。"

"是不是担心做了手术?可是,医生给别人做手术,好像就不太在乎伤疤的。"

"我没有嫁人的资格了。"

"不要把过去的事放在心上。结婚,只要现在两个人相爱,就可以了。"

"不行。"

"他说过喜欢骨感的、气质好的女孩,你最适合了。"

女人一般随着年龄的增长,都喜欢替别人张罗相亲的事。有时好,有时就是添乱,中山夫人现在正好就是后者。

"倒不是让你马上就结婚,只是见个面,对你也没什么损失。"

冬子不是因为计较得失而要逃避。夫人大概不知道相亲这个形式本身就很令人尴尬难挨。

"这周六怎么样?"

"这件事,真的请见谅。"

"不可以吗?"夫人露出一副无可奈何的样子,"你还是喜欢贵志吧?"

"不是,不是这样。"

"那,还有什么其他人吗？"

"没有。"

"那我就搞不懂了,那有什么其他原因吗？"

"我非说不可吗？"

"别拿捏了,还有其他理由吗？"

"拿捏？"

"那就快说了,我们之间还有什么可遮遮掩掩的。"

"我没有了子宫。"

"子宫？"

"上次手术,和肌瘤一起做掉了。"

霎时,夫人露出一副不敢相信的表情看着冬子,然后颔首说道：

"是这么回事啊。"

"……"

"抱歉！"夫人弹了一下烟灰,说,"我只是听说因为简单的肌瘤手术住院的。"

"一开始是这样的。"

"打开肚子,才发现不好的吗？"

"嗯……"

"真不知道啊。"夫人把玩了一会儿拿在手中的酒杯,然后露出一副笑脸说,"我也和你一样的。"

"哎……"

"我也没有了子宫,五年前也是做肌瘤手术摘掉的。"

"真的吗？"

"给你看一下疤痕吧。"

"不必了……"

"没什么不好意思的,我们是同病相怜啊。"夫人一下子站了起来,解开了系裙子的纽扣,"这个,我给谁也没有看过。"

从侧面掀开裙子,露出了夫人白皙的肌肤。

平时注意美容的夫人,一点儿也没有中年人的臃肿,腰身还是很苗条的。在薄薄的连体长筒袜下面,透出了印有小花图案的内裤。

中山夫人不由分说就撩起了毛衣,另一只手拽下内裤。完全看不出已年过四十的白皙皮肤,映在了冬子眼前。

"请看!"

紧挨着手按着内裤的地方,有一道疤痕,在白皙皮肤上稍稍凸起,显出微微的红色。

"你看,有吧!一开始有十五厘米长,现在变成十三点五厘米了。"

"……"

"真的好怪啊,随着年龄增长,也缩短了一点点。"

给冬子看着疤痕,夫人的心情也变得更爽朗起来。

聪明的夫人靠给冬子看自己的疤痕来慰藉着冬子。

"这下,明白了吧。除了丈夫以外,我只给你看过呀。"

"真对不起!"

"没什么可道歉的啦。"夫人转过身来,拿起挂在椅子上的长裙,"就是这么回事,干杯吧!"

可以说是同病相怜吧,冬子应声举起了杯子。

"你的伤口也是横的吗?"

"嗯。"

"多长啊?"

"差不多长。"

"是吧,都差不多的。"夫人点过头后,又说道,"大夫说我有疤痕体质倾向,手术之后,又重新缝合了一次,所以有些不整洁。"

"没有的事。"

"可不可以给我看看你的?"

"我的,不好意思……"

"冬子,你的皮肤很白皙的。"

"不行。"

冬子摇着头,中山夫人微笑着说:

"今天就不为难你了。"说完轻轻地瞪了一眼冬子,"根本不知道吧?"

"是的,全然不知。"

"已经是五年前的事了,说出来也没什么好自诩的,这下我们就成了患难姐妹,是病友了。"

"……"

"那我们就好好做朋友吧。"

夫人说完,一饮而尽。

冬子又重新审视着夫人,微斜着坐在椅子上的姿态不管怎么看,都是一个活得很滋润的中年妇人,根本看不出在她的肚子上还有摘掉子宫后留下的疤痕。

"那手术后,没有什么变化吗?"

"不但没什么变化,摘掉之后状态好着呢!也不来例假了,反而更利落。你呢?"

"嗯……"

冬子也觉得没有了例假倒很清爽,可却有一丝寂寞。

"子宫这玩意儿,人活着有没有都无所谓,没什么大不了的。"

虽然大夫也这么说了,可冬子就是割舍不下。

"即便没有了,也不妨碍性生活。"

"真的吗?"

"当然了,又不是靠子宫做爱的。"

"可是,摘掉了不就没有了荷尔蒙……"

"真是荒唐,怎么连你也这么想啊。子宫只不过就是孕育胎儿的袋子,而不是什么制造荷尔蒙的地方哟。实际上,我摘掉之后,丝毫没有受影响啊。"夫人一副踌躇满志的样子,却又马上说,"可是,男人们却不行啊。"

"指什么?"

"我家先生知道我摘掉了子宫后,就认为我不再是女人身了。老脑筋,不管怎么解释,还是顽固不化地坚信'子宫是女人的命根'。"

中山夫人的先生是T大工学部的教授,今年该五十岁了,是一个头发略显花白的绅士,戴着一副眼镜,个子高高的,性格耿直。

"所以,说来难为情啦,自那儿以后就几乎没有过夫妻生活了。"

"但是,那……"

"那时,我先生说'总觉得有些怪异'。"

"怪异?"

"说来荒唐,他说'那个东西插入时,感觉冷冷的'。"

"真的呀?"

"绝不会有这种事啦,不过是先生多虑了。"中山夫人说着,又

173

往酒杯里倒上红酒,接着说,"有了这话,就可以找情人去了呗。"

"还这样?"

"他花心,就是从那时开始的。"

"真的吗?"

"我是知道的。"

只见从中山夫人那细长而清秀的眼睛里淌出了泪水,冬子什么话也说不出来,转移了视线。夫人却破涕为笑地说:

"我真荒唐,对不起。"

"哪里。"

"净说些不该说的话,真是冒傻气啦。"

"可是,先生对夫人不是很体贴吗?"

"这正是问题的所在。他认为我没有了子宫,觉得我是个可怜的女人,就同情我、呵护我呗。"

"不过,出国的时候,不是总和夫人一起吗?"

"那是做给别人看的,其他人差不多都偕夫人,他也是为了自己的面子才带我的。"

"那还是因为爱夫人,才带夫人去的。"

"去的期间,他也没有想要抱我一下,一上床就呼呼大睡起来。"

"那是因为旅程疲倦吧。"

"在日本时也一样,从一开始就断定'你不行'了。"

"真是岂有此理……"

冬子本想要责怪一下,可是再往下也不便说了,毕竟是别人的私事。

"他说什么'你做过手术了,就别勉强了',就以此为由,去外边找情人。"

"那先生真的外面有人吗?"

"我没瞎说,对方是哪一位我是知道的。"

"您认识吗?"

"是研究所的助手,一个叫濑川的女人,她已经三十五岁,穿着牛仔服,令人讨厌的女人。"

夫人说得极其愤恨的样子,冬子反而觉得很诡异。

"先生只是逢场作戏吧?"

"不是的,什么学会都一起去。也不知那个女人什么地方好,他是只要有子宫就行。"

"不会吧。"

"总之,男人是很随意的。只要说'我老婆没有了子宫,不行了',就能赢得女人的同情。"

"那个女人连这个都知道吗?"

"我家先生说的呀,一听这个,女人就同情了呗。"

"果真如此那就太不像话了。"

"当然了,所以我也要找情人去。"

也许是喝醉了酒的缘故,今天中山夫人说起话来口无遮拦,和平时在店里或是附近的咖啡店见到时的印象判若两人。

甚至连手术的疤痕都给看了,简直就不是同一个人。

"一定叫他知道一下'我也是个出色的女人'。"

夫人从眼眶到脸颊微微泛红起来,再喝下去就会大醉一场,但因为是在她自己家里喝酒,也不好劝阻。

"我现在有了一个相好的,要是给你介绍了,怕被你抢了去,所以先不能告诉你。对了,和贵志差不多啦,你怎么样?"

"我是完全没有了这个勇气。"

"可是,做了手术后,那种感觉一点儿也没有改变啊。"

"……"

"一般医生都会说没关系,不会有变化的。"

"做了手术,也没关系吗?"

"当然了,摘了子宫,是肚子里的事,和那个地方毫无关系啊。你做完手术,还没有过吗?"

"嗯……"

冬子赶紧垂下了眼帘。

"做也没关系的吧。"

"还是感到很害怕……"

"这么想就不行了,首先要有自信,觉得不碍事才成。"

"夫人手术后也和以前一样……"

"我没有一点儿变化。可是,是我家先生自己断定我不行了。"

冬子是自己想得太多了,可夫人却是先生那边出了问题。人各有不同,这也正是性的复杂和不可思议之处。

"性交是很微妙的呀!"

"医生当然净说些道理,其实,精神层面的作用很大。要是只在意那个地方,本来能感觉到的也感觉不到了。"

冬子也很清楚这个道理。的确,做爱的时候就要忘记一切而全身心地投入。冬子觉得现在似乎为时已晚,脑子里摆脱不掉又会失败的胆怯。

中山夫人起身去了洗手间,不一会儿,拿了一瓶苏格兰威士忌走了过来。

"我们再喝威士忌吧。"

"还喝呀？"

"说了许多微妙的话题，让我很兴奋，还不到让你回去的时候呢。"

夫人抢先说了，冬子也就不好执意起身走人。

"我的秘密都已经说了，下面该听听冬子你的秘密了。"

"我没有什么秘密啊。"

"骗人！像你这么优秀的女人，不可能没有吧？"

夫人打开了一瓶新的黑牌威士忌，往酒杯里放了冰块，倒上了酒。

"那还不如告诉我一下夫人刚才提起的新情人呢。"

冬子打岔地说道。

"啊，这个不行，还不到公开的阶段。再等上一两个月吧。"夫人一边做着兑水威士忌，一边又接着说道，"虽说你做了子宫摘除手术，你可不必畏惧啊。你已经不必再担心怀孕了，就该尽情地享受爱情，那才是上算。有没有年轻优秀的男朋友？"

冬子一边苦笑着，一边想起了船津。船津曾讲了不管有没有子宫都会喜欢她，可也许这是年轻气盛，说不定随着年龄的增长，想法就会跟着改变。

"反正现在不好好享受一下，那就亏了。像我这样成了老太婆后，就没有人送上门来了。"

"夫人，怎么可能……"

"这是真的，二十岁，又年轻、又漂亮，被人追捧是理所当然的。到了三四十岁，还依然美丽，还能有人喜欢可就困难啦。"

"这个我知道。"

"你现在正逢女人的韶华之年，从二十岁的后期到三十岁的前期是女人最光彩照人的时候。"

"我有另外一个问题想问一下,可以吗?"

冬子想起了船津说过的话。

"好啊,只要是我知道的。"

"有关子宫手术的问题,做肌瘤手术摘掉子宫算不算失误?"

"我就是因肌瘤摘掉子宫的呀。"

"因为有人说'要是二十岁的未婚女性,即便情况很不好,也不该摘掉子宫的'。"

"是啊……"夫人端着胳膊若有所思地说,"可是,肌瘤要是厉害,也没办法。"

"我也这么想。"

"因为年轻人要结婚,还要生孩子,应该是极力保留的。"

"……"

"可毕竟大夫不会摘掉本不该摘掉的子宫吧?"

"这当然。"

看来船津说的只不过是出于多虑吧,要是怀疑到这个地步,肯定就是多虑了。

"反正已经摘掉的东西现在就是说破天也无济于事了。"

冬子顿时来了精神,喝了一口威士忌,也许是呛住了,咳嗽起来。

"不要紧吧?"

夫人匆忙往杯子里倒上水,可冬子浑身抖得喝不下去。冬子咳嗽着,夫人来到了冬子身旁,给冬子抚平后背。

"喝点儿水吗?"

"不用,已经没事了。"

"你的身体真的又瘦又柔软啊。"

"没有啦。"

冬子抬起头,夫人的脸就呈现在了眼前。

"真可爱。"

坐在身旁的夫人拉过冬子的手,抚摸着冬子的头发,夫人柔和的手又从颈项抚摸到了耳朵。

"哪儿都是小巧玲珑的,柔柔的。"

夫人带着唱腔说着,然后就悄悄地把嘴唇贴到了冬子的耳旁。

"不必担心我啦。"

夫人往耳根热乎乎地吹了一口气,静静地抬起了冬子的脸。

"我好喜欢你啊。"

夫人呢喃着,嘴唇不断地靠过来,一下子覆盖到了冬子的嘴唇上。

"没关系……"

就两个女人,夫人的动作细腻而有条不紊地继续着。

慢慢地攀附着舌尖,一边碰着牙齿,一边用一只手温柔地抚弄着耳朵。

"不行……"

冬子一边嘟囔着,全身完全失去力气,一股甜甜的慵懒的感觉如同涟漪一般弥漫到全身。

"就我们女人自己呦。"

夫人喃喃自语着,并将舌头进一步深入进去。

"啊……"

冬子小声呻吟着,不知不觉地连舌头的底部也被夫人绵软的舌尖戏弄起来。

冬子被吸吮着嘴唇的同时,毛衣也被往上面拽去。夫人的手指从下面伸进来，从胸罩的边缘开始摩挲到乳峰。

夫人的动作胆大而细腻。因为是女人之间，所以冬子毫无戒备地逐渐被脱去了衣服。

"就我们女人自己呦。"

夫人的呢喃给冬子带来一种安全感，让她沉浸在甜蜜的感触中。

"来……"

受到召唤的冬子就像被施了催眠术一样顺从地站了起来。

"会更多地爱抚你。"

夫人在冬子的耳边悄悄说罢，就牵着冬子的手往卧室里走去。

在巨大双人床的枕边，亮着一盏红色灯伞的台灯，挂着深蓝色窗帘的卧室如同湛蓝的大海一般诡秘幽静。

什么也不需要自己动，一切都顺从中山夫人缠绵的诱导。

完全没有男人求爱时的粗暴和不适，一切都顺其自然、有条不紊地推进着。

不一会儿，冬子身上的衣服被脱得就剩下了一条嵌着蕾丝花边的白色内裤，手脚缩作一团。夫人这时也脱下毛衣，解开长裙，一下子变成了赤身裸体。

"好，一直闭上眼睛。"

夫人如同催眠师一样，细声细语地呢喃着，最后脱掉了冬子的内裤。

"啊……"

冬子的下半身感到有一种柔软的触感，就把腿夹得更紧了。

麻酥酥的，好像是有一股电流窜过去的那种兴奋感莫名其妙地弥漫开来。

"住手……"

冬子短促地叫喊着。

夫人的手和嘴唇放缓了下来,却并未停止。

两个白花花的肌肤缠绕在一起蠕动着。

"就我们两个呦,只有女人呦。"

有时,夫人的话简直就像咒语。

"没有子宫的女人呦。"

冬子觉得这句话听起来就像来自遥远的潮汐。

现在,她把一切都交给了夫人,任其摆布。一切按照夫人随心所欲,不管开还是合,冬子也不阻拦。

做完手术后一直被压抑着的感觉仿佛终于在夫人的手下复苏了。

"啊……啊……"

冬子发出了不成声的声音,渐渐地也积极地配合着扭动起来。

毋庸置疑,冬子的感觉开始燃烧了。眼下,就如同被贵志搂在怀里,没有了不安和胆怯,什么没有子宫,什么性冷淡,统统都不存在了。

冬子全然不顾地坠入只有女人的、无边无际的温柔之乡。

也不知过了多长时间,冬子浑身慵懒地醒了过来。

回过神来,冬子发现自己和夫人都赤条条地裹着一条淡蓝色的毛巾被相拥在一起。

被带到床上时,还开着的能照亮整个房间的发红台灯,不知什么时候就只剩亮着一个小灯泡了。

也不知两个人在一起厮磨了多久、相拥了多久,从四周寂静的程度来看,大概已经过了十点。

冬子悄悄地望了一下身旁的中山夫人。

夫人的右肩膀袒露在毛巾被的外边,微微地背过身睡着。

房间里的暖气调得温度适宜,基本上感觉不到冷。

一想到刚才和夫人的耳鬓厮磨,冬子就羞涩得缩成了一团。

听说过"同性恋"这个词,可万万想不到自己成了当事者。

二十岁左右的时候,对年长的女人有过这样的感情,那时只不过想想而已,并没有付诸行动。

可现在,冬子正被卷入这个旋涡中。

从遥远的甜甜的梦幻世界中游荡过来,那梦幻般的余韵在身体的深处挥之不去。

那不过是一时的梦境。

冬子试图沉浸在这一梦境里,可眼下全裸的身体毫无保留地将现实推到了面前。

冬子觉得该从床上抽身而起了。

下了床,正在将凌乱的内衣收拾一下的当儿,夫人呢喃道:

"起来吗?"

霎时,冬子拿起短裤蹲了下去。

"冷不冷?"

"嗯……"

"我也起来了。"夫人用毛巾被裹着身子,慢慢地坐了起来,"哎,去冲下淋浴,浴室就在这边。"

夫人裹着毛巾被,走出了房间。

冬子赶紧穿上内裤,套上了裙子。

"那我先洗了。"

夫人的声音从门的那边传了过来。

"好的。"

冬子答应着,看了一眼在台灯边上的时钟,已经十点半了。

在微弱的灯光中,床上一片狼藉。

就在这里,我和夫人……

想着想着,脸颊就热得发烫起来。

怎么会发生这种事……

是因为喝了酒,还是因为中山夫人的诱导太巧妙了?

冬子好像窥见到了自己的一个未知世界。

冬子在夫人之后也进了浴室,洗了个淋浴。

从颈项洗到肩膀,冬子嗅到了沁在身体上的夫人的香水气味。

一瞬间,冬子觉得自己好像做了什么极其不洁之事,就使劲地洗着,像是要把所有的气味都洗刷干净一样,使劲地擦洗起来,冲了好几次淋浴才从浴室里走出来。

夫人换上了一件宽松的睡袍,坐在沙发上吃着西柚。

"快过来吃点儿。"

"我要回去了。"

冬子想起刚才发生的一切,不敢正视地扭过脸去。

"才十一点啊。"

"先生就要回来了吧?"

"穿着衣服呢,没关系。"

夫人满不在乎地说道。

要是先生发现了两个人全裸地躺在床上,将会是一个怎样的情景?冬子想起刚刚两人之间发生过的一切,就毛骨悚然起来。

"不到十二点是不会回来的。"

"可我还是该回去了。"

冬子站起来,拿起手提包。

"真走啊?"

"嗯……"

夫人来到冬子的身旁,静静地抚摸着冬子的头发。

"欢迎再来玩啊。"

"……"

"不来可不行。"夫人说完,用纤细的食指点着冬子的额头,"我们是一对彼此保守秘密的闺中密友……"

冬子没吭声,望了一眼夫人的茶色眼镜。

一开始感觉到有些不寒而栗,可现在这种恐惧已经消失殆尽。

"唖……"

夫人在冬子鼓出的嘴唇上,轻轻地贴了一下。

即便和贵志也未曾有过这种只用舌尖的色情吻。

"会做得更好的。"

夫人离开了嘴唇,莞尔一笑。

冬子就这样走到了玄关,围上了貂皮披肩,穿上了靴子。

"你一般晚上都在吧?"

"嗯……"

"还会打电话的。"

冬子颔首示意,走到了外面。

"天比较冷,要当心啊。"

"晚安。"

"今天晚上一定能睡个好觉啦,谢谢!"

说完,夫人就关上了大门。

冬子穿过灌木丛,来到了前面的马路上。

元月里的公馆区,已是夜深人静。冬子压低了脚步声,轻手轻脚地走出了公馆区。

风花

从一月到二月,冬子都全身心地投入到制作帽子的工作中。

三月中旬有一场时装秀,冬子必须赶制出一些帽子,好参加这场时装秀。

她并非忽视了一般零售的商品,而是因为参加走秀,所以需要格外费一些心思。设计固然很重要,可绸带和帽边的刺绣也不能放心地假手于人。

缝制帽子的时候,冬子一度可以把贵志和中山夫人的事暂且搁到一旁,一心扑在工作上,以便摆脱内心的困惑。为了恢复内心的平和,冬子只有专心致志地埋头工作。

以前还未曾有过这样的情况。

但以前不管冬子多么全身心地投入工作,也还会间或地想起贵志,猜想着他是在家呢,还是在事务所呢?

可这一段,冬子就没太放在心上,即便有时想起来,转念就又忘了。

失去了子宫的冬子已经习惯了独处。

自那儿以后,中山夫人打过两次电话,冬子都没有应邀赴约,一次是因为有点儿感冒,一次是因为有加急的工作。

"空下来的时候,一定来啊。"

尽管夫人热情相约,冬子却没有主动打过一次电话。

并不是厌倦了中山夫人,也不是畏惧女人间的亲密,甚至有时还会梦到夫人那缠绵的爱抚。

冬子还是希望能保持一段平静,不是因为洁身自好,总之,在帽子时装秀结束之前谁也不想见。

这是冬子给自己的约束,担心自己如果不约束一下自己,就会无限度地崩溃下去。

二月初,参加时装秀的帽子基本上已赶制了出来。

今年有两顶帽子展示,一顶是一九二零年流行过的深顶圆帽,头顶部分装饰鸟的图案;另一顶是胭脂色,女扮男装时戴的大檐儿帽子。

不管卖得掉,还是卖不掉,冬子喜欢那飘逸中散发出的女性娇柔。

贵志打来电话是在快要做好最后一顶帽子的时候。

"近来怎么样了?"

"没什么变化。"

冬子轻描淡写地回答着,心中隐隐地感到不安。

自从去年年底度过了那次未能尽兴的夜晚,这还是他两个月以来第一次打来电话。

"上次约好的旅行下个星期能腾出空。"

和贵志约好去旅行,还是在去年的十月。

为了安慰出院后的冬子,他说:"那就去温暖的九州一带转转如何？"

因为那时很快就到了年末，正赶上年关忙碌的时候，所以一直都没有贵志的音信。又过去了三个月，可贵志并没忘记。

"下周初，我有事要去福冈，去福冈之前去宫崎一带转转怎么样？"

以前和贵志一起旅行过几次，每次都和工作沾边，他好像不是个能单纯为度假出去旅行的男人。

一开始挺不舒服的，渐渐地也就习以为常了，并开始欣赏起这个充满兴致的男人。

"北九州很冷，可宫崎却暖和，马上就要到梅花盛开的季节了。"

"……"

"周日先去宫崎，周一再去福冈。我打算在福冈待上两三天，你要是着急的话，可以先回去。"

冬子的店只有周日休息，要是周二早上从福冈回来，就要耽误一天半。

"耽误一天也没什么大不了的吧？"

冬子考虑的不是店里，一两天的话，真纪和友美可以照顾好店里的工作。冬子顾忌的是晚上怎么办。

要是在旅馆和贵志拥抱时，再没感觉怎么办？要是两个人都得不到满足，那这样的旅行多沉重啊。

"怎么了？有什么事吗？"

"没有……"

"你也不要老把自己封闭起来，最好偶尔也能出去旅行一下。"

冬子想到了洒满灿烂阳光的日南海岸。出去旅行散散心，说不定没能尽兴的心情还能得到抚慰，重新拾回被遗忘的欢愉。

"如何？好不好？"

"那好……"

"那我就马上买票了,说不定有午前出发的直航,就买这个了。"贵志一旦决定了,就会马上行动起来,"票是让人送给你呢,还是在机场交给你？"

"在机场吧。"

冬子忽然害怕会让船津送来,就回绝了。

"那好吧。时间定下来再给你电话,你就按这个准备吧。"

"好。"

回答完后,就挂了电话。

本来想着要是贵志来了电话,就质问一下元旦休假期间带着家人去夏威夷的事。

心里在想着调侃他,可还没反应过来,就已经被安排去旅行了。

"这可不行……"

冬子为自己如此顺从贵志的意志感到气愤。

星期日十一点半的航班,从羽田机场起飞。

冬子十一点过五分到达了机场,从中央大厅来到外边,朝有宫崎柜台的第二出发大厅走去,但并没有看到贵志的身影。

他虽一贯很守时,却几乎没有早到过。

在大厅一角没站多大一会儿,贵志就出现了,穿着一件深灰色的风衣,手提一个皮包。

"噢,好漂亮！"

"什么？"

"夸你很漂亮呢。"贵志说着,把手轻轻地搭在了冬子的肩上,

"你制作帽子,怎么不戴帽子?"

"奇怪吗?"

"那倒没有。"

一直到昨天都不知穿什么好,结果,上身穿了件长毛套头衫,下身搭配上百褶裙,外套一件深色系的大衣。

本来想戴顶帽子,可为了表现蓬松的头发,就没有戴。

"我去办手续,就这么多行李吗?"

冬子手提了一个路易威登的大旅行袋。

"这个旅行袋可以随身带上机的。"

贵志点了下头,朝柜台走去了。

因为是星期天,所以去宫崎的柜台前人已经很多了,好像是一个去打高尔夫球的团体。

"一般都会准时起飞的。"贵志拿着登机牌回来了,"一点就可以到宫崎了。"

两个人来到了候机大厅,从这里乘机场大巴上飞机。

机内基本上已经座无虚席了,冬子靠着窗户和贵志并肩坐着。

近来东京一直连续晴天,空气干燥,阳光灿烂,还刮着一<u>丝丝</u>的微风。

"你跟家里怎么说的?"

飞机起飞后,冬子问道。

"没必要说吧……"

贵志只说了这句,就点上了一支烟。

"宫崎的饭店可以看到青岛,远离大都市,这样可以清静一下。"

"可是,这就怪了。"

"什么?"

"可是……"

已经分手的情侣又一起出去旅行,不知情的人会怎么看呢?会不会觉得是一对情侣呢?

实际也是如此。但在这份爱中,既没有年轻恋人的那种鲜活感觉,也没有将要结合在一起的迹象。

但,两个人的关系依然持续着。

俯瞰下去是一望无际湛蓝色的大海,波光粼粼,就像一片蓝绒绒的绸缎。

听说日本海白雪皑皑,可太平洋海岸却呈现出令人难以置信的晴空万里。眺望了一会儿大海,冬子感到有些困意。

一个人旅行就没有这种感觉,只要和贵志在一起,就会不知不觉地心平气和起来。无论发生了什么,冬子都不会感到恐慌。

这份祥和意味着什么呢?是多年的肌肤相亲带来的安全感吗?

冬子轻轻地把头贴近窗户,贵志也把脸凑了过来。

"能看见什么吗?"

"只有大海,还有两艘船。"

"手术后,身体感觉怎么样?"

"没什么变化。"

"前一段时间,见到中山夫人了。"

一听到中山夫人,冬子的视线离开了窗外,望着贵志。

"她到事务所来了。"

"有什么事吗?"

"好像是顺便过来的,听说你元旦去夫人家了?"

"嗯……"

"她说你们还一块儿喝了红酒,玩得很尽兴。"

冬子想起了那天夜晚的神秘之举,不禁浑身紧张起来。

"夫人好像寂寞无聊的样子。"

"她说了什么没有?"

"说起教授的婚外情,喋喋不休。"

"真有这事吗?"

"也许是真的,但也不像她说得那么严重。"

"……"

"那个人是神经质,有些迫害妄想症。"

冬子倏然想起夫人一丝不挂时的场景。

"最好不要和这种人走得太近。"

"我并没有……"

"对方好像很赏识你,喜欢和你在一起玩。"

"不过,要是先生有婚外情的话,也难免夫人会变得神经质啊。"

冬子不自觉地袒护着夫人。

"可是,先生出轨,也没必要跑到我这里来说啊。"

"夫人好像挺喜欢你的呀。"

"怎么可能……"

"你不知道吗?"

"即便是真的,那种唠唠叨叨的女人就免了吧。"

"还说了什么没有?"

"只说了这些,就回去了。"

"她一定很寂寞呀。"

冬子的脑海里浮现出了夫人说"没有了子宫"时向自己靠近时的眼神。

抵达宫崎机场的时间比预计的时刻迟了一些。一下飞机,就感受到了南国灿烂的骄阳。

两个人穿过大厅,坐上了候在机场前的出租车,朝青岛饭店驶去。

"现在这个季节,人会比较少吧。"

贵志向出租车师傅打探着。

"今年可不太好啊,经济不景气,再加上现在很多人可以直接去夏威夷和关岛了。"

以南国风情做招牌的宫崎,可竞争不过这些太平洋上四季如夏的岛屿。

"用不了两个小时就可以来到这么暖和的地方,还是挺值的。"

从车窗里就可以欣赏到华盛顿椰子树的林荫道,林荫道的四周盛开着山茶花。

驱车二十分钟就到了下榻的饭店。房间在五楼,从楼上俯瞰下去,青岛可以尽收眼底。

"是休息一会儿呢,还是出去呢?"

"都可以。"

"那就先在楼下简单吃点儿什么再出去吧。"

冬子放下大衣,围着貂皮披肩离开了房间。

"好像新婚的人很多啊。"

在饭店一层的日光咖啡厅里,贵志一边喝着咖啡,一边不好意思地说道。

在饭店叫了出租车,从堀切岭朝仙人球植物园方向驶去。

"这一带在宫崎是最暖和的地方。"

司机师傅做着向导。

虽然是在二月初,却用不着穿大衣。仙人球植物园的入口处,种植着开着小黄花的芦荟。

看完这里之后,又去了儿童乐园,沿着蜿蜒的海岸线,一路种植着文殊兰。

两个人中途下了车,坐到沙滩上。

"要是能在这样的地方悠闲自在地生活就好了。"

冬子眺望着海岸,说道。

"两三天还可以,过了一周就会待腻的。"

"真的吗?"

"平时忙忙碌碌的,偶尔来一趟才会觉得好。"的确,贵志并不太适合这么幽静的地方,"已经几年没有和你旅行了?"

"三年前的春天,和你去过津和野那边。"

"是这样……"

那次是最后一次旅行,之后,两个人就分手了。

"真是好奇怪啊。"

贵志微微一笑,分手的两个人又一起旅行了,这的确很蹊跷。这次旅行冬子心里是另有企图的。

从海边回到饭店,洗过澡后,已经是六点钟了。

太阳已经落到后山峰上,残阳给青岛披上了一层晚霞,红彤彤的,更加耀眼夺目。

晚饭被端到了寝室旁边的和室,有刺身、天妇罗,还有当地特产香菇海胆烧和荞麦瓦罐烧。

"不少喝一点儿吗?"

贵志给冬子斟上了一杯酒。

"好像一喝就会醉。"

"反正就剩睡觉啦。"

冬子点着头,想象着晚上的情景。

不知今晚可以互相满足吗?倒不如干脆喝醉了,彻底忘掉无聊的不安才好。

冬子主意已定。

不吃主食,光吃菜就吃饱了。喝了一瓶酒,脸颊就开始发烫了。

"怎么样,再去楼下酒吧喝一次吧?"

刚吃过饭后,贵志就邀冬子去喝酒。冬子补了一下妆,就跟着出去了。

从楼下酒吧透过玻璃就可以看到大海的夜景。以前的夜间,整个青岛都灯火通明,现在暗淡了许多,仿佛被黑暗的大海吞噬了一般。

冬子向走过来的男招待要了一杯堪培利苏打水。

"清淡一些。"在堪培利里多少有些酒精。

两个人在酒吧里待了大约一个小时就回房间了,大概是十点。

正当冬子凭窗眺望着夜晚的大海时,贵志凑了过来。

"累了吧?"

"有点儿……"

"一直不是坐飞机就是坐车,颠簸了一路。"

贵志说着,一只手搭在了冬子的肩头上。

"真安静。"

能看到远方有一颗红火星。

"换上睡衣吧。"

冬子就遵从贵志的旨意到寝室脱下衣服,从路易威登旅行袋里拿出了睡衣。

换上了睡衣,正在叠衣服时,贵志走了过来。

"好久没这样了。"

贵志迫不及待地把冬子拉到了自己身旁。

"等一下。"

"没关系啊。"贵志不顾一切地把冬子放到了床上,"今天要爱个够。"

冬子默不作声地闭上了眼睛。

忘掉一切,把自己彻底交给贵志,什么也不想,也不反抗,任他摆布了。

"我是一个很棒的女人……"

冬子呢喃着,然后把脸埋到了贵志的胸脯里。

也许是出来旅行的缘故,贵志的爱抚比以前更加充满了激情,缠绵而细腻地诱导着冬子。

可冬子的兴致还是高涨不起来。

刚刚感觉到的一丝丝快意没等燃起来就又消失了,很是败兴。

冬子一想到这太辜负贵志的一番努力,于是就越发地清醒起来。

不一会儿,贵志结束了,离开时,冬子顿感一股悲伤袭来。

"怎么了?"

"……"

"疼了吗?"

冬子没有作答,开始抽泣起来。

"是不是我太荒诞啊?"

冬子并不是为这个落泪的。对方那么尽心尽力地爱着自己,自己却没能到达高潮,她为自己感到悲哀。

"镇静下来。"贵志用宽厚的臂膊紧紧地拥抱着哭成了泪人似的冬子,"那就睡一会儿吧。"

冬子躺在贵志的胸膛上闭上了眼睛。这样躺着,贵志不一会儿就睡着了。

在寂静的房间里,只听到一阵阵的鼾声。因为在飞机和汽车上颠簸了一天,所以肯定累坏了,听起来睡得很香。

冬子听了一会儿贵志的鼾声,就下了床。

房间里只有桌子上的一角开着一盏小台灯,昏昏暗暗的。

冬子穿上拖鞋,坐到了靠窗户的椅子上。

刚才还能听到走廊里播放着音乐,现在都安静了下来。

正面看过去是一片大海,只有前面的草坪上还点亮着荧光灯。

冬子极目远望。

在右手边,顺着延续不断的点点灯火,可以看到向右蜿蜒曲伸的海岸线。侧耳一听,便能听到远处传来的波涛声。

冬子看着黑黢黢的大海,心想着没能高涨起来的身体。

这次旅行虽然多少获得了一些满足感,可还是没能达到以往销魂的地步。

经验丰富的贵志不可能没有体察到。

是不是发现了,只是没作声就睡了呢……

明天睡醒了,贵志也不会说什么吧。

男人只要做了,或多或少都可以得到满足。中途的感觉不知如何,只要完事了,就满足了。

可是女人不行,只是交媾、只是纳入是不足以满足的,女人的生理要复杂得多。

在交媾中,肉体和心灵一块儿朝顶峰冲跑过去,达到顶峰后才能沉浸到被爱的幸福感中。

如果是还没有涉足过这个领地的女人,像今晚浅浅的结合就可以获得满足了。只要是被自己喜欢的男人拥抱,男人的情话就足以让女人入睡了。

可是,这个程度现在却不能满足冬子,别说愉悦了,简直就是被空洞无味取而代之了。

是不是因为我尝到的欢愉太多了……

到目前为止,经验丰富的贵志传授给了冬子很多的经验。虽起步比较晚,可成熟比较快,一下子就抵达了女人欲仙欲死的欢愉境地。

以前一直以为拥抱就可以让自己获得满足。不知为什么,那种欢愉还没能找回。那种一瞬间简直可以让自己销魂的欢愉究竟跑哪儿去了?

快点儿恢复到以前的身体状态该多好……

既然是由贵志传授的欢愉,那么也只有靠贵志再给召唤回来了。

不管是好是坏,冬子的身体是贵志给唤醒的。

这种空洞无味的感觉真的能治好吗……

冬子凭窗坐在椅子上陷入了沉思。

第二天早上,多云,气候温和。

两个人上午九点才到一层餐厅吃早餐。

早餐有玉米汤和烤面包、火腿煎蛋。贵志吃得干干净净,冬子只喝了一杯咖啡。

"不吃点儿什么吗?"

"平时也就这样。"

贵志没吱声,把冬子剩下的火腿煎蛋也吃掉了。

"既然来了,等会儿,我们去一下野生动物园好吗?"

贵志对一切总是充满好奇,他要去的地方是模仿美国自然公园在一百万平方米的空地上放养动物的地方。

"去福冈的飞机是下午两点,时间很充裕。"

两个人回到房间,开始做出发的准备。

十点钟出租车来了,他们离开了饭店。天空晴朗,在碧蓝的大海上的青岛散发着绚烂的溢彩。

汽车一会儿就开到了驶向野生动物园的高速公路上,左手边种植着一排排刺葵,右手边是一望无际的大海。

才刚刚进入二月,从透过车窗吹进来的海风就能感受到春天的气息了。

"在这前面,有一个很棒的高尔夫球场。"

"其实是想打高尔夫球了吧?"

"不,这次没打算。"

已经打到很高点数的贵志,到了这里却不动心真是少见,是为了迁就不打高尔夫球的冬子。仅从这一点来看,贵志实在是够尽心尽意的了。

"昨晚上,半夜起来了吧?"

"你知道了?"

"倒也没有,只是隐约感觉到。"

"因为睡不着。"

以前只要想着贵志在身边就能安心地入睡,半夜几乎没有起来过。

"是不是因为换了床?"

也有这个原因,但更主要的是没有获得身体上的满足。

"你还是神经质啊,手术后就更厉害了吧?"

"……"

"一般人做完手术都会发胖,你反而瘦了。"

"没有的事。"

瘦是瘦了,顶多就瘦了一公斤。

"那就好,至少出来旅行时就什么都别想了,最好痛痛快快地玩玩。"

不用说,冬子也是如此打算的,可是做不到。冬子要是能像贵志说的那样善于转换一下心情固然好,可因性格所致,并不是一朝一夕就能扭转的。

"我在哪里都睡得着,真想能失眠一次。"

贵志是个能吃能睡的人,因此身体才很健康。

但,贵志并不会因此而缺乏细腻,现在看上去漫不经心地说了一番话,其实他早已看透了冬子心中的不安。

野生动物园坐落在市中心北面的佐土原町,公园刚开放的时候游客拥挤,现在又不是节假日,游客稀稀拉拉的。

在空旷的园地上,放养着老虎和狮子,可也达不到纯粹的自然。

放养倒是放养,在白茫茫的大地上,有四五头蹲在那里,显出悠闲自得的样子,并没有追赶其他动物在草原上成群追逐的意思。

"不过是把动物园的围栏加大了嘛。"

去非洲看过的贵志,感到很不过瘾。

"我们去市内转一下再去机场,时间正好够。"

从野生动物园出来,两个人去看了宫崎神宫和"八纮一宇塔"

之后,就回到了市内。

"肚子真饿了。"看了一下手表,已经十二点多了,"在大淀川岸边上的饭店吃饭吧。"

贵志好像对宫崎市内多少知道一些,就跟出租车师傅说了饭店的名字。

在饭店的二层吃过午饭,贵志就给东京事务所打了个电话。打电话的声音大到周围人都可以听见,好像在做着什么指示。无论到哪儿,他都是一个坐不住的人。

望着贵志打电话的身影,冬子也不放心地给店里打了个电话。

"啊,老板娘。"

接电话的是真纪。

"有什么情况吗?"

"没有什么,只是来了两三个电话。"

"谁打来的?"

"伏木、横山制帽,还有船津。"

"船津?"

"好像有什么急事打来电话……"

"会是什么呢?"

"他说等你回来会再打来。"

冬子确认没有什么情况后,就回到了座位上。

"店里没事吗?"

"嗯……"

"那就走吧。"

贵志掐灭了抽到半截儿的烟卷,站了起来。

又从饭店打了辆车,到机场正好一点半。等了三十分钟,飞往福冈的飞机就起飞了。

"今晚想吃什么?"刚上飞机,贵志就问道,"博多我很熟悉,吃完饭再去喝酒吧。"

要是去一些他熟悉的地方,贵志就总是兴致勃勃的。

可是,冬子心里却放心不下船津打来的紧急电话。

飞机到福冈是下午两点四十五分,从宫崎到福冈只有四十五分钟的行程。

福冈阴云密布,但不太冷。

出发时,从南面来看,觉得北九州会很冷,可今天的气温几乎没有什么太大的差别,阴天反而更好。

两个人出了机场,坐上出租车径直去了饭店。

冬子研学旅行时曾路过过这个城市,进到城里一看,比想象中要大得多。

饭店周围的样子和东京的市中心也没什么两样。

"休息一下吧,六点我来接你。"

贵志先冲了个淋浴,就出去了。

"有谁会来吗?"

"是这边报社的,见过几次面,很熟悉的朋友。"

"那,和这个人……"

"打算和这个人一起吃饭,然后去喝酒,可以吧?"

本来难得是两个人的旅行,却加进来陌生人,让人感到很不自在。还是希望尽可能两个人度过这样的旅行,可贵志已经联系完了。

"很不错的男人,见了面就知道了。"

不管是好是坏,女人只要见到有陌生人就会感到拘谨,贵志好像搞不懂这里的微妙。

"那个人知道我们的事吗?"

"倒没说过什么,对方会适度地理解吧。"

"适度地……"

"他这方面很懂的。"

也就是说不必担心了,可冬子在揣摩着"适度地"这个词。

贵志倒无所谓,可冬子觉得有些别扭起来,带着不愉快的心情进了浴室,冲了淋浴后,已经四点了。窗户的左侧是西面,饭店大楼的窗户都被晒得通红。

"休息一下吧。"

贵志到底是怎么打算的?冬子换上了浴衣。

"还有两个小时。"

"我不睡,你休息吧。"

"是吗?"

贵志怏怏不乐地上床躺下了。

冬子忽然想要吸烟,想到从东京出来还没有吸过一次。

坐在椅子上吸了一会儿烟后,因为刚冲过澡,心情也放松了下来。

"那我就睡了。"

"嗯。"

没过两三分钟,贵志就打起了小鼾。

望着贵志安详睡着的样子,冬子想起要给船津打个电话。

可是又担心贵志醒来听到打电话的声音。冬子披上一件毛衣下到一层,拨动了放在前台旁边的市外电话的号码盘。

电话铃声响了几下之后,接电话的是事务所的年轻女士。

"船津先生在吗?"

"请稍等一下。"

突然,"我是船津"的声音传了过来。

"吓了我一跳。"

"是木之内小姐呀,从昨晚我就找你,现在在哪里?"

"在九州,有什么急事吗?"

"现在说话方便吗?"

"没事。"

"上次那件事,好像还是那个医院有问题。"

"有问题?"

"听说随便摘掉子宫是出了名的。"

还是这件事,冬子马上忧心忡忡起来。

"当然,也有不得不做掉的情况,可是那家医院,年轻人也轻易就给做掉了。"

"那为什么?"

"打听了一下才知道,把子宫一起摘掉比光做肌瘤手术操作起来要容易得多。"

"难道有这事?"

"千真万确!是朋友这么跟我说的。就连手脚骨折也是觉得截断比接上容易,总之,和买新的比修理要简单这个道理是一样的。"

"……"

冬子不知如何回答是好。可不管怎样,自己的子宫也不可能像更换电视机一样简单地就被摘掉了吧。

"可大夫明明说了不得不摘掉的呀?"

"那当然,都摘掉了,当然就要那么说了,一切都看医生了。"

"那位大夫不是不负责的人。"

"我也愿意相信,听说那个院长经常是轻度肌瘤就连子宫一起摘掉。"

"可并不知道是不是轻度啊?"

"我现在正在调查中,你什么时候回来?"

"明天下午。"

"那就到时再说吧。"

船津在事务所,这种话题说得时间太长也不太适宜。

下午六点,约好的人来饭店接人。

贵志剃了胡须,稍微整理了一下带卷儿的头发。看上去不修边幅的贵志,其实很讲究。

上衣穿了一件和裤子颜色不同的茶色夹克衫,还系着一条领结。

冬子换上了一条蓝色喇叭裤和一件安哥拉毛衣,再穿上了一件大衣。

"要是我碍事的话,我就差不多先回来。"

上了电梯后,冬子说道。

"不必介意,他不是那种有野心的男人。"

"不过,晚上走在大街上,两个男人不是更有趣吗?"

"两个人,不可能动什么歪脑筋,想带你去看看博多漂亮的夜景呢。"

贵志一副开心的样子,说实话,冬子并不太感兴趣。

一方面因为和陌生人在一起觉得心里有负担,另一方面,更让冬子不能释然的是刚才船津在电话里讲的内容。

那个医院要是真像传言说的……

一方面觉得不可能,另一方面又觉得万一是真的呢?既然船津那么认真地说了,也不可能完全是子虚乌有。

要不要打电话再确认一下。

冬子感到心情沉重,可看到那么愉快的贵志,就让人感到又可气又可恨。

当电梯下到一层时,站在柜台前的男人举手招呼。

看上去年龄和贵志相仿,只是个子有些矮。

"啊,多谢了。"

贵志快步走上前去。

"好久没见了!"

"见到你真高兴。"

两个人看上去相当熟悉,互相拍着肩膀,很快就亲热起来。

"这位是木之内小姐,这位是九州报社的藤井先生。"

贵志向彼此介绍着。

冬子行了一个礼,藤井点着头说:

"第一次来九州吗?"

"研学旅行时来过一次。"

"研学旅行啊,我们也曾有过那个时候呀。"说着笑了起来,"车已在那里等着,那就上车吧。"

"去哪里?"

"去那珂川沿岸,那边有好吃的河豚料理,不喜欢河豚吗?"

藤井问道。

"最喜欢了。"

"来到福冈,必须先要吃河豚。"

藤井果真像贵志说的,是一个性格爽快的人。

藤井带他们去的是一家在那珂川岸边,名叫"山根"的料理店。

好像事先就订好了二层包间,从窗户望出去可以看到五颜六色的霓虹灯映照在水面上。

"以这条河川为界,河东侧是博多,河西侧就是福冈。"藤井注视着夜色中的那珂川讲解着,"这里是黑田家五十二万石的城下町,博多人叫的町人的町,福冈人叫的武士宅邸,我们所在的地方是町人的町。"

"以前,即便出生了,也只能住在这边的。"

贵志打趣地说道。

料理先上了河豚刺身,然后上来了河豚什锦火锅。不愧是在玄界滩打捞上来的,很新鲜。

藤井喝着清酒,贵志喝着兑水威士忌,看来今晚一直都喝威士忌了。冬子跟藤井喝了清酒。

冬子既害怕喝醉,可又希望尽快喝醉了事。

"好吃吧?在这儿吃完后,东京的鱼就根本不想再吃了。"

藤井好像是博多土生土长的,一个劲儿地自卖自夸,但并不招人讨厌。

"顺便请你们吃一吃白鱼,现在正好是上市的季节。"

藤井立刻叫来了女招待,要了一份白鱼的醋拌凉菜。

"本来想让你们吃一下活蹦乱跳的鱼,你不会吃吧?"

"是什么,这道菜?"

"就是把活生生的鱼浸在醋里吃进去。"

"好可怕！"

"很好吃的，你是吃过的吧？"

"吞下去的时候，还在胃里动弹呢。"

"真受不了。"

冬子皱起眉头，看到放在小碗里的白鱼，的确白得透明。虽然只是一条鱼，可为什么生得如此美丽，让人羡慕。

"这是在福冈打捞的吗？"

"就是在前面的室见川这个地方，把游上来产卵又返回去的鱼打捞上来的。"

冬子忽然想起了船津，船津的老家好像就在福冈的室见，这么说来，船津就是看着这样的白鱼长大的。

正当冬子呆呆地愣神时，藤井忽然想起来什么似的，说道：

"其实，我太太下周要住院了。"

"住院？哪里不好吗？"贵志反问。

"子宫肌瘤，好像要做手术。"

贵志看了冬子一眼，又赶紧若无其事地把视线转回到了藤井身上。

"是啊，那麻烦了。"

"半年前开始觉得有些不舒服，好像还要摘除子宫。"

"在哪家医院？"

"国立医院有熟人，就托熟人找的。"

"多大了？"

"正好四十岁。"

冬子默不作声，眼睛注视着窗外。

"这下我太太就不再是女人了。"

"别乱扯,摘了子宫,女人还是女人。"

"这倒也是。"

"子宫不过只是生孩子时才用得上的器官,重要的是卵巢。这么有见识的新闻记者,就这么点儿生理知识,真是够呛啊。"

"我完全不懂科学,你还挺懂的嘛。"

"嗯。"

贵志一副踌躇的样子,喝起了威士忌。

"从道理上讲,的确不算什么,可是太太没有了子宫,还是让人不爽。"藤井说完后,又接着说,"以后,我们打算成立一个没有子宫的丈夫会。"

"这是干什么?"

"把这样的男人集中起来,互相慰藉一下。了解了一下,光我们报社就有五个人,还真不少呢。"

"……"

"以前有过这么多吗?"

"不知道。"

"想问一下,听说生了很多孩子的人容易得子宫癌,而未婚的大龄女人因为做爱少,得子宫肌瘤的人就多,是不是这样?"

"真的吗?"

"我一位朋友说的,也不知说得靠谱不靠谱。据他说,根据统计,癌的发病率在低收入阶层较高,肌瘤则在比较富裕的女性中比较高。"

"那你呢?"

"那我家的就属于高薪阶层。"藤井自己边说边笑着,之后,又朝冬子看去，说道，"抱歉，说了一些无聊的话题。"

"没有。"

"人上了年纪，真是会得各种各样的病啊。"

"那你太太同意了吗？"

"当然不愿意了，可大夫说要摘掉，也就无可奈何了。"

"还是别摘掉的好。"

"你也是这么认为的？"

"还是千万不要摘除的好……"

"我也这么觉得，可是要是放着不管的话，恶化就麻烦了。"

"可是……"

冬子话还没说完，贵志就坐不住了。

"我们走吧。"

从河豚料理店出来后，三个人来到了中洲漫步。

据说，在由那珂川和博多川环绕的中洲一带，有五百家以上的俱乐部和酒吧。

在南端的一丁目附近，到处都是高级料理店，三弦的弦乐缭绕其间。

藤井对贵志悄悄地说着什么。

"好啊……"贵志考虑了一下说，"今天就去'蓝马'那里吧。"

好像两个人之间通着什么暗语。

然后就去了百米以外的一座大厦的三楼，在那里有一个名字叫"Blue Horse"的俱乐部。

"蓝马"指的就是这个店。

"欢迎先生光临！"身穿和服的女性立刻就向贵志迎了过来，"好久不见了，昨天就听说先生来了。"

这里贵志好像也很熟悉,可能是因为冬子在的缘故,贵志显得有些窘地点了下头。

然后就从酒瓶里倒上了酒,干杯。

"从东京来的吗?"

坐在旁边身穿嵌有金丝线裙子的女性和冬子搭起话来。

"先去了宫崎,傍晚刚到的。"

"我是在宫崎出生的。"

"是吗?"

冬子立刻高兴起来,聊起了宫崎。

冬子发现藤井说话已有些微醉了。

"这下太太就因为子宫肌瘤住院了。"

"您夫人要做手术吗?"

冬子问道。

"听说不动手术,就不能根治。"

"藤井先生,都是因为你玩得太过分了,老天惩罚你啦。"

"这话可就言过啦。"

"照你这意思,丈夫寻花问柳,夫人就得得妇科病吗?"

"还有其他原因吧。"

"不一定非得什么怪病,常见病也一样。"

女人一本正经地说道。

三个人大约喝了一个小时就离开了俱乐部。

"去一下'十三街'吧?"贵志跟藤井说完后,对冬子说道,"是一个小酒吧,再去喝一家吧?"

贵志一喝酒,就爱喝完一家再喝一家,在东京冬子曾一晚上陪他喝过五家。

也许因为刚才在那家店喝得很舒服,冬子好像还能再喝下去。

漫步在陌生的大街上本身就很愉快,再加上和贵志在一起感到很踏实,冬子一想到夜里的事就更想一醉方休了。

喝醉了就把一切都抛到九霄云外,任凭男人摆布,说不定能找回过去的欢愉。

"十三街"这个古怪的店名比刚才的俱乐部看起来乖巧沉稳。

好像贵志以前也来过这家店,一个看上去温文尔雅的妈妈桑坐到了他身旁。

"来杯威士忌吗?"

冬子决意今晚喝个醉,就点了下头。

妈妈桑走后,又来了一位女性。贵志和藤井正在津津有味地聊着。

"那种设计简直太愚蠢了。"

"说是独创,可是有点儿标新立异了。"

"以为只要是名人设计的,就什么都可以。"

藤井表示出极度愤慨。

好像是在谈着最近在福冈刚建好的建筑。

冬子一个人喝着威士忌,这时,藤井忽然说道:

"海量啊。"

"不能喝,可是今天特别想喝。"

"喜欢福冈了吗?"

"嗯,特别喜欢。"

见藤井之前的沉重心情已经烟消云散,冬子也变得开朗起来。

"差不多就行啦。"贵志反而担心起来。

在"十三街"待了差不多一个小时,三个人就开始往外走,那时已十一点了。

已经喝了五个小时,喝了不少,醉醺醺的,走起路来感到膝盖都已是软绵绵的。

"下面还想去哪里吗?"

藤井问贵志。

"今晚就到这里吧。"

"好吧。"

藤井点着头,向一辆出租车招了招手。

"那就晚安啦。"

"谢谢了。"

冬子点头示意,藤井露出一副亲昵的微笑,也点了下头。

两个人就上了出租车。

"直接回去吗?"

车子发动后,冬子向贵志问道。

"还想喝吗?"

"当然。"

"今晚还是回去吧。"

"不好。"

冬子撒娇地说着,摇摆着头。

从中洲到饭店很近。

"楼上有酒吧,去不去?"

上了电梯后,贵志说道。冬子站在身后依靠着贵志,没有吭声。

好像还想喝的样子,可就剩下两个人后,酒劲就发作了,脚下无根地感到天旋地转起来。

"今晚最好别再喝了吧?"

贵志苦笑着。

冬子嘴上逞强,可实际上已经支撑不住了。从第一家料理店开始,喝到第三家就开始有了醉意。

每次只要有别的男人,就会喝得很节制,可今晚分明是在给自己灌酒。

主要因为一起喝酒的藤井是一个让人感到很舒服的爽快人,再加上冬子也急着想要把自己喝醉。

在第一家店,当听到藤井的妻子是子宫肌瘤患者时,冬子就开始猛喝起来了。

回到房间后,冬子脱下大衣,坐到了床上。

"喝醉了吧?"

"嗯。"

摇晃着头,身体酥软无力。

"今晚还是就休息了吧。"

"不好。"

冬子拼命摇着头。

"你会抱着我吗?"冬子破天荒地说道,也许是借着酒劲吧。

"什么?"贵志回过头来,"赶紧脱衣服吧。"

冬子站了起来,还感到有些晕眩,晃晃悠悠地脱着大衣,解开了毛衣纽扣。

贵志已经换上了浴衣,拉上了窗帘。

"哎,哎,没事吧?"

"没事。"

冬子脱下套头衫,只剩下内衣了。

"不许看。"

"没看呀。"贵志说着,朝这边看过来,"真是很少见到你喝得这么醉呢。"

"没有醉。"

"醉了更可爱。"

"那平时就不可爱了吗?"

"做爱的时候,不愿意的时候还有完事的时候都可爱。"

"到底哪个?"

"现在醉的时候。"

贵志走过来,一下子吸吮上了冬子的嘴唇。

"啊……"

突如其来的吻让冬子发出了叫声,然后就是一段沉默,继续让贵志吸吮着。

"有酒味吧。"

"彼此彼此。"

贵志的手顺着冬子只穿了一条短裤的后背抚摸下去。

顿时全身有一种酥软的感觉弥漫开来。

冬子迷迷瞪瞪地感到这样下去,就会找回来那种欢愉的。

吻了一阵后,贵志把冬子放到了床上,柔软的床单让人感到很舒服。

冬子被轻轻地仰放在床上,继续接受着贵志的吻。

贵志的舌头缠绕着冬子的舌头,大胆而色情地吻着冬子。冬子趁着酒兴,希望贵志能为所欲为地摆布自己的心绪遍布全身。

不一会儿,贵志离开了嘴唇,摩挲到后背的手解开了胸罩。

"讨厌……"

冬子呢喃着,贵志不管不顾地照旧解开挂钩。

同时，另一只手把短裤脱下。

被脱得一丝不挂之后，冬子主动将身体凑了过来。

"快点儿……"

现在整个身体都在燃烧着，好像就要感受到那份快意了。

"那个……"

冬子磨蹭着额头。

贵志也跟着提起了上身，压到了冬子身上。

快快高涨起来啊……

冬子知道贵志的威猛，自己对自己呢喃着。

但愿今晚能好起来……

一个热烈而温存的男人被掩埋在冬子的身体里。

"冬子……"贵志在耳边低声呼唤着，"喜欢你。"

贵志的身体动了起来，牢牢地抱住冬子的肩膀，身体用力地顶了上来。

可不知为什么，一瞬间，冬子的脑子迅速地开始清醒起来。

贵志的身体剧烈地运动着，用力地拥抱着冬子，能感到他在使出浑身力气地爱着。

可是越是明白贵志的意图，冬子的脑子就越是清醒了过来。男人进到了一个空洞洞的身体中来，呼唤着"冬子"，说着"喜欢"，可觉得完全像是一场谎言。

肯定是脑子里在想着别的女人，却说喜欢这个女人。其实，本来并没有兴趣，却在应付差事，身体都成这样了，怎么可能好呢……

男人在冬子的上面剧烈地抽动着，简直就像运动健儿那样喘着粗气覆盖在上面。

没完没了的……

冬子仿佛像一个殉道士一样缄默地奉献着身体,看上去很顺从的样子,可实质上索然无味,只不过任其摆布而已。

冬子心想:快完了吧……

这时,伴随着强悍的冲击,贵志到达了顶峰,身体的重量一下子压到了冬子的身上。

贵志就像死人一般压到了冬子身上。

"那个……"

冬子动了一下上身,贵志才有了意识,将身体挪开。

要是以前的冬子,在达到高潮之后,哪怕是多一秒钟,也希望让男人再多压一会儿。贵志想早点儿撤身时,冬子就会说"不行",然后抱住他的肩膀,她不忍就这样让高潮之后的余韵离去。

可现在,完事之后就想马上离开。

虽然依偎在一起,可却感到有些不适。

这是为什么呢……

想来想去,冬子搞不清其中的原委。

完了之后,甚至为刚才自己主动求欢的情景感到不解,现在只剩下败下兴来的虚无感。

仰面躺着的贵志不一会儿朝向了冬子。

"好不好?"

"……"

"不好吗?"

冬子缄默着,已经被看破了,就无言以对。

贵志趴在床上,从枕头下取出香烟,点上了一支。

火柴的火苗一瞬间照亮了昏暗的房间,接着就又暗了下去。

"哪儿有什么问题吗？"

"没有。"

"是不是想得太多了？"

"……"

"这么下去的话，会真的不行的。"

冬子看着贵志吸烟的火光，每吸一次，前端就燃亮一下，一亮一灭的。

"是不是在意没有了子宫？"

"……"

"拿出自信来。"

"可是……"

"不知情地被摘除了子宫，难免会受到打击，这我知道。可是也不能总是放不下啊。"贵志把没吸完的烟在烟灰缸里掐灭了，"以前都那么好，肯定能好起来的。"

"好不了啦……"

冬子背对着贵志，闭上了眼睛。

第二天，冬子八点半醒来。

昨晚，和贵志说完话就睡不着了，服了偷偷放在手提包里的安眠药，快到黎明时分才终于睡着。

好像要睡过了，睁开眼睛时，贵志已经起来了，坐在窗边吸着烟。

"再多睡一会儿吧。"

贵志说道。冬子赶紧起来，在浴室洗了个淋浴。

睡得不短，也许是吃了安眠药的缘故，总觉得没有休息过来。

梳理了一下头发,走出浴室时,贵志已经脱下了浴衣,换上了西服。

"今天是好天气。"

"飞机是几点的啊?"

"去东京的飞机几点的都有。好不容易来一趟,去福冈那边转转如何?"

的确,要是就这么回去了,真觉得有些可惜。

"去大宰府看看如何?"

"要多长时间啊?"

"有三个小时就可以看回来了。还不到梅花季节,那可是个好地方。"

这么一说,还真想去看看了。

"大概四点钟就可以到东京了。"

"那就吃完饭再走,也来得及吧?"

"可是,工作不要紧吗?"

贵志难得这么悠闲。

两个人就上了十二层的西餐厅,简单地吃了点儿早饭。

"那个藤井,人还不错吧?"

贵志一边喝着咖啡,一边问道。

"什么时候认识的?"

"三年前,让我给这边设计一个建筑,是他来采访的。从那儿以后,每次来就都见面。他的本职工作是文化部的负责人,尤其对建筑和美术感兴趣。"

冬子边点着头,边想起了藤井妻子因子宫肌瘤做手术的事。要是摘掉了该怎么办?藤井看上去是个爱玩的人,可本质上又好像很善良。

不会像中山教授那样找情人吧,但男人是说不清的。

"那个人多大了?"

"和我一样大。"

"看上去很年轻啊。"

"长着一副娃娃脸,很占便宜的。"

应该会记得,可贵志却不提藤井妻子的事,甚至也不谈及昨晚两个人睡觉时说过的话。

在这么阳光明媚的地方,重提那时候的事,冬子有些于心不忍。一方面感到贵志有意不谈很值得庆幸,但反过来又想知道贵志究竟是怎么想的。

十点钟车来了,两个人出了饭店。

"去逛一逛福冈的大街吧?"贵志说完,又接着说道,"对了,看一下我设计的建筑吧。"

冬子在东京看过贵志设计的建筑,在地方上还是头一次看。

"很近吗?"

"就在前面。请去一下县政府大楼那边。"贵志跟驾驶员说道,"去年设计的,评价还不错的。"

"昨晚说设计不好的,是哪一个?"

"那是另一个建筑,也带你去看看吧。"

汽车就在天神十字路口前面停了下来。

"右手边这个就是。"

冬子从车上下来,仰视着大厦。

是一座十一层的建筑,整个大厦统一呈深褐色。在沉着的气氛中,镶嵌着的流线型的宽敞玻璃给整个大厦赋予了现代感。

"真是棒极了。"

"得到了你的欣赏,我就放心了。"贵志流露出很得意的样子,"顺便去看一下从这里数的第三座大厦吧。"

两个人上了车,在那座楼前下了车。

是一家银行的大楼,有十多层高,从正面入口的前面一直到七八层都是挑空的,地面上装饰着喷泉和雕塑。

"这不好吗?"

"这还好,在下面种了树。"

贵志指着入口的一角被大理石覆盖的空间,走近了往下一看,在很低的地下种着一棵树。

"这是在地下一层种植的,很不容易长大,最近好像要枯萎了。"

的确,地下敞着很大的口,这棵树却是小小的无助的样子。

"楼梯井、雕刻、从地下长上来的大树,作为话题不可缺少,可作为办公大楼就不知是否好了。"

"是东京的人设计的吗?"

"一个有才干的男人,太过于标新立异了,我们是不赏识这种设计的。"昨晚和藤井说的就是这个,冬子颔首。

"站前有一座黄色大厦,那座也是有问题的。"

"黄色不是很显眼吗?"

"显眼是显眼,大厦不是引人注目就好。因为是街道的脸面,还是应该和周围融为一体,便于里边的人工作才好。东京的一部分建筑师,只考虑标新立异,以便有话题炒作自己的建筑。"

"……"

"这回的建筑,准备建在前边沿着河岸的地段,想着能设计出一座倒映在水中也漂亮的大楼。"

一谈到和工作有关的话题,贵志就神采飞扬。

看过大厦以后,冬子被带到了大濠公园,然后又登上了西公园的山坡上眺望大海。

一到这里,就能感受到从玄界滩吹过来的风,冷飕飕的。

眼前是一个巨大的加油站,博多湾就在前面延伸开来,在灿烂的阳光下,迎面可以望到志贺岛,左手边可以望到能古岛。

"那样的岛上也有人住吗?"

在横滨长大的冬子一看到大海,心情就放松了。

他们从西公园驱车径直去了大宰府。离开都市,晚冬恬静的田园风景展现在眼前,从七世纪设置大宰府官厅以来,这一带就是很开放的地方。

不到正午就到了大宰府。

不愧是全国天满宫的总部,粉刷成朱红色的华丽殿社耀眼夺目。

二月,离观光季节还有一段时间,来往的行人还不太稠密。但因天满宫是供奉学问之神的庙宇,所以和家长一起来朝圣的应考学生随处可见。

正殿两边的飞梅和红梅在殿社的苑内有上千株,还要等上几天才到开花季节。

在红梅旁边的柑橘已经结出了黄色的果实。

"难得来一趟,去吃一下全素斋吧。"

贵志好像来过一趟,进到了一家名叫"古香庵"的店铺。

在房屋的里边,一边烤着火盆,一边进午餐。阳光照到房间里,显得很暖和,一到外边,感觉到风还有些凉意。

"还来得及吧。"贵志看着手表说道,"在这个前边,有一座光明寺,去看看吧?"

分手的时候就要到了,冬子心里开始有些依依不舍。

在天满宫正门前二百米的地方,有一座光明寺。

这是镰仓中期建造的临济宗东福寺派的寺庙,好像是天满宫的结缘寺。作为镇寺之宝有药师如来和十一面观音,还有被称作佛光石庭、前庭的庭院,一滴海的后庭也非常有名。据说是九州非常古老的庭院,因为是在天满宫的对面,所以到访的人很少。

在门口摆放着拖鞋,"请进"的字条倾斜地贴在那里。

前庭摆放着分别由七、五、三共十五块石头组合成一个"光"字的石庭。

看完之后,顺着走廊走到里面,就看到了以小山为背景的精致的枯山水庭院。在正中央摆放着青苔来象征陆地,在其周围撒满了象征着大海的白沙,在美轮美奂的景致中,彰显出沉稳的风格。

"好地方吧?"

"真幽静啊!"

四周有很多红叶,在后山还有竹林,午后的阳光从林间透漏过来。

冬子伫立在回廊边上,观赏着庭院。

在庭院的青苔上,到处点缀着的石佛沐浴着和煦的阳光,在白沙上投下了矮矮的影子。

刚才还在回廊的学生们已经离去,庭院里就只剩下了贵志和冬子两个人。

"真安静啊。"

"嗯。"

冬子点着头，注视着白沙。

庭院设计师在设计时，把白沙比作大海，可冬子把其视为自己内心的苍凉。

那种没有获得满足的苍凉感，仿佛被刻在了白沙上。庭院师用其象征大海，在其中也昭示出人世间的沧桑。

冬子忽然有了就留在这个寺庙里的冲动，不回东京了，沉浸在这份静寂中不就可以不去咀嚼那份不必要的苦涩了吗……

只要在这里，即便不再是女人，也不用再为燃烧不起来的身体感到焦虑和困惑了。一天到晚就看着庭院和石佛，心念也不会受到纷扰，就可以过心如止水的日子了。

"你在想什么呢？"

"没想什么……"

"很中意这个地方嘛。"

"我在想住到这个地方来怎么样。"

"适合你吗？"

贵志莞尔一笑。

两个人缓步地朝回廊的左边走去。在凹陷下去的通往茶室的阶梯上，贵志忽然想起了什么似的说道：

"藤井很令人担心。"

冬子听到这突如其来的话，点着头。

"他看起来好像满不在乎，其实心事很重。"

"最好告诉夫人不要动手术。"

"是吗？"

"但是……"

"但，并不是全都不可以吧？"

冬子缄默不言。既然贵志这么说了,那就不好再说什么。

也许的确是冬子多虑了。

在走廊的前边传来了年轻女孩子的声音,又有新客人来了,和一个年轻小伙子结伴而来的。

"走吧?"

被贵志催促的冬子朝走廊的出口方向走去。

"就要到两点了,今天还回去吗?"

"嗯……"

冬子点了下头,就先上了等在那里的汽车。

"那就先回一下饭店,然后去机场吧。"

贵志说完,出租车就从大宰府大街来时的路返回。

"累了吧?"

"有点儿。"

"今天别去店里了,好好休息一下吧。"

"晚上还要见什么人吗?"

"今晚要开始工作了。"

看到贵志意气风发的样子,冬子稍稍感到了妒意。

到了福冈机场,大概等了三十分钟,就有去东京的航班了。因为是二月的平常日子,所以还有不少空位子。

"玩高兴了吗?"

买了票之后,贵志问道。

"嗯,很愉快!多谢了。"

在大厅的中央,冬子低下了头。

"怎么了?"

"没什么……"

"什么呀？"贵志用打火机点上了一支香烟又说道，"没能把你恢复过来吧。"

冬子垂下了眼帘。

"我以为可以让你恢复的。"

"怎么说这些……"

"也许无须一说。"贵志说完，又说道，"到时自然就会好的。"

去东京的航班广播已经开始播放，四周的旅客鱼贯地朝入口走去。

"那，再见。"

冬子回过头来望着贵志。

"我打算明后天回去，回去后再给你打电话。"

"好的。"

冬子点了点头，然后就头也不回地朝入口走去。

机舱内大概只坐了七成客人，冬子坐在后面靠窗户的座位上注视着外面，已经开始倾斜的日照在机翼上反射，很是晃眼。

不一会儿，飞机就缓缓地移动到跑道上，等待了一会儿，就起飞了。

福冈的大街顷刻间映入眼帘，博多湾从右上朝下倾斜，急速上升的飞机一会儿就飞成了水平。

这下旅行结束了。

冬子本来隐隐地期待着在这次旅行中能治好自己麻木了的感觉，心想着换了环境，也许能好起来。

好像贵志也有此打算。

他想借出来旅行之机治好冬子。

男人和女人抱着同样的期待，可结果却以失败告终。

难道真的就再也不能高涨起来了吗?

冬子看着窗外。

九州已经逐渐被抛在了后面,普照在阳光下的关门峡大海熠熠发光。

要是贵志都不行的话,就没有人能行了……

空洞洞的、冷冷地缩成一团的、没人理会的女人。

"这下就彻底结束了。"冬子喃喃自语。

本来是一次愉快的旅行,却忽然感到只剩下了越来越浓的空虚。

春芽

虽然只外出了三天,可一回来,东京已是春暖花开。

已到开灯的时刻,冬子觉得自己把南国的温暖也带了回来。

原宿的店在冬子离开期间,一切照旧。

"好不容易出去一趟,应该再多逗留一段时间啊。"真纪边说边不忘记打探道,"老板娘和谁一起去的?大家可都在谣传呢。"

"我不是说过那边有一个大学时代的朋友吗?当然是一个人去的啦。"

"真的吗?"女孩子们诡秘地笑了起来。

"中山夫人也说'好奇怪啊'。"

"夫人来过了吗?"

"昨天买了一件新礼服,说又要买帽子了。"

夫人是一位不可多得的老顾客,但也是一个口无遮拦的人。和贵志一道外出的事但愿夫人不会乱猜想,想到这里,冬子的心情沉重起来。

冬子放下外出期间堆积下来的工作,就回到公寓打扫起房间,这时船津来了电话。

"已经回来了?"

"嗯,刚刚进家门。"

"我一直在等你的电话呢。"船津的声音里略显出不满来,"今天一会儿能见面吗?"

正好是八点,冬子刚游览了福冈的大街和大宰府,傍晚才赶了回来,感到有些疲倦。

"关于上次那件事我有话要对你说。要是可以的话,我现在就去你那里。"

船津要是来到公寓,说不定又会发生上次那样的事情。

"你现在在哪里?"

"在四谷。工作已经结束了,去哪里都可以。"

"那就在新宿碰面好吗?"

"车站大楼上的'布蒙特'咖啡店怎么样?八点半在那里见面吧。"

"好的。"

冬子放下了电话。

好不容易回到房间刚喘口气,真的不想再跑出去,可是船津为自己了解了很多情况,又不好拒绝。

那次手术会不会真的是失误?

一想到这里,冬子就郁闷起来,她很想知道结果。

到了约好的咖啡店,船津已经坐在那里喝着咖啡。

"怎么样?九州。"

"很暖和。"

"去九州应该跟我打声招呼,我不是说要给你做向导吗?"

"我是临时才决定的。"

"都去哪里了?"

"去了宫崎和福冈。"

"那儿还不错吧?"

"是去工作的。"

"还是有关帽子的工作?"

"是的。"

冬子做出一副很无奈的表情。

"那就遗憾了。下次什么时候会再去呢?"

"近期是不会再去了。"

船津点着头,忽然想起了什么似的说道:

"我们的所长现在正在福冈,你没有见到他吗?"

"没有,我不知道啊。"

"的确是前天去的,还要在福冈待上三天。"

看来船津并不知道冬子和贵志在一起。

冬子松了一口气,喝着咖啡。

船津点燃了一支香烟,吸了两口后,往前探了一下身子说道:

"旅途归来,一定很疲惫,这时跟你谈论这个话题不太适宜,是有关那家医院的。"

"又了解到了什么新情况?"

"从医学的角度进行了多方面调查。"

"……"

"据说给二十多岁且未婚的女子在做摘除子宫手术时,是极其慎重。在这一点上毫无疑问。"

"可是,如果真需要,做手术也是不得已吧。"

"说的就是这种情况。最开始去那家医院时,是哪位大夫给你诊断的?"

"哪位是什么意思……"

"院长是一位身材宽厚的人吧?"

"是的,可是一开始院长并没有在。"

"那就是别的大夫了。"

"好像是一位三十岁左右的年轻大夫。"

冬子想起了最初去医院时给她检查的医生。

看上去挺老实的,可作为妇产科大夫,就显得稚嫩了,让人有不放心之感。

"那个医生是不是叫前原?"

"前原?"冬子对医生的名字没有记忆,"因为只让他看了一次。"

"让那位年轻医生检查是什么时候?"

"九月中旬,具体时间可看一下初诊日期,查一下挂号日期就可以知道。"

"那今天回去就看一下好吗?"

"那家医院的院长也是区议会议员,因为那边的工作,有时也会休诊,休诊期间就让大学医院的年轻医生帮助出诊。"

"那么,那时的大夫也是……"

"我想多半是,兼职的医生大概有三人,看样子时不时换班。"

"是哪个大学的医生?"

"东日大学妇产科的。"船津拿出了笔记本,问道,"那个年轻医生说了吗?"

"什么意思?"

"也说要摘除子宫了吗?"

"那个医生只说了'最好做手术把肌瘤摘掉'……"

"没有说摘除子宫吧?"

"院长也是手术时才知道必须摘除子宫的。"

"当然!大夫怎么说都有理。"

"我去了那家医院以后,不放心,又去了目白医院。"

"那家医院怎么说?"

"也说子宫肌瘤最好还是手术。"

"那,子宫呢?"

"那倒什么也没有说,只是说肌瘤还是摘掉的好。"

"那和前面的年轻医生看法一样啊。"

"具体不太清楚,只是说话的口气都一样。"

"既然去了都立医院,那为什么没有在那里做手术?"

"都立医院太大,又没有病房,既然治疗方法一样,就觉得最好还是去离得近、以前又曾去过的医院。"

"以前也曾去过那家医院吗?"

"只是去探视过朋友。"

冬子赶紧搪塞了过去。

"可不管怎么说,无论是最初的年轻医生,还是都立医院的医生,在不必摘除子宫这点上意见是一致的。"

"大概是……"

冬子渐渐地显得不安起来。

现在想起来,无论是明治私立医院的年轻医生,还是目白医院的妇产科医生,都没说过要摘除子宫。

都说了最好做手术,都说了只做掉子宫肌瘤,在这一点上和院长的诊断是有出入的。

"那我再问一遍,最初给你诊断的是年轻医生,而给你做手术的是院长?"

"是这样的。"

做手术当中发生的一切冬子是全然不知的,因为全身被麻醉,正处在昏迷状态。手术前院长也来诊察过,手术后,过来告诉冬子摘掉子宫的大夫也是院长。

"这么说来,向年轻医生了解一下,就能搞清楚这之间的差错了。"

"你了解那位年轻医生吗?"

"不了解,但是我朋友的前辈到过那家医院。"

"那就通过大学了解?"

"是的。因为院长很忙,他好像每周两次要去那里兼职。"

"刚才你说是叫前原的吧?"

"那位医生是去那里兼职的医生之一,还有两三个医生也在那里兼职。"

"那给我看病的是哪一位?"

"也许是前原,也许是其他医生,这个还不得而知。看一下你的就诊日期就能知道。"

"……"

"总而言之,那家医院好像是一家赚钱至上不负责任的医院。"

"不负责任?"

"真是这样,这是我的朋友从叫前原的医生那里听到的。这是毫无疑问的。"

"可是,看上去医院很不错,设施很先进……"

"并不是设施好的医院看病就好,说不定外表唬人的医院,正可以干不正经的勾当。"

"什么不正经……"

"像现在这种低水平的健康保险制度,无论大小医院,如果不进行过度检查、过度收费的不正当经营,就很难维持下去。即便是公立医院,在某种程度上也是一样,只是那家医院做得尤其过分而已。"

"……"

"我朋友的前辈就是因为看不惯才辞去了那家医院的兼职工作。"

冬子喝了口咖啡,问道:

"也就是医生看不下去医生?"

"就是这样。他还年轻,现在还是一名就职于大学医院的医生,对部分医院的金钱至上主义感到愤慨。"

"即便那家医院是赚钱至上,但和我的手术也没什么关系吧?"

"有的。上次我不是说过,做直接截断的手术比接合手脚的骨骼手术要简单得多吗?道理是一样的,与其做掉子宫肌瘤,不如把子宫全部摘除掉,治疗起来更简便易行。"

"明明没有全部摘除的必要,也就摘掉了……"

"事实上,这种乱来的医生不能说没有。"

冬子虽然觉得这不大可能,但却没有反驳船津的根据。

"而且更令人感到荒谬的是摘除子宫比摘掉肌瘤的手术费用要高得多。"

"钱吗?"

"是的,又简单又赚钱。打个比方,比如电视机的显像管坏了,是换一根显像管呢,还是买台新的电视机呢?同样的问题,赚钱至上的商店就会说不好修复了,让买新的。"

"你是说我的手术也是同样的吗?"

"还不敢断言,但愿不是这样。但如果真是这样,就坚决不能饶恕吧。"

"……"

这简直让人不敢想象,船津的话在冬子的脑海里渐渐地变成一团黑影扩散开来。

"关于是否真的需要摘掉子宫一事,拜托前原医生调查一下你的病历就可以弄清楚了。"

冬子的脑子里又浮现出院长的面容,接着就是年轻医生的面孔。若只从说的几句话来看,院长更显得和蔼可亲。

相比之下,年轻的医生就显得冷漠,且给人漫不经心的感觉。也许是太年轻,让人觉得没有安心感。

难道那个冷漠的医生是正确的,而那个和蔼可亲的院长反而是不正确的吗?

虽说不懂医学专业知识,但至少从表面上看来不是如此。

"反正我管不了那么多了。"

"你说得这么轻巧,接受手术的可是你自己。"

"既然已经到了这个地步,即使知道做错了,也于事无补了。"

"可你是第一受害者啊。"

"够了。"

冬子淡淡地回答了一句,可实际上心里已失去了平静。如果真是那个院长错了,简直就是不可饶恕的。如果只是因为图省事且能赚钱就摘掉了子宫,那就太过分了。

"现在只差一步就能查出真相了。只要找出你的病历,了解一下做手术时的详情就可以见分晓了。"

"真的已经够了。"

"可是……"

"还是放弃了吧。"冬子用双手捂住耳朵。

坦白说,她尽管很想知道手术的真实情况,希望调查清楚子宫摘除手术是否真的有必要做,可是又不愿意再进一步将自己感到难为情的手术过程曝光。要是贵志还好,而让年轻的船津全都知道简直就不堪忍受了。

"对不起。"过了一阵,船津冒出了这么一句,"是不是我多管闲事啦?"

"……"

"是不是不该我管啊?"船津又将两手放到了膝盖上,郑重地说道,"希望你明白这一点就够了,我是喜欢你的。因为喜欢,就不忍心看到你被痛苦折磨,就对使你痛苦的家伙很愤恨。"

"……"

"所以,我就想尽力而为……"

"你的心情我很了解。可是,这种话会让女人感到很痛苦的。"冬子拿起桌子上的账单,站了起来。

"那我先走了。"

"让你不高兴了吗?"

"今天刚回来,有些累了。"

"可是……"

"真的很感谢你。"

"我送你到公寓吧。"

"不用了,今天我想一个人回去。"

"我们不是同一个方向吗?"

"抱歉,就让我一个人走吧……"

冬子站了起来,朝收银台走去。船津跟在后面。

出了咖啡店,在下电梯的时候,两个人都沉默不语。到了一层,一出东门就有出租车等候在那里。

"还是一个人回去吗?"

船津又问了一句。

"对不起,今天心里不踏实,下次再一起吃饭吧。"

"当然,那我很乐意……"

"那就再见吧。"

冬子微微地点了下头,上了出租车。

就这样穿过西口开向了甲州街道。

冬子回到房间已经十点了。

出门前想打扫一下房间,拿出的吸尘器还放在那里,可现在已是筋疲力尽了。

冬子什么也没做,就倒在了沙发上。

冬子既不想让船津调查出真相,可又觉得还是要搞清楚。

要是摘掉子宫真是一个过失的话,那该要多少补偿费用呢?冬子竟然冒出了大胆的想法。

但,即便得到了金钱的补偿,失去的东西再也弥补不回来了,一想到这里,冬子就感到很无奈。

"随它去吧。"冬子起身点燃了一支香烟。吸完一支后,就想到要给贵志打个电话。

拨通了电话,告诉了房间号,可贵志不在。

"大概到十二点才能回来。"前台的人这样回答。

又在东中洲一带一家接一家地喝酒吧,冬子对看不见身影的对方吃起醋来,从酒瓶里倒出了白兰地,忐忑不安地喝了起来。

到了十二点,冬子又打了一次电话,贵志还是没有回来。

是不是和福冈女人幽会去了。

冬子吃了安眠药就上了床。

第二天,冬子又开始埋头工作起来。

手术的事再想也是无济于事,而最重要的是迫在眉睫的帽子秀。

参加展演的帽子已经制作好了,真纪和友美都觉得很不错,但还不知道其他友人会怎么评价,冬子心里没有把握。

遮阳帽是常见的式样,圆帽则有些古典,依模特的展示表现而不同,兴许会赢得好评,对此冬子颇有自信。

三月初的星期六,冬子为了挑选模特,去了银座的 S 百货店。

帽子秀预计一周后在百货店的小型礼堂里举行。

因为是制帽协会和百货店共同举办的,所以负责采购的木田、设计师伏木也都来了。

冬子出品的遮阳帽由年轻时尚的上村真子来戴;古典仕女帽则由长着一张端庄面容的香川特丽萨来戴。

不管帽子制作得有多好,还是要受到戴帽子人身穿的服饰、脸型的制约。

"好久没见了,一起去喝茶吧?"

让模特试戴之后,设计师伏木邀请冬子。

冬子就跟着到了百货店后面的地下咖啡店。

"你的长相怎么有些变化啊？"

面对面坐下之后，伏木说道。

"真的吗？"

"好像瘦了吧。"

"体重没有什么变化啊。"

"好像长大了似的。"

伏木笑着，冬子觉得是不是说老了。

"已经到年纪了。"

说实话，这段时间照镜子，一直在意着眼角上出现的皱纹。

从去年夏天就开始注意到了，这两三个月就更觉得明显了。

昨天也照着镜子，拉紧了一下两边的太阳穴。

一边抹平着皱纹，一边想着是不是做了手术的原因。即便不做手术，或许也到了该长小皱纹的年龄了。

"不如你当模特上台表演怎么样？"伏木讨好地说道，"就是个子矮了些，可是我觉得挺不错的。"

"不必勉强安慰我啦。"

"倒不是什么安慰啦。"伏木说完，喝了一下咖啡，接着说道，"你知不知道那个叫特丽萨的孩子，没有后槽牙了？"

冬子只知道香川特丽萨是个混血模特，其他的就一无所知了。

"为什么？"

"拔掉了。"

"是蛀牙吗？"

"可不是因为这个，为了显得脸颊瘦。"

"脸颊？"

"没有了后槽牙，从脸颊到下巴就变成尖形的了。最近的特等模特几乎都拔掉了。"

冬子下意识地用手摸着自己的脸颊,透过皮肤可以摸到牙齿。为了美容把好好的牙齿拔掉,这究竟是怎么了?

"没有了后槽牙,不是咀嚼不了东西了吗?"

"反正她们也只吃一点点,这样就可以不长胖了,不是更好吗?难以启齿的是,有的人只要觉得吃多了一点儿,就马上吃泻药呢。"

"真是过分。"

"专业模特有专业模特的苦衷啊。"

冬子颔首,的确模特界有其难言之隐。

"伏木你很知情啊。"

"那当然,各种工作都有,和模特有过多次接触了。"

"那一定有亲近的模特了?"

"木之内小姐你根本不理睬我呗。这是玩笑啦。"伏木说完接着又说道,"你有没有见到木田经纪人?他现在又拓展到其他领域了。"

"其他领域?"

"你不知道吗?他和贵店的年轻女孩子很热乎呢。"

"和我们店的?"

"就是那个二十二三岁的疯疯癫癫的女孩子。"

"是不是真纪呀?"

"对,就是叫真纪的女孩子。前一段时间,我在涩谷看到他和那个女孩子亲密地走在一起。"

"正好碰上的吧?"

"不是不是,已经很晚了,还挽着胳膊,而且是在饭店密集的道玄坡一带,好奇怪啊。"

"……"

"这可是店老板监管不慎啊。"

冬子还是头一次听说这档子事的。无论是木田还是真纪,都没有露出过这样的举止。

"好像木田君也很喜欢你的,知道没戏,就去找妹妹辈的了。"

木田的确曾经想要接近冬子。

曾经有一段时间,每天都打来电话,一起吃过几次饭,还接过一次吻。

就说这个木田这几个月一直不怎么来店里了。

有时还会因工作方面的事情说上几句,差不多都是打电话,即便见面也只是说完事情就分手了。冬子也没有特别在意过,这么一说,这段时间确实不太难缠了。

"木田真的和真纪在交往吗?"

"可别因为我说了什么,你就训斥起她来。"

"我为什么要训斥她呢?"

"是啊,你也躲着那个男人来着。"

即便说真纪和木田有什么交往,冬子也没有说三道四的权利。

"可是,要是真的话,真纪本来是和其他人交往着的呀。"

"现在的年轻人同时和几个男朋友交往是不足为奇的,木口君也是个很不错的男朋友,不正好是一对儿嘛。"

真纪曾经找冬子谈过一次恋人的事。

那个男朋友是大学时代的同班同学,在一家出版社就职,要求真纪和他同居,真纪感到很为难。

冬子建议她要是不打算结婚就不要同居。这是半年前的事。

自那儿以后,真纪就没有再提那个男朋友的事了,是不是因为改换成木田了呢?可是,也还有其他男人经常给真纪打电话的。

仅冬子就知道有两三个嗓音不同的人打来过电话,每个都是"在哪儿、几点",毫无顾忌地约会。

和谁亲近,这不关冬子的事,只是真纪和木田的关系让人感到介意。

木田是百货店负责采购的人,到目前为止,冬子曾受过木田的很多关照。这么一个小店能经营到今天,也是因为有木田这样的后援。

要是这个男人和店里的女孩子有了关系,这可不是什么多管闲事。

和伏木分手后,回到店里已经是下午五点了。

马上就要到傍晚时分客人稠密的时间了,可店里只有友美一个人。

"真纪呢?"

"刚出去,有朋友来。"

友美露出一副为难的表情。

提醒过她们上班期间尽可能不要外出,可还是趁冬子不注意的时候,偶尔外出一下。正值青春年少爱玩的时候,也不可能管得太苛刻了。

大概过了三十分钟,真纪回来了。

看到冬子在店里,做出一副尴尬的表情说了一声"抱歉"。

从五点到七点,原宿大街是最热闹的时候。狭小的帽店有时也会满员,而实际上买帽子的客人却很有限。

七点半关了店门，冬子带着真纪和友美去了新宿，已经好久没有一起去过了。

以前大概每个月都要带着店里的女孩子去吃一次饭，而这三个月一直都没有去。

"吃什么好呢？"

"要是请客，吃什么都行。"

女孩子们回答得很干脆。

最后去了歌舞伎町的中华料理店，大家围坐在一起。

"还是那个建筑师叔叔请我们吃过后就一直没来过呢。"

"是啊……"

"他还好吗？"

自那儿以后，贵志打过来两次电话，每次都没有什么事情，只是闲聊几句。

"还好吧。"

冬子佯装出一副不以为然的样子。

女孩子们一边吃着菜，一边喝起啤酒来。

"老板娘，我有件事想要和你商量一下。"快要吃完的时候，真纪把身子凑了过来，"现在有一个男人向我求爱。"

"这很好啊。"

"可是我不喜欢。"

"讨厌吗？"

"倒也不讨厌，这个人很热情，而且很会体贴人，可是最近不断想要我的身体。"

"那个人多大？"

"三十五岁左右，为什么男人总是要做爱呢？"

"只要亲热到一定程度,要求这个也是没有办法的。"

"可是,我觉得只要相爱,即便没有那样的事也可以。"

"真的吗?"

"可那种事没觉得有什么好啊,老板娘觉得怎么样?"

冬子一下子感到愕然,看了真纪一眼。

真纪突如其来的问题让冬子感到不知如何回答是好,有关性的问题完全是个人私底下的感觉,不是可以来比较的。

"我也不太懂,可是女孩子不是都乐意被所爱的男人相依拥抱吗?"

"那当然,我也是喜欢被拥抱的呀。我只希望一直依偎在一起,要是有再过分的举动我就受不了。"

"那时你怎么办?"

一直在旁边听着没有作声的友美插嘴道。

"那就马上转话题,或者冲杯咖啡。"

"这么一来,男人不生气吗?"

"是的。他说你根本不懂情趣,好煞风景啊。"

冬子苦笑了一下。

"所以就要有言在先,告诉他自己是讨厌这事的女人,要是想做这事,不是有花钱可以买到的女人吗?"

"那可不同,人还是真正喜欢了,才想结合在一起的。"

"是不是我有些变态呀?"

真纪像个不良少女似的叼起了一根烟。

"你真的一点儿都不喜欢吗?"

"是的。那时就睁着眼睛一直等待着快点儿完事。"

"男人求爱的时候吗?"

"男人为什么对那种事那么热衷,看着就觉得怪异。"

冬子不自觉地叹了口气。

真纪脸长得很漂亮,身材也匀称,胸部的隆起也很鲜明,这究竟是怎么回事?

"你从一开始就是这个样子吗?"

"第一次的时候,喝醉了,什么也不知道。"

"喝酒了?"

"在六本木喝的酒,然后大家就去了御苑前的朋友家,就在那里……"

"那些人也一块儿……"

"等我清醒的时候,大家都已经走了……"

"就只剩你一人?"

真纪微微地点了下头,垂下了眼帘。

"其实,我是被强暴的。"

"什么?"

"是不情愿被迫地……"

"可总归是你的朋友啊?"

"我很讨厌的。"

"……"

真纪强忍着不堪的记忆,咬紧嘴唇。

"所以对男人已经……"

"可那时你是喝醉了。"冬子找不到比这更好的安慰话,"这种事,还是彻底忘干净了好。"

真纪点了下头。

看上去开朗阳光的真纪,实际上也隐藏着作为女人的悲哀。

冬子突然有了想要拥抱一下真纪的冲动。

"那现在一定是遇到好人了。"

"估计不行。"

"为什么?"

"我已经不相信男人了。"

"那倒不必。"

"可男人都是乱来,自以为是地随心所欲。"

真纪说完,友美插嘴道:

"不对,也有温柔的男人呀。"

"温柔的男人不过是想要你的身体,一开始的时候都很体贴你,一旦确立关系,就冷却下来了。"

"也许有这样的人,但绝不是全部。"

"这可是绝对的。一旦和男人睡过了,就都完了,所以我即便看上去有很多男朋友,可没有一个是深层交往的。"

以前一直以为真纪是个贪玩的女孩,却没有想到内心并不单纯。

"说真话,我讨厌男人。"

"也就是说喜欢男性,但讨厌作为男人来交往。"

"对,经常在一起走一走、喝喝酒、聊聊天还可以,我喜欢不做超出以上事项的男人。"

"有这样的男人吗?"友美表示不解,"要是有的话,不是年纪很大的老爷爷,就是小男孩了。"

"我不喜欢比我小的,比我大多少都没关系。"

"我是一定要年轻的才行。"

"年纪大的又体贴又有钱,也不死乞白赖地要求那事。"

"没有的事。人越到中年,就越是厚颜无耻。"

"总而言之,我讨厌上床,干那种事,我一点儿也没觉得有什么好。"

真纪的无感觉好像是非正常的初次体验导致的。

"老板娘,我想向你讨教的是我现在交往的他,如果他无论如何都想要,我拒绝的话,有什么长期相处下去的办法没有?"

"……"

"要是我给他的话,他就会溜掉了。但是,不给吧,他就会去找其他女人。"

"看来你是很喜欢这个人?"

"当然喜欢。"

"那就给他不是挺好的吗?"

"那绝对不行,我不想让他失望。"

"可是……"

是不是真纪误认为没什么意思,第一次的痛苦记忆还残留在身体里,精神上接受不了,而实际上什么也没有。

冬子想到这里,为真纪和自己的相似状态感到惊诧。

现在冬子和真纪都不能坦率地接纳男性的爱,一个是因为失去了子宫而导致的,而另一个是第一次的性体验带来的创伤影响的。

原因各有不同,但两个人在惧怕接近男人这一点上的相似是不争的事实。

女人的心理真是很微妙,因一点儿小事,就夺去了不可替代的性的愉悦。

"但是,我觉得只要是被自己喜欢的人拥抱,就一定会好起来的,女人的身体天生就是这么长的。"

男朋友是三维动漫设计师的友美,看来在这三个人当中是最正常的了。

"正是因为做爱有其快乐,人类才能够繁衍到今天的。"

的确正如友美所讲,但感受不到快感的人也是有的。在前不久,冬子也许会同意友美的观点,而现在更加体会到真纪的无助感。

"喜欢却不允许,说来说去是有问题的。"

"就是因为喜欢才拒绝,理论上是行得通的啊。"

"这不过是女人自己的说法。"

"不对,我觉得即便没有肉体上的关系,也可以相爱。"

"这是不可能的。"

"好了,别争了。"看到两个人争吵了起来,冬子就制止道,"大千世界无奇不有,这可说不好。"

"老板娘要是有了喜欢的人,就马上允许吗?"

"倒也不会马上就……"

冬子想起了船津,船津要求的时候,冬子就拒绝了。虽然对他也有好感,但不打算就此接纳。因为还有贵志的面子,再加上不想给出没有自信的身体,让他失望。

"那个人是做什么工作的?"

"是老板娘熟悉的。"

"我吗?"

"说出来,你可别生气。"

"不会的……"

真纪鼓起勇气地点了下头说道:

"是S百货店的木田君。"

"啊……"

冬子假装出一副刚听说的样子。

"其实本来他好像是喜欢老板娘的,后来放弃了,就变成了喜欢我。"

"不会的。你比我要年轻得多,漂亮得多了,当然喜欢的是你啦。"

"这么说我可以和他交往下去了?"

"当然了。"

"那个人是个好色男,但比较坦率,挺好的。"真纪一直在背地里说木田的坏话,而实际上或许是因为对他感兴趣,"奇怪吗?"

"嗯,没有。"

"还是说出来好啊。"

"既然交往了,就不要当作游戏,认真地尝试着去爱一个人。"

"可我没有自信。"

看着不安地嘟囔着的真纪,冬子忽然感受到像是一家人一样亲近。

帽子秀是二月的第二个周六,在银座的S百货店的小型礼堂举办。

白天一场,晚上一场,共举办了两场。晚上那场,中山夫人和"咪莫咋馆"的老板娘,还有来迟了一点儿的贵志都出现了。

特别是晚上那一场,要招待的客人很多,可以容纳三百多人的小礼堂挤满了来宾。

出演的帽子是各帽子店、学校、制帽作坊等地方提供的,一共有六十多顶。

开演前,代表主办方的协会理事长和百货店的店长进行了致辞,然后就开始了表演。

戴上帽子,各自穿上相宜时装的模特,配合着音乐登上舞台,做出各类动作。

在电视上经常出镜的女艺人对参赛作品进行着解说。

冬子设计的遮阳帽和古典仕女帽是在后半场进行到三分之一时登台展露的。

遮阳帽上场时,上村真子配合着快节奏的旋律,左右摇摆着肩膀,一展青春和轻快的风貌。

这之后,就换成了慢节奏的音乐,头戴古典仕女帽的香川特丽萨出现在大家的视野里,会场内传出了轻微的叹息声。

司仪进行着解说:"在古典的风格中,彰显着简洁的女性之美,无论是小姐还是太太都可以佩戴的古典仕女帽。"

长着一副瘦长脸的香川戴着这顶古典风格的帽子,在放大的荧屏上,格外夺目。

"制作者是原宿'圆帽店'的木之内冬子。"

自己制作的帽子被大家注目着,冬子一下子兴奋起来,感到身体开始发热。

香川特丽萨身穿一件深蓝色的连衣裙,在舞台的前端亮相,然后又左右旋转,再缓慢地退场。模特长得漂亮,身材又好,这是绝对的条件,但如果表情过于丰富就不相宜了。

这一点和演员有所不同,模特如果表情丰富,就会夺人眼球,戴的帽子和穿的服装就会被观众忽略掉。

大凡一流模特,她们都像人体模型一样毫无表情,就是这个原因。因此,香川也是一样。她做着各种动作,但美丽的面孔宛若死者一般,几乎毫无表情。

在舞台的前端微微地转动一下,然后在返回去的一瞬间,露出淡淡的笑容。

接着就是立木洋子、安川安娜、都摩绿等,特级模特一个接着一个地粉墨登场,一共有七个人,每个人前后大概要戴十顶帽子。最后是模特集体亮相,同台演出。

六点开始,结束时已经八点了。

"不去喝杯咖啡吗?贵志也去。"正当冬子和客人打着招呼时,中山夫人邀请道。

"抱歉,因为还要收拾,稍微晚去一会儿。"

"那我们就先去林荫大道上的'红瓦屋'了,在二楼啊。"

夫人说完,就去找贵志了。

冬子大概晚去了三十分钟,贵志和中山夫人已经坐在了可以俯瞰街景的靠里面的座位上。

两个人都没有吃正餐,只是喝着白兰地。

"我也喝一点儿吧。"

帽子秀终于结束了,冬子今晚有些想喝醉的意思。

"好久没有三个人一块儿见面了。"夫人边说着,边碰着酒杯,"今天的帽子秀真是棒极了,尤其是你的作品,超凡脱俗。"

也许是奉承话,可受到称赞冬子还是感到高兴,回敬说:

"以后肯定会流行稳重大方的帽子,是不是?贵志。"

中山夫人说完,贵志也说道:"真没想到你有那么好的品位。"

"你这么说,可就失礼了,是不是?冬子。"

"我实话实说啦。"三个人都笑了起来。

冬子刚开始开店的时候,贵志不屑地认为迟早会关张的。不过是小女孩的游戏,根本就没有指望会有什么起色。

可冬子终归支撑了下来。这期间冬子的手艺的确有了提高,还懂得了生存的艰辛。

"那顶帽子干脆我买了吧,是不是很贵?"

"要是夫人买去的话,那我可得再加把劲儿。"

"可我没有香川特丽莎那么漂亮啊。"

夫人露出一副羞涩的表情,已经人到中年的夫人一点儿也不臃肿,很美丽。

"要是戴上那顶帽子,又会被我家那位说成是街头卖艺的了。"

"不会的,正适合夫人这个年龄层戴的帽子。"

"买下来没问题,就是没有戴的场合。对了,贵志,有没有可以当恋人的好男人?"

夫人开始有了醉意,向贵志抛去了与年龄不相仿的媚眼。

"要是介绍不好,就该挨先生的骂了。"

"我才不在乎呢。他也没有对我说三道四的权利。"说了一通教授的坏话之后,夫人拿起了手提包。

"我好像醉了,脸也红起来了吧?"

"没有那么严重啦。"

"好烫啊。"夫人好像要取出化妆盒,就打开了手提包,把手伸了进去。

可从夫人手上滑落下来的是别的东西。霎时,夫人脸红了,赶忙又把掉到桌上的小蓝盒子放回手提包里。

低声说了一句:"对不起。"

贵志狐疑地看着夫人。

"去去就来……"

夫人尴尬地拿起手提包站了起来,朝里面的化妆室走去。

"这是怎么搞的……"目送着夫人离去的贵志自言自语道,"突然慌张起来……"

本来并不关冬子的事,可冬子却感到脸上发烫起来。

一瞬间的事,谁也没搞清楚,好像从夫人手提包里掉出来的是来例假时用的卫生巾一类的东西。本来打算拿出化妆盒,可拿错了,拿出了小蓝盒子。夫人红了脸,赶忙去了化妆室,一定是为这个。尽管如此,可夫人为什么把这样的东西放到包里呢?夫人本该已经与麻烦的例假无缘了呀。

"一会儿我们就撇开夫人,两个人待会儿吧?"贵志好像并没有太在乎夫人拿出来的东西,"没有必要和她待在一起吧?"

"可是,夫人好像喜欢和你待在一起的。"

"可我已经够了。"

正当贵志说着的时候,夫人回来了,刚才那副狼狈的样子已经不见了,嘴唇的红色比刚才更浓了些。

"今天晚上,可以好好陪陪贵志了吧?"

"那可不行。"

"偶尔和我们一起好好喝喝没关系吧?要不然就是我打搅你们了?"

"哪里的话,一会儿我还要去个地方。"

"都九点了,还要去哪儿?"

"倒也不是什么重要的地方。"

"真怪!那我一会儿跟着你怎么样?"

"我们还是先走吧。"

"那你也带我去吗？"

"今天晚上的确有事，下次再找机会好好喝吧。"

"话是这么说，你总是托词很忙，总是抓不到你啊。"

贵志拿起账单站了起来。

夫人走在前面，冬子跟在后面下台阶，贵志从后面悄悄说道：

"去六本木的'Bell Pocket'。"

星期六晚上的银座，大街上的人群熙熙攘攘，可酒吧街却很冷清。由于经济不景气和休息日，很多店星期六都不营业了。

"那我就失陪了。"

走出店里，贵志和夫人说道。

"要是因为工作，那没有办法。下次一定多待待啦。"

"知道了。"

贵志点着头，大步流星地朝着旧电通大街走去。

"他又溜掉了。他真的好忙啊。"说完，夫人又接着说道，"那就我们两个人去喝吧。我知道一家在六本木的店。"

"我今天感到很累了。"

"什么？你也不行吗？"夫人做出一副不满的样子，然后突然想起来什么似的说道，"你看见了吧？"

"看见什么？"

"那个小蓝盒子。"夫人开始朝着有乐町走去，"我本来要拿出化妆盒，可是一不小心拿错了，贵志有没有发现？"

"没有……"

"那就好。你觉得我好笑吧？"

"为什么？"

"又不需要那种东西了，却带在身上。"夫人的侧脸在霓虹灯下映出了红晕,"女人真是奇怪啊。有例假的时候觉得麻烦,一旦不来了,却希望随身带着。"

"……"

"真讨厌呀。"

两个人走到第五大街的拐角处站住了,放跑了两辆空车,然后过了马路,夫人说道:

"你不觉得吗?"

"不觉得……"

"是不是只有我反常啊?"

"不是的。"

"把那种东西放在手提包里,就有一种满足感。"

冬子点着头,好像也能体会到夫人的心情。

两个人马上就来到了晴海大街,因为是周六,在有乐町车站附近到处都是年轻情侣。刚过九点,夜生活才刚刚开始。

"你真回去吗?"

霓虹灯下,夫人显出一副寂寞的表情。

"真抱歉!"

"打车,我先送你一程。"

"不用了。"冬子谢绝了。夫人不管不顾地就向驶过来的出租车招了手。

夫人家所在的代官山和参宫桥大体是一个方向,因为离得很近,说要送一程也是不好拒绝的。

冬子无奈地上了出租车。

"就这么回去了,真是太可惜了。"夫人非常恋恋不舍地看着满街的霓虹灯。

"今晚先生还没有回来吗？"

"谁知道啊。"

冬子试探着询问中山教授是否在家，可夫人一副冷淡的样子。

出租车从霞关朝六本木驶去。夫人把身子凑近冬子，说道：

"那次以后，你还没有来过我家呢。我等着你来呢。"

"抱歉！"

冬子想起和夫人亲热时的情景，脸就红了起来。

"帽子秀也结束了，以后该有空了吧？"

"多少会闲一些……"

"我还要多多地爱你。"夫人在冬子耳边窃窃私语。冬子整个身体都僵硬了起来。

"女人之间比起任性的男人更好吧？"

从麻烦的角度来说，男人的确很麻烦，可女人之间的结合又显得很虚无。

"今天不直接去我家吗？"

"可是……"

"要是累了，就住在我家也行啊。不用在意我先生了，反正现在房间和床都是分着的。"

"房间也是分着的吗？"

"那样拈花惹草的男人，是我拜托分开住的。"

看来夫人和教授之间的关系很紧张。

"去我家没关系吧？"

"今天实在是太累了。"

"你该不会是一会儿去和贵志见面吧？"

"怎么可能……"

被识破了的冬子感到很窘迫。夫人看着前方说道：

"随便啦,你们还没有完全分手吗?"

"……"

"当然,还是男人比女人强啊。"

冬子默不作声。出租车顺着青山大街朝涩谷驶去。

"即便现在回去,什么事都没有。"夫人又唠叨了一句,"那我就先在青山下车了,可以吗? 我再去一家酒吧。"

"这么晚了,不要紧吗?"

"没有哪个男人还会袭击我这样的老太婆啦。"

夫人说完就让师傅停下车,下了出租车。

和夫人分手后,冬子一到"Bell Pocket"就看到贵志正在和妈妈桑喝着酒。

"对不起,我来晚了。"

"中山夫人老老实实地回去了吗?"

"她还想去玩,就在青山下车了。"

"她还是那么耐不住寂寞啊。"

贵志露出一副苦笑。冬子叫了一杯威士忌。

冬子的威士忌一端来,贵志就举起了杯子,说道：

"像她那样的女人,也难怪中山教授没有了兴致。"

"还不是因为教授在外边有了人,夫人才变成了那个样子。"

"可不能这么说。"

也不知道贵志知不知道夫人已经没有了子宫,冬子很想证实一下。

"中山夫人不是做了手术吗?"

"你知道了啊?"

"从夫人那里听说了。自那儿以后,教授就开始花心了。"

"不是这样的,是夫人先开始的。"

"是这样的吗?"

"反正不会怀孕了,所以就毫无顾忌起来。"

"这倒也是实情。可据说还是因为先生忽然变得冷漠,她才玩起来的。"

"因为是教授讲的,只是单方面的说辞,但好像并不是这么回事。"

"那是手术后就变得爱玩了吗?"

"反正无所谓了,就一错到底了。"

"……"

"一般来说,像你那样变得清心寡欲的人会很多,但有的人也会像夫人那样放纵起自己来。"

"要是先生对她温柔一些就会……"

"话是这么说,不管怎样,手术后夫人简直变了个人。"

即便不是夫人,凡是做了手术,发生变化也在情理之中。

冬子继续喝着威士忌,脑子里浮现出夫人在夜晚的街道上游逛的身影。

贵志的意思是不是夫人手术后开始贪玩起来?即便是贪玩,不也是因为手术改变了夫人吗?当下的冬子无心责备夫人。

"藤井的夫人好像还是动了手术。"

"什么时候?"

"大概一周前,手术过程很顺利。"

"全部摘除了吗?"

"是这么说的。"

冬子回想起在福冈见到的藤井的那副娃娃脸。

"夫人说很害怕,请求他陪在身旁做手术。大夫也说既然摘除,就把不好的地方都摘掉,请看清楚。"

"那他看见了吗?"

"因为是头一次看做手术,好像吓得不轻。"

一想到陪夫人做手术时丈夫的心情,冬子就感到毛骨悚然。

"他这下总算放心了吧。"

贵志又要了一杯高度白兰地,冬子也开始喝第二杯威士忌。

"对了,好像今天船津没有来看帽子秀。"

"船津为什么没有来?"

"你给了我两张票,一张我交给了他。"

冬子给了贵志两张票,是考虑到贵志会和他的妻子或者和其他女性一块儿来的。

"船津对帽子不感兴趣吧?"

"可是他对你很着迷。"

"别开玩笑了。"

"你不至于生气吧。女人被男人喜欢不是什么坏事。"

"可是……"

冬子像是往嗓子里灌似的,喝了一口威士忌。贵志也喝了一阵白兰地,然后就转过身朝冬子说道:"还没有忘记那件事啊?"

"那件事是什么意思?"

"手术啦,没什么大不了的事啦。"

"……"

"的确,无须再把那件事挂在心上。"

冬子也想和贵志说一说从船津那里听到的事,这么大的一件事,一个人装在心里简直承受不了。

"那个……"

冬子喝了一口刚倒上的威士忌开始说道。

"怎么了?"

"听说那家医院是个赚钱至上的医院,没必要动的手术也给做……"

"哪个人说的?"

"一个知道内情的人帮助我调查的。"

"这么说来,你的手术做得有问题?"

"还没有彻底搞清楚,认识一位在那家医院工作的大夫,说要帮助调查清楚。"

"是你要求的吗?"

"这个……"

"还是别调查了。"

"……"

"要是你非要坚持下去也没办法,可无论出现什么样的结果,你都有不受干扰的自信吗?"

这么一说,冬子失去了自信。

"要是因失误摘掉了的话,的确有问题,可这么一来反而成了心理负担。这种事即便知道了也无济于事。"

贵志的话也的确有其道理。这次的问题不只是简单的医疗过失的问题。不仅是病情,而且也是已经在心理上投下了的巨大阴影。进一步说,已经影响到了男人和女人的关系。

"要是可以的话,就尽快地忘掉为好。"

对于现在的冬子,最重要的不是知道手术的实际情况,而是忘记手术本身。

"你手术前后,没有丝毫变化的。"贵志举起酒杯,带着说服的口吻说道。冬子点着了一支香烟,吸完后已经是十点钟了。

"今天晚上做何打算?"

"直接回家。"

"是吗?"

冬子决意今天晚上要是贵志再邀着一块儿也不去了,要保持距离好让身心都平静一段时间。

可是当贵志坦率地提出时,心里就又动摇了起来。想着拒绝,又怕他以后不再发出邀请,一股失落感油然而生。

"那就走吧。"

贵志站了起来,冬子也跟着来到店外,这时外面下起了小雨。

一进入三月,晴天和雨天两三天就一交替。

"有些凉吧?"

贵志边说着边竖起了风衣领子。沿朝霞町的方向走了一会儿,对面来了一辆出租车。

"我送你吧?"

冬子这次爽快地点了下头,就先上了车。

"刚才说的调查医院的事,除了那个人没有对其他人讲吧?"

"嗯……"

"要是确有其事的话,那我得向你赔礼道歉啦。"

"你?"

"最开始是我给你介绍的呀。"

"可是现在换人了……"

"给我介绍的医生去年突然病故了,就把医院转让给了别人。"

"院长也换了。"

"要是以前的医生在,还可以打听一下,可是即便换了医生,也不会有这样的事啊。"

"嗯……"

"总而言之,不要放在心上。"

"我知道了。"

"什么时候再去旅行吧。北海道怎么样?"

"真想去看一看。"

"再暖和一些就去吧。"

冬子感受到了贵志的温情。冬子的身体不能燃烧起来与贵志无关,这是冬子自身的问题,要不然就是医生的责任。

而贵志想要给冬子疗伤。是贵志让一个不谙情事的冬子成了女人,尽管没能结为夫妻,但贵志尽可能地在给冬子进行着补偿。

一进入三月底,就听到了樱花花期的预告。

今年的樱花比往年都开得早些。可到了四月初,又来了倒春寒,刚刚绽放的花蕾又缩了回去,带给人美感的同时,又让人产生一份怜爱之情。

樱花为什么要如此用力地绽放,能不能再放缓一些慢慢地开放呢?

然而,樱花可没有人狡黠,开放时,就饱满地盛开,然后,就倏然地消失。

男人们欣赏它的高洁,就把它定为国花。这简直就是日本男人喜好的那份耿直,然而却会让赏花人感到窒息。

冬子喜欢悠然开放的花,像含羞草或者麻叶绣线菊之类缓缓地绽放且花期长一些的花卉。

一般来说,女人没有男人那么喜欢樱花。

虽然也能感受到樱花的美丽、高洁,但不会像男人们那样赋予感情色彩。

对于花的不同感受,也许与男人和女人的人生方式的迥异有关。女人们从思春期开始一下子就绽放起来,有压倒群芳之势,但时期很短;而男人们不给人以华丽盛开的感觉,似凋零非凋零的,花期很长。

女人看到樱花就会联想到自己短暂的美丽,因为酷似的命运,所以反而会远离。男人之所以憧憬樱花,也许正是因为男人无缘这份高洁。

而男人却像含羞草或者麻叶绣线菊一样花期很长,所以便能欣赏与自己无关的樱花。

冬子从樱花那里感受到了一种生理上的难以接受,也是出于这个理由。看到缀满枝头的樱花,就会有一股感伤袭来,女人的花期从身体的外表到身体的内部都宛若樱花般倏然退去。

这种心绪随着樱花的盛开而涌现出来。

冬子一边陶醉于樱花的美丽,一边加快了脚步,快速地从樱花树下走过。

世界还是再丑陋一些为好,在那种怨念丛生的世俗世界里,反而让人心里感到踏实。

也不知为什么,冬子最近变得有些自暴自弃、放任自流起来。

神宫前树林中的樱花盛开时,中山夫人打来了电话。

"上次那顶帽子,卖不卖啊?"夫人说的是参加帽子秀的那顶帽子。

"多谢您的关照。那顶遮阳帽已经有人买了,古典仕女帽还没有卖掉呢。"

"摆在店里吗?"

"是的。"

遮阳帽是大众化的帽子,而古典仕女帽就很难在平时出去时戴了,只有在野外聚餐或是游园会时才适合戴,但能有机会参加这些活动的人又很少。

"有一个参加帽子秀的模特和一个演员来看过,但还没有决定买不买。"

"还是我买下吧,一直摆放在那里太可惜了。"

的确如此,要是不卖掉的话,就白费时费力了。

可冬子却并不在乎这些,因为费了那么大功夫才做好的,也想就那么摆放在那里。

"要是方便的话,给我拿过来好吗?"

"拿到您家吗?"

"太大了不好拿,就打车送过来吧。"夫人的邀请很巧妙,为了让冬子来到自己家里,就借了买帽子之名,"今天晚上或者明天都可以。"

这么一说,冬子也不好拒绝了。

"那我就明天去吧。"

"七点钟怎么样?"

"好吧。"

去中山夫人的家总觉得有些不安,惧怕像上次那样,聊着聊着就陷入一种异常的关系。

而在冬子的内心深处,其实又想得到夫人的爱抚。

第二天,冬子把古典仕女帽装进一个礼盒里走出了店门。

在参拜大道上打了辆出租车,到夫人家时已经过了七点钟。

"欢迎,欢迎。"夫人身穿一件格子长裙、一件纯棉衬衫,面带笑容地迎了上来,"我等你来呢。"

夫人赶紧把冬子迎入一进门的客厅中。

"先生呢?"

"没关系,今天回来晚。你吃饭了吗?"

"我傍晚已经吃过了。"

"那就喝点儿葡萄酒吧。"

夫人赶忙拿出葡萄酒杯摆到桌子上。

冬子从包装盒中取出了帽子。

"我先戴一下看看。"夫人顺手接过冬子手中的帽子,就来到了镜子面前,"怎么样?"

"真适合您。"

"稍等一下。"夫人一面照着全身,一面侧身看着,"是不是稍微往右倾斜一点儿更好看啊?"

"帽檐儿往上翘的,所以再压低一点儿说不定更好看。"冬子在旁边帮着调整帽子的位置。

"真的,这样才显得稳重。"

"要是配上深蓝色的晚礼服,就更提气了。"

"是啊。"夫人继续左右照着镜子,"中我的意,很贵吧?"

"夫人买去我就放心了,我还要再多学习学习。"

"要是跟我家那位说了,又会挨训的。"夫人做出一副为难的表情,可也没那么严重。

丈夫中山教授是一个地道的东京人,从父辈那里继承了一大笔遗产还有土地,教授的工资只不过够个零花钱。

"这顶帽子多少钱?"

"我也不太清楚。"

一般的帽子根据材料费就可以计算出来,而这顶帽子带有一层厚厚的羊毛毡,并且全都是手工缝制的,特别是因为要参加帽子秀,所以从设计到做工都费了很大心血,到底该卖多少,价钱是很难算出的。

"五万日元怎么样?"

"好,五万日元吧。"

跟一般的帽子来比,这个价格相当昂贵了。可是从用了整整一个星期的时间来看,也还是便宜的。

"那我就买了。"

"可以吗?"

"我要是不这么奢侈一下,全让那个人玩掉了,那就不划算了。"

看来夫人是为了从丈夫那里找来平衡感才买的。

"再送给您一个新的包装盒吧。"

"不用了,这个就很好。"

"这个包装盒是临时用的。"

"拿好。"夫人往酒杯里倒上葡萄酒,说道,"这下就称心如意了。快来喝酒。"

"谢谢!"

"今天可以从容一些了吧?"

"又给您添麻烦了。"

"我家那位没关系的。已经很晚了,今天就不让你回去了。"

被夫人目不转睛地凝视着,冬子霎时间感到有一道电流穿过全身,不禁浑身一颤。

"今天晚上我要把你彻底喝倒。"

"您这样可不行。"

"你总是太正经了,没有放松自己。"

"怎么会呢?"

"不要掩饰自己,我对你了如指掌。"也许是因为有过一次肌肤相亲的自信,夫人意味深长地笑着说道,"你不想见我吗?"

"……"

"还是想了吧?"

要是说没有想那是说谎。每当一个人喝醉了回到家里,或是一个人睡下夜里醒来时,冬子都会情不自禁地产生出一种艳情,甚至还会沉浸在被中山夫人那白皙的手柔缓地抚弄着乳房的错觉中。

"那之后,你怎么样?"夫人从对面的座位上移到了冬子身边,"被男人抱过啦?"

"没有。"

"还是被抱了吧?"夫人的笑脸紧逼在眼前,"哪个好啊?"

"……"

夫人的手开始不由分说地抚摸着冬子的头发。

"我比男人要好吧?"

冬子心里边拒绝着,可全身就好像被绑住了一样,一动也动不了。

"女人多温柔体贴、多柔软啊。"

夫人说到这里,忽然将嘴唇贴到了冬子的耳根上。

"慢慢地闭上眼睛,好好体验一下。"

冬子按照夫人说的,轻轻地闭上了眼睛。

"我会好好温柔地侍弄你。"

随着一阵轻柔的喘息声,夫人的声音像咒语一样灌入了冬子的耳中。

"不要抵触,要放松。"

"……"

"就这样,来,过来。"

冬子就像一个供奉在祭坛上的祭品一样,被带到了里面的寝室。

之后,冬子也不知道过了多长时间。

冬子被夫人的手指和舌头摇摆着、侍弄着,不时地发出断断续续的呻吟,纤细柔软的身体就像琴弦一样时而舒缓,时而弓起。

"住手,快住手。"冬子哀鸣着,而身体却积极地配合着。女性之间的爱抚更加无休无止,哪一方先筋疲力尽了,把身体摊放在床上,就是爱的结束时刻。

汗津津的、气喘吁吁的、呻吟不断的,不一会儿两个白皙的肌肤就坠入深海的静寂中去了。

结束之后,冬子依然要在床上俯卧片刻。这次是夫人先起来离开了床。

"你再休息一会儿吧。"夫人拿着浴巾包裹着身体,进入了浴室。冬子几分钟后也起来了,并不是因为这是夫人的家,冬子才这么做的。

在爱抚期间,主导权掌握在夫人那边。虽说是女人之间,可主动的一方是夫人,被动的一方是冬子。有的时候,夫人发号施令,冬子只是遵命,时间并不是很长。

也就是说,夫人是男角,冬子近乎女角;夫人是玩抚的一方,冬子则是被摆弄的一方。

意识的恢复、醒来方式的不同也许就是因为这个。

然而,冬子醒来后感到有些胆怯和惧怕,抬起头来,下了床,很快就回到了正常的世界里。一旦回到这个世界,刚才自己的所作所为就暴露在光天化日之下了。

然后就后悔自己刚才的举动,简直令人羞耻。冬子尽可能地想摆脱这种心情的烦扰,但也不能一直就这样趴在床上。

这时传来开门的声音,是夫人走了过来。

"起来了?"

冲完淋浴的夫人散发着洗发水的清香。

"快去浴室吧。"

夫人温和地小声说道,这声调绝不是帽店的客人和主人之间的那种,而是弥漫着女人间有着亲昵举动的温存。

冬子就按照夫人的意思,起身拿起浴巾裹着身体。

"好不好?"

"……"

"今天比上次好多了。"夫人给冬子往左右拨弄着柔软的头发,"舒服了吗?"

"嗯……"

"你真是可爱极了。"

"……"

"小小的、温顺的,又那么敏感。"

"怎么……"

"这是在夸奖你呀,小花猫。"

夫人说完,在抬起的冬子的额头上亲吻了一下。

冬子从浴室走出来之后,夫人在桌子上已经预备好了啤酒和西柚,在那里等待着。

"喝吧。"

"我该……"

"还早呢。"

夫人不由分说地斟上了啤酒。也许是刚刚爱抚完后又去洗了澡,第一杯喝得很爽。

"好喝吧?"夫人微笑着说,"你和女人这样是初次吗?"

"嗯……"

冬子微微地点着头。

的确和男人的爱抚有所不同,暂且不说欢愉的程度,那份满足感是不可匹敌的,不过总觉得有缺憾之处残存在自己的身体里。

"可是女人之间不用紧张吧?"

冬子轻轻地颔首。

和男人的时候,要顾忌很多,有时也有不和谐的情况,可是和夫人就没有那么多事了。

相互之间都很了解,就不必再琢磨对方的心情,也不必考虑那么多了,只要过了违反常识这一心理上的难关,反而会更放松。

"你很敏感,你和贵志在一起的时候也这样吗?"

"不是的……"

"真嫉妒他啊。怪不得贵志不放过你呢。"

"不是的。"

不管以前怎样,现在冬子的身体没有激情。

"你是不是做了那个手术之后,越来越快活了?"

"没有的事。"

"隐瞒可不行。我在那以前很一般,可手术之后感觉非常好了。"

"真的吗?"

"清爽了,反而心里踏实了。因为变得过于敏感了,我丈夫反而觉得我是装出来的。"

"……"

"把我们这样的女人放过了,男人们真是愚蠢啊。"

同样的病,接受了同样的手术,结果则因人而异。夫人反而更加感受到了身体的欢愉,而冬子却冷淡了下来。要是两个人的手术有所不同也就罢了,可根据医生的解释是没有什么两样的。

尽管如此,可究竟为什么感受会如此不同呢?

要是手术上没有什么不同,那剩下的就只是精神上的问题了。不同的心态在性的感觉上会有如此大的差别吗?女人的身体比男人的的确要微妙得多。

比如说,即便是同样的行为,被自己喜欢的人拥抱和被自己讨厌的人拥抱,其快感则是天壤之别。

行为本身没有多大差异,女人被喜欢的人拥抱就会感到幸福得美妙无比,而被讨厌的人拥抱就会感到痛苦难挨。

但是男人就不同了。当然男人也有自己的喜好,可没有女人那么显著。

认识贵志后才知道,男人即便是和自己不太喜欢的女人也可以做爱,在这一点上男人不像女人那么纯粹。

不仅是好恶上的不同,而且因为担心的事情、害怕怀孕、害怕让对方失望,等等不安,有时就根本没有任何感觉。如果再挑剔一些,比如周围的氛围、照明等,一个小小的环节也会让女人兴奋不起来。

当然男人如果有什么心事,或者因为心中记挂着工作,也是提不起劲的。在这一点上男女都一样。

不管怎么说,在获得性的欢愉这一点上,不光是肉体,精神上的安定也很重要。

现在,冬子和夫人之间的差异,原因大概就在这个层面上。

但是,目前冬子感到奇怪的是,和夫人在一起的时候分明有感觉,而和贵志却不能燃烧起来。在某种程度上和女人还能兴奋起来,而和男人却燃烧不起来,显而易见,这不是什么喜好的问题。如果问她是喜欢夫人还是喜欢贵志,当然是贵志了。如果在贵志那里可以获得满足,马上就会离开夫人。毕竟被男人所爱,更会让自己的身心踏实下来。

但现实是和夫人在一起时有感觉。

这个差异究竟是什么……

如果说贵志和夫人之间有什么不同,那就是爱抚的方式。不管当中的过程如何,最终是贵志占有冬子,而和夫人之间就只有爱抚,没有最后那一步的占有。

只有爱抚,所以这让冬子很安心地把自己交给了夫人。

然而和贵志就不同,一边接纳着对方,一边脑子里不断闪现出会不会让对方失望的不安念头,总是不踏实。

"你真的好可爱!"

夫人再一次端详起冬子。

"要是贵志知道了这事,肯定会恼火。"当然不可能告诉贵志。

"和男人相比,当然会感到乏味,可是千万别忘记了我。"

"……"

"偶尔两个人也快活一下嘛。"

虽然夫人现在发出这样的请求,但因为是个很势利的人,如果一旦有了合适的男人,说不定她立马就跑到那个男人那里去了。毕竟夫人是个对男人很敏感的人。

"女人真的好奇怪。生孩子或是其他毫不相干的手术,感觉也会跟着发生变化。"

"变化?"

"当然,是变好了呀。还有的人因为做了流产,反而感觉更强烈了。"夫人莞尔一笑,又接着说,"总而言之,女人总是流动式的。"

"流动式的……"

"是的,不是停留在一个地方。心情和身体每天都不一样,感觉在流动。"

的确如夫人所说的那样。

冬子无论是身体还是心情,每天都处在动态之中。虽然是自己的身体,但自己却预测不出明天的状况。今天还好好的,明天突然皮肤就粗糙起来,让人心里产生不适的感觉。

"男人怎么样呢?"

"啊,就像万年地板一样,永远没有变化,又脏又杂的……"

"怎么会……"

"哎,这也是他们的可爱之处。"夫人说完,又说,"变化太大,也有问题。没有变化也就没有意思了吧。"

"是这样的啊。"

"可不是!男人从年轻到年老,那一瞬间的快感基本上都一样,不像女人可以越来越深邃。"

突然,大门的铃声响了起来。

"是不是回来了?"

夫人把视线移向门口,嘟囔道。

"是先生吧,那我告辞了。"

"没关系,别在意。"

夫人用手撑起身体,走向门口。

看了一下手表,已经十一点了。和夫人从相拥到聊天,已经过去了四个小时。

冬子梳理了一下头发,这时夫人和教授一块儿走了进来,白发搭配一件灰黑色的西服显得很得体。

"你来了,欢迎,欢迎!"不知到哪儿刚喝回来,教授的脸有些发红,看上去心情不错,"要是知道冬子今天来,我就会早点儿回来了。"

"我先告辞了。"

"没事啦,我先换件衣服去。"

教授说完就进了里面的房间。

冬子和教授是第三次见面,第一次是贵志和夫人一起吃饭的时候,第二次是教授和夫人一起来店里。

虽说是个大学教授,可也许因为专业是建筑学,给人一种开通豁达的时尚感觉。

教授换上浴衣立刻就出来了。

"好久不见了。"

冬子再一次寒暄了一下,教授点着头说:

"你还是那么漂亮啊。"

"您真会开玩笑。"

"不,是真的。怪不得贵志总是不放过你。"

教授说着,点上了一支香烟。

"冬子今天给我送帽子来了,就是上次参加帽子秀的作品。"夫人从包装盒中取出帽子拿给教授看,"好看吧?"

"真是好时髦的帽子啊,可也不是你能戴的呀。"

"不,我能戴的。"夫人戴上帽子,问道,"怎么样?"

"还是别戴的好。"

"和你走在一起的时候当然不会戴了。"

"拜托了。"

"和年轻人走在一起时,我就可以戴上。"

"你别给我丢人了。"

"丢人的事,是你做的。"也不知是玩笑话还是真话,两个人的关系开始紧张起来。

教授又把视线拉回到了冬子身上,说:

"你和这么任性的人打交道,也真够你受的。"

"夫人经常照顾我的生意啊。"冬子不得不这么回答着。

到从中山夫人家出来的时候,大概又过了十分钟。

"晚安!"

夫人的声音消失在暮色中,大门被关上了。

冬子来到大街上,又回过头来,透过茂密的丛林眺望了一下夫人家的豪宅。这一带是涩谷地区的高级住宅街区,每栋房子都有一个大大的花园,一般老百姓只能望而生畏。

从外边看上去,这儿的住户似乎都是幸福的人,但内情并非如此,至少中山家的夫妻关系就是貌合神离。

教授五十岁,夫人也四十出头,两个人都已经过了人生的圆熟期,为何到了现在夫妻还会冷战起来?这是怎么回事呢?

即便有各种各样的理由,但直接的导火索还是夫人做了手术。自从摘掉子宫以后,夫人的要求就越来越强烈,而教授反而开始躲避起来。若是这样,那次手术对于两个人来说,究竟意味着什么?

陷入沉思的冬子越发地想不清楚了。

本来医疗和手术是为了治疗疾病而存在的,把不健康的地方治愈,让患者健康起来。然而,另一方面,却使夫妻关系冷淡起来,甚至成了导致关系破裂的原因,那这种医疗到底是否正确?或者说,身体健康了,就可以万事无忧了吗?

固然医疗是治疗疾病的,但如果不能同时治愈心理,就会出现问题。不光是要治病,更重要的是要治人。

可是现在的医生好像对这样的事情根本不感兴趣,只对病情感兴趣,而对病人漠不关心,忘记了每一个患者都抱有不同的心态,受到的伤害也不一样。或者即便知道也是无视,这完全不符合医生的所作所为。这种做法简直就是不负责任。

当然,让医生对术后患者的性生活负责任有些过分,但医生至少应该考虑到这个层面,冬子越想越困惑。

总而言之,应该再多关照一下患者的心理层面,尤其是和性有关系的病情,希望能给予考虑。中山夫妻的不和也正是因为大夫没有考虑切除子宫之后的问题所导致的。

冬子实际上是在借中山夫人的例子,联想着自己的状况。

行春

一连几天东京都很冷,樱花的花期也受到了影响。一直到过了四月中旬,才终于迎来了明媚的春天。

原宿参拜大道上,一排排的榉木披上了新绿,种植在步行街上的杜鹃花也开始竞相绽放起来。在晴朗的日子里,大街上从早到晚到处都是一对对青年男女。

盛夏时在巨大的榉木树荫下歇息;晚秋被落叶覆盖;冬天早晨的寒气就更显出格外地寂静。总之,原宿的四季呈现着不同季节的情趣。

这四季中,冬子最喜欢这春意盎然的新绿。

极尽装饰的女性服装店和玻璃橱窗,被映照在和煦的春光里,身穿个性十足的时尚服饰的年轻人走在四周的大街上。

因为是年轻人居多,他们身穿的绝不是些名贵的服装,都是些价格便宜、自己搭配的衣服,可绝没有重样的。从T恤衫到牛仔裤,都体现出年轻人自己的创意和匠心,每张脸上都流露出我最时尚的自信和矜持。

这些稚嫩的脸与这春意盎然的街道非常相宜。

站在原宿车站前的过街天桥上,便能将这条参拜大道尽收眼底。大道从桥下呈缓慢的斜坡,一直通向明治大街的十字路口,在十字路口的前边形成了最低地带,再往前方又构成了一个缓坡,一直通向青山。

下一个坡,然后再上一个坡,这缓缓的坡路赋予整个大道以变化,显得非常柔和。

冬子每次走到这个过街天桥的中间,都会驻足眺望。

下面是从青山通向山手大街的道路,汽车川流不息,也不知什么原因,过街天桥总是在微微地晃动着,虽然是钢筋制作的。据说比起牢固不动,略微显得有些摆动的桥会更结实。但风一吹就会感到可怕,从桥上往下看时甚至还会有往下倒的不安。

出于恐惧,所以冬子总是将目光投向远方。

如果说参拜大道的东边属于大街动的部分,那么西边则相对是静的部分。这边的右手可以看到代代木的树林,然后和明治神宫的神苑连成一片。左手可以看到具有现代流线型的室内运动场的屋顶,在那前方有体育馆和足球场。

冬子喜欢在这个过街天桥上观看落日。

傍晚,一到太阳落山时,即便没有事,有时也会到这个过街天桥上茫然地观赏着日落。落日变成了一个红彤彤的火球,映照着代代木的树林,不一会儿,就落到室内运动场的前端。

在大都市,冬子还没有看过这么巨大而且鲜明的落日。

那一天,冬子又想去看落日了,于是就走出了帽店。从商业街到过街天桥,要步行两三分钟。已经过了五点钟,马上就要到下班高峰时间了。冬子走上了过街天桥,在中间地段伫立,朝西边望去。

四月已经过了一半,白天变得长多了,落日的下半部已经快要落到体育馆的前方。

冬季时分曾是巨大而鲜明的落日被和煦的春天包裹起来,轮廓开始显得有些模糊不清起来。

冬子停下脚步,看到最后的余晖染红了代代木的树林,就下了过街天桥。冬子将两手插进裙子的口袋里,一边欣赏着路边的橱窗,一边往回返。

这时的冬子看上去也就只有十七八岁。

一边走,一边漫无目的地看着,只是失神地窥视着橱窗里的展品,边看边往前走着。

橱窗里的展品倒不是每天都会更新,有时一个星期都一模一样。但总会有变化的橱窗,有的还模仿着巴黎高级服饰店或杂志中的陈列方式。

这样走着,冬子的脑海里浮现出各式各样的设计图案。

在大街上散步是工作之余的歇息,也是开始新工作的准备。顺着大街走了一圈之后,回到店里已经七点了。

"刚才,船津来过电话了。"站在店里的真纪马上告诉冬子,"说待会儿还会再打来。"

"谢谢!"

"那个人真怪。他把我当成了老板娘。"

"为什么?"

"一接电话,就说为了上次那件事想要和你见面。我反问'什么',他却说'你不是木之内啊'。"

很久没有和船津见过面了。

那之后,说是要调查医院的事情,冬子一直挂念着调查结果,可自己却从没有主动跟他联络过。

"想必是托我给他选帽子一事。"冬子说完，就进了里面。

在工作室里，友美正在制作彩带。友美的手很巧，这个工作正好适合她做。

"辛苦了。"

冬子也想帮忙，可今天感到有些疲倦。正当她漫无目的地翻阅杂志时，电话响了。

一接电话，正好是船津打来的。也许是上一个电话打怕了，船津先确认了一下是不是冬子。

"医院的情况已经搞清楚了。今天可以见面吗？"

好久没有听到船津那总是显得有些急促的声音了，可听起来很亲切，不过并不想马上见到他。

每年一到春天树木发芽时，冬子的身体就会有不适感，也没有具体哪儿不好，就是感到疲倦和消沉，也许是从寒冷的冬天变换到温暖的春季，身体还不能马上适应的缘故。

好像也不是因为身体消瘦。一到春天就感到不舒服，大多数的女人或多或少都会有类似的情况。

今天，友美一大早就显得很疲惫，工作起来漫不经心，说起话来也是没头没脑的，好像身体有些不适。

冬子觉得只要是女人就会有同感，同样，友美和真纪也一定体会得到冬子的状态。冬子一个月之内，坦率地讲，身体状况好的时间顶多是十天左右，剩下的二十天不是低迷，就是情绪不稳定。

"今天不方便吗？"

船津在电话里反问道。

"倒也不是。只是工作会晚些……"

"我八九点都没关系。"男人们好像并不知道女人会因不同的日子而情绪消沉,自己总是安然无恙,就会觉得对方也一样。

"有件事一定要告诉你。"

冬子也不好拒绝一个为自己调查手术情况的男人。

"那就八点半怎么样……"

冬子刚说完,船津就说道:

"那我去接你吧,或者就在上次新宿车站的大楼碰面?"

"抱歉!麻烦你能到帽店附近的'含羞草馆'来一趟吗?"

"就是旁边的咖啡店,是吗?那八点半在那里见。"船津说完就挂断了电话。

冬子放下电话,叹了一口气,心想应该选一个身体状态比较好的日子,这么见面也许会让船津不愉快的。

说心里话,很想和船津见见面,但又有一种忧伤困扰着自己。

冬子一想到他对自己有好感,就会感到开心。也许是因为上次被明确地拒绝了,船津自那儿以后,就没有为难过冬子。可冬子总觉得有些别扭,好像他一直都在拼命地压抑着自己的感情。这对一个青春年少的小伙子来说很残酷,可对冬子,在某种意义上却是一种满足。

这样的人,你叫他干什么他就会干什么,可以满足一下支配他人的自尊心。可当冬子一想到他知道自己的身体缺陷时,情绪就开始低落下来。只要船津一提及手术,冬子就像有什么软肋被别人抓住了,变得不自信起来。

店是八点关门,真纪和友美已经回去了,剩下冬子一人。关好门窗,然后她就在工作室里照起镜子来,感觉浑身有些发热发胀,粉底也拍打不上去。女人要是觉得一个发型不如意,都会一天不开心的。

今天也说不出具体哪个地方不好,就是感觉不舒服,这样的日子就该减少外出。不管对方说什么,都应该不予理睬,冬子自言自语地走出了帽店。

原宿的咖啡店一般很早就关门了,"含羞草馆"会开到十点。冬子到的时候,船津已经来了,坐在靠里面的砖墙旁边。

好久没有看到,船津肩也宽厚了许多,显得魁梧英俊。

"好久不见了。"船津照常寒暄了之后,说道,"上次见面是二月份吧?"

"是的。从九州刚回来的时候。"

"前一段,听说举办了帽子秀?"

"所长也来了。你怎么没有来啊?"

"那时,我有点儿事……"

"很忙吗?"

"不忙……"船津摆着头,忽然变得严肃起来,说道,"我可以问个问题吗?"

"什么问题?"

"上次去九州的时候,是不是和所长在一起的?"

"……"

"要是我搞错了,请原谅。"

"不是的。为什么想起问这个?"

"那就不说了。"

为什么船津现在开始怀疑起冬子和贵志的关系?冬子抑制住想反问一下的情绪,喝着咖啡。

船津没有再继续追问下去,从衣兜里拿出香烟点上了一支,

说道:

"关于上次手术的事,终于可以看到医院的病历了。经过调查,最初给你看病的是我朋友的前辈。"

船津揣摩着冬子的心情,隔了一会儿又继续说道:

"最开始的时候,好像只是切掉肌瘤就可以了。"

"可那是年轻医生诊断的结果吧?"

"是这样的。据说根据他的意见,是没有必要摘除子宫的。听了你的情况,他很气愤,说应该理所当然地追问一下。"

"怎么追问?"

"问院长为什么要那样做,你的病历上只写了肌瘤,其他什么也没有写。既然要摘除子宫,应该再详细具体地写一下理由。好像私立医院的病历一般都记录得不详细,只有主治医生才能看明白。既然医生都说有疑义,还是不要放过的好。"

"……"

"只要你说可以,我就去询问一下。对待这种医生就应该追查到底,要不然的话,就还会有人当牺牲品。"

"……"

"总之,还是去见一下院长吧。其他医院认为只要摘掉肌瘤就可以了,为什么要连子宫也摘除?必须给个明确的说法。"

"可是……"

"反正我们有专门的医生做后台,不要紧的。"

冬子慢慢地搅拌着咖啡。事到如今,失去的已经不能再复原了,可光是这样悲伤下去,继续还会有人受害。究竟该如何是好,很难一个人拿主意。

"要是你不愿意去说的话,我可以直接去见院长询问一下。"

"你吗?"

"我又不是患者本人,提这样的事是有些怪异,但我可以说是木之内小姐的熟人或者亲属,就会见我的。要是不见我的话,我就到医师会去控告。"

"医师会?"

"在医师会里有一个医疗过失委员会,据说那里可以帮助调查手术过失、听取患者的苦衷。本来是开办诊所的医生们被患者控告诊断事故,败诉时为了支付赔偿金就制定了储备金制度而设立的组织。"

冬子还是第一次听说有这样的机构。

"在这个委员会上,只要判断是诊断和治疗上的过失,医生就必须根据过失的大小支付赔偿金。"

"医生判定医生吗?"

"是这样。据说这个委员会的成员都是由大学或公立医院的学者和医生组成的,会本着良心和比较中立的态度做出判定的。要是每一起医疗纷争都逐一去上告法院,无论是控告的患者,还是被控告的医生,都承受不起,所以就成立了这样一个组织。"

"你很清楚啊。"

"这也是从医生那里听说的,医生告诉我当下最好的办法就是去这里控告。"船津说到这里,眼睛里放着光,"绝对要控告的。"

"可是,这么做没问题吗?"

"不用担心。不管是医生,还是什么,错了就是错了,你控告了也不会将你的事情公之于众。这个委员会会保护你的隐私,只在委员会内部讨论你的问题。"

冬子陷入沉思,船津继续加重了语气说道:

"最近时有发生本不该摘掉却摘掉了的手术,你这时去控告,说不定对他们是一次有效的警告。"

船津信心百倍,可冬子却模棱两可。要是到医疗过失委员会去控告,能搞清楚固然好,搞不清楚也无妨。

"那么,就尽快在这个星期内办理这个手续,那用谁的名字?"

"名字?"

"控告人的名字。用你的还是用我的都无妨,还是用木之内你的名字为好吧。"

"可是我很忙……"

"文件我来做,你在上面盖上印章就可以了。"

"……"

"之后,委员会可能会召见你。"

"召见我?"

"据说会简单地询问一些手术前后的情况。"

"不是现在吧?"

"当然,即便是找你,也是以后的事了。"

冬子继续喝着咖啡,凉了的咖啡更加苦涩。

"你为什么这么上心地帮助我?"

"什么为什么?"

"这本来完全与你无关的。"

"可这对你很重要,再加上我本来对医生就不信任。"

"……"

"我母亲就是因为做心脏导管插入手术而死的。"

"你母亲已经去世了吗?"

"我上高中的时候。是从静脉往心脏里插入细小的管子,可是插到中途人就突然死了,这以前什么问题都没有。"

"那也是有病的啊。"

"当然心脏不太好,但也不是到了要死的地步,我认为那一定是医生的过失。医生说母亲是特异体质,而不是什么过失。我还记得父亲和妹妹悲痛欲绝的样子。要是发生在现在,我是绝对不会默许的。"

冬子忽然觉得船津是个大人了。

"所以,我曾一度想要当名医生,好彻底追究一下母亲的死因。"

"……"

"但是,因为我热爱美术和建筑,觉得为了这个理由去当医生,动机不纯。"

"于是就去学建筑了?"

"所以,我至今依然不相信医生。说来很怪,这次我去医院调查,感觉好像是在为母亲报仇似的。"

冬子理解了船津想要调查个水落石出的心情,可冬子自己并不想积极主动地牵扯到这个问题上来。不管结果如何,反正子宫不能再复原了,冬子依然不能从那种失落感中自拔。

"真的是好久没有见了,这段时间一直都在忙什么?"冬子换了个话题。

"没忙什么。"

"我以为和年轻恋人去幽会了呢。"

"你有没有想起过我?"

"当然有了。"

"你知不知道我为什么没有给你打电话?"

"这个嘛,为什么?"

"我以前不知道你和所长的关系。"船津支开了胳膊肘,显得郑重其事起来,"就是那种亲密的关系。"

"……"

"我真愚蠢。最开始所长派我去的时候,我就该有所察觉,可一直到上次说去了九州时才……"

冬子无言以对,只是低着头保持缄默。

"把话说在前面,所长和你我都不恨。我喜欢所长,更喜欢你。帽子秀的时候,我本来很想去的,可因为想到会妨碍你们就……"

"船津……"

"当我这么一想,反而轻松了。"这时船津勉强一笑。

"我们走吧。"

冬子环顾了一下周围,进来的时候客人几乎还是座无虚席,可现在已经减少了一半。

冬子拿起账单先站了起来。

到了柜台,"含羞草馆"的老板娘微微地闭眼示意。走到门外,一缕暖暖的夜风掠过脸颊。

傍晚的广播说今天比平均气温高出将近十度,是六月中旬温度高的一天。虽然已经过了九点,可是因为暖和的缘故,大街上的人还是络绎不绝。在榉树的树荫下,年轻人摆开了卖首饰的小摊。

"去哪里?"船津一边朝着原宿车站方向走去,一边问道。

"今天直接回去。"

"刚才,是不是不高兴?"

"没有……"

即便船津知道了冬子和贵志的关系,也没有谴责冬子的理由。冬子谈不上要对船津隐瞒,因为觉得迟早会被人知道的。

"可是,希望你要清楚一件事。"船津一边走着,一边说道,"无论你和所长是什么关系,反正我都喜欢你。"

"你怎么能这么说啊!"

"我没有开玩笑,我是当真的。"

两个人来到一家灯火通明的餐馆前,透过面向道路的玻璃窗,可以看到年轻情侣用餐的场景。

"希望你记住这个就好了。"

"谢谢!"冬子坦诚地表示出谢意,"那我就在这里乘车回家了。"

"我送送你。"

"不用,很近。"

冬子向驶过来的出租车招手。船津没有坚持,缄默地伫立在那里。这时出租车停了下来。

"我把提交给医疗过失委员会的文件做好了就拿给你。"

"你那么忙,不要太勉强了。"

"不勉强。我调查这件事,所长不知道吧?"

"当然,我什么也没有说过。"

"再见。"

船津目送着汽车驶离。

冬子靠在椅背上,仰望着天空。春风从开着小小缝隙的车窗吹了进来,飘来了花粉的气息。

冬子上小学的时候,只要一接触到这个气味,哮喘就会发作。

和船津分手几天后,冬子的身体状况一直不太好,皮肤也粗糙起来,浑身疲惫。即便想提起精神,振作起来也很快就消沉下去了。一听到大街上的噪声和女孩子们的说话声,就坐立不安。

冬子越发地感到身为女人的不利。

一般认为女人不如男人，其实也不尽然。女人和男人在能力上并没有太大的差异，姑且不谈体力，在智力上是毫不逊色的。可是，在现实生活中，之所以认为女性不如男性，是因为女人的身体有周期性。

女人也是因人而异，不过每个月几乎都有十天是处在低谷时期，在这期间，手头的工作就会受到影响，就会失去工作的热情。等到体能恢复后，又要从头做起。而基本没有身体波动的男性，就体会不到女人的这种痛苦，只是一味地指责女人为什么那么消沉。

要是男人一个月也有一次感觉到隐隐的持续头痛，或者全身疲惫就好了，体验一下这种反复出现的周期性所带来的痛苦，就能更加理解女人了。

说女人不适合当经营者和管理者，也一定是因为这个身体的周期性。如果身体不舒服，就容易情绪化，或者失去冷静。如果说不如男人，那也是因身体导致的，根本不是在知识和管理能力上落后于男人。

其证据是，在没有例假干扰之前，男女之间没有差别。上小学期间，女孩子反而更优秀。

随着从初中进入高中再到大学，成绩的差异加剧，最后出现了逆转。从那时起，女孩子就开始被生理周期所摆布，心理上想要努力，而身体却跟不上来，产生出这种阻碍期。每个月肯定都有这么一个周期，所以女性就失去了抵触身体的意欲，开始顺应身体的变化。知道不可强行为之，因而最终放弃。

一般女性往往都没有积极向前冲的意欲，没有独创性，可能也是由于这种长期不断放弃的累积。冬子在一本书上读到过女性荷尔蒙以月经为界限,从黄体酮占优势转变成卵胞荷尔蒙占优势。

作用于自主神经到精神的荷尔蒙,与月经同时发生变化。往右边流动的血液忽然就向左边流动,月经可以说是开始逆流时带来的混乱。

冬子有时会觉得自己身体中的血液开始朝相反方向流动,有时甚至预感到从今天开始,自己的爱好、趣味、思想都将要发生变化。

不是按照自己的意愿,而是被身体上不可避免的周期所强制,这让冬子感到痛苦难挨。

例假前后,冬子的忧郁症状就像是处在隧道里一样,黑漆漆的,令人窒息,挣扎也无济于事,时间会帮助穿过隧道,这期间只有等待。身体感到不适时,不要挣脱,只有等待这场风暴过去。

冬子不认为男女在能力上有差别,但是觉得女人有不利因素,例假这个重包袱不仅烦琐,还容易带给人消极情绪。

可是,社会上依然有与男人为伍、从不示弱的女性,那些身居高位的职业女性就没有过处在隧道里的体验吗?要不然就是这些人的生理周期反应比较弱。冬子十天都处在隧道里,而她们可能两三天就够了,甚至都没有。

冬子认识的那些女艺人和时装模特,大都没有生理上的波动,总是清清爽爽的。画面上看上去女人味十足、百般温柔的女演员,实际上都是干脆麻利、充满男人味的,至少没有从画面上就令人感到情意缠绵的那种感觉。

实际上,一旦和大家一块儿工作,就无暇顾及个人的身体状况了。

冬子从来店里的 K 女演员那里听说过,当一个月有一天疼得受不了又正好赶上工作的时候,就打一针麻药,坚持下去。痛是止住了,可是看录像时,就会发现台词和动作还是显得有些迟钝。

K是一个人气很高的实力派女演员,这种事情不会困扰她,她这么说自己,本身就很像男的。

冬子也想像她那样强壮起来,也想抛开例假带来的苦痛,快快活活地工作,可无论如何也做不到。一旦坠入隧道,就忧郁难缠起来。

这么说来,冬子在这一点上倒是很女性化,从来没有哪个人从一个经营者的角度夸奖过她。这段时间,她只希望能不出错地埋头工作。

可是,今年春天的隧道期太漫长了,往常都是四五天就可以看到隧道的尽头,可这次已经一个星期了还无休无止。也许是气候突然变暖的缘故,要不然就是因为听到了要向医疗过失委员会控告手术一事而受到了影响。也不知怎么地,一想到这些,甚至会想自己还不如去死。

冬子从这种忧郁的状态摆脱出来,大概是在三天之后。

那天早晨刚起来的时候,就下起了雨,雨点猛烈地击打着窗户,送报纸的少年从大街上跑过。冬子看着窗外,渐渐地那些潜藏在身体中的郁郁不快就消失了,心情也明朗起来。冬子洗过淋浴,照起镜子。

以前发青黯淡的脸上有了少许的生气,隧道期在昨晚结束了。

穿上一件粉红色质地的新花衬衫,又围上了一条布围巾,就到店里去了。

"老板娘今天真神气啊。"

真纪她们好像也感受到了冬子今天的心情很好,所以就随意地打着招呼。

大家闲聊了一会儿,这时电话响了,接起电话,是贵志打来的。

"一会儿就去九州,现在在羽田机场。"贵志的电话每次都很唐突,"没有什么事,只是想打个招呼。"

"是福冈吗?"

"是为了上次那座建筑的设计,要逗留一个星期。方便的话,星期日可以过来吗?"

今天是星期三,离星期日还有四天。

"饭店是上次住的谷兰德饭店,能来吗?"

"还不知道。"

"要是能来的话,星期六打电话告诉我一下,我不在就跟前台说一下吧。"

"好吧。"

"没有什么变化吧?"

"嗯。"

"没有时间了,那挂了。"

贵志的电话每次都是这样紧紧张张地打来。忙忙碌碌中,特意打来电话,说关心也是关心,可总觉得忙叨叨的。

冬子只要接到贵志的电话,自然就舒心起来。

每次他都会告诉他的行踪,都会让你知道他现在在哪里,这种安心感让人心里舒服。

冬子接到电话后,就更快活起来了。

外边的雨已经停了,林荫道上的树木又有了生机,一时退去的行人又开始多了起来,店里也来了客人。

正当冬子接待客人时,真纪叫道:

"老板娘,电话。"

这回是船津打来的。

"提交给医师会的文件做好了,今天可以见面吗?"

"可以啊,你几点可以?"

"傍晚的话,几点都可以。"

"那就一起吃晚饭吧,今天我来请客。"

也许是心情好的原因,话也说得流畅起来,连自己都有些惊讶。

上次见时,冬子正处在忧郁期,船津一定会为今天冬子的变化感到诧异。

挂断了船津打来的电话,冬子又继续接待起客人。

一位年长的妇女和一个女大学生模样的客人正在看帽子,从长相推测,就知道是母女关系。

交替试戴着草帽和登山帽,不知道选哪个好,母亲推荐戴女孩子气的草帽,可女儿却喜欢上了富有女人味的登山帽。

"戴哪顶都适合你,平时戴的话,可以戴草帽,看上去更显得有活力。"在冬子的参谋下,女儿最终挑选了草帽。

心情好的时候,就很擅长向客人推荐。又接待了两批客人后,中山夫人来了。

"现在有空吗?"

"嗯,稍等……"

夫人的背后跟着一位二十五六岁的小伙子。

"我在'含羞草馆',闲下来的时候请过来一趟。"

"知道了。"

"那一会儿见!"

夫人微微地点了下头,就和小伙子出去了。那小伙子看上去就像从时尚杂志里挑选出来的身材高挑的帅哥,冬子还从来没有见过。

客人走了,冬子就去了"含羞草馆"。

夫人和小伙子面对面地坐着,冬子一到,夫人就马上介绍道:

"这位是竹田信也君,这位是刚才说到的冬子小姐。"

介绍完之后,冬子朝小伙子点了下头。

夫人说完,小伙子微微地露出一丝笑容。

"你喝什么?"

"要一杯咖啡吧。"

"上次,你走以后,可是不得了啦。"

夫人开始讲起了几天前和冬子相爱之后教授回来时的话题,小伙子点上了一支香烟,似听非听的。

小伙子看上去也就二十四五岁,是一个皮肤白皙的男演员,身穿三件套的西服,时而用手指发出嘎巴嘎巴的声音,有点儿像个小混混。

大概聊了有二十分钟,夫人对小伙子说道:

"喂,三点哦,还要准备呢,你可以先回去了。"

说完,小伙子掐灭了香烟,站了起来。

"那我就先告辞了。"

"辛苦了。晚上还会去的。"

"等着您。"

小伙子规规矩矩地打着招呼离去了,做出与外表不相宜的仪礼。

"那个人是谁?"看着小伙子瘦高的背影消失在店门时,冬子问道。

"就是我上次跟你说的男朋友,挺帅的小伙子吧?"夫人说完,做出一副调皮的笑脸,"才二十四岁。"

夫人四十一岁,将近相差了二十岁。

"奇怪吗?"

"没有。"冬子赶紧摇着头。

"酒吧服务员,是一个挺认真的小伙子。"

"店在哪里?"

"青山,就是上次和你一起回去下车的地方。"

"嗯……"

"年轻小伙子多好啊,又单纯,又体贴,比什么都解闷。我也给你介绍一个吧?"

"不,我……"

"你也不要局限贵志一人,偶尔也和年轻小伙子交往一下才好啊。"

冬子这时想到船津。的确,年轻小伙子很单纯,可冬子对一根筋的小伙子感觉很沉重。

"不过,不要紧吗?"

"什么?"

"和那个人交往,先生……"

"不在乎啦,反正彼此心照不宣啦。"

的确如此,虽说对方还是个年轻小伙子,可总觉得不太协调。

"那晚上还去店里?"

"所以才白天见面,可以叫'午间幽会'。"夫人说完,忽然压低了声音说道,"那个人看上去像是个玩家,可没想到还是个新手,还是我教会他的。"

冬子忽然感到说这种话的夫人有些龌龊。

"我本来还担心让他见到像你这样的美人,会被你夺去了。"

"我不会做这种事的。"

"那就好。"

"您和那个人很早就开始了吗?"

"已经有两个月了。"

冬子把脸背了过去。

夫人温柔地说道:

"和对你的心情是两回事,你别介意。男的终归是男的,反正早晚他也会离我而去的。"

"……"

"有了男朋友,女人就会漂亮起来,是化妆品的替代。"

夫人脱口而出,冬子不得不惊诧已经年过四十还让年轻小伙子做恋人的夫人的能量。

一般人都会出于自卑感而变得消极起来,可夫人不但一点儿都没有,反而堂而皇之地引见年轻的男朋友。

冬子虽然不敢苟同夫人和一个不知根底的对象交往,但是不得不佩服她的那股不服输的劲头。

"今晚我们一起去他的酒吧,好吗?晚一些还会有弹吉他说唱,很热闹。"

"对不起,今晚我还有其他事情。"

"又是和贵志见面吗?"

"不是。"

"那就是和其他男朋友?"

"我可不是这种人。"

嘴上否认着,可心里边在想着船津和自己算什么关系,既不是朋友,也不是恋人。非要有个说法的话,该不该算是一个知音呢?

"反正你也因为手术失去了,就尽情地玩吧。我们没有那个了,也不必再担心怀孕,别人哪有这样的机会啊?"

"……"

"就这样成了老太婆,真不知为什么要来到这个世界上。"

"我可不行……"

"女人身边必须有男人。"

有时也想像夫人说的那样轻松地玩一玩,可一到时候,冬子还是会打退堂鼓的。

"请你不要误解我,我即便和那个小伙子交往,也依然喜欢你。因为与男人和女人是根本不同的爱。"

"可是一旦喜欢上一个男人,不会觉得女人乏味吗?"

"有时也会,那个人只是游戏的对手啦。"

"游戏?"

"是的。一种浅浅的恋爱。"

"你不太喜欢他吗?"

"喜欢是喜欢,可不是爱,而是可爱。你明白这种心情吗?"

"嗯……"

"他干那个比想象的要认真诚实。因为年轻,所以没有钱,不过比老公要温柔得多。"

关于那个,冬子或多或少明白夫人的意思。

"和他反正是一时的,这么说有些不好,他就好比是件首饰。"

"这样可以解决问题吗?"

"至少目前可以。"

"……"

"到时我要是和贵志那样的人恋爱了,说不定就会离家出走,当然连你也会抛弃啦。"

和中山夫人分手回到店里已是四点,店里又来了五位客人。

其中一位是买了上个月在帽子秀展出的遮阳帽的顾客,她还想再买一顶登山帽。

"这儿的帽子很中我的意。"

知道这位女性是住在坂野,但不知道是做什么的。

看上去只是二十二三岁的女性,不知道是否已经结婚了,还是在工作,反正不好去打听客人的隐私。从穿着打扮上来看很是奢侈,如果没有这样的客人,帽子专门店也就根本经营不下去。

订了一顶新帽子,量了尺寸。客人走后,店里又清闲起来。

真纪借着这个闲暇,搭讪道:

"老板娘,今晚有空吗?"

"今晚和朋友有个约会。"

"那就以后再说吧。"

"什么事?就在这里说吧。"

真纪想了一下,然后说道:

"关于上次说到的木田,我和他分手了。"

"为什么?"

"他一点儿也不理解我的心情。"真纪手里摆弄着脏帽盒上的鸭舌帽说道,"男人为什么想要女人的身体?"

"你没有答应他吗?"

"他太难缠了,我抵抗不过,就给他了。然后,他却说没意思。"

"他那么说了吗?"

"他那么想要,真是好失礼。"

嘴上说得挺简单的,可一定是受到了刺激吧,真纪一副要哭出来的表情。

"既然这么说了,还能再交往下去吗?"真纪说得也有道理,冬子本想好好安慰她一下,可店里却不是地方。

"不要在意这种事情。"

"可我怎样才能好起来呢?老板娘教我一下吧。"

冬子觉得这正是自己想请教的问题。

"书上介绍了不少招数,按照那样去做,就能好起来吗?"

"哪样?"

"一些奇形怪状的体操。可是不行的人还是不行吧。"

"你还年轻,不用着急,迟早有一天会遇见让你幸福的人。"

"老板娘,这是真的吗?"

"你是一个出色的女性啊。"冬子抑制住想要拥抱一下真纪的冲动,只是轻轻地拍打了一下她的肩膀。

晚上,关上帽店之后,冬子和船津在原宿车站会合了。

本来想在"含羞草馆"碰面,可因为白天和中山夫人才在那里见了面,所以就不想再去了。

"今天晚上我请客,想吃点儿什么?"

冬子问过后,船津做出一副表示质疑的表情。

"真的请客吗?"

"电话里不是说好了吗?"

"噢,那我就悉听尊便了,什么都可以。"

"这么回答是最难办的了。"白天见了中山夫人,又听了真纪讲述失恋的话,冬子的脑子里有些混乱,可心情还不错。身体状态只要好,无论听到些什么,都不会介意的。

想了一下,最后决定去在赤坂的一木大街后面的"bistro"法国餐厅。

以前设计师伏木曾带着去过,是一对夫妻经营的小店,地方虽小,菜品却很好吃,而且还便宜,省去了很多烦琐的服务,全都是以菜品的味道取胜。晚饭时,要是不事先预约就进不来,只有过了八点才有空位。

"辛苦了。"倒上葡萄酒之后,冬子轻轻地和船津碰了一下酒杯。

"多谢!"船津也不知如何回答是好。实际上,船津一直不解冬子今天为什么要请他吃饭。

其实,冬子很早就想答谢一下船津。

从住院到出院,再到后来的调查,船津一直帮了不少忙。虽然后来并不是冬子希望做的,可船津的确是很投入地帮助调查了,而且,特别是船津知道了自己和贵志的关系后,就更想向他表示一下歉意。

说了一会儿无关紧要的话之后,船津从纸袋里拿出了文件。

"请你在这个文件上盖上印章。"

冬子一看,一大半的纸上写着"调查请求书"。

"去年九月,在原宿明治私立医院,以子宫肌瘤的诊断名义接受了肌瘤摘除手术。但是,术后从院长那里听到了接受子宫摘除手术的解释。可是,关于这一点,根据手术前另一位医师的讲述,只做肌瘤摘除手术即可,没必要连子宫一同摘除。目白都立医院也是做了如此解释……"

冬子念到这里,转移开了视线。

"怎么样?"

"行吧……"冬子从手提包里拿出圆珠笔,签了名,盖了印章,"这样就可以了吗?"

"那明天就立刻交上去。"船津放心地喝起了葡萄酒。

读着给医师会的调查请求书,冬子突然想要喝醉了。从白天见到中山夫人,到后来听真纪的讲述,情绪有些被煽动起来,这些都是冬子想喝醉的原因。

"我们到哪里去喝酒吧?"

"可以吗?"

出了"bistro"店,两个人就去了附近的地下酒吧,以前曾经和贵志来过两三次。

"对了,你的婶婶还好吗?"

冬子问起了因子宫癌而做了子宫摘除手术的船津婶婶的情况。

"没有什么变化,前一段时间和叔叔一起来了东京。"

"两个人的关系很好吧?"

"是的,他们很相爱。"

"即便是摘除了子宫后?"

"摘了之后,反而更好了。"

"真是令人羡慕啊。"

"婶婶说'那种事绝对不受影响的'。"

"多谢你的安慰。"

"我不是这个意思。"

"我知道。"冬子又喝了一杯威士忌。

大概喝了一个小时后,又去了船津知道的新宿的店。在那里喝过之后,又去了一家在西口的小酒吧。

冬子已经喝得相当醉了,自己也能感觉到浑身酸软无力,身体略微有些晃动起来,心里想着该回去了,可就是不想起身,涌出了一股无所不能的自信。

"现在,我打算要找个男人玩玩呢。"

"和谁啊?"船津惊讶地抬起了头。

"和谁都可以。"

"那可不行。"

"那你可以吻我吗?"

"哎……"

"瞧,这里多黑啊,谁也看不见的。"

"……"

"怎么了?"

"不要开玩笑了,要是让所长知道你这么做……"

"和那个人没关系啦。"

"不,不行。"

"真是个没有用的人。啊,我醉了。"

冬子顺势靠到了船津的肩膀上,仿佛就这样可以很舒服地入睡了似的。

"该回去了。"船津在耳边细语。

"再待一会儿吧。"

"可是,已经都快两点了。"

"那你送送我吧。"

冬子也不知道自己是怎么回房间的。

醒来时,发现自己躺在床上,穿着衣服,盖着一条浴巾,连衣裙上胸前的一个纽扣敞开着。看了一眼床边的闹钟,是凌晨四点。

从新宿最后一家店出来的时候,听到是两点,然后就直接回来了,这么说睡了有一个小时。现在能想得起来的是出了店,一直到乘上了出租车。船津的确在身旁,可是,那以后是怎么进入房间入睡的就记不清楚了。不管怎么说,毫无疑问是船津送回来的。

想着想着,冬子起来了,然后就坐到了梳妆台前。

蓬乱的头发下,有一张发青的脸,眼角四周出现了眼带,皮肤也粗糙起来,定睛一看,口红也快掉干净了。冬子又解开了连衣裙的一个纽扣,窥视了一下胸口,白皙的胸脯没有什么异常。

船津把冬子安顿睡下后,就默默地走了吗?看着自己还穿着衣服,知道并没有发生过什么,连长筒袜还穿在身上。

可是,嘴唇上好像残留着异样的感触,虽然说不清楚,但好像被悄悄地吻了。冬子走到厨房,开始漱口,然后用洗面奶洗掉粉黛。脑子里一片空白,也不知道究竟喝了多少,还是头一次醉得这么厉害。

以前,只要喝酒都有贵志在身旁,有些微醺时,贵志就会控制着酒量。可昨天晚上真是狂喝了一气,喝得醉醺醺的,也不知道有没有丑态百出。船津是不是给吓住了,才回去的……

不管怎么说,不记得怎么回的房间睡觉,这也太离谱了。幸亏是船津,要是别人,事儿就大了。

冬子卸了妆,就进了浴室冲淋浴,头还有点儿晕,可汗津津的感觉被冲洗干净了。

淋浴之后,再喝了冷饮,心情好多了,也不知道船津是否到家休息了。

本想打个电话道歉,可这么晚了,又觉得不好。冬子锁上大门,关上灯,又回到了床上。

已经快五点了,从窗帘的缝隙中隐约可见一丝光亮。

这可不行……

冬子忽然为这个喝得酩酊大醉的自己感到有些悲哀。

天已经亮了,可却起不来,冬子过了中午才来到店里。

本来因为宿醉想休息一天,但因为下午和两个客户约好了,所以就不得不去。

"怎么搞的?老板娘,你的脸色很难看啊。"刚一到店里,真纪就问道。

"昨天晚上喝多了。"

"哎,老板娘也有这样的时候啊。一定是和很要好的人喝的吧?"

"不是的。"

"还想隐瞒,老板娘真见外啊。"真纪一下子转过了脸去。

真纪把自己的恋人、性都和盘托出了,可冬子却一点儿也不说自己的事。即便问起,也马上会转移话题,真纪对此感到很不满吧。

不管有没有喜欢的人,总是为身体做了手术而感到自卑,不知不觉就成了冬子的一块心病。

正当冬子接待客人时,船津来电话了。

"昨天晚上,真抱歉,完全喝醉了。"

冬子表示着歉意。船津问道:

"怎么样了?"

"头还有点儿疼,还是来上班了。"然后就小声说道,"是你送我回家的吗?"

"嗯……"

"之后我才发现的,吓了我一跳。"

"对不起。"

"什么对不起?"

"没有什么……"船津就没有再说什么了。

果真被吻了嘴唇吗……冬子抑制住想要问个究竟的念头,没有吱声。

"下次让我来请你吧。"

"好的,什么时候你来。"

"这周不可以吗?"

"昨晚刚……"

"所以就明天或是后天?"

"下周,或是再下周吧。"

"那就明后天吧。"船津很少这么强势地要求。

"怎么了?"

"没有……"船津停顿了一下,说道,"下周所长就回来了,他去九州了,你知道吗?"

"嗯……"

"所长回来后,就见不到了吧?"

"不会的,你是不是搞错了。"

"是吗?"

"想太多了,不要在乎这些事。"

"昨晚的事你还记得吗?"

"发生了什么吗?"

"没有。总之,明天或者后天见吧。"船津很少这么具有强迫性地说话。

"两三个小时就可以。"

只要对方一强势,冬子就会打退堂鼓,本来已经提起的兴致反而会退缩回去。

船津今天的邀请方式好像变成了理所当然的口气,他这种充满自信的说法让人感觉昨晚的确有亲昵过的气势。

可昨晚是昨晚,今天是今天。

昨晚的确是冬子邀请船津去喝酒的,因为喝醉了,就不明不白地被送回了房间。虽然不能断定,但说不定在这个空隙被吻了嘴唇。船津或许因此就觉得冬子对自己不介意了。

"两三个小时就可以。"

"……"

"感觉身体哪里不舒服吗?"

冬子缄默不语。说不舒服是不舒服,说没事也没事,只是昨天和今天不是一回事。

"明天或者后天,总之这周要设法见一面。"

这种说话方式让冬子很不以为然。船津知道这周贵志去九州出差不在,因此就强行见面。

以前曾是一个忠实温顺的仆人,忽然变成了一个生硬逞强的男人。不再是作为一个气味相投的朋友,而是作为一个男人而出现的。

从感受到这一刻起,冬子的心就开始退却了,一股莫名其妙的阴郁笼罩全身。虽然觉得船津是一个好小伙子,可是并没有想要再往深一层发展关系。拒绝了船津的邀请回到房间后,贵志打来了电话,在已经过了十一点正要休息的时候。

"噢,今天在家呢。"

贵志突然这样说道。

"你给我打电话了吗?"

"昨天晚上十二点、一点。"

"哎,昨晚稍微……好久没有和朋友见面了。"

"那就好。"

听到贵志放心的口气,冬子反而想要吓唬他一下了。

"和男朋友一起去了赤坂。"

"我两点钟又打过一次电话呢。"

"我回来已经三点了。"

"噢,好晚啊。"

"喝醉了,送我回房间的。"

"是吗? 那可不得了。要是我那时给你打电话,一定会挨骂的。"

"……"冬子觉得再说下去很无趣,就不吭声了。

"后天是星期六,来不来? 要是来,我就做准备。"

"其他女朋友来不了了吗?"

"还醉着呢?"

"没醉,清醒着呢。"

"看来心情不好。总之,你来不来?"

"去是想去,还是算了。"

"想来就来吧。"

"可是,会不会影响你的工作?"

"星期六没关系。藤井说也想见你。"

"藤井近来还好吗?"

"他因为夫人的事,最近好像很苦恼。"

"苦恼?"

"电话里不好说,总之你来不来?"

"上次刚去过了,这次就不去了。"

"那就给你买回些土特产,你想要什么?"

"什么也不要,早点儿回来吧。"即便嘴硬,可最后还是要跟贵志撒一下娇。

从九州回来的第二天,冬子和贵志在赤坂的餐馆见了面。

虽然是因工作出差,可还是打了高尔夫球回来,贵志的脸有些晒黑了,看上去很结实的样子。

"特产!"贵志说着,递过去一个细长的包裹。打开一看,桐木盒子里装着博多锦的丝带。

"还记得给我买特产回来了?"

"也不知道买什么好。"贵志难为情地笑了一下,说道,"藤井问你好呢。"

"电话里说他很苦恼,怎么了?"

"他夫人不是住院了吗?"

"一切还都顺利吗?"

"顺利还顺利,可是手术后,好像那种关系就全都没有了。"

"……"

"倒也没有哪儿不好,只是没了这份心情。"

"是夫人吗?"

"他也是,好像是双方。"

"果真是这样……"

"反正我是理解不了,藤井说'是不是因为看了手术坏事的,因为我们是朋友,大夫很热心,所以就给看了'。藤井反而因此受了刺激。"

冬子想象着把自己摘下的部分拿给贵志看的场面,要是这样,恐怕贵志一定会想要抱起冬子吧。

"夫人知道这件事吗?"

"好像没有说,即便他求夫人,夫人也不理睬他。"

"为什么……"

"她说自己已经不是女人了,所以就拒绝了他。"

"这……"

"他也说这是错的,可夫人坚决不接纳,好像还说了可以去找其他女性。"

"那藤井……"

"他是个疼爱妻子的家伙,所以不会这么做的。"

"那,这两个人就……"

"晚上好可怜,睡觉的时候就只是握住夫人的手,所以这次喝酒,刚到十一点就马上回去了。"

冬子脑子里浮现出在福冈看到的藤井那张温和的脸。

外表看上去像一个酒鬼,吊儿郎当的,而实际上却是一个极其细致周到的人,给人一种用温情包裹住内在敏锐的感觉。

就是这么一个人,和妻子并排躺在一起,只是手握手地休息。

在微弱的灯光下,静谧的卧室里两个人互相感应着对方的体温渐渐地入睡了。

妻子自己已经放弃了作为女人的身份要平静地生活了,丈夫也知道妻子的这个想法,依然用手的体温传递着自己对妻子的那份爱。这种没有了身体上的联系的中年夫妻的宁静,体现着其自身的美丽和温情。

可是,听说藤井才四十二岁,妻子也才刚到四十岁。虽说已经进入了一个沉稳的年龄,可还不到性的欲望已经消失的年龄。

"两个人这样就满足了吗?"

"不可能满足,但也没有什么其他办法,也不是只有身体的接触才是爱的表达方式。"

"可是,男人光靠这样,是忍耐不住的吧?"

"是这么回事,如果女人表现得很矜持低调,男人反而就很难再有外遇了。"

"真是这样的吗?"

"当然了,也有不管妻子,自己出去玩的男人。但藤井的情况就不一样了,夫人手术后很痛苦,心情也很沉闷,这时候出去玩也太残酷了。"

"还是很爱妻子的。"

"也许是这样。"

"可是,就因为做了手术,夫人自己就畏惧了,你觉得呢?"

"他的夫人是个神经质的人,即便医生说了没什么也不行。"

"就是因为这个吗?"

"也许知道藤井也没心思了。"

冬子想起了一句老话:お褥さがり(撤被子)。在江户时代,江户城内的将军夫人快要到三十岁的时候,就主动谢绝和将军大人共枕同眠了,觉得随着年龄的增长,还依然沉浸在情欲里就是淫荡。

现在,性无年龄,没有谁会认可那么荒诞的道理。

可是,藤井的妻子也许就是其中的一个变异。

冬子又联想到了中山夫人。

藤井的妻子和中山夫人完全活在两个世界里。

藤井的妻子手术后好像是自己放弃了做女人,而夫人却越来越大胆地强调自己是个女人。

一个退缩,一个冲锋在前,这之间的差异是性格所致,还是另有原因?不是哪个好哪个不好的问题,而是形成了鲜明的对照。

冬子与这两个人相比较,或许更接近藤井的妻子。虽然不像藤井的妻子那样近乎禁欲,但在男女关系上,还是有想逐渐逃避的念头,一心觉得已经和这种关系没有了缘分。

总而言之,中山夫人和藤井的妻子,还有自己,虽然接受了同样的手术,可三人三样,让人不可思议。

"说来奇怪啊。"

贵志想要转换话题,喝起了红酒,冬子也想从这个话题中走出来。

"我设计的大厦终于开始施工了。"贵志一下子换成了一个建筑师的表情。

"什么时候竣工?"

"估计要花一年时间。"

"那还要去福冈吗?"

"不用了,只要开始施工,就没必要去了。"贵志说完,又想起什么似的说道,"船津说想要辞职。"

"船津?"

"我一回来,他马上就过来说的。"

"为什么？"

"不知道。"贵志往自己和冬子的酒杯里倒上了酒。

"辞去以后怎么办？"

"说想要去美国一段时间，学习建筑。上周还见了船津，可没有听他说过一句这样的话。他还年轻，很有才干，在我们所工作可惜了。"

"那你挽留一下啊。"

"当然我说了让他再考虑一下，可他决心已下。"

"以前说过这样的事吗？"

"没有，很突然。"

"真是奇怪。"

贵志点着头，看着冬子说道："你不知道啊？"

"什么？"

"船津辞去工作，说不定还因为你呢。"

"因为我？"冬子想起了船津打来的强行要请客的电话，也许那时船津已经决意要辞去工作了。

"我是随便推测的，也许是他和我在一起感到别扭。"

"别扭？"

"还不是因为他喜欢上你了，很难受，就想辞了。"

"这怎么可能……"

"他是个一根筋的男人，现在看上去很老实，然而曾经还搞过学生运动呢。"

"真不知道。"

"因为这个原因没有被大建筑公司录用，是朋友介绍才来我们公司的。"

这么一说,确实觉得船津在什么地方有些认死理,要求冬子的方式,还有对医院过失的愤怒方式都有相似之处。

"我去九州期间,你有没有见过船津?"

被贵志注视着的冬子垂下了眼帘,以为他什么都不知道,其实他的直觉很灵敏。

"辞去工作,有没有说过喜欢你之类的话?"

明明知道沉默不语就意味着默认了他所说的话。

冬子还是一言不发。

"这件事就不提了……"贵志吸了口香烟,注视着窗外。从餐厅二楼的窗口,可以俯瞰到闪烁着霓虹灯的大街,一条不太宽的街道上,汽车首尾相接,行人们就像是在汽车腋下的缝隙间穿梭。

不一会儿,贵志收回了视线,把手放到杯子上说道:

"不管船津了,你觉得他怎么样?"

"什么怎么样?"

"喜欢不喜欢?"

"不。"

"不喜欢啊?"

"看怎么说了,并不觉得喜欢……"

"要是现在,你可以和他结婚吗?"

"和他?"

"他一定希望的。"

"这……"冬子为了让自己镇静下来,喝了一口酒。

"要是不提的话,他就从你身边消失了,也无所谓吗?"

冬子重新看了贵志一眼,说:"你希望我和船津结婚吗?"

"倒不希望。"

"那你为什么要这么说呢?"

"我不希望你后悔。"

"我不会后悔的。"

"那即便没有了船津也行,是吗?"

"当然了。"

"是这样啊。"

看到贵志点头,冬子来气了。尽管对"结婚"二字抱有憧憬,可也并不想投到船津的怀抱,倒不是讨厌,而是下不了这个决心。冬子对自己的这种执拗也感到无可奈何。

"船津不见得真会辞去工作吧?"

"他一旦决定,肯定就不会改变的。"

"绝对吗?"

"上次派他去你那里,看来派错了。"

"可是,我并没有……"

"我知道,可还是因为你而失去了一个有能力的人才。"

"……"

"因为你太漂亮了。"

"怎么……"

"当然,这不是你的责任。"贵志苦笑着,掐灭了香烟,"去哪里走走吧?"

"今天我就直接回去了。"

"还有什么事吗?"

"没有什么事。"

冬子今晚并没有心思要和贵志厮守在一起。

出了赤坂的餐厅,两个人也没打算去哪里,就朝着青山方向走去。到了晚上九点,四周依然还是车水马龙。当走到展示着外国轿车的大厦橱窗玻璃前时,贵志说道:

"怎么样?可以吧?"

"什么?"

"我想要你。"

"不是说了今天不行吗?"

"先上车吧。"

"走一会儿吧。"冬子先往前走了起来。

在餐厅的时候,本来是打算直接回去的,可一出来就感到一个人这么回去好寂寞。男人和女人就是斩不断、理还乱的关系,这让冬子感到心里沉甸甸的,目前的冬子还真不想和贵志分手。

"那为什么?"

贵志一边走,一边嘀咕着。

"没什么理由。"

"那就是担心那件事?"

"要是说完全不在意,那就是说谎了。"

"还不如不跟你说藤井的事呢。"

"和藤井的事没关系。"

"那就打车吧。"

"等一下。"冬子用手制止住,就朝左边拐去。只要一离开大道,四周马上就安静了下来。

在走了不到五十米的地方,冬子问道:

"我想问你个问题,你为什么要找我这样的女人?"

"那肯定是因为喜欢你。"

"胡说,胡说。"冬子站住了,看着贵志。

"我没有了子宫。"

"和这没有关系。"

"可我是个乏味的女人。"

"那是你自己认为的。"

"可是我已经不能像以前那样燃烧了。"

"这只不过是一时的。"

"还是找个充满激情的人,不是更好吗?"

"可并不是有激情就好。"

"可是,男人不都喜欢这样的人吗?"

"有时喜欢,有时也不尽然,而且喜欢不喜欢又不是全根据性来决定的。"

"可是……"

"你真的可以再燃烧起来的。"

前面变成了一条缓缓的坡路,再往前就可以看到白花花的一座大楼。

"我还是搞不明白。"

"那我们就是冤家。"

"你是同情我吗?"

"要说是的话,大概是男人的自负吧。"

"你找我是自负?"

"我了解你的整个身体。"

"真讨厌。"

"要是就因为那么个手术我们之间就瓦解了,也太遗憾了。"

冬子也能理解贵志的这个心情,但又不知该如何做才好。

贵志执意要去宾馆,就在走过下坡的地方,冬子还是上了车。就这样,他们去了离千驮谷很近的、以前他们去过的宾馆。

因为是第二次来,所以冬子一进房间就平静了下来。然后,两个人在和室喝起了啤酒,并泡了澡,刚才那股抵触的情绪不知不觉地就消失了。

"来……"冬子被贵志伸过来的手拽到了床上。

什么都不要想了……冬子这样命令着自己,闭上了眼睛。

虽然离大街并不远,可是却听不到一点儿声音。开始时,冬子还在介意着外边的动静,不一会儿就接纳了贵志。

时间就这样流淌过去,意识好像从低处浮上来一样,渐渐地清醒过来。贵志静静地抽开了身体,仰卧在床上,之后仿佛想起似的把烟灰缸拿了过来,点上香烟,俯卧在床上。

冬子侧身躺在那里,一边想着和从前一样的场面,一边看着贵志宽阔的肩膀。每吞吐一次烟雾,灯光下被放大了的贵志肩膀的影子就会轻轻地晃动。

"怎么样?"

"嗯……"

"今天有什么不一样吗?"

冬子缄默不语,的确比起上次多少获得了一些满足,但离完全恢复还相差甚远,冬子依然感到有些失落。

"好了,不说了……"贵志把香烟放到烟灰缸里,重新面向冬子,把手伸了过去。

"是这里吧?"

"什么?"冬子话说了半截儿,就扭过了身子。贵志伸过手去,摸到了小腹部的伤痕。

"可以摸摸吧?"

"讨厌。"

"拜托。"

"可是……"

"真是怪事,碰到这个伤痕觉得挺踏实。"

"真的吗……"冬子想要躲开贵志伸过来的手。

"真的,别动。"贵志的手触摸到伤痕的一端,然后就慢慢地顺着摸了过去。

"从这么个地方,真能把子宫摘走吗?"

"别说了……"

"滑溜溜的,伤痕挺漂亮的。"

冬子忍着刺痒,没有吭气。

"真实的你就在这里。"

"这是什么意思?"

"一抚摸这儿,就能真实地感受到和你在一起。"

"真是怪论。"

"可以吻一下吧?"

"别。"

"可爱的伤疤。"尽管冬子摇着头,可贵志不顾一切地用双手按住了冬子的小腹。

"别做些怪事。"冬子把身体往后撤,贵志不得不放弃了,又转过头来。

"为什么不喜欢?"

冬子侧过脸去,因为被抚摸了伤痕,心里反而舒服了。

"起来吧。"冬子先起来,去冲淋浴,穿上衣服回到房间时,贵志从冰箱里取出啤酒喝了起来。

"不喝点儿吗？"

"那好，喝一点儿吧。"被贵志搂过后又抚摸了疤痕，冬子变得大胆起来。

"有什么麻烦的事吗？"

"麻烦事？"

"店里，或者工作上的……"

"现在还算好。"

"有什么问题就请说。"这意思是经济上的帮助吗？可冬子已经不打算再从贵志那里获得什么帮助了，好不容易发誓要靠自己，若存有他人会资助的心，自己的自立意志就会被瓦解。

"那船津的事就这样了吧。"把啤酒一饮而尽的贵志又确认了一下，"他辞去工作去美国，也没事？"

"跟我没关系……"

"是吗？"

冬子很难揣摩贵志为什么要再次叮嘱一下的内心活动。

"走吧。"

沉默了一会儿，贵志拿起了电话，给前台打电话让帮忙叫辆车过来。

冬子又照着镜子重新补了一下妆。

一会儿，女服务员过来了，告诉车已经到了。

女服务员走在前面，冬子跟在后面。

每次都同样，相爱之后要离开时冬子的心情就沉重起来。贵志每次来到自己的房间，回去的时候也是一样。

刚刚还是那么紧紧偎依在一起的两个人，就又像路人那样各奔东西了。之所以那么热烈地相爱,是不是因为只是为了看到人间的无常。

以前,冬子曾经几度向贵志诉说过这种情绪,可是倾诉之后又不可能有所改观。男人和女人之间的这种虚无是永远不会消失的。

手术之后,因为淡忘了那种满足,所以或多或少地淡化了分手之际的虚无。

还是没有彻底恢复。

冬子脚踩着庭院中的石阶往前走着,感觉好像被贵志抚摸过的伤疤变得毛糙起来。

病叶

进入五月,一个星期都是阴雨绵绵,离真正的梅雨季节尚早,也只能称得上是"梅雨前锋"了。

冬子的身体再度走起下坡路,并没有感觉到具体哪儿不好,只是浑身发懒、发热。

早上量了一下体温,三十六度七,通常是三十六度二三,略偏高一点。每月例假快来了,体温就升高,浑身汗津津的,整个头也昏沉沉的,神经也变得敏感起来。

差不多又快了……

冬子又有了感觉,可又觉得可笑,明明已经没有了例假,哪里有什么"快了"一说。

这究竟是怎么一回事呢……

冬子看着下个不停的雨,想着自己的心事。本来已经没有例假了,可是身体里还残留着生理周期,外表上表现不出来,但身体内部是不是和以前一样还受着荷尔蒙的支配?

"真是不可思议……"

冬子惊叹着自己身体的顽固,又为摆脱不掉生理周期的身体感到悲哀。

中山夫人难道没有过这种困惑吗……

不仅是中山夫人,只要是做了手术,难道少女也会像老太婆那样可以保持没有波动、总是四平八稳的心态吗……

冬子受不了没有例假身体却还会起伏波动,总感觉这也太不公平了。可转念一想,依然可以体味身体上的周期变化,还可以证实自己是个女人,她为依然有做女人的真实感受而有所慰藉。

说实在的,冬子以前在来例假之前,性欲一度会很强烈,总是涌出想要相拥入怀的心念。曾经和贵志在一起时,欲火最旺,想压制都压制不住。最近,好像沉淀到了内里,身体在燃烧,心气却跟不上来。

这两三天有了些变化,身体里有些蠢蠢欲动。冬子看着顺着玻璃流下来的雨滴,心里又溢满了被拥抱的遐想。

"那个人难道不会来吗……"

冬子对着玻璃喃喃自语,顿时自己也感到有些惊诧,这种等待的心理究竟意味着什么呢?除了贵志,冬子对其他男人已经没有了兴趣,自己嘱咐过自己不再需要男人了。

可现在又想着被拥抱,是不是循着身体的周期,连心也跟着动了起来?

望着窗外的雨,冬子想起了之前和贵志在一起的夜晚。那晚上最初并没有想要贵志拥抱自己,因为好久都没见面了,只是想在一起吃吃饭,然后就各自回去。

事实上,出店门的时候,想的都是要回去,是贵志强求让自己上了车,是他主动的。可自己都已经是二十八岁的人了,这种说法不足为由。既然打算回去,就该告别后立刻往回返,却又黏黏糊糊地走在一起,最后到了宾馆。那是因为自己觉得难舍难分,还是因为心里想接纳贵志,想跟他撒撒娇呢?或者两者都有。所以一旦贵志提出,自己也就依从了。

冬子尽管对自己的身体已经不抱有信心,但只要对方强烈要求,还是可以接受的。虽然已经感受不到多少欢愉,但并不反感对方的爱抚,还是喜欢依偎在一起时的那种满足感。虽然理性上觉得没有男人也能活下去,可身体却不同,身体更真实地被按照欲望来驱动。

拥抱之后,即便知道扫兴,却依然继续索要。虽然觉得已经不行了,但还是会抱着这次准能行的期待。

冬子与藤井的妻子不同,对性依然没有死心,心里埋着有个契机就会复燃的预感。不知为什么,她没有彻底失望。

其实,上次冬子也有一些感觉。

虽然不像以前那样欲仙欲死的快感,但也有一丝丝的快慰。

还没到麻木不觉的地步……

不知为什么,那之后就觉得很惬意,和以前被拥抱时感受到的踏实感不同,而是不断获得充盈的感觉。

也许是因为伤痕得到了抚摸的缘故。

那时,贵志搂着要躲避的冬子,用手指触摸冬子小腹上的疤痕。贵志一边横向抚摸着十厘米长的疤痕,一边说:"挺漂亮的。"还说:"一抚摸这儿,就能真实地感受到和你在一起。"

虽然当时冬子觉得不好意思,可还是任凭贵志抚摸着。

当时觉得反正彼此都这么了解对方了,所以就听凭他的摆布。

现在,冬子注视着窗外的雨,身体又开始蠢蠢欲动起来。这也是一个完全被解读过了的女人,又从身体底部涌现出的新生。

下雨的那天下午,船津打来了电话。

"还好吗?"

一听到声音,冬子不自觉地就紧张了起来。

"有点儿事要和你说一下,今天或者明天有时间吗?"船津的语调和平时不同,听起来很客气。冬子想起了上次贵志说的事,就决定晚上八点在"含羞草馆"见他。

下雨天客人很少,通常在大街上的树荫下摆放项链和首饰地摊的小青年,今天也都没有来。

雨一直下个不停,一直下到了深夜。

过了八点,冬子到了"含羞草馆",船津已经先到那里,正喝着咖啡。

"好久没见了。"冬子话音刚落,船津就拿着账单站了起来。

"走吧。"

"怎么了?"

"在这里不好说话。"

就这样,船津出了店门,叫了出租车,径直去了上次一起喝到很晚的位于新宿西口的酒吧。也许是刚刚进入夜生活的时刻,店里的人还很稀疏,两个人就并排坐在了吧台前,要了两杯威士忌。

"今天好奇怪啊。"

冬子话音刚落,船津就点上了一支香烟,非常郑重其事地说道:

"你可能已经从所长那里听说了,我要辞去事务所的工作。"

冬子做出一副刚听说的样子看着船津。

"已经和所长说了有一个多星期了。"

"为什么要辞掉工作？"

"没有什么具体的理由，因为我想这段时间去国外学习一下。"

"国外？"

"去美国。倒也不是因为在现在的事务所就学不到东西。"

"那已经彻底决定了吗？"

"所长说了让我再好好考虑一下，但是我主意已定。"

"……"

"我也马上就要二十七岁了，也该证实一下自己的能力了。"

"那很快就去吗？"

"这个月底就会彻底辞掉。"

"这么快啊……"

"所长也答应了。"

"……"

"但是我必须说清楚，委托医师调查的事情我会负责到底的。"

这个月就辞去，那只剩下半个月了。冬子看着摆放在面前的那些洋酒瓶子说道：

"什么时候动身去美国？"

"还没有具体定下来，大概要到七八月份吧。"

"去哪里？"

"大学时代的学长在洛杉矶的一家名叫 AIS 的公司工作，我先去投奔他。"

"那调查工作会不会耽搁你的行程？"

"不会的。要去那边，还要做很多准备才行。"

"但如果只是为了我的话，就不必了。"

"我既然干了，就要干到底。"说这话的，的确像船津。

"到那边要待多久？"

"两三年，还不清楚。"

"这么久？"

"不待这么久可不行。"

"怎么不行？"

"唉……"船津摇着头，自嘲地笑了一下，说道，"这下身边没人烦了，放心了吧？"

"说谁呢？"

"你啊。"

"哪会……"

"我没说错吧？"

"没有的事。你不在，我会感到很寂寞的。"

"不要哄我了。"

"不是哄你。"

船津沉默了一会儿，忽然鼓起勇气说道："你知道我为什么会去美国吗？"

"不知道。"

"就是为了离开你。"然后，船津喝了一大口酒又说道，"为了忘记你。"

"原来……"

"是真的，所以辞去了事务所的工作。"

"可也没必要辞掉啊。"

"不辞不行。要是再待下去，我就会恨所长，到最后也许会杀了所长。"

"什么……"

"像所长那样有妻室的人,可以任意摆布你,我是不能忍受的。"

"可是……"

"我知道,你爱所长,即便都那样了,也还不想分手。但是,有一件事我搞不懂。"

"什么……"

"为什么只允许我接了一次吻?"

"允许了?"

船津肯定地点了点头,可是冬子并没有允许接吻的记忆。

"什么时候……"

"就是上次你喝醉了,我送你回房间的时候。"

冬子垂下了眼帘,那时的确失去了戒备心,让船津送自己回房间,并且还先睡下了。

"也许你不记得了,那时我跟你接吻了。"

"……"

"你也默许了。"

"可那时喝醉了……"

"的确是喝醉了,可我要是把你夺去了,也就夺去了。"船津忽然表现出一副自信的样子往前欠了一下身体。

"但是因为我喜欢你,所以就觉得那样把你夺去对你不好……"

冬子怯生生地说道:"我醉了,什么也不知道了。"

"喝醉了,就什么人都可以进房间,进了房间就在人前睡过去吗?"

"怎么可能……"

"不一样吗?"船津再一次煞有介事地喝了一口酒,说道,"也许是我自负,我觉得正因为是我,你才会答应的。"

"……"

"对我还是有些好感的。"

事实也的确如此,要是没有好感和安心感,一开始就不会那样往醉里喝,也不会放松意识。

"我很感谢你的。"

"不是要你感谢我,而是要能喜欢我……"

"……"

"当然,因为你有贵志。我知道我是比不上他的。"

"你和他不一样。"

"爱所长很多,喜欢我只是一点点呗。"

"不是这个意思。"对贵志和船津两个人的爱,要问有什么不同,还真是不好回答。

如果说对贵志的感觉是出于爱,对船津的则是出于好感的话,就太简单化了,感情这东西是说不清楚的。

对贵志的感觉既是爱,又是亲密,有时还是熟悉。而对船津的感觉,若说是爱则言重了,若说是好感则又太轻薄了。该是比好感更浓的可爱,就好像爱惜一朵鲜花一样的情感。总而言之,有所不同,但很难比较出孰强孰弱。

冬子委身于贵志至今还不想脱身,一方面是因为胆怯,另一方面也是因为多年来积累下来的踏实感。只要是贵志,就不用掩饰自己,也不用伪装自己。因为对方比自己年长并可以依赖,所以就把一切交给了他。

可是换作船津则不同,冬子比他年长两岁,既感到有一种责任,同时也有一种紧张。是把自己作为一个平等的女性和他接触的,因此伴随着一种新鲜感和紧张感,甚至还会感到有些厌烦。

现在船津从正面逼问为什么答应他接吻了,本身也是小青年特有的纯真和耿直。冬子能够理解他的纯真,但那份真挚反而让冬子清醒了起来。

"对不起。"保持了一段沉默之后,冬子细语道。

"我并不是要你向我道歉的,我只是想知道那是不是一次谎言。"

"……"

"是一次游戏吗?"

"不是。"

"那就是真的了。"

"……"

年轻的小伙子为什么必须要辩个黑白分明呢?比如说,即便是让他接吻了,也不一定就能分辨出是游戏还是当真。在当中飘忽不定,根据当时的心情,一瞬间应许的情况也有。

"请你说一下。"

"我不知道……"

"你难道对自己的行为不负责吗?"

冬子没有应答,眼睛注视着手里拿的酒杯。

"那我就自行解释了。你是喜欢我的、爱过我的,所以那天夜晚才准备答应我一切的。"

"……"

"我这样相信可以吧?"

一旦被这样证实之后,冬子微微地点了下头。因为在追问的过程中,感觉到的确有过这样的心情。

船津像是自言自语似的说道:"即便我去了美国,我也不会忘记你的。"

"可是,你说是为了忘记……"

"只是希望而已。"

冬子看着在吧台的昏暗灯光映照下的船津的侧脸,再一次感到了要失去船津的孤独。

"走吧。"冬子像是在督促似的看着船津。

"请等一下。"船津在进行挽留,可冬子不管不顾地站了起来,径直朝门口走去。

"干吗就回去了,再陪我去喝一家吧?"船津从下面一边上着台阶,一边说道。

冬子没有应答,在来到外边的时候回过头来,说:"今天就回去了吧。"

"不,我还要喝。"

"那我不奉陪了。"冬子环顾了一下周围,朝驶过来的出租车挥手。

"非要回去不可吗?"

"今天很累了,抱歉。"

伫立在那里的船津一脸怒色,冬子上了车。

"再见。"船津没有理睬从车窗里点头示意的冬子,一直伫立在夜幕下的大街上。

冬子一个人在车里,轻轻地叹了口气。船津这么把自己当回事真是很难得,可他的一根筋又让自己感到很累。若是身体状态再好一些,就可以跟他去了,不过今天首先想到的就是该回去休息了。

径直回家后已经十点,洗了澡,换上便装之后,电话响了起来。

"我是中山,中山士朗。"说了两遍,冬子才反应过来是中山夫人的丈夫。

"很抱歉,这么晚了。我家那口子没有在你那里吗?"

"没有,夫人怎么了?"

"没有在家。"也许是心理作用,中山教授的声调很高,"从昨天就没有在家了。"

"从昨天……"

"好像是昨天下午出去的。"

"是不是去了哪个亲戚家?"

"都问过了,没有。所以才想到会不会在你那里。"

"会不会去哪儿了呢?"冬子问,教授答不出来。

"有没有发生过什么?"

"没有,并没有发生过什么啊。"教授含糊其词地说道。

"不会出意外吧?"

"我觉得不会。四五天前,还和她争执来着。"

"争执?"

"为了个无聊的事。"

"有没有去哪儿旅行的计划啊?"

"应该没有,并没有带什么走。"

"那会不会就在附近?"

"也许,要是她跟你联系了,就让她给我打个电话。"

"当然会跟您联系的。要不要给警察那边……"

"还没那必要吧,再看看吧。"

"噢,那好。"

"这么晚了,为些琐事把你叫起来,真抱歉啦。"教授说完就挂了电话,看了下酒柜上的表已经过了十一点,要是今晚不回来就两天没有回家了。

仔细一想,这个星期夫人一次也没有联系过她。一个星期前,夫人说来到了银座,邀请一起吃晚饭,因为有工作就回绝了。从那以后就再没来过电话。

昨天,忽然想给她打个电话,对上次的事情表示下歉意,后来又觉得不妥就没打。要是那时候打了,说不定就知道情况了。

到底去哪儿了呢……

外面好像还在下着雨,虽然已经进入了五月,可是还感觉有些寒意。

这么大的雨天,夫人会在哪里走着呢?

冬子想起了在"含羞草馆"和夫人在一起的小伙子。

会不会和那个人……

听说是在青山酒吧工作的男性,是个帅哥,身材高大,好像从时尚杂志中被选拔出来的一般英俊,看上去像是个年轻的"鸭子",而且夫人也说了只是游戏而已。

难道真的和那个人……

想必不会是和他出去了,但冬子现在能想到的只有他了,可冬子并不知道小伙子在哪个店。名字好像介绍的是叫竹田,可并未确认,仅凭这些是很难找出来的。

冬子放弃了刚才的想法,换上睡衣,上了床,可是睡不着,心里放心不下夫人。

两个晚上会去哪里呢。

果真不会出什么意外吧,可要是在哪里的话,也应该会联系一下的。即便不跟教授说,也该和亲戚或者适当的朋友打个招呼才是啊。

冬子懵懵懂懂地想了一会儿,就睡着了。

冬子梦见了夫人和一个年轻男子走在一起,过了一会儿,教授出现了,默默地注视着两个人的后背。不一会儿,冬子听到教授说"那家伙不行了"。

在梦境和打盹之间反复几个来回,醒来的时候已经七点了。

雨好像在半夜停了,在朝阳中,新绿显得格外耀眼。

夫人怎么了……

冬子想给中山家打个电话,可一想到没有回来的情景,就作罢了。

雨过天晴,初夏仿佛又回来了。

参拜大道上的林荫,新绿夺目,落叶纷纷坠落在了步行街上,也许是被雨水淋落的,也许是被虫子侵蚀的,病叶和光鲜的叶子掺杂在一起反而更令人心痛。

快到正午时分,正当冬子接待客人时,有电话来了。

"是冬子吗?"一听这声音,冬子就分辨出是中山夫人。

"您在哪里?"

"京都。"

"京都?"

"从大前天就在了。"

"果然……"

"什么?"

"先生担心你,昨晚打电话到我这里了。"

"是吗……"

"您什么时候回来?"

"这就回去,我家那位说了什么没有?"

"没有,不过好像找了很多地方。您究竟要干什么?"

"回来后再说吧。"

"那今天回来吗?"

"大概……"

"就这么说定了,快点儿……"

"傍晚到的时候,给你打电话。"

"一定!那我告诉先生您回来了,可以吗?"

"不用了,我自己打。"夫人说完就挂断了电话。

中山夫人出现在冬子的公寓是在当天晚上九点过后,冬子一直在店里等到八点,因为打来电话说直接去公寓,所以就回去了。

离家出走了两天,夫人却显得格外有精神,身穿一件淡草绿色的连衣裙,脖子上围了一条珍珠色的围巾,手上挎着一个手提包,还有一个旅行箱。

"怎么了?"

一看到夫人,冬子立刻就问道。夫人却说先抽一支烟,就点上了一支外国牌香烟。

"刚是从京都过来的吗?"

"噢,已经半天了。"

"那已经和先生见面了……"

"没见,电话里说的。"

"然后呢……"

"没什么这个那个的,今晚我能住在这里吗?"

"这倒没关系,不回家吗?"

"不想回去。"夫人一支接一支地抽了起来。

冬子本想继续追问到底发生了什么,但又有所顾忌。冬子拿出擦手毛巾,正要煮咖啡时,夫人问道:

"这里有酒吗?"

"有白兰地。"

"那行,给我倒上。"

冬子放下了煮咖啡的用具,拿出了冰块和白兰地。

夫人喝了一口,就闭上了眼睛。

"夫人,您在这里,先生知道吗?"

"应该知道的。"

"那,这是为什么?"

"我这就从头跟你说起。说之前,我想先洗个澡。"

"请。"冬子赶紧打开了浴室的灯,准备着毛巾。

"你住的地方总是打扫得这么干净啊。"夫人环视了一圈,又说道,"有可以换的衣服吗?"

"浴衣是有的。"

"你的太小了,我穿不进去吧?"

"也有大点儿的。"

"那就借我穿一下吧。"夫人拿着浴衣进了浴室。

不知到底为什么,反正是回来后好像又有了争执。

冬子将现有的奶酪卷上火腿作为喝白兰地的下酒菜,然后又放上回来时买的草莓,摆好盘子,再收拾了一下桌子,这时夫人从浴室走了出来。

"啊,真舒服!"夫人将湿漉漉的头发往后梳拢着,然后叹了一口气,"终于安心了。"

"不回去真的可以吗？"

"不给你添麻烦吧？"

"没事的。"

冬子担心着，夫人却不以为然地吸着香烟。

"怎么会突然去了京都呢？"

"我讨厌待在家里了。我家那位反正觉得我没什么用，不把我放在眼里，所以我要做给他看看。"

"那就擅自主张地……"

"当然。"夫人喝了一口白兰地，说，"你知道我和谁去了京都吗？"

"不知道。"

"就是酒吧的那个竹田君。"

"果然。"

"住在鸭川河岸边的饭店里，晚上到祇园喝了酒，爽极了。"

"两天一直都和那个竹田在一起吗？"

"对啊。"夫人变了个态度，理直气壮地说道，"真是怪事……我以为你是可以理解我的呢。"

"……"

夫人掐灭了还稍长的香烟，说道：

"男人太随意了，女人在他们眼里只是个做爱的工具，这次吵架也是因为他竟然开始说我的身体很乏味。"

"他这么说了吗？"

"当着我的面，清清楚楚地说的。"

"真是太过分了。"

"没错吧。"夫人更来劲了，又喝了一口白兰地，"被这么说，能受得了吗?"

"在说这之前,是不是还有别的原因?"

"对,他察觉到我和竹田君在交往,发了牢骚。"

"先生知道了吗?"

"只是竹田君打来电话偶然被他接到了,然后就觉得不对头。他自己明目张胆地玩,哪有道理来责备我。"

"这倒也是。"

"他说'要是我不默许的话,也没有人会跟你这样做过手术的女人在一起的,你是上当受骗了'。"

"竟然会这么说……"

"就是做了手术,我依然是个出色的女人。竹田君完全是把我当女人对待的。"

"……"

夫人一边说着,一边眼含着泪水。

"先生真是这么说了吗?"

"我对他已经根本感觉不到爱了。"

"那是先生在气头上说的话,心里并不是这么想的吧。"

夫人一下子拿起手帕捂在了脸上,看到常常都是充满阳光的夫竟人伤心落泪起来,冬子心里也不是滋味。本想安慰一下夫人,可一想到自己的身体也有着同样的伤痛,就说不出话来了。

"可是,先生在拼命地找着您啊……"

"这是做给世人看的。要是被人知道我离家出走了,他自己也没面子,所以就找了。"

"不仅仅是为这个吧……"

"绝对是的!他就是这么一个人。"夫人拭着眼泪,抬起了头。

"那下一步怎么办？"

"该怎么办，我也不知道。"

"先生说了希望你回去吧？"

"不管他怎么说，他只要不承认错误、赔礼道歉，我就不回去。"

"那也不能就不管先生了啊。"

"即便是回去，以后也没有爱情，没有身体关系，不过就是个女用人啦。我再也受不了这样的日子了。"

"可是，他正在为您担心呢，还是打打电话吧……"

"不用了，甭管他。"看来没有缓和的余地，冬子一筹莫展。

"在从京都回来的新干线上我就考虑了，我觉得我可以和他分手了。"

"怎么会……"

"要分手，就要付给我一大笔补偿金，财产也各分一半，买一个新公寓和竹田君自由自在地约会更好。"

"这怎么行……"

"与其拘泥于一个妻子的名分，不如这样更人性。"夫人能说出这番话，追究其源头还不都是因为手术，要是不做那个手术，夫人和教授之间就不会发生纠葛，夫人也就不会出走。

那天，夫人最终是住在了冬子那里。因为还是第一次留外人住宿，冬子虽说有些沉重，但也顾不上许多了。冬子为夫人腾出床，打算自己睡到沙发上去，可夫人一开始就想和冬子一块儿睡。

"只有你能理解我的苦衷。"被夫人这么一说，冬子也就躲不开了。

和每次一样，先是冬子接受了夫人的爱抚，夫人也随之兴奋起来,两个人就这样睡在了同一张床上。

第二天,夫人喝着咖啡说道:"心里踏实多了。"然后就离开了冬子的公寓。

那以后有三天时间,一直都没有夫人的消息,冬子心想这下不会有什么大事了,可第四天来了电话。

"我还是和他分手了。"夫人突然说道,"一会儿见个面吧?"

冬子正和时装设计师伏木在洽谈业务,所以便说道:"要过二三十分钟以后。"

"好的。我在'含羞草馆'等你。"夫人的电话依然带有主观性。

大约过了二十分钟,冬子去了"含羞草馆",夫人已经坐在那里喝着咖啡等候了,看上去就知道夫人这次费了心思,脸上显出很憔悴的样子。

"怎么样了?"

"反正我知道和那个人不能再在一起了,什么地方有没有合适的公寓?"

"真的吗?"

"当然了,你以为我开玩笑呢。"

"可是,这么着急就……"

"有关离婚的条件,到时请律师就是了,我一刻也不愿意再在那个家待下去了。"

"那先生怎么办?"

"不知道。他是他,随便他就是了。要是这一带有三室一厅的公寓就好了。"

"可是,先生有没有答应让您搬出来啊?"

"这种事没有什么答应不答应的,就是因为烦了,所以才出来的。"

"不能再谈谈吗?"

"他也希望和我分开的,分开对彼此都好。男人和女人的关系,就是虚无得很啊。"

的确,两个人若是就这样分手了,二十年的婚姻生活又究竟算什么呢? 真是世事难料啊。

"难道就没有再缓和的余地吗?"

"这三天已经说了好几次,已经这样了,就没有回旋的余地了。"夫人好像主意已定,显得很爽快。

"迟早会到这一步的。"夫人说完,又若有所思地说道,"我今年春天就四十二岁了,也不可能老是这么拖下去。如果不抓紧时间,女人的好日子就结束了。"

夫人四十二岁,的确过了女人的韶华之年,和二十岁令人目眩的青春年华相比,的确显出逊色。若是普通女性,也许会开始淡出女性光辉,渐渐地为即将到来的老年生涯做好心理准备,至少不会铤而走险地离家出走,去投奔到年轻男子的怀抱里。

可是反过来换个角度一想,年过四十岁,正是要趁所剩无几的女性好时光大胆行事,反正人要老去,就要在还能行使女性特权期间燃尽生命。那些为平庸的世俗所困,平凡老去的人却一无所得。

夫人现在也许就是这种心情。

冬子喝着咖啡,虽然夫人的焦急现在还与自己无关,可明年冬子就三十岁了,已是不能算作年轻的年龄。

"真是年龄不饶人啊。"

"回想起来,我白白损失了女人最好的年华。"

"损失?"

"因肌瘤做了手术,其后大夫说不影响,可他却说那样对身体不好,使得我自己也这么觉得。"

"那有一段时间就一直没……"

"不是一段时间,而是一直就没有。有一天突然被他……"夫人这时流露出羞涩的表情,低下了头,"在他的说服下,心想爱怎么样就怎么样了,就依了他,结果什么感觉也没有。"

"是先生不行吗?"

"倒也不是不行,当然我也想要来着,可是他一副索然无味的表情,要是要求的话,怕他会说出轻蔑人的话来……"

"会说的吗?"

"会的,我可是忍受过来的。"

"那,竹田这个人呢?"

"当然,他还年轻,技术还不行,可是他很当回事,很努力,不会像我家那位那样,侮辱我说我不行,能够让我满足。早知这样,就该早早和他在一起了。"

"可这也不是和谁都行的事啊。"

"那可不一定,只要肯好好地爱抚我,和谁都可以的。"

夫人说的损失,心情上是可以理解的,可要是和谁都可以的话,冬子就不敢苟同了。

"反正教授夫人我是当够了。"夫人进一步斩钉截铁地说道,"每天早上起来后准备早饭,打扫房间,然后就去采购,再准备晚饭。每天重复一样的生活,就这样年复一年地老去,我是当够了。要是这样,真不知道为什么要生到这个世界上来。"

"可是,能有一个可以依靠的丈夫,衣食无忧地生活,在我们看来多令人羡慕啊。"

"当然,要是被疼爱的话。可要是为了一个完全不爱的人,做这些事就只有痛苦了。"

"不正是因为爱才在一起的吗?"

"是的,可那只是一时的爱,现在已经没有了。多年以来一直被背叛,现在完全没有了感觉。现在再说重新和好,是好不起来了。"

嘴上逞强的夫人看上去显得很失落。

"那孩子怎么办?"

"反正孩子已经大了,能够理解我们的。分开后,说要跟着我,还满不在乎地说'我是爸爸妈妈的孩子,到时两边都会去玩的',还说要住学生宿舍,也许会去住的。"

"那真要变成一个人了吗?"

"这样会清爽些。本来也已经是四十二岁的中年妇女了,也不再吸引人了,所以分开后,要经常来我这里玩啊。"

"不是还有竹田君吗?"

"他和你是两回事呦。他是他,是迟早有一天会离我而去的男人,理解不了我们相同的苦衷啦。"

冬子很喜欢夫人这种既浪漫而又头脑很清楚的地方。

上一次,夫人虽然也邀请冬子去玩,可是冬子不知为什么喜欢不起来年轻而又爱玩的男子。

"我这样说可能有些失礼,那个人只不过是把您当作玩玩的对象吧?"

"是的,他也不会当真要和我结婚的。我虽然过了四十岁,长得还可以,但他不过是觉得从我这里可以弄些零花钱,比年轻女孩强而已。"

"您给他零花钱吗?"

"他那么忠实地跟着我,当然了。"

当然,人会觉得一个爱慕自己的人是可爱的,也会尽可能地为对方着想。可是,冬子还是理解不了要给一个比自己小的男人零花钱让对方跟自己交往的感觉,不管大多少岁,这也太凄惨了。

"不过,现在已经没有哪个男人愿意和我们这样的老阿姨交往了。能和我们见见面,都很感谢了。"

夫人说出的这番话让冬子都感到有些失落。

"您很漂亮,还有的是机会呢。"

"已经不行了。不管怎么化妆掩饰,年龄总是掩藏不住的。"

夫人又去按摩,又去蒸桑拿,还经常去做美容,可夫人的眼角和颈项已经有了明显的皱纹。

"那每个月都要给竹田君零花钱了?"

"倒也没有一定的数额,有时给他买件西服,送块手表之类的礼物,仅此而已。"

"……"

"所以,他的爱情也不能说是没有目的的。"

"我明白。"

"你们还年轻,还没有必要这样做。我觉得是个顺序问题,年轻的时候从各种男人那里获得,现在再偿还回去。这么一想就觉得是'风水轮流转'啦。"

"要是像您那样想得开就好啦。"

"不管好不好,到了这个年龄也只能这么想了。"

说来的确如此,可大部分人都是事到临头才开始困惑的。

"反正我是提早变成了单身,趁着所剩不多的女性时光好好潇

343

洒一下啦。"

夫人莞尔一笑。不管有多么痛苦,都不会不开心,而是往开朗处想,这也正是夫人的长处。

"那您什么时候离开家呢?"

"只要公寓定下来,明天就可以离开。"

"这么迅速……"

"那当然。要是每天面对面,离婚诉讼和财产分割都搞不好。"

"可那是已经住了几十年的地方,搬起家来也很麻烦啊。"

"我对那个家一点儿留恋都没有了,床、家具、床上用品全都想换成新的。"可以想见,夫人对于现在的状态毫无眷恋。

"今天和你说了,总算心里舒服多了。"

"我什么也帮不上您。"

"这就很好了,能有你这么一个倾诉对象,我就踏实了很多。这次我算知道了,我能倾诉的也就只有你了。"

夫人说着,向冬子投去了甜甜的目光。

进入六月份,一直持续不断的"梅雨前锋"停了下来,迎来了晴朗的天气。

马上就要到菖蒲盛开的季节了,今年,明治神宫内苑的菖蒲据说从六月二十日开始是最好的观赏季节。

因为离店很近,所以冬子每年都去内苑看菖蒲。

据说大约有一千五百株的菖蒲,水池蜿蜒曲折,无论从哪个角度都很难看到全景。有人说要是能将一千五百株菖蒲尽收眼底,那该多壮观啊,可就是因为不能一眼望穿,才会有深奥感,才能体会个中妙意。

冬子并不像其他人那样讨厌梅雨,梅雨时节阴雨缠绵,的确令人感到不爽。但下雨天却能带给人宁静,一个人独自想些心事是最适宜的。

可今年的梅雨有些反常,六月初还是"梅雨前锋",天气预报也宣布进入了梅雨季,可没过两三天就是晴空高照,然后阴两天就又晴了。一开始就不够清晰,梅雨时期又总不下雨。

船津打来电话是下雨那天的下午。

"医疗过失委员会有了回信,想跟你说些情况,今晚上能见面吗?"

冬子那天已经和横滨时期的朋友有约在先,可既然说委员会有了结果,也不好拒绝。

"和朋友已经约好吃晚饭了,要到九点。"

"我没有关系。那就在上次去的新宿地下店,如何?"

其实,冬子并不想去酒吧,而是想去咖啡店见面,但也没有不去酒吧的具体理由。

"知道地方吧?"

"大概没有问题。"冬子点着头,然后说道,"是什么结果?"

"委员会也做了充分调查,好像挺难的,可还不到绝望的程度。还是见面时再详细说吧。"

冬子点着头,可心里却在说反正无所谓。

到傍晚时,雨点小了,却还在下着,早早就亮起的霓虹灯在雨中的路面上影影绰绰。

八点半,冬子在涩谷的巴洛克和朋友吃过晚饭后,就朝新宿方向走去。

每次去见船津时,冬子都会感到一种紧张。

又不知道会说些什么,一想到会不会又要被追问,心情就沉重起来。可也并不反感,在这份紧张感中又有些许的新鲜。

冬子到店里的时候,比约定的九点晚到了一会儿。船津已经来了,在里面的包间抱着胳膊等待着,好像若有所思,一副严肃的表情中带着小伙子的青春气息。

"对不起,来晚了。"冬子走近时,船津赶忙抬起了头,也许是喝了点儿酒,脸颊泛出微微的红晕。

"朋友那边已经结束了吗?"

"刚分手。"

"喝什么?"

"喝白兰地吧。"好像为下面要说的话做准备,冬子点了烈性酒。

船津这时开始正襟危坐地把两只手放到了双膝上,说道:"今天,医师会打来电话我就去了,说结论吧,就是要求赔偿是很难的。"

冬子微微点了下头。

"医疗过失会很有诚意地进行了调查,现实问题是亲自做手术的只有院长一个人,涉及手术的细节时,就不得不认同院长说的。"

"……"

"可是,正像最初给你诊断的医生说的那样,没必要连子宫也摘除,就这一点,委员会医生们的意见一致。可实际上是院长做的手术,要是院长说'打开时很严重',就根本没有反驳的余地。"

"那也从院长那里听取意见了吗?"

"当然。好像那个院长也被委员会叫了去,接受了询问。当然,没有必要摘除只是一般的说法,如果说'打开一看比想象的要严重,所以就摘除了',没有亲眼看到的人就不能断言是做错了。因为没有任何人在现场,所以也就难以再追查下去了。据委员会的医生说,'可以根据摘除的子宫进行判断'。"

"子宫还保留着吗?"

"当然没有了。"

虽说是为了论证手术是否正确,将自己的子宫暴露在众人面前,但冬子一想到那个场面就毛骨悚然。

"因为手术是密室作业,所以只有当事人才知道。如果当事人为了不留证据,处理掉了的话,就没办法调查了。只从物证第一主义的角度追查下去,当然就会碰壁。"

酒吧的吧台坐满了客人,可是包间里就冬子和船津两人,所以也不用担心被谁听去。

"那这件事就再没办法了吗?"

"也不见得。二十岁到三十岁之间的年龄得了子宫肌瘤要摘除子宫,一般来说是做过了,问题是要看手术前的症状有多严重。"

那时,来例假时腰很疼,出血量也较大,可是冬子也不想跟船津说这些。

"所以,有可能直接跟你了解这些情况。"

"可是,如果实际的手术情况不了解,还不是一样。"

"也许是这样,肌瘤就像是青春痘一样的东西,好像健康女性或大或小都有的。"

"青春痘吗?"

"也许有些夸张,反正肌瘤是一种良性的肿瘤,即便长了,也不会像癌症那样长大,甚至夺去人的生命。总归是良性的,即便有肌瘤,也不一定就要做掉。"

看来船津从医师会的医生那里学到了不少知识。

"一般是因为腰疼,或腹部有包块就能被发现,大多数是往往怀孕时子宫长大了才被发现的。"

三年前怀孕时,冬子也没感觉有包块。

"所以,同样是肌瘤,有的是及早做掉好,也有的是留在那里也不必担心,因人而异的。"

"如何决定做掉还是不做掉呢?"

"这就是问题的关键。一般来说,疼得厉害,或是包块比较大,要不然就是贫血,而且还要根据年龄,完全凭每个医生的判断。只是最近,子宫肌瘤的手术大大增多了,而且大部分都是连子宫一起摘除。关于这个手术,众说纷纭,莫衷一是。"

"这么说来……"

"打个比方,也许不恰当,有的认为肌瘤的摘除好比挖白薯,在根部连着好几个,都要摘除才行。既然摘除,摘一个也无意义,还不如连子宫全摘掉,作为手术这样才算完成。但也有持相反意见的,认为即便有好几个,也只摘掉导致身体出现症状的肌瘤,其他的应该保留在那里。作为根治方法,前一个观点是正确的,可是一旦做过了头,就难免不把子宫也摘掉了。"

船津喝了一口威士忌,又继续说道:

"治病的确需要根治,如果不能治疗到防止复发的地步,也麻烦。可是,如果为此彻底摘掉,也受不了。打个可笑的比方,如果脚上长了包块,光是把脚脖子以下切除也就称不上是治疗了。为了治疗肌瘤,而要摘掉子宫,我觉得不是和这个很相似吗?"

这种解释方法冬子也很认同。

"总之,通过这回我才知道:尽管医学如此发达,可到关键之处,却并不清楚。就拿治疗方法来说吧,什么程度该做手术,什么程度只做掉肌瘤,到什么时候需要摘掉子宫,这些都是因人而异,不能一概决定,最终还是要靠医生的感觉。也就是说,选择哪个医生也得看命。"

"命……"

冬子想起了第一次去医院时的情景,那时,要是去目白医院的话,说不定就不会摘掉子宫了。一想到这里,冬子赶忙摇着头说:

"那这次也可能是对的呢。"

"或者说……即便从道理上可以追究下去,可到最后,还是会根据患者个人体质的不同,这样就规避了过去。所以,即便下一步直接从你那里了解症状,追究身为委员会成员的院长的责任也是很艰难的。"

"一开始我就觉得行不通。"

"当事人要是这么说,可就麻烦了。"

"我们是外行,怎么可能敌得过专业领域里的医生。"

"这么说就完了,可是在医学上还没有明确哪个是绝对错误的时候,或许就有医生以此为由,做了不该做的手术,做了不该摘掉子宫的手术。当然,这只是一小部分医生。不仅是妇产科,外科内科也都有。"

"内科也有吗?"

"虽然不是手术。比如,可以不必吃的药也让吃,不该打的针也给打,内科不像手术影响大,所以不显眼。"

冬子在周刊杂志上也看到过类似的消息。

"现在的保险制度和医疗制度的确很不好,要是不做不该做的手术,不开不该吃的药,就支撑不下去了。给予的一方倒好,可接受的一方就吃不消了。"

说着说着,船津的嗓门越来越大起来了。

"对于医生来说,只是个谋生的手段而已,而对于患者来说,就是一辈子的事,这可是人命关天的重大问题。"

"知道了。"

冬子点了下头,朝吧台方向望去,说实话,冬子已经想要逃避听这些话了。

"给你添了很多麻烦,真是抱歉!"

"请等一下,还没有完呢。委员会想让人到你那里了解症状呢。"

"即便了解了,结果都一样吧?"

"也许得不到赔偿,或者不追究当事医生的责任,但有可能对院长给予警告处分。即便没有赔偿,院长为此也定会受到挫败。既然被委员会叫去接受了调查,被怀疑是肯定的,今后就不敢再像以前那样草率行事了。"

"既然是这样,就算了。"

"你不打算出席委员会的调查吗?"

"不出席。"冬子这次回答得很干脆。

"倒不如向警察那边控告可能更好些。"

"好了,真是够了。"

"我的做法有什么不好吗?"

"没有。要是没有船津你,我就会认为那样做是对的。对于肌瘤,对于手术,就不知道还潜伏着那么多复杂的难题。幸亏有你,我才变得聪明了许多。"

"好多我也是调查后才知道的。"

"好了,都忘掉,来喝酒吧。"

"真的就这样不清不楚下去啊?"

"不清不楚才好呢。"

"为什么？"

"也许你不能理解,如果搞明白了全是医生的错,反而更难受。"

"这个我明白……"

"就调查到这个程度,正好。来,喝酒吧。"冬子像是给自己鼓劲似的举起杯子和船津碰杯。

"辛苦了。"

船津还是一副不解的表情碰着杯子,喝了一下威士忌。

"你还是决定去美国吗？"

"嗯！"

"那今晚就喝个痛快吧。"

"真的吗？"船津的脸上终于露出了笑容。

刚才客人一度少下来的店里,又被新到的客人坐满了吧台。妈妈桑虽是个年长的丰满女人,可客人大都是同船津年龄相仿的工薪阶层职员。

"是要去几年吗？"

"好不容易去美国了。"

"那就见不到了呀。"

"那倒不会。即便去了美国,一天也能飞回来。打算半年回来一次,马上就会再见到的。"说完,船津喃喃自语,"本来就是为了和你分手才去的美国,就没必要中途回来了。"

冬子注视着盛着白兰地的酒杯,心里琢磨着眼前冒出来的这份寂寞是怎么一回事。是不是就是因为失去了一个仰慕自己的小伙子而感到的失落呢,还是失去了一份爱的寂寥呢？要是上一个,那是自寻烦恼；要是后一个,就会是巨大的损失了。

"我们走吧。"这个店令冬子感到有些不舒服,她想换个场所。

"去哪里?"

"先出去吧。"

来到外边时,雨已经停了,可是天空还布满着厚厚的阴云。

"我们去饭店的酒吧,好吗?"船津手指着耸立在夜空下的饭店说道。

"我想去能跳舞的。"

"可我不知道哪里有,上次所长带我们去的地方是有的。"

"在银座,就去那里吧。"冬子走在前面,向开过来的出租车挥手。

"去银座。"

冬子说完,船津问道:"真的可以吗?"

"没问题,下面就由我来安排啦。"

"不是这个意思,要是被所长看见了……"

"没事的,反正你已经辞去工作了。"

"可是,你呢……"

"就不用担心我了。"说着,冬子感到自己是不是有些张狂。

上次和贵志去的酒吧是在靠近银座的新桥,在一座白色大厦的地下,不像是酒吧,倒像是夜总会。

和船津他们一块儿去是在十二月初,贵志在筑地请客吃了河豚料理后,冬子店里的真纪和友美也一道来了。此后,和贵志又来过一次,大致方位是记得的。

林荫大道是一条单行线,在从新桥那边进来大概有两百米的地方,有一座白色大厦。

两个人在这里下了车,然后下了台阶,看到霓虹灯就想起来是叫作"玛格丽特"的一家店。上次来的时候,感到整个店都很昏暗,可这次来并没有这个感觉。已经快十一点了,这个时间才刚刚进入午夜,所以还不太拥挤,两个人进来后就并排坐到了里面的包间。

"喝点儿什么?"

服务生马上端来了冰水。

"我喝白兰地,你呢?"

冬子问过之后,船津略考虑了一下,说:"我也喝一样的吧。"

冬子直截了当地问起了服务生:"最近贵志有没有来?"

"半个月以前来过一次,自那儿以后就……"

"是吗?"

冬子颔首,可船津好像还放心不下。

"是不是快来了?"

"不要当回事。"冬子嘴上这么说着,心里也在嘀咕要是真遇上了怎么办。

反正两个人之间又没做什么有愧的事,贵志是成年人,即便遇上了,也不会说什么的。要是真见到了,就一块儿喝酒呗,冬子也许是喝了酒,胆子也壮大了。

"来,为船津去美国干杯。"

冬子举起了白兰地酒杯。

"不,今天是为了你。"

"为我?"

"虽然没有得到一个明确的说法,但是医院的调查就算告一段落了。"

"那你辛苦了。"

"木之内小姐还是不适合在新宿那样便宜的酒吧,而更适合在这样的地方。"

"没有的事。"

客人还很稀疏,这时钢琴弹奏响了,坐在角落的两人跳起了舞来。

地面很窄,又是钢琴伴奏,不能跳得太剧烈,所以很平和,酒吧里弥漫着幽雅的气氛。

"跳舞吗?"在微醺中,冬子向船津发出邀请。

船津跳得不太好,说在学生时代只被朋友带着去跳了两三次。

要说跳得好的,还是贵志。贵志说他的学生时代没有其他可玩的,只要有四五百日元就可以在舞池跳一晚上,那里是最好的玩耍地点。

"你在那里诱惑女孩子吧?"冬子试探着问道,贵志笑而不答。

贵志的舞姿看上去就是有资历的,可船津跳得还比较生硬,知道他有些紧张,冬子觉得船津那生硬的动作里散发着青春活力。

钢琴的曲目是《潇洒的分别》。

"上次也是这支曲子,一定是为我们演奏的。"冬子在船津的胸前窃窃私语着。

"这就叫潇洒吗?"

"不是吗?"

"不知道。"船津说完,突然更加用力地抱住胳膊,说道,"我一会儿说话时,你不要笑,好好听着。"

"什么?"

"跟不跟我一块儿去美国?"

"我?"

霎时,冬子正要抬起头时,船津弯下身来在耳畔喃喃道:"和我一起。"

"……"

"本来,一直到进来以前我都是打算一个人去的,可是一进到这里,忽然冒出了新念头。"

冬子抬起了头,在船津那雪白的衬衫里嗅到了男人的气味。

两个人都默不作声地跳着,冬子不知道该怎样回答才好,船津也为自己说出的唐突话不知所措。

不一会儿,一支曲子结束了,两个人回到了座位上。船津像是给自己鼓劲似的喝了一口白兰地,然后说道:"不行吗?"

"等一等……"冬子又审视了一下船津说,"你是不是搞错了?"

"我并没有搞错。"

"我可是正如你所知道的那样,是个做了手术的女人。"

"我知道。"

"那就不要开那样的玩笑了。"

"我不是开玩笑,我是真心真意的。"

"那你就不要再怜悯我了。"冬子站了起来,走向化妆室。

化妆室不同于微暗的包间,灯光明亮,从镜子里可以看到自己的脸,这是一副就要到二十九岁的没有了子宫的容颜。

那个人想要把这个女人怎么样呢……

从化妆室出来回到座位上,冬子尽可能做出开心的样子,然后说道:

"我们该回去了吧?"

"就回去了吗?"

"已经过十一点了。"

"刚才的话让你不高兴了吗?"

"没有,没有的事。"冬子预感到再这样和船津泡下去,就快崩溃掉了,现在分手为妥。

"今天不是已经喝得很从容了吗?"

"已经晚了,那我先送你回去吧。"

"不,我送你。"船津有些生气地站了起来,就这样无声地来到了外边,朝驶过来的出租车举起了手。

"我送你。"车子发动起来时,冬子问道,"生气了吗?"

"倒没有生气,你总是把我说的话不当回事,一点儿也不认真考虑一下。"

"没有的事,每次都听得很认真。"

"那你为什么突然就要回去,我好不容易刚开了个头,你就把话岔开了。"

"不是……"

"现在不又是刚说到半截儿就出来了。"

"那是……因为你净说些让人感到害怕的话。"

"说一起去美国,怎么就害怕了?我并没想把你带到那边就撒手不管了。"

"这我知道。正是因为知道才害怕的。"

"真是一点儿也搞不懂。"

"是的,你搞不懂。"冬子沉到座位里。

船津只是觉得把自己爱的人带走是天经地义的,这么认真地说了,她却觉得可怕,这让船津感到很是气愤。

可是从冬子的角度来看,船津的认真的确让她感到害怕。如果把他的话当真了,顺从了他的意志,一旦理性过来,又该怎么办?现在看着美丽,迟早会有褪色而露出本色的时候。

船津既知道冬子和贵志在交往,也知晓冬子失去了身为女人最宝贵的东西,还知道冬子比他大两岁,即便现在可以接受,哪一天也会接受不了的。现在喜欢的,说不定在不久的将来就成了憎恶的对象。

冬子不想尝到这份苦果,与其有这么倒霉的一天,还不如现在忍痛割爱的好。

也许是多虑了,冬子现在越发地谨小慎微起来。

出租车从大道上朝着参宫桥车站方向驶去,两边布满了狭小的商业街,通常到十点都是人声鼎沸的,可现在基本都关门了,只有小吃店还亮着灯。从这里穿过去,上一个缓坡就到了冬子的公寓,船津已经送过几次,他很清楚这里的路。

"就在这里吧。"

刚上到坡顶时冬子说道,船津慌了神似的瞧着冬子。

"我也下车。"

"已经不要紧了。"冬子不管不顾地下了车,船津也下来了。

"打算干什么?"

"没……"船津一副困惑的样子站在那里。

"今天真正就在这里分手吧。"

"那我们就真的再也见不到了。"

"去美国不是还有一段时间吗?"

"还有半个月。"

"那还可以再见一次的。"

"我是希望你能尽快回答刚才我问的问题。"

已经是深更半夜了,不可能一直站在那里,冬子朝左手边的小路慢慢地走去。

"今天晚上不回话,我就不回去。"

"刚才我不是已经回绝了吗?"

"不,你还没有明确地拒绝,只是说害怕。"

"所以……"

"那害怕为什么就意味着不行呢?"

"……"

"我还没有死心。"说完,船津一动不动地站在那里。

夜晚的小路上,路灯有序地排列着,冬子看着路灯回过头来,船津伺机用手转了一下冬子的肩膀将她拉到自己身旁。

"不行……"冬子转过脸去。船津强行抱住冬子,并要吻她。

冬子左右摇摆着头,缩起脖子,转眼间船津从上面压了过来,冬子接受了吻。在男人的臂膊里,冬子听到了从远处传来的汽车声音。不一会儿,船津忽然松弛了腕力。

"跟我一块儿去吧!"

"……"

"去美国,一块儿生活吧。"

冬子听起来好像一阵风吹过,一场从遥远的地方吹过来却跟自己毫无缘分的风。

"好不好?"

冬子在船津的臂膀中慢慢地左右摇摆着头。

"为什么不行?"船津加重了语气说道,"我喜欢你。"

冬子小声而有力地说道:"就是因为喜欢,才想这样分手的。"

"搞不懂。"

"你搞不懂,也就这样了。"

冬子知道自己的声音随着风飘走了。两个人都沉默不语地走在夜间的小路上,四周都是住宅区,已是夜深人静。

在左侧的树丛中间,一朵一朵的绣球花浮现在街灯的灯光中。在路的尽头,传来了小田快线的电车发出的风驰电掣的声音,已经过了十二点,也许是末班车了。

电车驶过,又恢复了寂静。

两个人下了车,好像已经走了有四五百米了,再这么走下去,就到了铁轨过街桥,前面已经没有出租车行驶的路了。

"回去吧。"

冬子在一棵巨大的榉木树枝探出的围墙角处停下脚步,又沿刚才走过的路返回。

雨是彻底不下了,石墙和路面都还是湿漉漉的,船津依然一言不发地跟在冬子的后面。

不一会儿,路微微地往右拐过去,转过这个弯就能看到冬子的公寓入口了。当走到正面的白色石墙尽头的地方时,船津轻轻地叹了口气。

"累了吧?"

"没有……"在夜幕下,船津微微地摇着头。

冬子忽然觉得就这样让小伙子回去是不是太残酷了,说不定今后就见不到了。即便说离去美国还有半个月,他可能不会再和我说什么了,想到这里,冬子忽然感到有些眷恋不舍。

"那休息一下吗?"

霎时,船津疑惑地注视着冬子,问:"可以吗?"

"喝点茶吧。"冬子走在前面,打开了公寓入口处的玻璃门。

一进大门,左手就是管理人员的房间,对面排列着信箱。冬子窥探了一下信箱,拿起送来的上网账单和电话费单就来到了电梯前。

有两部电梯,都停在一层,冬子上了右侧的电梯,船津紧跟其后,电梯门就关上了。

两个人上了电梯,注视着电梯的楼层显示。

冬子看着从二层上到三层的显示时,心里就在想:让船津进到自己的房间是出于什么心情,要是打算分手,就应该在公寓前分手。船津也是这么认为的,显而易见,是冬子邀请他进来的。

打开房门进入房间,冬子马上就来到梳妆台前看着镜子里的自己,虽然还没有崩溃,但明显已显出倦意。

冬子稍稍地梳理了一下头发,就回到了客厅。船津坐在沙发上点起了一支香烟。

"是喝咖啡,还是喝茶?"

"给我杯咖啡吧。"

冬子点过头,就来到了厨房里。

"到了美国,也要租公寓吧?"要是一言不发就会感到很不自在,冬子用力、开朗地问道。

"打算先住到朋友那里去。"

"那就不会寂寞了。"

"可是……"船津欲言又止。

冬子煮好咖啡,放到了桌子上,船津不加糖喝了起来。

"不是用咖啡壶煮的,不好喝吧?"

"不,挺好喝的。"

"没有什么招待你的,吃西式点心吗?"

"不用。你也在家做饭吗？"

"当然做了,奇怪吗？"

船津环顾了一下四周,说道:"问一个奇怪的问题,可以吗？"

"请。"

"所长来过这里吗？"

"没有,没有来过。"

船津进一步环视起四周问道:"今天晚上,为什么让我进到你房间里来？"

"什么为什么？今晚已经陪了我很长时间了,我觉得你累了。"

"不是。其实是同情我、可怜我,才让我进来的吧？"

"不是的。"

"不管什么理由,能让我进来,我就感到很满足了,这下我就可以心安理得地去美国了。"

"到了美国,给我来信吧？"

"哎,这可不行。我去美国的目的就是为了忘记你。"

"太过分了……"

"你好像还不信,我就是为了忘记你才去的美国。"

"……"

"今晚,我真的彻底死了这份心。"

"听听音乐吧。"冬子感到窒息地站了起来,来到了放在书箱间的音响前。

"听听莫里哀的音乐怎么样？"冬子弄好了音响,回过头,船津站了起来。

"我回去了。"

"就回去了吗？"

"嗯。"船津领首,露出一副痛苦的神情。冬子用身子挡在了前面。

"怎么了?"

"已经太晚了,回去了。"

"还有什么事吗?"

"没有什么事了。"船津在换鞋的地方说道,"再这么待下去,只会越来越痛苦,又会像上次那样不知会做出什么举动来。"

"……"

"你真坏,明明知道即便我对你有所要求,你也不会答应,却还邀我到你房间里来。"

"我可不是这个意思,只是觉得你累了……"

"要是不喜欢就直接说,这样我就会彻底死心,我可受不了这种杀蛇杀得半死不活的状态。"

"我也不是……"

冬子倒不是有意玩弄船津的感情,今天本来已经说好要分手了,可是又觉得有些失落,这才让他进了房间。任性是有些任性,但显然不是出于恶意。

况且,对船津还抱有好感。若是问是否爱他,则会感到困惑,但终归还是喜欢的。

"对不起。"虽然没有恶意,但结果却给对方带来了痛苦,那就得道歉,"是我不好,不该邀你来。"

"冬子小姐。"船津突然喊了起来,并张开双臂想要扑向冬子。

乱作一团的冬子往后退着,可船津宽大的手臂一下子就抓住了冬子,船津的嘴唇凑近了冬子。

在短暂的执拗后,冬子老实地接受了船津的吻,接着刚才在小路上的那一次,第二次便胆大而且冷静地让他吻着。

不一会儿,船津挪开了嘴唇,喘了口气,然后艰难地说道:

"给了吧……"

"……"

"给我吧。"

船津的声音像一股热风般吹了过来,冬子还是第一次听到一个痛苦而又热辣辣的男人的声音。

"拜托了。"一个大男人在哀求着,带着就要哭出来的哭腔恳求着。

冬子被这种充满热血的声音打动了,渐渐地觉得给他也无妨了,既然他这么想要……

心理上瞬间的妥协让冬子迅速失去了抵触的情绪,船津再一次贴近了脸,冬子这回没有转过脸去。船津对失去了抵抗的身体一时不知所措,松弛了一下臂膀上的力量,然后就又马上搂紧了。

"我想要。"再一次像是宣言之后,全身就使劲地压了上来。

然后就这样一点点地回到了房间的中间,冬子闭上了眼睛,随他的便啦,既然他这么想要就给他了……

也许是冬子的所思所想传导给了船津,在回到房间的中间时,船津又一次地吸吮起冬子的嘴唇,并把手放到了胸脯上。

"等一下。"冬子扭着脖子细声说道。

即便是答应给他了,但这样也太煞风景了,四周通明,脚底下有沙发和桌子。要是贵志,这时就会一下子关上灯,一边不断地爱抚着,一边激起冬子的情欲,把她抱到床上,不会让女性感到难为情,或是让她降低了兴致。

可是,如此要求年轻的船津就太牵强了。

"关上灯……"

船津慌忙环视了一下,发现在门口的柱子上有开关,就伸手去关。

电灯闪了一下就熄灭了,房间黑了下来,靠着窗户的酒柜和桌影黑乎乎地浮现出来。

"好了。"

"……"冬子没有作答,实际上也没法回答。

船津搂得更紧了,并将脸猛烈地贴了过来。

冬子为了躲避凑过来的脸,就往寝室那边退,那里有一张床,还有一盏橙色灯伞的台灯。

要是贵志,不管三七二十一,就会搬到那边去。可船津明知里面有床,却没有一口气推压过去的勇气。

"不行。"

"不,不会再放手的。"

冬子的抵触不过是诱惑船津的手段,一抵抗,小伙子就会一鼓作气。

小小的执拗之后,船津终于屏住了呼吸,将冬子拽到了床那边。

"住手……"冬子叫喊着,船津已经停不下来了,仿佛要被压碎般的冬子一下子倒在了床上。

被船津按倒在床上,冬子的脑子微妙地清醒起来。

既然已经答应了,就覆水难收了。他这么想要,就给他吧,反正船津也将不在日本了,把自己给一个始终忠诚地爱着自己的人,也无可挑剔。

心里虽然这么想着,可又有一个声音在嘀咕:还是不该答应他,他真诚地爱着自己,况且就这样远去,所以不应该答应。左思右想了一番,答应他的心情似乎也是如此。同样的理由,一个是答应,一个是不答应。

要是不知情的人听到,一定觉得充满矛盾,不合情理。可是在冬子心里,是合情合理的。

船津爱着自己,夸大地说还对自己怀有憧憬,不希望让这样的人失望。这样分手,自己一定会被船津牢牢地铭刻在脑子里,永不忘记吧。

也许这正是冬子的一种任性,一种自怜自爱的自我陶醉般的愿望。女性一时会希望不只是作为一个肉体上有联系的存在,而是作为能够长久珍藏在内心深处的存在。

身体上结合的瞬间就瓦解了一个神话,身体的隐私一旦被知道,男人们就失去了对女人的梦幻,疯狂般的憧憬会蜕变成平凡的常景。

冬子之所以一直拒绝着船津,一方面是因为对贵志还存有爱,另一方面是不希望让船津的梦想破碎,不希望一旦结合就变成了平庸的男女关系。之所以内心胆怯的另一个原因,就是出于一个有着伤痕并且难以燃烧起来的身体带来的自卑感。

与其给一个燃不起来的身体,让对方感到失望,还不如不给,让小伙子视为难以获得的至宝,一直遥远地守望着会更好。

正是因为喜欢对方,才和对方分手,喜欢才不应允。

可男人却理解不了这样的理论,男人只是想燃尽燃烧起来的火焰,仅仅要求行为本身。现在,船津也许只是变成了一个动物,脑子里只想着征服对方,现在已经是不可理喻了。

上衣被粗暴地打开,冬子的肩膀裸露了出来,都等不得脱下的工夫,就被扒下了。

不一会儿,手也伸到了裙子下面,冬子忽然感到自己的下半身被无遮拦地暴露在夜幕下。

船津摘下领带,只是脱掉裤子就紧紧地搂住了冬子。

"冬子……"小伙子的声音已经嘶哑起来,好像是历经了千辛万苦终于实现了梦想那一瞬间的兴奋声音。

冬子闭上了眼睛,两手轻轻地摊开,下肢直直地伸着,只有一件胸罩挂在身上,也只是稍稍地挂在肩膀的一端。

冬子反复被紧抱着、压着,已经失去了抵抗的气力,只是承受着对方的求欢。

冬子现在更像是处在一种等待的状态,希望对方能彻底地、贪婪地把自己吞噬掉,要是喜欢自己的身体,想什么时候要就什么时候给。

可不知为什么,船津并没有马上要,手忙脚乱了一阵子,却突然停止了动作,只是喘着粗气。

船津的左臂挨着冬子的肩下,只是保持着上半身微微地掩盖着的姿势,就没再继续了。

不知怎么回事,冬子悄悄地睁开了眼睛。

船津宽大的肩膀就呈现在眼前,自己脱下了内裤,赤身裸体的,小伙子那收紧的胸膛微微地触碰着自己右边的乳房。

不知为什么,船津向左侧着身子,微微地低下了头,右手放在了自己的腰间。冬子感到他的下半身像小小的波纹微微地晃动着,并传导到了自己的脚上。

到了最后夺去的阶段,这个人犹疑不决了吗?

又不会是初次……

冬子等待着,六月中旬虽然不冷,可是赤身裸体地等待着,让人总感到有些不自在。

不一会儿,窗外响起了汽车的声音,一会儿就开过去了。

船津还是没有动静,只是右手和上半身会时不时地晃动一下。冬子稍稍伸展了一下左手,想要把撇在一旁的毛巾被拽上来。

霎时,船津慌乱地抱起了冬子,然后叫喊了几句,突然就匍匐到了冬子的胸前。

"怎么了?"

船津没有应答,只是发疯似的左右摇摆着头。

"船津。"冬子吓了一跳。

正要起来,船津就在胸前喃喃道:"我不行。"

"不行?"

"我……"于是突然离开了冬子,俯卧在床的一端。

"不行,就是不行。"船津脱口而出地说道,两手抓住床单,摇着头,双腿微微颤动的样子就像小孩子在撒娇似的。

看着在昏暗中痛苦不堪的船津,冬子终于知道了他不可能作为男人来求欢了。

他那挠着头小声呢喃的样子,已经找不到刚才身为小伙子的那份粗犷了,只有一个小伙子对无能的自己感到气愤时的屈辱和善良清晰可见。

当冬子知道了船津不能作为一个男人去索求的时候,就更觉得他可爱了。想要占有,可却占有不了,冬子虽然不知其中的缘由,但船津那被痛苦折磨的姿态让冬子产生了爱怜。

在他这里没有了一个小伙子的威猛和傲慢,而是完全失去了自尊心,像海藻一样趴在床上,在因感到屈辱而颤抖的肩膀上渗透出了一个小伙子的敏感和懦弱。

"好了。"冬子轻轻地把手放到了船津的头上,就像哄一个大男孩似的,"就这样别动。"

在一瞬间以前,冬子是打算给他的,只要他要求,就痛痛快快地给他,为此身心都做好了准备,冬子自己对自己这样交代着。

可现在完全不同了,本来该被男人占有去的女人反而靠近男人,安慰着男人,本来该被夺去的等待着的身体也半途而废了。

冬子并没有为此感到痛苦,虽然是准备给了,可是身体并不是那么炽热,只不过是觉得既然那么想要的话,不给也没办法了。

现在,反而更觉得安静下来的船津才可爱,比身体上的结合还要更亲切。

"你一定笑话我吧?"趴在床上的船津嘟囔道。

"不会的。"

"本来那么强迫地要求,却什么也没能做。我不是这样的,我行。"

冬子没有吱声,把浴巾披在了船津的肩上。

"请不要同情我,我和其他女孩子……"

"我知道。"

"不,你不知道。"突然,船津坐了起来,把浴巾披在肩上背对着冬子。

"我不行是因为所长。"

"……"

"我正要占有你的一瞬间,所长的脸浮现在了我的脑子里,所以就……"背对着冬子的船津肩膀微微地颤动起来,"于是我就想要加把劲儿。"

"加把劲儿?"

"因为你经常被所长拥抱,所以我就一定要比所长强,想着不能输给他,结果就不行了。"

"好了,够了。"

"我是想要的。"

"知道了。"

"你不可能懂得我的心情。"说到这里,船津把浴巾蒙到头上哭了起来。

冬子赤身躺在床上,脑子里想着刚刚船津说过的话。

船津说就差一步,忽然不行的理由是因为脑子里浮现出贵志的脸,冬子搞不清男人的这种微妙的心理和身体之间的关系。

女人不管喜欢还是讨厌,都可以接受男人。即便是讨厌的人,如果强求的话,行为本身没有什么不可以的,甚至还可以怀孕。

可是男人好像就不行,如果是讨厌对方就不用说了,即便是喜欢,如果有其他杂念干扰也不行。这和年龄、体力无关,倒不如说是精神上的问题。如果心里边潜藏着自卑感或不安,好像也做不成。

女人也是一样,要是被不喜欢的人拥抱也没有感觉。很少人会有感觉,那只是例外。

和讨厌的人做爱只会感到不快,不会有任何欢愉。

也有像冬子这样的,由于心中有挂碍,就不能沉浸其中。心里要是有挂碍的话,即便是被喜欢的人爱,也得不到满足。

可是,女人即便没感觉也可以做爱。

但男人则会在这之前就停止了,不能到做爱这一步,在快要进行之前就萎靡了。身心合一却不能沉浸其中时,女性的身体是以"不感"的症状出现的,男性则是采取"不能"的形式。

如果是这样的话,男人则更纯粹。对于行为本身,男人的身体更是禁欲而敏感的吧。冬子在船津这里感受到了可爱,正是觉得禁欲的部分可爱吧。

抱着一个比自己年长的,而且是一个和擅长做爱的男人有关系的女人,为此而感到胆怯了的船津更有着一个小伙子的可爱。

说不定会败给他,完事之后肯定会被笑话,是不是没他好,正是这些不安心理让船津"不能"的。

结果,在做爱的过程中,贵志的身影一直就没有从船津的脑子里消失过。与其说消失,倒不如说在快要的时刻,贵志的身影反而越发鲜明地浮现出来。

船津不经战斗就输给了幻影,被现实中不存在的东西给吓住了。

这体现出了一个小伙子的清纯和纯粹。在中年男人满不在乎地穿着鞋子就能踏入的地方,小伙子却在这临近的地方迟疑、烦恼、痛苦,这里体现着年轻人的脆弱和懦弱。

因看不见的幻影而胆怯,不能作为一个男人来行动的船津的悲哀,恰恰和冬子有着相通之处。冬子自身也是在无形的东西面前胆怯,而丧失了性应有的欢愉。

"就这样,没关系,抱紧我。"冬子轻轻地将自己的身体靠近了船津。

冷夏

虽然已经进入了七月，可一连几天都是凉丝丝的。

据说封山已经被解禁了的富士山上积雪超过了两厘米，东北和北海道一带由于晚霜的缘故，甚至有出现冻害的可能。

根据气象台的报道，今年夏天好像是自明治九年以来气温最低的冷夏。

要是往常，那些总是率季节之先的原宿青年就会在朗朗的日照下，身穿超短裤大步流星地走在街头，可是今年，穿着中长裙和长裙的人居多。

偶尔还可以见到短裤、短衫的身影，可在寒冷阴霾的天气中，仍未成为流行。

每到夏天，冬子的体重肯定就会减轻两三公斤，本来就很消瘦的冬子本想尽量不让自己再瘦下去，可还是瘦了。

今年也许是天气凉爽的原因，冬子的体重一点儿也没有变化。身体虽然喜欢凉爽的夏天，可一想到店铺的经营，就没有这么轻松了。

夏季的帽子如果不到阳光晒人的时候,销量就不会好,照这样下去,帽子厂家就会积压很多库存,甚至已经开始出现将要倒闭的传言。

值得庆幸的是冬子的店里高档品居多,并没有受太大影响,普通帽子的销售额只跌了两三成。可要是冷夏一直持续下去,就会成为很大的问题。夏天要是没有夏天般的酷暑,帽店的经营就会出现麻烦。

七月中旬一个凉爽的下午,中山夫人来到了店里。

"哎,有没有时间?"夫人照常要邀冬子外出。

傍晚是店里比较闲暇的时候,冬子就和夫人一起去了"含羞草馆"。

夫人一坐下,点了咖啡就脱口而出:"我还是没有离家出走。"

"是言归于好了?"

"那倒不是。我留在家里,让他出去了。"

"先生……"

"要是我搬出去,不光孩子上学有问题,把那么大的一个家留给一个男人也不好办啊。他以前就想和情人住在公寓,索性就让他出去好啦。房产是他的,我要是搬出去,就成净身出门了,还是住在家里为上算。"

浪漫的夫人也有她精打细算的一面。

"离婚我觉得随时都可以,可是他说先分居一段,我就答应了。"女人看上去是弱者,可一到关键时候,就很沉着理性,比想象的要厉害得多。

"是先生提出不离婚的吗?"

"当然了。平时为所欲为,可这时却毫无勇气,害怕现在离婚会有流言蜚语,尽是顾忌世俗的那一套,就这样还是个大学教授,真吓人。"

"先生什么时候搬出去?"

"已经搬出去了。"

"那,现在和孩子两个人?"

"昨天彻底收拾了一番,今天又归整之后才出来的。"

"先生去哪里了?"

"好像租的是目黑公寓,还留下了住址和电话,我是不想去看的。"

"在那里和研究室的助手……"

"估计吧,不太清楚。"夫人想想都觉得污秽,就蹙起眉头说,"总之,也让他和其他女人住住看为好。"

"那不会因此就住着不走了吗?"

"当然,要是这样也无妨。可他已是五十岁的人了,就是有人追,顶多再有两三年,迟早会成为老头子的,没有了热情,就完了。"

"对方多大?"

"三十五岁的老姑娘,比她大一轮还多呢,早晚会说不到一块,就被轰出来了。"

"是不是为了到那时能回来,就不离婚的?"

"开什么玩笑,到那时再回来,我可不要。"

"那先生怎么办?"

"不知道。"

听到夫人的这番话,冬子感觉男人好可怜。

"先生的信件和邮包怎么办呢?"

"目前是转寄。"

"先生也很不方便啊。"

"是他自己愿意的,没办法。有一天他会懊悔的,然后来低头服输吧。"虽然夫人嘴上很厉害,但内心里还是期待着教授能回来赔不是。

"这下烦人的不在家了,你过来玩吧。"

"我想问一下,酒吧的竹田君呢?"

"他另说了,不过是眼前的装饰品。"夫人看上去浮躁轻率,其实心中挺有数。

"竹田君知道您分居的事吗?"

"当然知道,我告诉他的,可这和他没关系。"

"我知道。"

"我不会因为分手给他增加负担,也没打算和他走到一起,他和我之间一如既往是恋人的关系。"夫人说起来有条有理,冬子反而踌躇起来。

"总之,女人到什么时候不恋爱可不行。只要没有了心上人,就会疏忽打扮,从这一时刻起,女人就不再是女人了。从这个意义上讲,他可是绝好的兴奋剂。"

"为了美丽?"

"是的。要是把他从我这里夺走,我就会失去了美丽的动力,马上就会衰老成黄脸婆。女人一旦失去了张力就不行,这么看来,没有了子宫是很微不足道的,要是总是拘泥下去可就得不偿失了。"

冬子想起了船津。

对于自己来说,船津可以说是一种兴奋剂。虽然有贵志这个男人,可不同于兴奋剂,而让人觉得是个安全的靠山。

可是，船津就要离开日本了。

冬子担心起船津来，也不知现在如何，自那天晚上以后，就一直没有消息。

"说来也怪，有男人在那一瞬间就不行的事吗？"冬子壮起胆子问道。

"有吧，你遇上这样的人了吗？"

"是从朋友那里听说的，好像还很年轻。"

"那和年龄没关系，那个竹田君一开始也不行。"

"真的吗？"

"倒不是完全不行，只是一阵粗暴之后就没了后劲。男人比想象的要神经质，而且还脆弱，嘴上很强硬，是吧？"

"不太知道。"

"你也许不太知道，做那事时必须是男女之间耐心爱抚才行的。"

冬子也知道这些，但不知道遇到那种情况该怎么办。

"男人虽然是在干坏事，但还是挺可爱的。"

冬子也能理解这种感觉，对于女人，男人至少不只是敌人。

"你除了贵志以外，有其他喜欢的人了吗？"

"没有。"

夫人点燃了一支香烟，轻轻地瞪了冬子一眼，说道："太花心可不行。"

"我没有……"

"知道你没有，我们可是连着的。"

被身为女人的夫人这么一说，感到有些怪异，尤其是"连着的"这句话太露骨了。

"反正我是喜欢你的。"大白天的,在咖啡厅这么说话,让冬子战战兢兢的,但夫人却毫不介意地说,"和老公、竹田君的感受完全不同啦。"

"什么意思?"

"和男人在一起的时候,不管自己大出几岁,也还是被动的,被拥抱、被爱抚,然后才有感觉。相反,和你在一起时,我好像成了男角儿,也就是说,我是主动的。"

的确,和夫人两个人时,夫人是主动方,冬子则是完全被动地受摆布。

"所以我现在多少能理解男人的心理了,男人是出于操控这个女人、征服这个女人的欲望而需要女人的。"

"就是为了这个吗?"

"当然不仅仅为这些,反正男人的感受和我们是迥然不同的,他们没有飘飘欲仙的感受。"话说到了关键地方,夫人越发地来了兴致,"不是说双方都可以,男人也不容易啊。"

"是吗?"

"当然了,只是光顾着让对方兴奋了,本人并不一定就快活。"

这么一说,冬子也觉得似乎如此,可还从来没这么深入地想过。

"总之,是全力以赴地让女人进入佳境,忘记一切地专注于这件事。"

"可那就可以了吗?"

"你不会吧……可我们俩在一起的时候不就忘记一切了吗?"

"嗯……"

"和贵志在一起的时候呢?"

"……"

"要是不能全身心地投入,那很不幸啊。要总是什么地方都清醒着,就做不好的。"夫人此时又看了冬子一眼,"上了床之后,重要的是将自己放下,不要想多余的事,要丢掉自己,这样才能有快意。我就是这样的。"

冬子手术之后,的确没能全身心地投入,一直放不下自己,脑子里总想着其他事情。

"不能做到这一点,就是因为想得过多了,有些神经质了。"

贵志也曾多次这么说过,因为是贵志,每次都只是委婉地说:"还介意呢?"其实这个话里就含有叹息的意味。冬子每次都觉得过意不去,贵志那么用心地爱着自己,而自己却不能尽兴,好不近情理。

可即便按照"什么也别想"去努力,然而这句话却又让大脑更清醒,所以就更不能尽兴了。

冬子不知如何才能治好自己的性冷淡,又不能靠药品和打针来治疗,这让冬子更感到痛苦,越是苦思冥想,就越是陷入了情绪的低谷。

这类烦恼可以到哪里去倾诉呢?有没有给这样的病痛疗伤的地方呢……

这种状况持续了有一段时间,手术是去年秋天做的,眼看就要到一年了,难道自己就永远达不到高潮了吗?而这种失落感还要靠同性的夫人来慰藉吗?想到这里的冬子忽然坐卧不安起来。

"总之,做爱和大脑是紧密相关的,这是最微妙的。"夫人说完,掐灭了香烟。

"真是奇怪啊。"

"什么?"

"人比其他动物的大脑都发达,正是因为有优秀的精神性,才驾驭着这个世界。可做爱时,则正好相反,自以为是的大脑在作怪,本来可以的却不行了。当然其他动物也有好恶之心,可却从来不会考虑别人会怎么看自己是不是不行的,一切都是按照本能来驱使的。"

说来如此,在动物界,即便是比较高等的类人猿,在同伴前也是毫无顾忌地做着难为情的动作。

"聪明的脑袋也是有利有弊的。"

"这只是脑袋的利弊吗?"冬子颔首,心里又在想着船津。

他向冬子求欢却又失败的原因,也是源于这个精神性,年轻、敏锐,结果却是由于想得太多导致了失败。

他是不是也像自己一样没能专注于做爱本身……想到这里,冬子突然想要见见船津了。

到目前为止,冬子还没有给船津打过电话。

要是给事务所打电话,贵志有可能在;而又没有往船津公寓打电话的事由。可这次不同,要是不见的话,他说不定就去了美国。

和中山夫人分手后,冬子一直在想着给船津打电话的事。自从说五月底就辞掉工作以来,应该不会在事务所了,那就给他的公寓打电话吧,冬子犹豫不决。

船津说是为了和冬子分手去美国的。在这之前的那天晚上,说一起去美国也许不过是一时心血来潮。

现在要给船津打电话,兴许有些不妥当,好不容易平静下来的情绪又会被煽动起来。

可要是就此不见面了,也觉得有些寂寞难挨。见了面,即便可以接受他的求爱,也不可能就跟他去美国。现在打电话可能会给船津带来麻烦,可还是想要见一见。

我是不是真的喜欢上他了……

冬子扪心自问,却没有答案。喜欢是喜欢,可并没有到撕心裂肺的迫切程度,兴许是出于他要是就这么走了还真寂寞的眷恋之情。

要不然就是在冬子的心中,既对船津抱有好感,又同时想看看小伙子受到的创伤,说来有些残忍。

上次分手之后,船津就陷入了极度的屈辱中,心中不知蒙上了多大的阴影。自己的"不能"被对方知道了,船津会怎么看对方呢?冬子也有一份挑逗的意味。

到了傍晚六点,冬子鼓起勇气给船津的公寓打了电话。问问出发是哪一天,也可以称为打电话的理由吧。

冬子拿起了电话,等了一会儿,只听见那边的铃声在响,而没有人接电话,挂断之后又打了一次,还是没有人接。

是不是已经走了……

也不可能没打招呼就走了,说不定只是不在先前的公寓了,冬子感到好像丢掉了什么重要宝物似的放下了电话。傍晚的电话一直都没有拨通,到了晚上冬子从自己的公寓又给船津打了电话。

船津还是没有出来接电话,冬子渐渐地感到不安起来。

究竟还在不在日本呢……

也许跟贵志打听一下就会知道,可那样会被他识破的。虽然没有什么明确的关系,可两个人却赤身裸体地拥抱过了,冬子害怕对方知道自己的背叛。

就这样到了将近十一点,正当冬子翻阅着欧洲时尚杂志,喝着白兰地的时候,电话铃响了。

这段时间,夜晚常常打来一些奇怪的电话。每次接电话,对方都不说话,要不然就低声说一些下流话,好像知道是单身女人的电话就做起恶作剧来。

这次冬子战战兢兢地拿起电话,突然伴随着热闹的音乐传来了船津的声音。

"在家呢,我以为没在呢,就试着打了个电话。"

"现在在哪里?还在日本吗?"

"当然还在日本。明天出发,所以现在和朋友在喝最后一次酒,在新宿的'马克'店,你不过来吗?是在歌舞伎町的小剧场后面有螺旋阶梯的大楼,一看就知道了,都是些我熟悉的朋友,请你一定过来一趟。"船津好像已经喝高了,滔滔不绝地一口气说了这么多,"今天绝对要见到你的,要不然就两个人见一下吧?"

"可是,今天是最后一晚了,还是和朋友们好好聚聚吧。"

"刚才一直都在和朋友一起喝,已经差不多了。那就一小时之后,我到京王子饭店的大厅,你来这里吧。"

"可是……"

"拜托!我等你,一定啦!"

电话挂了,完全是独断专行,也许正是凭着酒劲儿。冬子喝下酒杯中的白兰地就站了起来,坐到了镜子前。

已经卸了妆,就懒得再出门,可因为是船津在日本的最后一夜,就非得出去不可了。

重新化着妆,梳理着头发,穿上衣服。从参宫桥到京王子饭店,乘车是十分钟的路。

出了门,外面阴云密布,弥漫着湿气。

冬子穿过寂静的商业街,在车站前打了辆车。

冬子到饭店时,船津已经坐在大厅的椅子上等候,两手放在椅子扶手上,耷拉着脑袋,好像喝得醉醺醺的。

可冬子一招呼,马上就站了起来。

"明天就走了,为什么没有早告诉我?"

冬子说完,船津没有应答就站了起来,说:"这上面有个酒吧,我们去那里吧。"

说完就深一脚浅一脚地踉跄着往那边走。

"你已经喝得很醉了。"

"就是为了见你。"

"为什么?"

"如果不往醉里喝,就没有胆量见你。"

两个人坐上电梯就下到了地下一层,进到了一家叫"布莱尔"的酒吧。

好像饭店酒吧只有这一家开到凌晨两点,两个人并排坐在靠近里面的L形座位上喝着威士忌,船津又一下子垂下了头。

"上次失敬了。"

"你在说什么?"

"请多包涵。"船津使劲挠着头。

是在向那天夜晚把冬子压在床上赔礼道歉呢,还是为求欢做爱却没能完成感到羞愧呢?不管是哪个,冬子都没有因那天夜晚发生的事而有所记恨,甚至因为有过一次肌肤相亲,再看船津时还比以前更感亲切了。

"你明天几点出发?"

"下午四点。"

"四点……"

"当然不可能让你送行,今晚能够这样相见就知足了,这下我就可以放心地走了。"

"倒也不是不可以送你,还有其他人来,会打扰吧?"

"真的不用了。"船津撩起垂下来的头发说,"总之,就是想再见一次,仅此而已。"

"我也给你的公寓打过电话,你没有在,担心你已经出发了呢。"

"你这么一说,即便是在哄我,我也很感激了。"

"没有哄你。"

"你能喜欢像我这样的家伙吗?什么也不行的男人。"

"喜欢。"

船津用审视的目光凝视着冬子,马上摇着头说:"不,不行。"之后咚咚地敲着自己的头说,"到了那边,不仅学习建筑和设计,还要修炼一下搞女人的本领,到那时再见吧。"

"你是不是为这个去的?"

"下次再见的时候,就绝对不会再遇到那种难堪了。"

"我并不在意的。"

"我不希望同情。"

"不是的。"上次的事好像成了一个重重的包袱,一直压在小伙子心上。

"第一次去国外吗?"

"学生时代和毕业后的第二年,再加上这次就是第三次了。"

"那已经习以为常了?"

"可美国还是第一次。"然后两个人就谈起了去欧洲的话题。

过了一个半小时,已经是最后一次询问顾客,冬子站了起来,船津好像还想再喝,其实已经醉得不轻。船津说还要再去喝一家,冬子强行让他上了车,准备先把他送回他的住所。

"你还是瞧不起我吧,嘴上说得厉害,一到关键时候却是个没有骨气的无能之辈。"

"别再说了。"

"即便被你笑话也无济于事,真的是不行。"船津又一次撩起额前的头发,继续说道,"那时我说是想起了所长不行了,其实还冒出了一个更加胆大妄为的念头,一开始你不是说你是一个没有了子宫而不行的女人吗?"

"船津……"

冬子担心出租车司机听了去,可是船津全然不予理睬,又继续说道:

"真是自以为是,我是打算给你治愈的。我不是说过子宫和做爱没有关系,是你毫无根据的瞎想吗?本来到医院去调查,向医疗事故委员会上诉,都是为了打消你的这个念头,认为是可以治愈的,可是这也只不过是我的异想天开。"

"已经是过去的事了。"

"你听着,我知道你那时说自己是个不行的女人不过是为了躲避我的借口,认为那样我就会放弃了,然而某种程度上真是应验了。"

"……"

"说来也怪,听了那话,我就更加想努力尝试一把了。要是能行的话,说不定还能超过所长,把你完全变成我的呢。要是我能治愈好你,说不定你就会跟我走了。男人真是爱胡思乱想。"船津苦笑着,"说来说去,是太贪心了。一通胡思乱想,一着急……"

虽然冬子觉得船津的声音太大,但却欣然认同了,琐琐碎碎地顾虑得太多的不仅是船津一人,冬子自身也存在着同样的毛病。

"我必须成熟,成为一个大人。因为想起前男友的影子而胆怯起来就算不上是一个真正的男子汉,这和一个总是需要找处女的毛头小伙子没什么两样。"

"可是男人不都是希望找一个年轻的初次体验的女性吗?"

"当然也有这样的人,但要总是要求这个,我就永远不能把像你这样的优秀女性搞到手了。我喜欢像你这样年长的有过经历的,而且有些忧郁感觉的人。"

船津一边说着,一边前后摇晃着身体,怕危险,冬子从腋下支撑着他的肩膀。

"你休息一下,好吧?"

"不,我必须在这个时候说清楚。也就是说,我喜欢过你,就是因为喜欢你才成了那样,正是因为喜欢你才失败了。失败的原因是太爱你了,是为了绝对不再有那样的事……"

船津好像还没有放下那天夜晚的事情,如果他不喝醉,也就说不出这些话来。

"自己说自己有些奇怪,我是个出色的男人,我是作为一个成熟男人来爱你的,你知道吗?"

"真高兴!"

"你可不能只是应景敷衍我,你是发自内心的高兴吗?"

"当然是发自内心的了。"

"那你可以立马跟我去美国吗?"

"这……"

"这就是你不行的地方。"船津叹了口气,"你只是想一想,却一点儿也不见行动。要彻底地丢掉一切,赤身裸体地往地狱里跳一次才行,只有这样,你才能变成一个比现在更可爱的好女人。"

"可是真的你到哪里,我就跟你到哪里,你就该唯恐避之不及了。"

"我是男人,这种事是做不出来的。我说过的就一定都能做到。"

出租车在甲州街道朝左拐去,已经快到下北泽了。

"先生,您到哪里?"司机问道。

船津醉眼惺忪地看着外边,说:"朝左边拐。"

不一会儿,过了铁轨的栏杆,从大道进入小巷,出租车停在了一棵大树前。

"就这里。"船津看着外边,又回过头来瞧着冬子,说,"请进去一下吧。"

"今天你最好还是休息吧……"

"那你陪我到房门口。"

冬子向司机问了一下:"这一带可以打到车吗?"

"没关系,我给你找车。"船津迅速付了车费,拉住了冬子的手。

"明天你就要出发了,今天最好早点儿休息。"

"我知道,你还是先到房间来一下。"

船津的住所是在木立地区的一个三层楼高的小公寓里,没有电梯,要爬楼梯。船津迈着蹒跚的步子晃晃悠悠地总算爬到了三楼,从裤兜里拿出钥匙打开了大门。

冬子还是第一次进入男人的房间。

在一进门的地方,摆放着简单的桌子和沙发,里面有一张床,旁边并排放着两个大旅行箱,看上去已经准备停当了。

"要不然我们去喝茶怎么样?"船津边脱着鞋边说道。

"我就告辞了。"

"我什么都不会做的,都醉成这样了,也不可能做什么了。"

"知道。"

"我也会冲咖啡的。"于是船津就去了厨房准备烧水,因为喝醉了,煤气开关都险些打不开,冬子无奈也跟进了房间。

"今晚在这儿一晚,明天就拜拜了。"

"这个房间怎么办?"

"下周我妹妹来住。"

"你有个妹妹吗?"

"可不像你是个美女啊。"话说了半截儿,船津就沉默了,好久没有下文。冬子回头一看,船津一摊泥似的坐在了厨房里。

"不舒服吗?"

"有点儿……"冬子环顾了一下周围,发现了一张报纸,赶紧拿来捂在船津的嘴上。

"最好吐出来。"

"没关系。"话音刚落,船津就吐了起来,全都吐到了报纸上。

"等一下……"冬子拿出自己的手帕捂住,又从厨房的旁边拿过来脸盆接上。这时,船津想要呕吐起来,几次倾身向前。

"难受吧?"

"还好……"想要摇头说"不"的船津眼里噙着泪水,冬子从后面摩挲着船津的后背。

也许是由于没吃什么东西,吐出来的只有黄色液体一类的东西,喝得太多了,酒精的味道很浓烈。这样反复了几次,呕吐渐渐地平息了下来,船津晃晃悠悠地站了起来。

冬子往杯子里倒上水递了过去，船津用水漱了一下口就坐到了沙发上。

"没事吧？"

在日光灯的照映下，船津的脸显得更加苍白。

"赶快休息吧。"

"不……"

冬子把执拗的船津拉到了床这边。

"快脱下衣服，睡到这边来。"

的确是太难受了吧，船津应声就倒在了床上，仰卧着反复喘着粗气。

冬子把船津脱下来的西服和领带挂在衣架上，把袜子叠好。

"对不起。"冬子把浴巾盖在了船津的肩膀上，客厅的灯光也能照到床这边来，"要不要暗一点儿？"

冬子说完，船津轻轻地摇了下头，说："今晚就住在这里吧。"

"……"

"你睡在这边，我……"船津想要起身。

"不用了，你休息吧。"

"可是……"

"没关系，我还在这里。"

冬子把船津按了下去，船津再度瘫在了床上，看上去相当难受，还在不断地喘着粗气。

"给你降降温吧。"冬子离开床，拧出了用凉水浸过的毛巾，放到了船津的额头上，然后又到厨房将吐在报纸里的东西倒进了马桶冲走了，接着又把弄脏了的杯子洗干净，放到了架子上。

找了一下水壶，可是没有找到，无奈就在旁边的药瓶里放上水和冰块,摆好,放到了床边的书架上。

船津好像已经睡着了,均匀地打着鼾。

好像在说些什么,又听不太清楚,然后继续打着鼾。

船津说"如果不往醉里喝,就没有胆量见你",本来根本不需要这么负疚,这也正是小伙子才有的自尊心吧。

除了船津的鼾声外,没有一点儿声音,因为是在高级住宅区内的公寓,四周已是夜深人静。

冬子看了一下手表,已经过了两点半。船津一定已经睡得死死的,明天的出发时间说是下午四点,即便晚醒过来,也不会误点吧。

明天再打个电话就可以了……

冬子自言自语,然后就站了起来。一瞬间,船津好像有所察觉似的,动了动嘴巴,又睡了过去。

"再见。"冬子在船津的耳边喃喃说道,"好好的……"

今生今世都不会忘记船津的。

虽然没有更深层的身体关系,可在某种意义上是最亲密的,最能理解手术之后冬子心情的人就是他。虽然对方比自己年龄小,让人心里有负担,但反过来也有让人感到轻松的一面。现在虽然要分别了,但再过几年肯定还会再见面的。

也不知到时彼此的心情会发生怎样的变化,等到了那时再重新考虑也不晚。男女之事,有情人终成眷属,冬子再一次喃喃自语后,就关掉了客厅的灯,打开了大门。

外边,在厚厚的云层下,有一丝丝微风掠过。过了凌晨三点,住宅区街上已经没有了过往的行人。

只有路灯排成一行,在街灯的照明下,从石墙中探出的树叶微微地摇曳着。冬子快步朝大街方向走去,过了一条小路,再走三百米就可以到一条大街上了。这时,只听到远处传来汽车的声音,然后就是走在柏油马路上的脚步声的回响。

气温虽然不太高,可湿度很大。冬子快速走了一阵,就感到浑身汗津津的。

船津是不是就那样一直睡了?大门是关上了,可没有上锁。可能有些疏忽,因为是一个大男子,所以没关系吧。可是睡得那么死,要是进来了小偷,会不会察觉不到?冬子忽然觉得船津只是一个身体长大了而心灵却依然还是个孩子的大男孩。

现在回去到家的话也将是三点半了,回去后马上洗个澡睡觉,冬子正想着,这时后面有一辆车开了过来。

是不是有人深夜回来了?冬子一边走,一边回头看。

霎时,汽车的大灯照向了冬子。看到车顶上没有亮着灯,好像不是出租车,应是私家车。

冬子为了让车开过去,就靠近道路的边儿上走。可是,汽车一点点地在靠近着冬子,当开到身边时便停了下来。

当冬子停住脚步时,一个男子从驾驶座上奇怪地探出头来。

"可以的话,坐上来吧?"

街灯的阴影让人视线模糊,男子穿着一件白色衬衫,看上去还很年轻,在副驾驶位子上还有一位戴着墨镜的男子。

"送你回家吧。"

"不用了。"冬子摇晃着头。

"我们又不是什么坏人,在这附近玩完,然后回新宿。"男子的声音显得出奇地温和。

"……"冬子不理睬地往前走。

这么深更半夜的,有男子上来打招呼是很危险的,再走一百米就到大街上了。

冬子开始小跑起来,汽车也跟着开过来,然后停下了。

"小姐,东西掉了。"

"欸……"站住脚回头看时,突然车门打开了,那个男子跳了下来。

"瞧……"

"……"

"是说你呢。"刚说完,两个人就迅速地从前后把冬子夹在了中间。就这样,戴着墨镜的男子笑眯眯地从正面向冬子走了过来,回头一看,穿白色衬衫的男子站在身后。

"要干什么?"想要逃走,可是腿脚发抖得动弹不了。

"只是想让你陪陪。"

"不行……"呼喊的同时,冬子被两个男子从前后押了进去。

看来两个男子干这种事已经很老到了,迅速地就捂住了冬子的嘴,顶上了匕首。

"再喊就杀了你。"男子低声说道,突然就把冬子的上衣撕裂开来。

"老老实实听话就没事。"

看到明晃晃的匕首,冬子立刻就失去了抵抗的气力,按住被撕破的胸口,就被押进了车里。

坐在旁边摇晃着匕首的男子戴着墨镜,也就二十五六岁的样子,另一个开车的男子穿着白衬衫,留着长发。

"好,我们走。"汽车发动了起来。

不知往什么地方开去,朝着窗外去看时,男子训斥道:"别看外边。"

男子好像害怕她知道行驶的路径。开了二三十分钟的时候,汽车停下了。

"闭上眼睛。"

冬子顺从地闭上了眼睛,男子迅速地从后面把冬子的眼睛蒙了起来。

就这样下了汽车,被拽着胳膊带上了电梯,来到走廊时,听到了开门的声音。

"进去。"

冬子被压着肩膀,蒙眼睛的东西终于被解开了。

好像是一所公寓里的房子,一进门有一间十榻榻米大的客厅,连着一间和式房间。

正中央除了铺着被褥,基本上就没有什么其他的生活物品了,一看就知道是一个男子的房间。

"下一步要干什么,你知道吧?"戴着墨镜的男子露出一副笑脸,抚摸着冬子的下颚。

"要是反抗,就捅死你。"刀刃贴在脸颊上,冬子闭上了眼睛。

"那就把衣服给我脱掉。"

"……"

"快点儿。"

冬子犹豫不决,戴着墨镜的男子突然朝冬子的脸上打了过去。

"你不听话吗?"

跑是跑不出去了,一切都只能按照他们说的,脱掉衣服只要把身体给了他们,说不定还能活着回家。要是乱抵抗,脸上受了伤,可就麻烦大了。

"快脱。"

冬子无可奈何地躲到房间的墙角,脱掉了上衣。

房间里只开着一盏昏暗的荧光灯,冬子被扒下了内裤,被迫仰躺在了褥子上。出于恐怖和羞涩,冬子扭动着身子。

一直到完事,也不知道过了多久。冬子身受凌辱,可却出乎意料地表现得很沉着,一反开始时的恐惧和不安。正是因为这种听天由命的彻底放弃,使得冬子很顺从。

最开始是戴墨镜的男子强暴了冬子,他非常老练地戏弄着冬子的乳房,说了句"真小啊"之后,就猛然地进入了。

只顾粗暴地满足着自己一个人的欲望之后,紧紧地搂住了冬子的肩膀就了事了。

接着压过来的是穿白衬衫的男子,颤颤巍巍的,和冬子似碰非碰地就完事了。

两个人都完事后,冬子正趴在被子上,戴墨镜的男子拍打着肩膀说道:

"好,还算老实,这就放你回家。"

冬子刚要抬起头,男子就把冬子脱下的内裤和衣服扔了过来。

"你那么骨瘦如柴的,竟然蛮不错啊。"

冬子没吭声,又躲到了墙角擦拭着身体,整个腰酸痛无力,只有一处感到火辣辣的。

趔趄地拖着步子,首先穿上了衣服,撕破了的上衣不管怎么遮掩,前面都还敞开着。

"送你回家,快点儿。"男子害怕天亮走出公寓时被人看见。

穿完衣服,戴着墨镜的男子又到背后把冬子的眼睛蒙上了。

"你知道,要是告诉警察,可就不白白让你回去了。"

"……"

"送走。"戴墨镜的男子命令道。

冬子就这样被蒙着眼睛带上了电梯,然后被拽着手塞进了停在下面的汽车里。发动机响了,车开动了起来,男子这才放下心来。

"已经可以了。"说完,把蒙在冬子眼睛上的东西撤掉。定睛一看只有身穿白衬衫的男子坐在车上,二十来岁的样子,开车时侧面轮廓清晰,还带着几许少年的青涩。

"没事吧?"

男子注视着前方说道。强暴了女人怎么可能没事,冬子缄默不语。男子指着冬子的手提包说:"留了点儿零钱。"

天已经亮了,道路两旁的乳白色雾霭渐渐地升腾起来,也不知另一个戴墨镜的男子干什么去了,看来那个男子是大哥,这个穿白衬衫的人是手下,冬子想起刚才就是这个男子一碰就完事了。

"想不想下次就我们俩见面?"男子一边开着车,一边说道。冬子没有应答,看着开始微微泛红的东方。

也不知开到了哪里,来到了一条宽敞的街道,在晨曦中浮现出了过街天桥,在前方出现了写着右、木黑、中央、高円寺、左、自由丘的标示。如此看来,好像是在绕着环状七号线的外围开。

在过了过街天桥的时候,男子说道:

"能不能告诉我一下你的电话号码?"冬子沉默不语,男子就有些粗暴地说,"不告诉就不让你回去。"

冬子停顿了一会儿,把店里的电话号码稍微变更了一下。

"名字呢?"

"中山。"

"真的吗?"男子停下车,在火柴盒的后面用圆珠笔记下,然后说,"我不是什么地痞流氓,我是一个地道的学生。"

冬子也非常沉着地看了一下这个男子,虽然干了坏事,可在他的童颜上有着良家孩子的英武劲儿。

"就两个人,不会强暴你的,今晚七点能不能在刚才走过的下北泽路口见面?"男子说完马上又说,"不会告诉警察吧?即便你去了那个地方只是知道你被强暴了,什么问题也解决不了的。"

即便带些厉色,可却不像戴墨镜的男子那样声嘶力竭。

"可是,在下北泽路口还是不行,在你刚才走过的下北泽大街的地方,能不能七点钟站在那里?"

女人不可能独自再到曾被强暴过的地方,可是这个男子却很当真。

"好不好?"男子看着冬子,"这次是我一个人。"

"……"

"我实际上是不想做那种事的。"

冬子想,即便是你现在这么说,也不可能否认已经强暴过的事实。

"明白了吗?"

冬子微微地点了点头,并不是认可,而是害怕再次激怒好不容易平静下来的男子。

"那好,那我就送你到家吧。"

"不用,让我在这里下车。"

"不会再做什么了。"男子四处张望了一下,在跑了二三百米的地方停下来,朝着左手的小路指去。

"从这里下车,一直给我朝左边走,两三分钟后再走回来,就可以打车了。"男子大概是担心被看到车牌号,冬子点了下头就下了车。

"走!"

冬子按照他说的朝小路走去,四周的民居还沉睡在雾霭之中。

"今晚七点,听明白啦?"

冬子觉得后面男子的声音刚落,就听见了飞速开跑的汽车声。

冬子站在那里,一直等到声音消失之后,才转过身来,朝大马路走去。

在乳白色的雾霭之中,朝阳徐徐升起,男子跑走的方向已经看不到汽车的踪影了,从相反方向有两辆大卡车开了过来。

冬子站在终于迎来了早晨的国道上,等待着出租车。

左手挎着手提包,右手抻着胸前衬衫撕破的地方,不知情的人看到,还当是捂在胸前为了遮挡清晨的冷气。

不一会儿,来了一辆空车,冬子挥手示意。

"参宫桥。"说完就靠到了座位的后背上。

黎明时分,司机大概觉得一个女人在等出租车有些蹊跷,就搭讪起来。

"有什么急事吗?"

"哎……"冬子含糊其词,没有一点儿说话和想事的气力,只是想着快点儿到家。

汽车在清晨宽阔的大街上狂奔,偶尔和大型卡车交错一下,路况很空。大约十分钟后,出租车就到了公寓前。

分手时,男子说钱包里有零钱,打开手提包一看,里边装着一个五百日元和四个一百日元的硬币。

出门的时候里边应该放着三张一万日元的,这些都已被他们抢了去。

出租车费是一千零三十日元,剩下的将将够用,冬子付了车费,在公寓前下了车。

雾霭已经渐渐地散去,街上的路灯也不亮了,公寓的石墙边上停放着送牛奶的脚踏车,早上一个跑马拉松的人朝小路那边跑去。

公寓里的人基本上都还睡着。

离开这里应该是昨晚十一点多,可冬子觉得好像已经过去了很久,仿佛经历了一个漫长的旅行终于又回到了家。

冬子穿过正面的大厅,上了电梯,总觉得好像会从暗处冒出个男人来,心里忐忑不安。忽然又觉得来了也没什么可怕的,干脆豁出去了。

房间里没有丝毫改变,保持着出门时的原样,桌子上放着喝到半截儿的白兰地,沙发上叠放着脱下的睡袍。

冬子看着这些,长嘘了口气,就趴到了沙发上。

冬子也顾不上一肚子的委屈和悲伤,只是觉得筋疲力尽。如果待着不动,就能睡过去,浑身疲惫至极。

冬子就这样趴了一会儿,然后站了起来,脱下衣服,从上衣脱到裙子,再到内裤,一层层地脱去后,就进了浴室。

冲洗着淋浴,浑身打上泡沫擦了起来,还不行,在浴缸里放满了水,把全身浸泡进去。大概一小时后出了浴室,就听到邮差插进报纸的声音。冬子没有取出报纸,而是换上宽松的睡衣,上了床。

窗帘一直拉着,有一缕阳光从缝隙间透射进来,差不多该是人们起床准备上班的时刻了。就这样长睡不醒该多好,昏昏地睡过去,几天后才被人发现。

冬子闭上了眼睛,想象着自己成了一具形骸的样子。

当冬子从睡眠中醒来时,枕畔的座钟已到八点。黎明时上的床,现在八点,睡了不足两个小时。在睡眠中,冬子不断梦见被人追赶,形形色色的人,有的像野兽,还有的像风,逃啊逃,脚陷在沼泽里,怎么也拔不出来,最后被埋在一个茂密的芦苇荡里。

一刻不停地做梦,醒来时头很沉重,疲惫缠身。

从窗帘缝隙间射进的阳光,已经很亮了。突然,有汽车驶过窗下,传来年轻的母亲在呼唤着孩子的声音。

冬子看着发亮的天花板,想起了今天是船津去美国的日子。

昨晚,船津怎么样了? 感到胸口不舒服,躺在床上,该睡得不错吧,现在是起来了,还是继续睡着呢? 冬子离开房间时,他已经熟睡,是将近凌晨三点。

从船津公寓出来不一会儿,就有一辆男人开的车从后面驶了过来。那些男人也许是埋伏在那里,也许是一直在那里徘徊,据他们说,是偶尔经过那个地方,撞上了冬子。

是不是纯属一种邂逅呢?

要是再早一点儿或晚一点儿,就不会发生那种事。或者送了船津,要是径直回家也就不会出事了。

本来冬子就是这么打算的,送到公寓前就直接回去,是因为受到船津的邀请才进了房间。

要是平时,就不会这么做,因为今晚是和船津见面的最后一天才使得冬子大胆起来。

即便是被邀入家里,如果船津不喝醉的话,也就很快回去了。要不是他吐了睡着了,他肯定会把自己送到能打到车的地方。

思来想去,昨晚上,和船津见面、喝酒喝到很晚、他喝醉睡着了,可以说是这一切的偶然重叠在一起才酿成了那个事件。

冬子好像被一根无形的线牵着似的跳入了男人布下的陷阱。

尽管如此,男人们是很粗暴的,尤其是戴着墨镜的男子好像摆弄动物一样摆弄冬子,不管三七二十一就进入了,然后剧烈地单方面动着,就完事了。

好像只对把女人脱光了强暴抱有快感。突然,冬子觉得男子好像是船津的替身。

船津想要来着,可是没能要。昨晚上喝醉了,也要不成。但是,在船津的潜意识里总是有要冬子的冲动的。

从说话聊天中就听得出来。

每次冬子都巧妙地回避了,冬子并不是有意要操控,实际上都快要让船津给弄得神魂颠倒了。

昨晚上,冬子遭到了男人们的强暴,这兴许就是对冬子的制裁。冬子忽然记起了袭击到自己身上来的那个男人的长相。

没有看清戴着墨镜的男子的眉目,只看见在浅黑的右脸颊上有一颗黑痣。

一开始,男人还一副笑脸,然后表情突然就严肃起来,反复喘着粗气,不一会儿呼吸好像停顿了一下,接着就筋疲力尽地压了下来。

然后就是穿白衬衫的男子扑了过来,这个男人很短时间就完事了。

两个男人轮流袭击了冬子的身体,现在回想起来,还并没有被吓得魂飞魄散,完了之后,觉得不过如此,甚至有些松弛的感觉。

事情过后,现在回想起来可以说得很轻巧,可当时还是蛮恐怖的。直到最后也没有想要反抗,只是一个劲儿地任凭他们摆布。

他们各自喘着粗气剧烈地运动着,冬子唯一可以做的就是闭上眼睛。

哗哗地,在像一波波拍打过来的浪潮般的节奏中,冬子被强暴了,最后发出低低的呻吟,冬子纤细的腰肢快要被折断了似的被顶在下面。

最初感到的羞涩和悲凉很快就转变成心灰意冷,然后,就是听之任之地自暴自弃。

干脆不如就让他们随心所欲地放任恣肆,听凭男人们的蹂躏,冬子霎时陷入了被船津冒犯的错觉。

长相和体态虽然完全不同,但为什么会产生如此的幻觉……

冬子在床上缓缓地翻了个身。

男人们的体臭还残存在胸口和肢体上,只要轻微地动一下脸,被打过的右脸颊还隐隐作痛,好像还留有手掌印,冬子在擦也擦拭不干净的污秽感觉中呼吸着。

冬子再一次闭上了眼睛。

好像船津也加入其间,被船津冒犯,根本不可能,只是因为身体里残留着船津的余韵。

有可能冬子在被男人们肆虐时,心里在想着船津,一想是被船津强暴,多少得以从痛苦的心境中逃遁出来。

躺在床上的冬子摇着头,脑子里雾霭弥漫,什么也辨别不清。

最好还是再睡一会儿。

冬子恍恍惚惚地听到了外边的动静,意识到自己还没有睡死过去,就又睡了过去。

在睡眠中,冬子又做了一个梦。

有男人追过来了,这当中还有船津,这次船津显得很威猛,好像在和自己说着什么,可是总有人加入进来,听不清楚在说什么。

再度醒来的时候,从窗帘的缝隙间透过来的光更亮了,跨过了床沿。

一看枕边的座钟已经十一点,在浅浅的睡意中,时间已经大步地流淌了过去。冬子望着太阳射进来的光线,又想到了船津。

出发时间说是下午四点,估计已经准备好上路的行囊朝机场驶去了。

冬子想到这里,突然想起了店里。

十一点该是友美和真纪来到店里准备营业的时刻,估计她们想我也该到了,在等着我。

今天并没有什么急事,不过要给两个地方交货,真纪应该是知道的,要是忘记就麻烦了。

冬子又等了一会儿,等到意识彻底恢复之后,就拿起枕边的电话打给了店里。

"老板娘,你现在在哪里?"传来的是真纪口齿不清的声音,一瞬间,冬子倍感清新。

"还在家呢,今天想休息一下。"

"哪里不舒服吗?"

"没什么大问题,只是头很沉。"

"是不是感冒了?现在夏季感冒正流行呢。"

"下午,里见和川崎要来取帽子,请交给他们。"

"知道了。那我们一会儿去看你吧。"

"不用了,明天就来了,有什么情况请打电话吧。"

冬子放下电话,忽然记起真纪也有过被强暴的经历,这孩子也和昨天的自己一样受到了奸污吗……

但真纪的情况不同,她或多或少地认识那个男人,而且还在一起喝了酒;而冬子则是在深夜,突然被匕首逼着强暴的;两个人的处境全然迥异。

不过,真纪那时是个处女,初次的体验就在光天化日之下,在几个男人面前被奸污,的确太悲惨了。

真纪不相信男人,那是因为一开始就遭到了那样的对待,当然就不会再相信男人了。冬子忽然有了想要见真纪的冲动,因为和她是同病相怜的一对,不过,不可能大白天就把她叫来。

冬子又躺了下去,掂量着自己的身体,就这样不管不问行吗?还是该去医院看看?

今天早上洗淋浴的时候,倒是没有出血,可是小腹部坠痛,倒不会怀孕,可却感觉沉沉的。

最好还是跟警察报案吧……

冬子仰视着天花板,琢磨着该怎么办好。

男人在分手时,说过"要是和警察说了,就不会饶了你";并且还说"即便报案了,只是让别人知道你被奸污了,对你也没有什么好处"。

说"不会饶了你"不过是男人的威胁,其实他们一定是惧怕警察的。冒充恶棍,其实两个人都不是有来头的。

不过,他说的即便告了也于事无补,倒也是实情。如果告了,即便犯人被抓到了,可冬子被玷污的事实也依然存在,把他们交给了警察,身心的创伤也不能治愈。

而且,要是到了警察那里,就会被问东问西,刨根问底地被追问强暴的细节更是痛苦难挨,甚至还要接受医生的检查。

面部和后背都被打过,手脚被按住,身体的各个关节依然酸痛无力,下半身也有不同于往常的异样感。

可这些疼痛终归是些轻度的跌打损伤,或是强拉硬拽时留下的肌肉疼痛，无关大碍。

身体上的异常过上两三天，也就会好了。

可是，将卑鄙的犯人放过，让人感到遗憾和委屈，但一想上告后的烦琐，就觉得心有余悸。要是警察打来询问电话，一不留神，就会被店里的女孩子们知道，那样就糟糕了。

冬子觉得还是隐匿于自己的内心，自我疗伤为好。

还是不提了吧……

也不知怎么搞的，身体和心情都变得很消极。想着想着，就怕起了麻烦，觉得无所谓了。也许是因为昨晚上受到了打击，还是感到头晕目眩。

总之，今天是哪里也不想去了。

冬子再一次回到床上，昏昏欲睡起来，似睡非睡地躺了一会儿。

一会儿，冬子又一次醒来，已经过了下午三点。

从窗帘的缝隙间射入的光线已经向西移到了床脚下，让人感受到了时光的流逝。

三点一过，就到了船津出发的时刻。

冬子望着泻到室内的光线，就起了床，霎时，大腿内侧和肩胛都感到阵阵疼痛，站是站起来了，但只能弓着腰，两腿微微叉开地往前挪动。

冬子来到厨房，打开了煤气灶。虽然没有胃口，可还是想喝杯浓厚的咖啡。窗帘低垂，房间里阴森森的，外面烈日高照、酷暑炎热，冬子站在厨房里，等着水烧开，这时电话响了。

会是谁呢……

霎时，冬子拿出接电话的架势，赶紧去接电话。

不会是那两个男人吧。

冬子刚拿起电话,突然,夹杂着嘈杂的喇叭声闯进来的是船津的声音。

"是我,现在在成田。你果真没有来送我啊。"

"啊……"冬子喘了口气,就坐到了电话机旁。

"昨晚给你添麻烦了,真是对不起。你什么时候离开的?我怎么一点儿都不知道。"

"……"

"我马上就要登机了,我是想最后再听一次你的声音,就给店里打了电话。今天没有去店里吗?"

"嗯。"

"总之,要好久见不着了,也许中途会回来。这期间请多保重。"

"你也……"

"怎么了?好像无精打采的。"

"不怎么。"

"那就最后说点儿什么吧。"

"请多保重……"

"我爱你,我去了美国也不会忘了你。"船津急匆匆的道别和预告起飞的广播交织在一起,"我爱你,这事你可千万别忘了。"

"谢谢!"

"那我就走了,我可挂电话了。"

"一路顺风!"

"你也好好的。"电话挂断了,可冬子依旧握住听筒发怔,过了好半天,才将听筒放回原处。水开了,冬子半天不动弹,听着水沸,过了一会儿才起身去冲咖啡。

端着咖啡杯子,冬子又坐到了沙发上。

"他终于走了……"

此时此刻,冬子难以捕捉到自己的内心感受,既感到一种寂寞,同时又有一种释怀。总之,船津对昨天所发生的事一无所知,当然就更无从知道冬子在被强暴的一瞬间,脑海里浮现出了船津的面容。

要是告诉了船津昨晚的事,船津将会怎么说呢?也许会大惊失色,悲痛欲绝,抓住那些男人进行复仇;还是用蔑视的眼神看着冬子?

既然船津已经走了,就都无所谓了,现在再告诉他被糟蹋了一事,也没用了。

现在最该要想的,是在那一瞬间忽然掠过全身的感觉。

冬子被男人们压在底下,任凭他们为所欲为地肆虐,可冬子却出乎意料地坦然。当然,当匕首逼近,脸颊被打的那一刻,除了恐惧,其他都顾不得去想了。当中才开始沉着起来,甚至把心放了下来。

也许是觉得只要把身体交出去,就不会被加害。第二个男人挑衅的时候,身体里面却蠢蠢欲动起来,要是对方再威猛一些,险些就配合起来。

那究竟是怎么一回事呢……

难道是因为在一个陌生的地方被男人们压住强暴,就萌生了受虐狂的感觉吗,还是因为放下了一切心念,冬子的身体反而擅自发动了起来……

冬子慢慢地喝着咖啡,醇厚的黑咖啡让昏沉沉的头脑渐渐清醒起来。

如果在自己身体内部潜伏着接纳施虐男人的倾向的话,这又是怎么回事?

不,冬子绝无心宽恕那些男人。

要是下次在某个地方见到他们的话,就会当场通报警察,扭送他们,尤其是决不饶恕那个戴着墨镜的男人。

现在可以清楚地断言:冬子憎恶这两个男人,那么卑鄙无耻的男人就应该让警察逮去枪毙才好。

一瞬间获得的身体感觉和在身体上完事的男人,毕竟不能混为一谈。

冬子来到大门口,取出早上塞进来的报纸,然后就坐回到沙发上翻开了报纸,掀开第一页,浏览着大标题。

没有什么特别要闻,受贿和特大交通事故等五花八门的报道跃然纸上,冬子觉得并没有什么特别稀奇的事件。

在社会一栏的版面上,登着"有一年轻女性遭强暴"的报道,当然写的不是冬子,地点是在千叶县一带。冬子扫了一遍标题,就合上了报纸,那时是三点半。

从公寓左边繁茂的树林里传来了阵阵蝉鸣,太阳光线很强烈,气温也升高了起来。

照这般情景,梅雨季节就要过去,冷夏也该结束了。窗户上挂着嵌有白色蕾丝花边的窗帘,冬子从窗外收回视线,吸起了香烟。

冬子刚意识到从昨晚到现在还是抽第一支烟,身体在疲惫的时候,最先想要的还是咖啡和香烟。

静静地吐出的烟雾先是径直朝前方分布,然后柔和地朝右边散去。

看着弥漫的烟雾,身体随着远逝的记忆渐渐地苏醒了过来,绵软无力而又低落消沉的身体终于又寻回了生机。

冬子用目光追逐着飘散的烟雾,忽然,觉得身体里有一种艳情悄无声息地滋生出来。

倒也不是就怎么样了,只是不知在身体某处有了甜甜的感触,是一种柔柔的、缥缈不定、时隐时现的感觉。

"奇怪!"

冬子喃喃自语,然后站了起来,觉得要是这么一直坐下去,全身就好像经历了一次微震似的摇摆不安起来。冬子为了从这种飘忽不定的状态中摆脱出来,又看了一下座钟。

船津的航班马上就要起飞了。

他现在是不是坐在座位上想着我呢?冬子在心里祈求着,可是又觉得自己太不检点了。

希望对方真是把自己放在心上,而本人却被艳情所困扰。

"真讨厌!"冬子摇着头,就进了浴室。

脱去睡袍,脱去内裤,脱得一丝不挂,然后就把喷头的水放到最大,从头顶淋浴起全身,她希望将男人们的强暴之事以及残存在身体内部的余韵全部冲洗得一干二净。

这样从早晨到现在,全身的冲洗已经是第二遍了。无论怎么洗,好像总是洗不净被男人们强暴过的污秽。可因洗了两次澡,冬子的情绪渐渐地缓和了下来。

出了浴室,冬子索性穿上了一件艳丽的花色连衣裙,说不定只要穿上图案明快的服装,就会抹去昨晚的痛苦记忆。

她把喝过的咖啡杯放回厨房,拉开窗帘,就开始清扫起了房间。

外边正如想象的那样,是个大晴天,看来梅雨季节真的就要结束了……

听着吸尘器的马达声,哼着小调,冬子竟然一时间忘记了昨晚发生的事,就好像觉得是在一个起晚了的星期日打扫房间那样,是极其正常的一天。

从早晨到现在,冬子还没有进食,因为没有食欲。休息日,冬子在家有时也就吃点儿巧克力或者饼干之类的,即便不吃,也不觉得有什么。

就这样,她茫然地看了一个小时左右的电视。不一会儿,阳光暗了下来,房间里也渐渐地暗淡起来,一整天照射在窗前的太阳终于开始西下,东侧大楼的墙壁被晚霞映红了。

快到六点了。

过了一会儿,冬子打开了房间的电灯,凝视着突然暗淡下来的窗户,此时冬子再度想起了昨晚发生的事,想起了穿白色衬衫的男人说的话。

"就和我单独见面怎么样?"分手的时候,那男人突然冒出这么一句话,"七点我在下北泽大街路口等着你……"

"我不是地痞,就是个学生。"他竟然这样为自己开脱。

一点儿也想象不出刚开始见面会说出那样的粗话,那男人的语气近乎哀求。昨晚那么狼狈不堪,可为什么还要说出那种话来。

那男人最后还叮嘱说:"好吧,我一定等着你。"

冬子无法理解男人的心情,想和自己强暴过的女人单独见面,而且不是开玩笑,是很认真的口吻,这男人真是太不可思议了……

坦率地说,冬子在走出公寓时,已经不觉得男人可怕了,被押上了车,奔驰在黎明时分的大街上时,甚至有被普通男人送回去的感觉。

所以,被问到电话号码时,不以为然地就说了谎;说要送到家里,也断然拒绝了。

当那男人说还要见面时,冬子反而显得更加从容不迫了。

冬子是因为一切都已被夺去再没有什么好怕的,才有了这份从容心态。实际上,当时也的确不会再遇到更恐怖的事了。

即便如此,冬子对他们并没有放松警惕,一直担心怕惹怒了他们,又会发生什么。

可那男人一到一个人时,就变成了一个坦率平常的年轻人,不过是将冬子当作青春的发泄渠道犯了坏事,而本质上并不坏。

凭暴力强霸女色,还说不是恶人,听起来有些荒诞,可男人就是有些荒诞的地方,盛气凌人地威胁着对方,同时也还相当顾及冬子的感受。

比如,从送到半道在手提包里留下分手后的车费,就不难看出这一点。

就连那个戴墨镜的无赖男人也还会说"瘦骨嶙峋的,比想象的要好"。

这不过是完事之后的随意说辞,也可以看成是干完坏事后的一种掩饰,或是贪婪过后的满足感引发的恭维。

即便是谎言,看来冬子的身体也是满足了那两个男人的,尤其是年轻的,明显对冬子还有些迷恋。

当然,冬子并不会因此就原谅他们,纵使他们的本性是善良的,遗留在她内心深处的被强暴的羞耻感也永不会消失。姑且不谈行为,完全无视一方的情感,为所欲为地贪求个人的欢愉,带给人内心的委屈总是抹杀不掉的。

他们如一群争抢尸体的秃鹰一般结群厮夺,姑且不谈心灵,冬子的身体满足了他们饥饿的肉身,让他们心满意足了。

没有了子宫的性冷淡的身体为他们解决了问题。

想到这里,冬子多少开始有些踌躇满志起来,一直阴霾密布的心情,也开始拨云见日起来。

冬子从暮色渐临的窗口移开视线,又去冲了杯咖啡,这已是今天的第三杯咖啡了。

第一杯是在心情惨淡地回到房间,从睡眠中醒来的时候;第二杯是到了下午,船津的航班快要起飞的时刻;现在喝的是第三杯。

每一杯咖啡,心情都不太一样,冬子感觉现在是最心平气和的。

傍晚七点。

冬子边喝着咖啡,脑子里边描绘着年轻男子在大街路口等候的情景。

他会是什么装束呢?是穿着早上分手时穿的白衬衫,还是打领带穿着西装?

不管如何,想象着一个男人在等待着昨晚被自己强暴的女子的身影,冬子突然就不舒服起来,好像有一种在观赏喜剧片的快感。

但,男人究竟抱着何种心情在等候呢?

是站在路旁吸着烟等着,还是站在电线杆后,充满戒心地四处张望?

要是现在跟警察联络,或许还能抓个正着。在做坏事上脑筋灵活的人或许正开着车在那里兜着圈子,一旦发现警察,肯定就会溜之大吉的。

事到如今,冬子就更不想报警了,明知这样有助于他们胡作非为,但冬子只是想尽快忘记。

问题是如果男人明知有危险,却仍然在现场出现,也不得不佩服他的勇气了。

冬子喝着咖啡,悠闲地享受着宽松舒适的心情,想象着站在路旁环顾四周的男人,忽然想要报复一下那个男人了。

不一会儿,七点半了。

大概那个男的已经离开,可要是今晚不去见,就永远不会再见到了吧。

突然,冬子怜悯起了这个男人,一边惧怕着警察,还要一边等待的男人,其紧张的心情肯定非同小可,但为什么还要等待下去呢?

"真是一个奇怪的人……"冬子自言自语着,把咖啡杯拿到了厨房。

到了夜晚,冬子好像有了食欲。

冰箱里有火腿、生菜,还有鸡蛋和圆白菜,做个蔬菜沙拉的材料是有的,冬子还是不想出门。

看着窗外不断加深的夜色,知道漫长的一天终于快要结束了。

牵牛花

在冬子遭到男人强暴的两天后,气象台宣布已经"出梅"。

更预测今年夏天前半部持续晴天酷暑,后半部多台风,秋天会提早降临。

的确,在"出梅"之后半个月,一连数日都是超过三十度的酷暑天,从早到晚都没有一丝风,就连北海道的北见一带都创下了超过三十三度的高温纪录,整个日本都笼罩在酷暑里。

可一进入八月,台风就开始陆续登陆,十天就有一次阴天,气温也渐渐地降了下来。这一个月,冬子几乎都没有外出,但因为有店里的工作,还是不得不去原宿上班。

早上到店里的时间是开店的十一点,晚上八点一关门,冬子就径直回家,连"含羞草馆"都很少去了,只是往返于参宫桥和原宿之间。

"老板娘,这段时间好像打不起精神,是不是身体不舒服?"真纪和友美担心地问道,冬子只是淡淡地一笑。

冬子并不是因为身体哪里有什么不适,只不过是害怕见到那两个男人,万一要是和他们在街上撞上怎么办?冬子只记得那个用车送她回来的穿白衬衫的男人,另一个男人就记不太清了,但是,两个男人肯定都认得出冬子。

要是再遇到他们,又被纠缠起来就麻烦了,这种担心让冬子越发地胆小怕事起来。可是,让冬子变得谨小慎微的又不仅仅是这些。

因为是深夜遇到了那样的倒霉事情,所以让冬子对整个东京都产生了恐惧心理。在东京有那么多的住家、那么多的人和车,这些都会使冬子满不在乎地认为女性单独出门很安全,但这些想法看来都太天真了。

大都会固然人口稠密,也正是由于此原因,随时随地都会潜伏着危险,越是人员密集的地方,情况就会越复杂。

事到如今,那天夜晚给冬子留下的创伤是极其难以抚平的,本以为可以随着时间的流逝逐渐忘记,可有时仍会突然鲜明地浮现在冬子的眼前。

冬子一想到当时的情景就头晕目眩,就觉得自己是个污秽的、不可饶恕的女人。尽管是被强暴的,但难道那时自己就没有毅然脱身的办法吗?在恐惧和不安时,女人的身体为什么不能干脆地拒绝?就像男人萎靡不振那样。

在一幕一幕地回想时,有时忽然也会想到那甜蜜的感触,一边憎恶着强暴自己的男人,同时又觉得贪婪地索要着自己身体的男人们也有可爱之处,但紧接着就会对一时陷入痴迷的自己感到愤怒。

自己什么也不清楚,好像自己的身体里栖息着蝴蝶、猫头鹰、鳉鱼之类的各种各样的东西,冬子一想到这些,心情就沉重起来,因此也就更加不愿意见人了。

就这样约莫过去了一个月,在这期间,船津来过两封信。

一封是刚到美国时发来的明信片,告知平安抵达的消息,介绍了一下洛杉矶的大街和新公寓的情况,并在最后一行写道:"本来不打算写信,可到了之后还是最先写给你。"

第二封是半个月以后,上面除了写道:"因为英语还不够好,眼下打算边上英语学校,边学习建筑设计。"还写道,"不知离开日本这个选择是对还是错?"

看样子,船津离开了聚集着很多朋友的东京,一定很寂寞。

冬子边读着信件,边想如果向他倾诉了分别那天夜晚的遭遇,他会怎样想。

要是船津知道了那凄惨的景象,该多么震惊啊,责任感很强的他说不定会神经衰弱。的确,那天夜晚的事,船津也有一半的责任,可是现在再说这些也没意思。

即便想要告诉他,可又不能马上见面,突然,这种距离感使得对船津的思念变得虚无缥缈起来。

要是跟身边的人倾诉,就得找贵志或是中山夫人、S百货店的木田、设计帅伏木等人。

冬子当然还没有跟这些人谈起过那晚发生的事。

夫人一个人留守在代官山的家,精神好像也越来越好,也许是先生不在家感到无聊,她比以前更频繁地来到店里,还时不时地打来电话。

一周前,甚至强迫冬子"今晚一定要来"。

可是,被冬子坚定地回绝了。不知何故,自那个夜晚以来,冬子开始变得能够表达自己的意志了。

以前总爱瞻前顾后的冬子结果总是跟着别人转,近来,冬子不再胆怯,能坦然地说出自己的想法了。是不是因为有过那样的遭遇,增加了胆量,或是改变了态度?自己也为自己的魄力感到惊讶。

夫人看到这样的冬子,用一种敏锐的目光对冬子说道:"你有些变了。"

"怎么变了?"

"好像自信起来了。"

"我可没有什么自信。"

"可是,变得好像很超脱,能经得起事了。"

"真讨厌。"冬子讨厌自己被认为是这样,可也的确感觉到自己的内心坚强了起来。虽不知是否与那一夜的遭遇有关,可明显不像以前那样自寻烦恼了。

这一个月内,贵志打来过三次电话,还是想到就打过来,最初的电话是在船津赴美国的第二天。

"船津昨天走了。"贵志一句寒暄话也没说,直截了当地说道。

"你送行了吗?"

"好像没自信的样子,你没有去吧?"

"正赶上那时很忙……"

贵志接着说:"他好像找你来着。"

"怎么可能……"

"就算再忙,要是你去了,他一定会很高兴的。"贵志一开始就不信冬子是因为忙而没有去,"好久没有见面了,今晚碰个面吧?"

"……"

"有个朋友在青山开了一家新餐馆,得去捧捧场。"

"我今天……"

"还是忙吗……"

刚经历了那种事情,冬子实在不想去见贵志。

"那就下次吧。"

听到贵志的声音,冬子反而被激起了想要立刻见到贵志的冲动,见到他,说出自己的遭遇,那样就会安心多了。

贵志挂断电话后,冬子就后悔起没有去和贵志见面。

贵志再度打来电话是半个月之后,已经过了十一点。

"怎么样?空闲一些了吗?"

"现在在哪里?"

"在赤坂。正喝着酒就想见你了,在'星期三早晨'店里,能过来吗?"

冬子沉吟了一会儿,回答:"我已经休息了。"

"这一段都不怎么出门,发生了什么事吗?"

"没有……"

"出来喝酒,散散心,解解闷吧。"

"可是,今晚算了。"冬子一方面想向贵志倾诉自己的遭遇,而另一方面却又最不愿意让贵志知道,如果今天去见面,肯定会被识破的。

"那就太遗憾了。"

冬子挂断了电话,心想要是贵志觉得寂寞,可找的女人会很多,她提醒自己:你是一个没了子宫还被人强暴了的女人。

第三次电话是又过了半个月之后,正好是在台风刚过,暴雨即将过去的傍晚。

"祝你生日快乐！"

冬子对贵志这一突如其来的问候不知所措，今天的确是自己二十九岁的生日，本来是不打算声张，自己悄悄地度过的。不愧是贵志，还记得自己的生日。

"真是很想在一起吃个饭，可今天怎么都腾不出时间来。"

"没关系的，也不是什么值得高兴的事。"

"送过去的鲜花，你收到了吗？"

"还没有……"

"刚才就该送到的。"贵志接着又说，"下星期去不去北海道？"

"哎……"

"下周盂兰盆节假期就要结束，旅客就会大减，北海道也相当凉爽了。"

冬子一听说北海道，就动心了，因炎热的酷暑日渐消瘦下来的冬子已经感到有些迫不及待了。

"是出差吗？"

"在札幌有个学会，只有一个学术会议需要参加一下。"

"那中山先生也一起吗？"

"大概会来，和我们没关系。怎么样？去的话我就买票了。"

"下周什么时候？"

"学会是五、六、日三天，你周日来就可以了。现在没有那么忙了吧？"

冬子考虑的并非是店里的事，而是自己的身体，要是和贵志一道出行，就又会在当地饭店和贵志上床，到时贵志会不会察觉一个月前自己曾被男人们强暴过？

虽然冬子的身体上并没有留下被强暴过的痕迹,可在皮肤上、感觉上,依然有挥之不去的阴影。

"夏天期间最好还是休假放松一下,店交给女职员们就行了。"

真纪是这周,友美是上周,两人都各自休息了一周。

"北海道即便白天很热,到了晚上就凉了,睡觉很舒服的。"

"那我真的可以跟你一起去吗?"

"当然。那我明天就让公司的人给你送票去,星期六出发就行。"贵志继续说道,"像船津那么好的男人可再没有了。"

"我并不……"

"我知道,开个玩笑。"

贵志笑了,然后就挂了电话。

冬子又思忖起贵志和自己的关系,曾有一段时间,甚至忘记了和贵志在一起的时候。当然,说全忘了,那是谎话,但至少很少能想起来。可是船津一走,就又想着要和贵志一起去旅行。只要贵志一打来电话,就接受了他的安排,对两个人一道出去旅行,已经没有了丝毫抵触,甚至认为是自然而然的。

难道贵志和自己真的就是一种扯不清的缘分吗……

可这次的旅行非同以往,这可是被强暴之后的第一次出行。

自那个夜晚以后,经过了一个月,冬子的身体并没有出现什么异常。事件刚过之后,有几天感到浑身关节疼痛,局部还有火辣辣的感觉,可很快就好了。

因为冬子没有了子宫,所以不必担心怀孕,也没有迹象显出染上了其他令人忌讳的病,那次遭遇只是留下了心理上的创伤。要是有可能的话,冬子希望进行一次没有世俗男女关系的旅行,可贵志肯定不会答应。

冬子房间阳台上的盆栽牵牛花已经开了,一般认为牵牛花是初秋之花,可近来有了盆栽品种,从夏天就绽放开来了。

去旅行的当天早上,攀着常春藤的牵牛花已经绽放了四朵,两朵红色,两朵淡紫色。冬子给花浇了水,就锁上了阳台门。

冬子略微偏大的旅行箱里,除了放进内裤以外,还有其他换洗的连衣裙,考虑早晚会凉,还带上了一件开衫毛衣。

羽田的航班时间是上午十一点。冬子提前二十分钟抵达机场大厅时,难得的是贵志先到了,他已经等候在了柜台前。

"我担心你会来晚了,一直心神不定的。"

"对不起,路上塞车了……"

两个人就朝出发大厅走去,离起飞正好还有一段时间,于是两个人就喝起了咖啡。

"中山教授好像是昨天的航班。"

"不是一个航班,太好了。"并不是见了教授有什么不自在,只是见面后,还得没话找话,冬子现在就希望和贵志二人静静地旅行。

"今年年初自九州之后,已经有半年了吧?"

冬子靠着窗户坐下,贵志坐在旁边。

"那时正是梅花开放的季节。"

"大家都说北海道夏天好,可我并不觉得,单一的绿色景致缺乏变化,游客又拥挤不堪。"

"可是,很凉快啊。"

"你没有去过北海道吗?"

"上大学时,只是走马观花地游了道南一带。"

"这次也得要走马观花啊。"

冬子打算周六、日和贵志在一起住两天,周一早上就回去。

"在札幌有交情不错的朋友吗?"

"有一个大学时代的朋友,现在在北海道大学任教,不像藤井那么能喝。"

"藤井后来怎么样了?"

"前一段来到东京见了一面,夫人好像还是那样。"

"还是那样?"

"就是还不能做爱。"

飞机已经开始缓缓地在跑道上移动,不一会儿快到指定位置时,就飞了起来,一瞬间轻微的冲击之后,飞机再次浮上空中。因为是突然上升,所以座位稍稍有些倾斜。

这时,冬子问:"什么都不做,这样藤井能受得了吗?"

"现在,好像他自己并不想向太太要求。"

"那么,两个人真是……"

"一开始好像是这样,可最近,他好像又有了其他女人。"

"那夫人呢?知道这事吗?"

"是夫人建议他在外边找女人的,这也是无可奈何啊。"

"男人真是随心所欲啊。"

"可是,藤井深爱着妻子。"

在倾斜的飞机上,冬子眼前浮现出藤井温厚的模样。

过了八月中旬的札幌已经不见盛夏的骄阳了。

无论是白云掩映的天空,还是广袤的草原,都悄无声息地透着秋意。

就在半个月前,还一直是超过三十度的高温天气,现在即便是中午也不过只有二十二三度,早晚要是穿短袖还会感到有些寒意。

抵达札幌的当天晚上,冬子上街时就穿上了带来的薄毛衣。

"已经好久没有来这一带了。"贵志发着感慨,就带冬子去了薄野的螃蟹料理店吃螃蟹大餐。虽然夏季不是盛产螃蟹的季节,可是从拼盘到炖菜再到汤菜,样样都少不了螃蟹。

吃完饭后,在薄野大街上稍稍游逛了一下,就又去了酒吧。

贵志和冬子在一起时,通常不去女招待多的酒吧俱乐部,顶多去去有一两个女招待的吧台式酒吧。

薄野的这家酒吧有三个女招待,是一个只有吧台但小巧可爱的酒吧。

"好久不见,今天刚到的吗?"

一个三十五六岁、一看便知是妈妈桑的人迎了上来,由此可见,是贵志曾多次来过的地方。

"听说在举办学会,就猜想您是不是会来,都在等您来呢。"

妈妈桑说完,就和冬子打着招呼,是一个块头有点大的干脆利落的女人。

在这家酒吧约莫喝了一个小时,离开店时已是十点。

因为正好是周六,所以大街上的年轻人很多。顺着人潮在霓虹灯下走了一会儿,仿佛置身在东京的街头,当进入一条巷子,凉飕飕的夜风迎面吹来,这时才反应过来已经到了北国的街上。

冬子忽然有些莫名的感伤。

是因为来到了陌生的北国,还是因为和船津告别后第一次外出旅行的缘故?冬子变得从未有过地率性。

贵志在出店后两三百米的地方说:"离饭店还有十分钟的路,

走回去吧?"

冬子表示赞同,就跟贵志肩并肩地走着。

刚走两三分钟,就穿过了热闹的大街,过往的行人也少了许多,在寂静无声的空旷大街上,秋风徐徐吹过。

冬子仰望着布满星星的夜空,深深地长吸了一口气,说:"真是好久都没有看到这么清澈的天空了。"

结束了短暂夏季的天空清澄万里,好像伸手便可触摸到天空上的星星,冬子挽着贵志的胳膊,打探道:"为什么会带我来?"

贵志没有马上回答,漫步了一阵,走到步行街的尽头时说:"不为什么。"

"没有什么必要特意带着一个已经分手的怪女人来札幌吧?"

"你是说会给你带来麻烦吗?"

"倒不是这个,不是还有很多其他女性可以带来吗?"

"你在吃醋吗?"

"不是。"

冬子总是在贵志那里能看到女人的影子,因为贵志除了妻子以外,还和几个女人有交往。

冬子现在并不想责备贵志,如果和其他女人没有关系当然再好不过了,即便是有,反正也不会长久。实际上,冬子现在也没有说这话的权利。

"行了吧。"

"真是好怪啊。"

细想起来,和贵志的关系真是微妙,虽然曾一度毅然分手,可不知不觉地又一起出来旅行。最初,可以认为是所谓的干柴烈火,可仔细地想一想,并不尽然。虽然再度交往起来,可并没有炽热地燃烧,表面上就像飘摇不定的烛火,至少冬子是这么觉得的。

"反正就是喜欢你。"

"不必勉强自己啦。"

"当然是真的。"走到已经落下铁卷门的大厦前,贵志说,"真心实意地喜欢你!"

马路很宽敞,夜晚的喧哗已经平静了下来,在前方的夜空中,可以看到两人入住的酒店。

"我们真是已经相处得很久了。"

这次冬子爽快地点了点头,不管是喜欢还是厌恶,在一起的时间已经很久了的实感肯定是毋庸置疑的。

"即便是喜欢,也会时时地发生着变化,最初是喜欢得无法自已,只要一想到你,就坐卧不安起来;然后稍稍沉淀下来,因确信你是属于我的而满足;到了现在,又有些不同。"

"怎么不同?"

"也说不好,和你在一起就觉得踏实、随意。"

"因为我是个笨女人?"

"不是这样。因为和你在一起已经多年了,什么都可以暴露给你,不必遮遮掩掩的,就是这种自在感。"

"如果说时间长短的话,那我可比不上你太太。"

"话虽如此,但不知何故,我和妻子亲密不起来,都已到了这个年龄,她还总爱拿着劲儿。我们之间有距离感,尤其是最近,感觉就更强烈了。"

"搞不懂。"

"或许你理解不了,可这是千真万确的。"

夜风再度掠过宽敞的马路,挂在电线杆上的木牌轻轻摇晃着。

"什么时候都总是挂念着你,这就是爱吧。"

"你挂念过我吗?"

"当然了。"也许是因为旅行在外,贵志有些感伤。

"我们今后会怎样?"

"再给我一段时间。"

"什么意思?"

"这回我可是打算要离婚的。"

"我问的不是这个。"

"我可是当真的。"

"那可不行,我可没有想要和你结婚。"

"即便你没想,可我想了。已经到了这个年纪,就不想再忍耐下去了,我只希望和自己喜欢的人在一起。"

"不是这样,你还是最适合和你太太在一起。"

"不许你说无聊的话。"

"不是无聊,反正是不能离婚的。"

"这种事我可不遵从你的旨意。"说完,贵志停下脚步,抱紧了冬子。

冬子就这样依偎在贵志的怀里屏住呼吸一言不发了,远处传来了汽车的声音,街道上的喧闹如潮汐一般涌了过来。

"好了,明白了吧?"贵志的声音从头顶上传过来,冬子在夜风中闭上了眼睛。

那天夜晚,冬子过了十二点才上床。回到房间,冲过淋浴,换上浴衣,贵志先上了床。

"过来。"

冬子被叫了过来,关上房间的灯,就上了床。

"好久没有这样啦。"贵志喃喃说着,就搂住了冬子。

就这样两个人耳鬓厮磨了一阵,贵志就开始解开冬子的浴衣带,袒露出胸来。

霎时,强暴冬子的男人的气息又在脑海里被唤醒了,为了拭去这些阴影,冬子闭上了眼睛。

今天,又被男人蹂躏了,可和那时比是天壤之别。

冬子仰躺着,两手扶住贵志的肩膀,浑身放松,不再掩饰,心想:那种情况都忍过来了,就没有什么好害怕的了……

不一会儿,她感受到了胸部受到爱抚,四肢受到爱抚……冬子完全沉浸在被拥入怀中的满足感中。

冬子把一切交给了贵志,极其难得地体会着自己处在一种祥和的状态里,没有内疚,没有不安,已经不再是那种可以有奢望的身体了。

现在,冬子竭尽全力地接受着贵志的爱抚,渐渐地,贵志开始吸吮着冬子的胸部,右手放到了冬子的私密处,嘴唇柔软的感触顿时从胸部传到全身。

冬子闭上了眼睛,任凭着贵志所作所为,身体切实地濡湿起来。

"啊……"

冬子发出了轻微的呻吟声,贵志好像一直都在等待着这个时刻,一下子就抱紧了冬子。

就这样,仿佛被波浪吞噬般,冬子瘦小的身体摇曳起来,过了不多会儿,自己就主动地搂住了对方。

不知过了多长时间,当清醒过来时,冬子就感到自己的身体从未有过地燃烧起来。

"哎呀……"自己也不知道怎么就喊了出来,当时,一股从未有过的销魂感触贯穿全身。不光是冬子自己,就连贵志也仰起头,在昏暗中,不可思议地看着冬子。

"怎么了?"

"……"

"达到高潮了吗?"挂在冬子脖子上的手撩拨着冬子的头发。

"嗯……"冬子慌忙拉过凌乱的被单盖在身上。

"欲仙欲死了吧?"

"……"

"你记得你说了什么吗?"

冬子看着天花板,好像要唤起遥远的过去,想不起那时说的话了,只知道顺口说了些什么。

"真是好久没这样了。"冬子再一次倾听着身体的声音,好像被一场狂风席卷了一般。

当时,的确到达了一片忘我的境地,穿过大脑的甜甜感触还慵懒地遍布在全身。

"转过来一下。"

贵志用手托起冬子的下颚,想要往上仰。冬子依然低垂着下颚,很不情愿的样子。

"好吧。"

冬子不知如何回答这样的问话,即便如此,比冬子冷静的贵志应该更清楚。

"真是好放荡啊。"

"别说了……"

"棒极了。"

冬子突然主动搂紧了贵志,从脸到胸,从腹部到四肢,一动不动地贴到了贵志身上。

冬子是想用整个身体抑制住那份欢愉和羞涩。

"好了,好了。"贵志就像哄着婴儿似的,轻轻地抚摸着冬子的头发,一根根地用手指梳理着,喃喃地说,"已经没事了,和从前完全一样。"

"……"

"可,这又是为什么呢?"

"为什么?"

贵志稍稍地挪开了一下身体,再次看着冬子,说:"你不觉得有变化吗?"

"……"

"在这以前,你一直可都不太有感觉啊。"

冬子点头,以前冬子的确没有燃烧过。病前不说,做了手术后,一次都没有达到过。可现在,甜甜的感觉浸透在浑身的慵懒中,满足之后的安逸感弥漫全身。

"你不觉得奇怪吗?"

即便问了冬子,她也回答不出来。

反而,应该是冬子对这种突如其来的觉醒,更加感到错愕。

到底是什么原因呢……现在所获得的满足感是只有一次呢,还是今后也会持续呢?

"是不是因为外出旅行?可又不尽然。"贵志自言自语着,"还是因为这里凉爽?"

"怎么可能……"

"对了,不会因为这个的。"贵志笑了起来,轻轻地吻了一下冬子的额头,"总之,好极了。"

之后,贵志摩挲了一会儿冬子的后背,渐渐地停下手来,就睡着了。

正如冬子获得了满足,贵志也流露出一副心满意足的样子。

冬子等贵志熟睡之后,就进了浴室,很少出汗的身体在云雨之欢后,已是汗津津的。

在和贵志肌肤相亲之前,就洗了一次澡。现在再次冲洗,然后穿上浴衣,从浴室出来已经是一点半了。

四周已是万籁俱寂,只听见贵志低沉的鼾声单调地持续着,冬子把掀开的被单重新盖好,就伫立在了窗前。

从蕾丝花边的窗帘间,可以俯瞰到映照在荧光灯下的绿色草坪,刚才回来时,还灯火通明的左侧宴会厅现在已经熄灯了。

在饭店庭院前面,隔着马路,可见到一个水池,池畔的四周已不见攒动的人影,在灯光下,河畔的柳枝垂至水面。

明与暗,夜色勾勒出一幅明暗对比的图画,显出一派静谧。

冬子看着没有动静的夜景,回想起贵志刚才问到的那番话。

为什么会有那么强烈的快感?的确,从以前的状态来看,简直是不可想象地乱作一团,连自己都不知不觉地就被一股巨大的浪潮席卷了。

当被贵志说"真是好放荡啊"的时候,羞愧得简直就要窒息,贵志还说"棒极了"。

贵志看着冬子的慌乱,一定也获得了满足。

为什么欢愉又突然复苏了……

贵志还问到了"是不是因为外出旅行",或者"还是因为这里凉爽"。上次前往九州出差时,冬子也努力地燃烧过,生怕以后就此成了无感觉的身体,那就麻烦了。贵志也是知道的,还温柔体贴地安慰着自己。

贵志越是努力,冬子就越着急,一方面充满歉疚之心,另一方面又对自己的不争气感到愤懑。

可今晚,全然没有这样的焦躁不安。

冬子脑子里已经彻底认定自己反正是燃不起来了,贵志又不是不知道。这次贵志带自己到北海道来,要么就是出于同情,要么就是贵志想排遣一下自己的寂寞而已。

即便如此,冬子也觉得无妨,反正已经死了这份心。冬子从一开始就没当回事,心想:反正已是被男人们玷污了的身体。

可是,突然死灰复燃了。

冬子的初夜是在七年前,贵志是她的第一个男人。

从那儿以后,就一直为贵志守身如玉,即便一度分开时,也没有想和其他男人有染。从处女到女性意识的觉醒,再到品尝到欢愉,这一切都是贵志一手调教出来的。

因为和他之间有年龄之差,所以就一切都听任于他,觉得一切都是他说了算,自己顺从就是了。事实上,也是这么过来的,身为女人的自己成长了一大步。

冬子的性可以说是经由贵志这个男人塑成的,就是这个贵志还搞不懂发生在冬子身上的变化。现在,冬子完全沉浸在身体一度冷却又再度被燃烧起来的惊喜之中。

书本上已经相当详细地介绍了有关男女的性和体位等性知识,冬子也曾看过两三次这类相关的文章。

可是,哪一本书里都没有涉及性的感觉,就是偶尔有一些,也只不过写到男女只要相爱就自然得到快乐,对于往后的微妙变化并没有涉猎。一般认为:性的欢愉,只要反复地做爱,理所当然就会萌生出来。

可是,现实中冷却下来的大有人在。即便没有完全冷淡下来,感觉也会变得肤浅起来,还有的人近乎没有了感觉,还有的人说做爱本身是件痛苦的事。

真纪就是其中一个,中山夫人也说过有时燃不起来。

即便知道性在人与人之间的关系中很重要,也没有谁会把隐秘在心底的感觉讲给你。

一个人陷入苦恼,痛苦难解,可却没有人能和你沟通,就是去找医生,也解决不了问题。

冬子的情况医生只告诉了"身体治愈后,就没关系了",再没有进一步的建议,要是再询问下去,还会被嗤笑为多虑、有神经病。其结果,只有自己治疗,别无他径。

"别在乎那些无聊之事"好像成了唯一的建议,这种建议并不能使冬子好起来,也治不好她。

这次冬子突然复活过来,好像穿过了一条漫长的隧道一样,爽快不已。冬子现在就怀着极其满足的心情,注视着窗外。

可能是起风了,定睛一看,低垂在水面上的柳枝在灯光下微微地摇曳,在万籁俱寂的夜晚,风悄悄地送来了秋意。

冬子在观赏着无比静寂的夜色,同时扪心自问:

"上次和这次之间,究竟发生了什么变化……"

当贵志问到"发生了什么吗",冬子只是左右摇头。即便是冬子自己,也很难立刻判断出究竟发生了什么变化。

可是,要说上次和这次之间发生了什么变化,也只有被男人强暴一事了。的确对冬子来说,那次该是重大事件。

那个夜晚,冬子的身和心都有了初次的体验,冬子被蹂躏,受屈辱,但她活了下来。

即便受到了强暴,冬子也仍然是靠自己站立起来回家的,她克服了恐惧和耻辱。对于冬子来说,没有比这再惊险的体验了。

可即便这么说,那件事和欢愉感觉的复活究竟有无关系……

难道……

冬子坐在靠着窗子的椅子上,再度摇头,绝非是因为那件事让身体再度燃烧。在恐惧、害怕中被强暴,不可能留下任何美好的记忆,甚至都不愿再度回想起当时的任何情景,只要一想,就会毛骨悚然。

要不然,就是贵志说的要和妻子离婚成了导火索。冬子听到这话时,确实很高兴,可光是这一点,也不足为由。

冬子拉上窗帘,转过脸来。

贵志微微朝右侧躺着,发出健康的鼻鼾,床头柜下的微弱灯光照着脚下。

冬子系好浴衣的领口,把拖鞋摆放在床边后,就从贵志的旁边把脚轻轻地伸了进去。

翌日,冬子醒来的时候已经七点了。

每次旅行在外,只要换了床就难以入睡,可昨天睡得很沉,前后大概也就睡了五个小时,起来后却神清气爽。

是不是因为昨天燃烧了的缘故……冬子刚想到这儿,就马上打消了这个念头。

九点在十一层的餐厅用早餐时,中山教授也来了,坐在同一张餐桌上。

教授毫无愧色地介绍了一下带来的女友,好像就是中山夫人说过的大学研究助手,三十五六岁,并不像夫人所描绘的是一个神经质的老姑娘,见面之后,觉得是一个气质优雅也很低调的人。

贵志和教授开始谈起有关学会的话题,冬子和这位女友则聊起北海道的凉爽啦、吃的啦等话题。

教授他们前天一到就去逛了市内。

四个人一起吃着早餐,忽然冬子意识到彼此都不是夫妻关系,感受到了一种轻松的气氛,可总觉得有些心神不宁。

漫无目的地聊着天,冬子自然就将中山夫人和眼前的女性进行了比较,和喜欢打扮得花枝招展的夫人相比,这位女性有一种知性的安静,更主要的是年轻。

"下次我们四个人一块儿去旅行吧。"教授分别朝贵志和冬子看去,"怎么样,欧洲?"

"很不错啊。"贵志附和说。

"明年的国际会议在雅典吧?"

看上去教授的脑子里已经没有了夫人,看着教授和他的女友两个人,冬子忽然怜悯起了在东京的夫人。虽然夫人随意任性、极尽花哨,可事实上,她也很孤单。

尽管冬子自己也是个第三者,可还是跟夫人更亲近。与其说是个人爱好,还不如说是同病相怜,身体上都有同样的伤痕,都失去了身为女人的宝贵器官。

约莫吃了三十分钟的早餐,冬子他们就先离开了餐厅。

"那两个人看上去关系不错嘛,她比夫人要好上几个档次吧。"贵志好像不太喜欢夫人那种吵吵嚷嚷的类型。

"中山先生变年轻啦。"

"恋爱最有助于年轻了。"

"那你也再去恋爱啊。"

"我一直都在和你恋爱啊。"说到这儿,贵志又喃喃地说,"昨晚到高潮了吧?"

白天贵志去参加学会,冬子就一个人在札幌的大街上闲逛,刚一上街,就先看到了钟楼,然后就朝市中心的商业街走去。

冬子完全没有想到札幌是一座如此现代化的城市,高楼大厦鳞次栉比,道路宽阔、整齐,难怪被称为"小东京",整个大街都很时尚。

西边,平缓的山峦绵延,又好像置身于京都。

刚刚过八月,阳光就有了初秋的清爽。冬子漫步在商业街,在四丁目一栋大楼的店面里,买了七宝烧的项链和耳环马上就佩戴上,和连衣裙很是搭配,然后就继续逛起街来。

接下来去了街心公园,在花坛旁休息了片刻,又朝植物园走去,到处都种有粗大的榆树,绿油油的草坪被掩映在树荫下。

冬子尽情地欣赏着绿色,然后,就去参观了收集有阿伊努族资料的巴克拉神父纪念馆和博物馆,三点左右回到了饭店。

冬子感到有些疲倦,洗了淋浴,床都已收拾过,她又上了床。

贵志回到饭店大约是在一个小时后,看到冬子正穿着睡衣躺在床上休息,就突然走过来把冬子搂到了怀里。

阳光还很明亮,斜阳透过白色蕾丝窗帘洒泻进来。

"一会儿……"

贵志全然不顾冬子说什么。冬子就在午后的光线里,再次接受了贵志的求欢。冬子再次燃烧起来,切实有了滋润透顶的感觉。

然后就这样把手放在贵志的胸膛上,轻轻地趴在上面,昏昏欲睡起来。

"起来吧……"

被贵志叫醒时,房间里已经开始暗淡下来,冬子就穿着件睡衣,下了床。相拥之前已是斜阳西下,现在只剩山边的一抹晚霞了。

"还记得刚才吗?"贵志挺起上半身,点上香烟,"真不敢相信前不久你竟毫无感觉。"

"又说这个……"

"今天出席学术会议时就想过。"

"想什么?"

"为什么突然好起来,你有没有想过?"

"你想这种事,太可笑了……"

"不,这可事关重大,有必要像弗洛伊德一样,研究一下深层心理。"

"……"

"到底为什么就好了?有没有什么契机啊?不管怎么说,跟从前没法比。"

冬子没理会他,拿起衣服躲进了浴室。

星期六、星期日待了两天,星期一上午冬子离开了札幌。上次从福冈回来时,是自己一个人;而这次往返都是和贵志一起。

中山教授要多住一天,预计游览完洞爷一带再回去。

离开早秋的千岁机场,一小时后就抵达羽田,刚一出机场,迎面就袭来了一股热风。

东京的气温也曾一度降下来了,可是,从两三天前开始又恢复了暑热。虽然盛夏已过,但残暑还不见退去。

冬子脱下离开札幌时还穿着的开衫毛衣,放到了箱子里,贵志也脱下了西服拿在手上。

"你一会儿去哪儿?"

"先回公寓,然后去店里。"

"那,就在这里分手吧。"

两个人来到了大厅前上出租车的地方。

"玩得愉快吗?"

"嗯。"冬子爽快地点了下头。

"再打电话。"

"谢谢。"

"你先上车吧。"在贵志的催促下,冬子先上了出租车。贵志好像有事还要去横滨。

车子发动了,剩下一个人时,冬子忽然觉得刚才说"谢谢"有些不妥当,和交往多年的男人说这话也太见外了。

可是,人家邀请的旅行,表示谢意也是理所应当的。旅行期间,让他破费不少,以前每次旅行回来,都向贵志表示过感谢。

可为什么今天特别在意,一定是在这句话里感觉到其他意味,会不会理解成是对度过了燃烧之夜表示的感谢……

估计贵志不会这么想,可冬子觉得也许真包含着这一心情。

"可是,真是太好了。"冬子呢喃着,将目光投向窗外。

也许是因为车里的冷气够凉,骄阳似火的外面宛若另一个世界,人声鼎沸的东京大街又展现在了眼前。冬子虽然厌烦了这种扰攘景象,可又安于其中。

中途,在芝蒲堵车,下午三点多才回到了参宫桥公寓。

看了一下大厅左侧的邮箱,里面除了广告信函外,还有来自国外的信件,翻过去一看,是船津寄来的。冬子拿着信件,上了电梯,打开了房门。

封闭了两天的屋内很闷,她打开窗户,赶紧开了空调,然后就坐到沙发上拆开了船津的信。

开头几行简单写了天气问候,说洛杉矶也酷热,几天前去了趟两百公里以外的海边避暑;接下来提及已经渐渐适应了美国的生活,应对简单的日常事务已不成问题了,还说这边日本女孩子也很多,可仍然忘不了冬子。

不管是奉承话,还是真心话,船津能这么说,冬子还是感到很高兴的。

最后还特意写上了新住所的地址,嘱咐冬子千万不要寄错了。冬子看完信后,换上衣服,就去了店里。

包括星期天在内,冬子已经两天半没有来店里了,但似乎一切都照常运转着。

冬子给真纪和友美买回了白色恋人巧克力,两个人都很高兴。

三个小时后就到了关店时间,冬子和她们一起吃了便饭就回去了。回到房间,冬子再次打开窗户通风,打扫完房间后,就开始给船津写回信。

写道:东京的残暑正浓,秋天就要到了,店里的活儿会忙起来。难得去了美国,要多结交一些国外美女才是。最后添了一句:请多保重,盼望着再相聚的时刻。

给为了和自己分手跑到国外的小伙子写这种话,不免有诱惑之嫌,可也是出于真心。

九月初,气温突然有所下降,下起了雨,几天前超过三十度的残暑一下子被驱散掉了,开始凉爽起来。

气温急剧变化,走在街上的年轻人依然穿着短袖,年纪大一些的男人已经穿上了西服。

还不到下秋雨的时候,可一连下了两天的雨,第三天终于放晴了,在碧空下,阳光普照,但已不是盛夏的骄阳了。

随着秋天的来临,帽子店的活儿也渐渐地忙了起来。

夏季期间,主要是太阳帽、巴拿马帽和草帽,从秋天起,那些具有时尚性的装饰帽就该陆续上市了。

可是,因为经济不景气,高档品不再像从前那样热销。经济持续低迷也波及了冬子的小店,但随着秋装季节的临近,给这种工艺精细的帽子店也带来了商机。

这天午休时,冬子在工作室里和女职员们喝着茶,这时,真纪忽然支吾地说:

"老板娘,我懂了。"

"懂什么……"

话来得突然,冬子迟疑了一下,真纪红着脸说:"就是那个的好处。"

"哪个?"

真纪颔首,说出:"OTOKONOKOTO。"(日语"男人之事"的发音。)

"啊,是这个事。"冬子听后笑了起来,真纪摸着鼻头说:

"差不多一周前就突然明白过来了。"

"是吗……"

"我以前一直不赞成你说的话,对不起啊。"

"嗯,这有什么好道歉的。"

"觉得以前也太无知了。"

"哪里,就算不懂,也不只是女人的责任。"

"对啊,因为这次的男朋友,我才觉醒过来的。"

"是个什么样的人?"

"一个摄影师,才三十岁,特温柔。"

真纪和木田分手后,又邂逅了别的男人,终于因这个人而体验到了性的欢愉。

"我变了吗?"

"你这么一说,还真觉得成熟多了。"

"你这样说,我真高兴。"

看到真纪爽朗的笑容,冬子感到好像是在说自己似的难为情。

晴了两天之后,又下起雨来。友美好像有些忧郁,可真纪却快乐地工作着,被喜欢的男人教会体验了性的欢愉,使真纪变得充满神采。

看到这种因生理因素而影响到行为的现象,虽然同样是女性,但不免感到沉重。无可否认,冬子自身也有着同样的倾向,她再度感叹着女人身体的奇妙。

一场秋雨一场寒,不久,就迎来了秋高气爽的天气。

这天,冬子正在调整着橱窗里的摆设,一个青年来到了店里,青年自称叫中屋,说是船津在洛杉矶的朋友。

他说"船津托我带东西给你",冬子就邀青年去了"含羞草馆"。

在靠里面的位子上,两人面对面地坐下,叫了咖啡。这时,中屋从带来的提包中拿出用白纸包装的小盒子,说:"这是船津托我带给你的。"

"给我?"

"不介意的话,可以打开看看。"

冬子拆开一看,里边装的是一条金项链。

"真漂亮!"

冬子从盒子里取出来,试着佩戴在胸前,链子很细,项坠是椭圆形的黑色玛瑙石,四周嵌着金边。

"你还会回美国吗?"

"打算住半个月再回去。"

"见到船津,请转告他我很高兴。"

"他曾多次跟我谈起你,果然和我想象中的一样漂亮。"

"都是徐娘半老啦。"冬子微笑着说,"船津他好吗?"

"还好,他大致已适应了那边的生活,最近正在建筑师威尔森的研究室帮忙。"

"已经开始工作了?"

"还只是见习阶段,不过,他说收获不小。"

年轻的船津到外国汲取新知识是件令人欣喜的事,可冬子感觉好像就会更加远离自己了。

"住所好像变了?"冬子问。

中屋颔首,说:"一开始和学长住在一起感觉不踏实,所以自己在比弗利山附近租了一间两室一厅的房子,相当不错。"

"住进这样的房子,钱不成问题吗?"

"他家在博多是酿酒商,这点儿钱算不了什么。"

"可是,都到了这个年纪还让家里汇钱,总是问题啦。"

"是啊,要是父亲大人去探望他可就糟糕了。"

"糟糕?"

"实话实说吧,他现在正和一个美国女孩子交往得火热。"

"船津吗？"

"是一个德裔美籍女孩，长得不太好看，但那女孩常往船津那里跑。"

"那，已经发生关系啦？"

"当然了，毕竟，离开日本感到寂寞吧。"

"……"

"刚到国外时，没有选择的余地，都是只要对方愿意就可以了。"

不管是和谁，冬子想象不出船津和外国女郎相爱的情景。

"这家伙是个大男孩。"

以前写信还劝过船津，让他和国外女孩多交往一下，乐观地以为船津是不会的，以为船津即便去了国外，也和在国内一样。

可是，如果真如中屋所说，那船津的变化就相当大了。

"告诉你这些，不会让你不高兴吧？"

"没有，应该趁年轻多体验一些。"

"可是，也得因人而异啊。"

看来船津在国外比冬子想象的要挥洒自如得多。

"那，准备和那个人结婚吗？"

"不至于到结婚的地步，可最近日本男人很受青睐，我叮嘱他不要陷得太深。"

冬子对男人再次感到困惑，那么纯真的船津虽说是到了国外，可怎么就那么轻率地爱上了别的女人？那向自己表白的爱情又算是什么？

"那边已经有了喜欢的女人，还送我这样的礼物，太坏了。"

"不，这是两码事，他依然还是最喜欢你的。"

"可,他也爱着那个人吧?"

"说是爱,也只不过是一时的敷衍。"

"这个是怎么回事?"

"眼下一个人很孤单的……"

"搞不懂。"

"是的。"

"这太肮脏了。"说完,冬子害怕被对方误解为是嫉妒,所以便转过来又说,"高兴就好啦。"

"嗯,他是一个很阳光的人,适合待在美国。"

冬子好像只看到了船津的一面,那个胆怯、易受伤害的船津还有着不为冬子所知的开朗一面。

"我该告辞了,有什么需要我转告的吗?"

"是啊……"冬子看了一下窗外,便说,"让他多保重,就说我这边都挺好的。"

"知道了。"

"谢谢他送给我的项链。"

"一定转达。"中屋点着头,露出一副可爱的笑容,起身说,"那就再见了。"

冬子和中屋会面后的第三天,中山夫人打来了电话。

冬子刚接起电话,就听夫人说:"今晚,请来我家一趟。"

"明天,我正要去您家附近,到时再……"

夫人用命令的口吻说:"不行,晚点儿也没关系,今晚一定要来!"

那天冬子一直忙着店里的工作,感到有些疲惫,九点才去了位于代官山的夫人家。夫人身穿一件大花图案的连衣裙,好像已经醉醺醺的了。

夫人焦急地等到冬子坐下来就说:"那个,你听着,竹田君跑了。"

"跑了?为什么?"

"找不到人了,给店里打电话,说已经辞掉了。"

"公寓呢?"

"那边也说三天前就搬走了。"

"您不知道吗?"

"什么也没有跟我说,突然就。你觉得会有这样的事?"

不管有没有,冬子都完全理解不了。

"一定是有了年轻的女人,跑掉了,是不是那个女人唆使的?"

"可是……"

"我隐隐地感觉到了,这几个月他一直心神不定的,很奇怪,绝对是因为这个。"夫人用拳头敲着桌子,说,"绝不能饶了他,不能饶了他。"说完,喊了一声"小信",双手捂住脸哭了起来。

"夫人……"

冬子喊着夫人,可夫人只是抽抽搭搭地哭个不停,叫着逃跑了的男人的名字,说:"为什么跟我连招呼都不打一声?不会放下我不管就跑掉了吧?"

听人说,人过四十岁就无所顾忌,可到了这个年龄,夫人依然能真实地表达出自己的感情,这让冬子感到羡慕。

现在,也只有等夫人自己平静下来了。

"小信,小信!"夫人的喊声更大了,看来,夫人是把冬子当成了倾诉自己悲伤的对象,所以才硬是叫冬子过来的。可冬子总不能不劝慰,就让夫人这么哭下去吧。

"您别哭了,我去向店里打听一下竹田的去向吧。"

"没用的,连店里的经理都不知道的。"

"那可以问问他的朋友……"

"没用,反正我是被巧妙地利用之后,就被他甩了。"

夫人拿起手帕擦拭着眼泪,走到镜子前重新化了妆,就回到座位上喝起了白兰地。

"真是荒唐啦,也不看看自己的年龄,去追求一个年轻男人……"夫人放下酒杯,又破涕为笑了。

"可是,为什么不说一声呢?"

"还是不好启齿吧。是不是觉得要是说了,就会又纠缠不清,怕麻烦吧。"

"行动上完全没有迹象吗?"

"隐隐约约地感到了,那个人胆子小,肯定不敢面对面地说。"

"可是,至少……"

"没关系啦,反正和那个人也长久不了,他开心过,我也开心过,扯平了。"夫人好像恢复了心情,手拿白兰地说,"事情就看怎么看啦,手术后,是他帮我恢复了对身体的自信的,他也因为我而建立了自信,所以……"

"自信?"

"他刚和我认识的时候,什么都还不懂呢,年轻气盛,就知道着急,正是在我的诱导下,才终于成了一个成熟男人。以后不管他去哪里,大概这辈子都不会忘记我吧。"

冬子佩服夫人竟然还有这种想法。

"要是一想到是我享受了他的青春,也就无怨无悔了。"

"您一定还会遇到好人的。"

"嗯,够了,我可要休息一段了。"夫人长叹了一口气,说,"真是太讨厌了,男人和女人我真是受够了。"

从来嘴上不服软的夫人这下消沉了起来,然后撩起垂到前额的头发说:

"还是女人和女人之间更可信啊。"

冬子想到了船津,某种意义上他也背叛了女人,他和竹田这个男人在这一点上可以说是一样的。即便是到了人生地不熟的美国,有不得已的成分,可冬子还是不能爽快地接受。

"男人是可以爱着一个女人的同时,拥抱另一个女人的。"

"没错,男人不过是畜生。"

虽然冬子不敢断言,可要是在没有恢复燃烧之前就知道了船津的事,说不定受到的打击就更大。

"可是,在这个世界上只有男人和女人,所以……"夫人说完,试探地看着冬子,说,"你这段时间过得很充实啊。"

"您指什么?"

"你隐瞒不了我的,从脸上的光泽就可以看出来。一定有什么好事吧?"

"怎么会……"

"现在没有心思理我这个老太婆了吧?"

"没有的事。"

"用不着勉强,我的直觉很灵的,我知道。"

被夫人注视着,冬子这时垂下了眼帘。

"你还年轻,还有资本,还会变化。可是,我就该隐退了。"夫人说完,又突发奇想地说,"你知道双性人吗?"

冬子倒是听说过这个词,可是具体说不好,正在琢磨的时候,夫人笑了笑,说:

"这个词是从时尚界听来的,就是不拘泥于男女的性,是哪边都不属于的中性。"

"有这样的人吗?"

"反正我已经受够了男女之事所带来的烦恼,还不如赶快当个老太婆倒省心了。"

"可是,您还很年轻啊。"

"可不年轻了,跟我同龄的朋友差不多都到更年期了,有的已经不是女人了。"

"怎么可能……"

"是真的,反正我已经没了,就更没关系了。"夫人被男人抛弃后反而豁达了,"你不觉得男人麻烦吗?你还年轻,追求者又多,还没感觉吧?"

"没有的事。"

"可是,爱慕者也不过是一时的,男人最后都会离开。"夫人说完,醉眼惺忪地看着冬子,说,"女人毕竟是女人。"

冬子颔首,夫人一下子把右手伸到了桌子上,一双与年龄不相称的纤细的手,手指甲上涂着胭脂红,手背也略显出了皱纹。

"来,握住我的手。"冬子迟疑了一下,夫人又加重语气地说,"要使劲握住。"

正当冬子要去握时,夫人突然抓在手里,站了起来。

冬子朝前跟跑了一下,夫人就抓住了冬子的手,迅速来到冬子的身旁,说:

"来……"另一只手搭在肩上,轻轻地凑近冬子的脸颊。

霎时,冬子的脖子上好像被浇了冷水一样打了个寒战,就把脸扭了过去。

"怎么了?"

"……"

"已经厌烦我了?"夫人的右手再次伸过来,朝颈项扑去。冬子向后退了一步,摇着头。

"我告辞了。"

"怎么突然就要走啊?"

"还有些事,所以……"冬子拿起放在椅子上的手提包,就朝门口走去。

"冬子,怎么了? 哪儿不如意了?"

"……"

"稍等一下!"

冬子不顾夫人的挽留,就穿上鞋子,推开了大门。

来到外边,约莫跑了有一百米,估计中山夫人不会追上来了,才停下了脚步。于是,就像拂灰尘一样用手掸了掸肩头,大步流星地走了起来。

不知道为什么突然想要从夫人那里逃跑出来?

以前,只要夫人招呼,即便有时会抵触一下,也还会被她操控,有时还会等待着来自她的邀请。可是今天就是靠近一下夫人,都觉得心有余悸,好像一条长了很多腿的毛毛虫爬过来一样,令人毛骨悚然。

这究竟是怎么一回事? 夫人的态度和以前并没有什么两样,身穿的大花图案的连衣裙平时也见过,妆也化得好好的。

夫人不管年龄多大了,一直都是个注重穿着打扮的人,她的花哨、她的热情都与平常是一样的。

今天夫人因男友跑了,情绪不稳定,可平素已经习惯了夫人情绪上的变化无常,所以也并没有感觉大惊小怪,只是夫人靠近时浑身发抖起来。

仔细想想,并不是因为讨厌夫人哪一点、介意哪一点这类心情上的问题,而是因为不能适应身体本身的触感,受不了被抚摸的感觉。

看来今晚的问题不是出在夫人身上,而是在冬子这边,是冬子拒绝了夫人。

或许是……

冬子放慢了脚步,走在街灯下时意识到了这点,分明是我已经不再需要她了……

冬子的脑海里闪现出贵志的面容。

说实话,现在并不想被夫人拥抱,有贵志一个人足矣,仅此就能满足冬子的身体。

有没有夫人都无所谓了……那不过是一时的寂寞,不是真实的愿望,只不过是为了安抚一下得不到满足的身体,贵志才是自己的最爱。

冬子为自己的任性感到惊诧,为自己的变化感到不可思议。

从九月中旬到月底,冬子每天一直都工作到十点,尽可能不把工作带回家来,而是在店里的工作室完成,友美和真纪也都很卖力。

像冬子这样的小店,只要有人订制高档帽子四五件,就要忙得团团转。近来,纯手工制作的帽子越来越少了,有些顾客还通过百货公司的批发商向她订制。

这说明小店富于个性的特点得到了认可,可问题是,高档品的利润空间很小,远不如批量生产的大众产品,冬子这样的小店根本竞争不过大厂商。但,即便利润少一些,冬子也认为立足于自己才是最可靠的。

在忙碌之余,冬子和贵志又见了三次。

从札幌回来已过了八月中旬,还不到一个月,就又见了三次。其中的两次是在上次去的饭店,第三次则是在冬子的公寓,每次都是加完班过了十点才见面的。

如果是以前,冬子就会休息不过来,第二天会很难受。可现在,能睡得很实,第二天清晨醒来神清气爽。

"近来身体状况不错啊。"好像贵志了解冬子的体况,"是因为那方面也好起来了吧……"贵志用调皮的眼神看着冬子。

冬子虽然不喜欢听这些调侃,但,他说的也不可忽视。事实上,每次见面,冬子自己都觉得难为情,次次都能剧烈燃烧,曾经有过的性冷淡已经消失得无影无踪。

"由此可见,以前你还是想得太多了。"

"不知道。"

"医生说了什么?"

"这种事怎么好问。"

"可是,摘除子宫后,你有一段时间很奇怪。"

"我都忘了这事。"

"我也说让你忘掉,可你就是忘不了。"

的确,正如贵志所说。

"有没有另外的原因?"

霎时,冬子想起了在陌生的公寓里强暴自己的那两个男人。

"我在大阪的一位医生朋友也说,性冷淡一般都是精神作用导致的。"

"你还问过这种事?"

"因为担心嘛,不过原因很复杂,就连医生也搞不清楚。"

的确,医生也说过,即使做了子宫摘除手术,对身体应该没有丝毫影响。但,要是肉体方面的问题的话,正常人也有性冷淡就不可思议了。就算对象有问题,以前都能达到高潮,后来却变得性冷淡,在道理上是说不清的。因此,不单纯是身体问题,精神作用也很大。

"根据我的猜想,你的原因是做了手术,就觉得自己不再是女人了,尤其是怀疑被摘除了不必摘除的重要器官,心理障碍就更大了。"

贵志的推测应该没有错。

"姑且不谈这些,现在为什么又有感觉了呢?如果是手术的原因,二者之间还是有关联的。"

"……"

"我以为还是那个手术的问题,这下疑虑打消了。"

"不是的。"冬子断然地摇着头。

"那,到底是为什么?"

冬子想起了那两个男人,可又没有证据证明那就是治好了性冷淡的原因。

"那是因为心里的结解开了。"

"结解开了?"

"好了,不必再问了。"

"搞不懂。"

"我也说不清楚……"

"受到了什么袭击,就没了感觉;心里的结解开了,就又恢复了感觉,女人的身体真是很微妙。"贵志好像在吟诗似的,说完就从床上下来。

"就回去吗?"

"明天早上九点,车子会来家里接我。"贵志找借口的时候,就开始穿起衣服。

"要不要喝杯咖啡?"

"那好吧。"

冬子梳理了一下蓬乱的头发,就进了厨房。

"船津来信了,好像过得还不错。"正在冲咖啡的冬子听到身后的贵志在说话,"那家伙适应能力还真强。"

冬子没有回答,把咖啡端到了贵志面前。

"味道真香,这可是午夜咖啡啦。"贵志又接着说,"看来明年要结婚。"

"又来了……"

"你再等我一段时间。"

"我真觉得这样就很幸福。"

"可我不太幸福。"

"怪人。"冬子莞尔一笑,摇了摇头。

贵志慢慢地喝着咖啡,刚刚搂过自己的敦厚臂膀近在咫尺,让冬子迷乱的手指正端着杯子送到嘴边。

"怎么了?"

"没什么。"冬子慌忙将视线从贵志的手指移开了。

"真是怪啊。"

"好怪……"好像鹦鹉学舌一样,冬子喃喃自语着。

"从明天开始,要去关西三天,回来就给你打电话。"

"路上当心点。"

"那,我走了。"

"再见!"冬子爽快地说罢,目送着贵志离去的身影,直到看不见才关上了门。

走在走廊水泥地板上的脚步声渐行渐远,冬子确认已经听不到脚步声后,才上了床。

刚刚才见过,可不知怎么回事,又想贵志了,真想把贵志留在床上的气味都聚拢到一起。

这种心境真是久违了。

冬子一想到恢复了愉悦的身体又会诱发出对新爱情的执迷,就又惆怅了起来。

鸡头

前不久,冬子房间的阳台上盛开的牵牛花现在已经凋谢了,只有藤蔓攀附的竹竿还突兀地插在花盆里。

十月初的星期五,冬子从店里回去的路上,在站前的花店里买了鸡冠花带回了家。

有红色、黄色,还有花斑色,冬子从五颜六色的花朵中,挑选了一枝最红的。

花店老板介绍道:"鸡冠花的别名又叫雁来红,到雁群结队飞来时,就会变得更红了。"

近来,不知何故,冬子开始收集起红色的花卉来。

要是在以前,冬子就会觉得红色太俗气,而喜欢珍珠白或深蓝一类的深沉颜色,可近来一段时间,冬子的趣味开始有了变化。

据说,女人喜欢红色是表示内心在燃烧,但也有的说是感到寂寞的表现。冬子也不知道到底哪个说法正确,好像都有和自己吻合的部分。

的确,孤单一人的寂寞会随着年龄的增长日渐强烈起来,每当看到高中时代的同学已经结婚,身边儿女环绕时,就有已落伍了的孤寂感。

冬子开始有这种感受,大概是临近三十岁的时候。或许别人还不会在意眼角上出现的细小鱼尾纹,但这一切都似乎在提示着你的年龄。

冬子感到自己已不再年轻,甚至有青春已逝之感,但在各种各样的不安中,冬子之所以还坚守着单身生活,还是因为在内心深处装着贵志。不管如何想抗拒,七年来培养的感情是抹杀不掉的,即便大脑想要分开,身体和感觉也是扯不开的。

身体上不管燃烧也好,冷淡也罢,归根结底,不过是围绕贵志一个人出现的摇摆。现在,随着冬子的身体再度燃烧起来,对贵志的恋情也可说是梅开二度,贵志也更靠近冬子了。

即便青春渐远,可身体的愉悦却让冬子越发地靓丽起来。

事实上,贵志也调侃道:"最近,更加性感了。"自己也感觉到皮肤有了光泽和弹性,化妆的效果都不一样了。

曾经一度开始凋谢的女性之美,又重新焕发出新的活力。

有时,冬子会因自己虽然身材瘦小,但有着一股顽强、倔强的韧劲而郁闷。外表看上去弱不禁风的冬子,实际上,在身体内部牢牢地潜伏着身为女人的坚韧。

就像鸡冠花火红的颜色一样,既有着燃烧般的华丽,又潜伏着寂静的孤僻。

脆弱和坚韧共存于红色中,就像是冬子的外在和内在一样。

傍晚,在落日中观赏着鸡冠花的红艳,之后就拉上了窗帘,这时,贵志打来了电话。

"在干什么?"

"没干什么,只是闲着发呆呢。"

"是吗……"贵志颔首,又接着说,"明天见面吧?"

冬子痛快地接受了贵志的安排。

"明天,八点还是九点?"

"八点就可以。"

"那,在赤坂吃饭吧,就是上次去过的'皮斯特'餐馆,怎么样?"

"听你的。"约好见面的时间、地点之后,贵志又说,"现在正在设计新大厦。"

要是已经设计好了还有兴趣问一下,而冬子对正在设计中的东西不大有兴趣。其实,贵志说这话的意思,是想告诉冬子自己正在工作中。

温柔体贴的贵志考虑到星期六的夜晚冬子一个人在家很孤单,所以就安排了见面。

他的言外之意就是:如果可以的话,立刻就想过去,可却不行,不是因为在家出不来,而是因为工作忙而脱不开身。

冬子对贵志的煞费苦心了如指掌,有时,就是因为太了解了,反而觉得很无常,已经有多少年都是这样反反复复过来的,心理上虽然已经承受不了,但和贵志却迟迟分不开,就是因为被贵志的这种温柔体贴所打动着。

贵志不是只被一个女人缠住的男人,尽管冬子早就知道这些,但依然坚持到了今天,也是因为觉得只要跟着他就不会错,他给人一种安心感。

不用冬子说什么,贵志就都替她考虑了。总之,贵志不是一个薄情寡义的人,表面看上去有些冷漠和任性,可心底里充满着温情,有时甚至成了弱点,表露在脸上。

　　这一点也正是冬子所喜欢的。多年以来,男女相依相随、相濡以沫,到了苦尽甘来的时候,两个人就会长相厮守。

　　这种爱与被爱的方式想起来有些不谙情理,但要是因经济实力、社会地位或表面上的东西所吸引,既容易接近,也容易分手。即便分手后,也没有什么可让人留恋的。

　　可事到如今,为时已晚,在旁观者的眼里会被看成是一种惰性,那也无可奈何。

　　贵志说"看来明年要结婚",究竟有可能实现吗?他那么善解人意,说不定到时就不忍心逼着妻子和自己离婚了。

　　冬子现在并不在乎这些了。曾一度身体上有过性冷淡的她需要的不再是形式,而更注重的是实质,做一个地道的女人比妻子的名分更重要。

　　以前,冬子曾想过快一点儿到三十岁,到了三十岁就不会再像以往那样心神不定,会一直坚守住贵志一个人,这样心里就会踏实下来。

　　现在,这种担心已经不再需要了。

　　找回了欢愉,冬子再次在同一个人身上进行着第二次爱情。

　　翌日,八点钟去了"皮斯特"餐厅,贵志还没有到。

　　等了十分钟后,贵志才匆匆赶来。

　　"我来晚了,你有没有点菜?"

　　"还没有。"冬子只是喝着饮料。

　　"那,就点菜吧。红酒炖牛肉很不错,怎么样?"

　　"你定吧。"

贵志还点了红酒和汤菜,然后,就又面向了冬子。

"这条项链真漂亮。"

冬子一瞬间把手放到了胸口上,说:"这是船津送给我的。"

今天冬子出门时,不经意地就戴着来了,穿了一件淡蓝色的连衣裙,本来打算戴一条白玉项链的,可最后还是选了船津送的这条。

"是他托美国的朋友带给我的。"

"原来如此。"贵志注视了一会儿,就从口袋里掏出香烟,说,"还是因为喜欢你吧?"

"不会的。听说他在那边和一个美国人同居呢。"

"真的……"

"像他那么正经的人,真是看不出来。"

"倒也不见得。"贵志品尝了一口葡萄酒,用纸巾擦拭着瓶口,说,"一定是因为身边没有女人,感到寂寞了。"

"他的朋友也这么说了。"

"在国外,没办法。"

"不管是在国外,还是在国内,女人如果不是自己喜欢的人,就绝对不会住在一起的。什么寂寞不寂寞,男人真是太随便了。"

"或许吧。"

"女人都可以单独一个人……"

"一定因为没有女人那么坚强。"

"不对。"

"是这样的,男人比女人弱,不管是在精神上,还是在肉体的欢愉上……"

"怎么,你真滑头。"

"男人即便有'不能',却没有'不感',某种程度上可以去感觉,可是上不去也下不来,总是平坦的,就好比身体里总刮着一样的风。这么看,女人就更好。"

"是吗?"

"女人随时可以激烈地燃烧自己。"

"可也有熄灭的时候。"

"即便熄灭了,火还是火,一旦时机成熟,还会燃烧起来。"

"可也没那么简单。"

"不,一定可以。"

"真讨厌……"

"没有别的意思。"

冬子忽然怜悯起贵志,身边簇拥着各种各样的女人,可他的作用只是点燃别人的欲火。而且,船津、中山教授和竹田这些男人都不外乎如此。

"可是,好奇怪。"

"什么……"

"燃起来又熄灭。"

"没有理由地?"

"不知道……"

"总而言之,因人而异。"

冬子颔首,她想起了真纪。真纪的火焰是因强暴而熄灭的,而冬子的火焰又因同一个原因复燃了,同样的体验,有的女性因此而燃烧,有的女性则因此而冷却。毫无规律地、毫不确定地,女性的身体之火会燃烧起来。

"去上次那家酒吧吧?"

贵志试探地问道,冬子只用眼睛示意了一下。

约莫三十分钟后,出了"皮斯特"餐厅,这时外面已经下起了小雨,据说台风从四国那边登陆了,应该是受台风的影响。乘车到了饭店,冬子尾随其后下到了地下酒吧俱乐部。

在昏暗的灯光中,排列着桌子,中央有伴奏小乐队,客人大都是一些上了年龄的有身份的人。

冬子喝着白兰地,受贵志之邀迈起了舞步,乐团演奏的基本上都是缓慢的旋律,悠扬悦耳,跳第三支曲子时,贵志在冬子的耳畔喃喃道:

"已经不介意了吗?"

"介意什么?"

"手术。"

"真讨厌……"

"还想抚摸那个疤痕。"贵志在耳边窃窃私语地说完,冬子的身体开始燃烧起来。离开地下酒吧是十一点。

雨依然下个不停,贵志想要订个房间,被冬子拒绝了。

"那,接下来呢?"

"想回家。"

贵志点了下头,就上了等候在那里的出租车。

三年前,和贵志分手后,就想过不让任何男人进房间了,打算过一个女人的独身生活。

冬子意识到自己现在开始发生了很大变化,曾一度放弃了的女人之魂又蠢蠢欲动起来。

冬子觉得现在的身体很可爱,摆脱了世间的条条框框,尽情地享受着生命的愉悦。

表面看是在重复过去,其实,这次更是爱惜着自己,不仅爱着男人,也爱着自己复活的身体,冬子可以坦然地面对本以为熄灭了的火焰却再度在身体中燃烧起来一事了。

　　"还是在自己家踏实。"

　　贵志进到冬子的房间,点上香烟,就从报箱取出晚报看了起来,贵志的这一做派体现出一种已经在一起生活了很多年的亲切感。

　　"要不要冲咖啡?"

　　"好啊,给我冲一杯吧。"说着,贵志脱下西装,解下了领带,冬子习惯性地挂在了衣架上。

　　"真安静。"

　　"嗯……"两个人面对面坐着,边喝着咖啡边点着头,刚想到以前也有过这种场景,这时,贵志站了起来,坐到了冬子身边。

　　"好久没有这样了。"

　　"没有哪样?"

　　"就这样。"冬子好像没听见似的正要喝咖啡时,贵志的手抚摸起了冬子的肩膀。

　　冬子就在自己的位置上,扭过身子接受了吻。

　　"想要。"

　　"……"

　　"来……"

　　"等一下……"冬子仰着头,这时已经忘记了在胸前摆动着的是船津的项链。

　　第二天早上,冬子醒来时已经是八点多了。

从窗帘边泻进来的阳光亮晃晃的,远处传来车辆往来的声音。

昨夜,不,更贴切地说,是今天凌晨四点,贵志回去了。本来,贵志说今晚就在这里过夜,可冬子还是强迫他回家去了。

后来又睡了过去,所以起晚了,要是在平常,就得匆匆忙忙起来,可今天店里休息。中间虽然醒过来一次,但前后也睡了七个小时,睡得很充足,却有些慵懒。

昨夜,冬子又燃烧了,已经记不得中途具体的每一个环节,只记得比以前燃烧得更强烈、更狂热。即使现在醒来,那种感觉的余韵还依然在身体里荡漾。

正如一场秋雨一场凉,冬子获得的愉悦也渐入佳境,酷似冬子初识贵志时那种欲仙欲死的感觉,甚至远远地超过了先前。

以前身体出现性冷淡时,正如冬子感觉到的不以自己的意志为转移,可现在身体依然不受意志支配地燃烧起来。

而且,无止境地深入,无边无际。

虽然并不知道如果这样继续下去将会是一个怎样的情景,冬子为此感到忐忑,但,她却深知自己的身体完全复活了,不会再度失去这样的欢愉。越是自信,就越是对性冷淡这一漫长的隧道百思不得其解。

那种空白为什么会降临?又为什么像蜕掉一层皮那样销声匿迹了?

在这期间,是什么潜入到冬子的身体里?又是什么消失了呢……

这个缘由,医生和贵志,包括冬子自身都不清楚,谁也解释不清冬子的身体为什么会从阳到阴而且再回到阳的变化。冬子深感自己的身体里充满着神奇,毫无疑问,那既属于自己,又有一部分不属于自己。

有一部分不管你怎么努力,也奈何不得,就是这个独立于冬子的部分在自作主张。

"真是奇妙。"冬子斜着头,自问着。

自问着自己的冬子却得不出答案,明知是弄不懂的问题,还要不断地追问下去,享受这个过程让冬子感到充实。

"起来吧。"冬子在床上伸着懒腰,由于睡得很舒服,一觉醒来后的慵懒弥漫在床间。

忽然,抬起眼帘,看到了枕边前端的床头柜上放着船津送给自己的项链,不知为什么,在朝阳的光照下看起来褪了色,显得很一般了。

冬子拿起梳子,拉开了阳台的窗帘。

霎时,晨曦倾泻般滚滚地涌入房间,台风之后的阳光令人目眩。

冬子做了一次深呼吸,来到阳台,梳理着头发。

因为是休息日,在公寓下面的空地上,孩子们正在骑着单车嬉戏,一个手持球棒的少年在前方的道路上奔跑而过。

小田快线电车也正从行人稀少的住宅区前方驶过,无论道路还是住宅,以及在前方的神宫树林里,都洒满了秋日的阳光。

冬子一边哼着小调,一边慢慢梳理着头发,享受着一份惬意,头发滑滑的、柔柔的。梳子上有几根落发,冬子用纸包好后,忽然留意到了脚下的鸡冠花。

两天前买回来的,比刚买回来时开得更加红艳,在秋高气爽的天气里燃烧着。"雁来红",冬子稍微想了一下,忽然记起了它的芳名。

花店老板说了,鸡冠花在大雁飞来的时刻会变得更加红火。

"更加红……"

冬子喃喃自语,霎时,仿佛自己的身体也被染红了,也说不好究竟是被一个什么东西染红了,只知道在自己的身体当中有一个红色的芯。

现在,她的"红花"正在燃烧,或许,这个芯每时每刻都在尽情燃烧,只不过有时色调会现出微妙的阴影。

红花有熊熊燃烧的时刻,也有冷淡沉淀的时刻。

即便现在,冬子仍然没有搞清楚什么时候会变成鲜艳的"红花",什么时候又不知何故就褪色了。

她仅仅可以确信在自己的身体内部,有一个"红花"的芯。

图书在版编目（CIP）数据

红花 /（日）渡边淳一著；茹杨译 . — 青岛：青岛出版社, 2020.5
ISBN 978-7-5552-8801-5

Ⅰ. ①红… Ⅱ. ①渡… ②茹… Ⅲ. ①长篇小说 – 日本 – 现代 Ⅳ. ① I313.45

中国版本图书馆 CIP 数据核字（2020）第 007177 号

くれなゐ by 渡辺淳一
Copyrights : ©1979 by 渡辺淳一
This edition arranged through OH INTERNATIONAL CO., LTD.
Simplified Chinese edition copyrights : ©2020 by Qingdao
Publishing House Co., Ltd.
All rights reserved.
简体中文版通过渡边淳一继承人经由 OH INTERNATIONAL 株式会社授权出版
山东省版权局著作权合同登记号 图字：15-2017-237 号

书　　名	红　花
著　　者	［日］渡边淳一
译　　者	茹　杨
出版发行	青岛出版社
社　　址	青岛市海尔路 182 号（266061）
本社网址	http://www.qdpub.com
邮购电话	13335059110　0532-68068026
策　　划	刘　咏
责任编辑	杨成舜
特约编辑	王　伟
封面设计	末末美书
照　　排	青岛新华出版照排有限公司
印　　刷	青岛国彩印刷股份有限公司
出版日期	2020 年 5 月第 1 版　2020 年 5 月第 1 次印刷
开　　本	大 32 开（890mm×1240mm）
印　　张	14.75
字　　数	360 千
印　　数	1-8000
书　　号	ISBN 978-7-5552-8801-5
定　　价	49.00 元

编校印装质量、盗版监督服务电话　4006532017　0532-68068638
本书建议陈列类别：日本·畅销·小说